*Zum Buch:*

Im Grunde will Rasmus Johannsen einfach seine Ruhe haben: seine Werkstatt, der Duft des Holzes, das ferne Kreischen der Möwen, die im Hamburger Hafen um Krümel von Franzbrötchen kämpfen – das kommt seiner Vorstellung von Glück sehr nahe. Eine Beziehung ist für ihn nicht vorgesehen, der Liebe hat er abgeschworen, nachdem ihm in der Vergangenheit das Herz nach allen Regeln der Kunst gebrochen wurde. Sein ruhiges Leben wird jedoch gehörig durcheinandergewirbelt, als er an einem Frühlingsmorgen in einen kleinen Unfall gerät: Versehentlich holt er eine junge Frau vom Fahrrad. Niemand ist verletzt, aber ihm sitzt der Schreck so gehörig in den Knochen, dass er kaum protestiert, als die kühle Blondine ihm kurzerhand ihren Hund in die Hand drückt. Ciao, Ruhe – hallo, Jochen und Sophie!

*Zur Autorin:*

Nina Dias da Silva, Jahrgang 1989, lebt in Hamburg und arbeitet als Redakteurin, Journalistin, Schreiberin – an der Frage nach der konkreten Berufsbezeichnung verzweifelt ihre Steuerberaterin regelmäßig. Im schönen Süden aufgewachsen, hat sie in Stuttgart Linguistik studiert, aber eigentlich alles Wissenswerte in der Gastro gelernt. Geschrieben hat sie schon immer, auf den Hund gekommen ist sie erst bei den Recherchen zu ihrem Debütroman „Hund bei Fuß, Mann an der Hand“: Ihr eigener Vierbeiner Brito hat Angst vor Wind und liebt Käse.

Nina Dias da Silva

# HUND BEI FUSS, MANN AN DER HAND

Roman

HarperCollins

1. Auflage 2022
Originalausgabe

Umschlaggestaltung von Zero Werbeagentur, München
Umschlagabbildung von GoodStudio, llusionix, Bibadash, ivector, Victory1103, Igdeeva Alena, Artefficient / shutterstock
Gesetzt aus der Adobe Garamond
von GGP Media GmbH, Pößneck
Druck und Bindung von CPI books GmbH, Leck
Printed in Germany
ISBN 978-3-7499-0231-6
www.harpercollins.de

Klimaneutral
Druckprodukt
ClimatePartner.com/15109-2009-1001

MIX
Papier
FSC FSC® C083411

**»IRGENDWAS ERGIBT SICH IMMER.«**

Charlie Sheen, in irgendeiner Folge
von *Two and a half men.*
Und recht hat er.

# 1

»So, Herr Wertheim, dann wollen wir mal.« Sophie wandte sich ihrem Mandanten mit einem ebenso breiten wie gefakten Lächeln im Gesicht zu. Justus Maximilian Wertheim war ein 25-jähriger Mann, Typ beste Alsterlage und von Beruf nicht Sohn, sondern schlimmer: Erbe. Er war die Arroganz in Person und erinnerte Sophie wieder einmal daran, was genau sie an ihrem Job eigentlich nicht mochte – oder wen. Justus Maximilian Wertheim fuhr sich mit den Fingern durch das dunkelblonde zurückgegelte Haar, das in sanften Wellen auf seinem Kopf ruhte, und antwortete Sophie nur mit einem Schnauben. Es schien, als kränkte allein ihre Existenz ihn in seinem Reichtum.

*Junge, was für ein Start in den Tag.*

Als Investmentmanagerin oder eben Vermögensverwalterin (das kam immer darauf an, wer ihr gegenüberstand) verkehrte sie täglich mit solchen Leuten. Oder: in diesem Paralleluniversum. Denn mit ihrer Realität hatte das Leben derjenigen, die sich eine Vermögensverwalterin leisten konnten oder sogar darauf angewiesen waren, herzlich wenig zu tun. Auf den ersten Blick konnten ihre kleine schlichte, aber wohlgewählte Designerhandtasche, der schmal geschnittene dunkelblaue Hosenanzug, die ordentlichen Pumps und die Perlenohrringe die Bewohner des Paralleluniversums täuschen. Auch ihre eloquente Ausdrucksweise, ihr Freund Jochen, ein Jurist und begeisterter, wenn auch wenig begnadeter Golfer, sowie die gemeinsame Wohnung in Winterhude stärkten den täuschenden Eindruck. Doch die Handtasche war secondhand, der Anzug von Zara und die Ohrringe geerbt. Und spätestens ihre zwei Freundinnen Jule und Lina sowie die gemeinsamen Abende in den Spelunken von St. Pauli sprengten die Illusion völlig. Doch ganz gleich, was Justus Maximilian Wertheim von ihr in diesem Moment denken mochte – er würde sicher nie in den Genuss kommen, mit Sophie und ihren Freundinnen Kümmelschnaps zu trinken.

Bei dem Gesicht, das er nun machte, konnte man tatsächlich auf den Gedanken kommen, er sei über diese Tatsache betrübt. Oder aber er wartete einfach darauf, dass Sophie endlich das kleine Gartentor öffnete, vor dem sie seit einer ganzen Weile standen. Dahinter befand sich die Immobilie, die es zu besichtigen galt, denn Justus Maximilian Wertheim war ja aus *beruflichen* Gründen hier. Der junge Mann war Teil einer Erbengemeinschaft, die dieses Fleckchen Erde vermacht bekommen, aber absolut kein Interesse daran hatte. Genauer: die nur an einem Aspekt Interesse hatte – seiner Wertigkeit.

Ein weiteres Indiz dafür, dass Justus Maximilian Wertheim nicht betrübt über die Tatsache, keinen Kümmelschnaps mit Sophie zu trinken, sondern schlichtweg in Eile war, konnte das ungeduldige Tippen seiner Segelschuhe sein. Oder das gepresste »Frau Uhlmann, Sie mögen ja vielleicht Zeit im Überfluss haben, meine aber ist kostbar. Wenn wir nun also endlich reingehen könnten?«, das sie nun hörte.

Natürlich. Du liebe Güte, man konnte nicht mal in Ruhe für ein paar Sekunden gedanklich abschweifen … Mit einem weiteren beherzten falschen Lächeln schaute sie Justus Maximilian Wertheim ins Gesicht und drückte die Klinke des Gartentors nach unten.

Sophies neuester Auftrag war eben diese Erbengemeinschaft: Da sich die sieben Parteien nicht einigen konnten, wie sie das Gebäude künftig nutzen wollten, musste ein kleinster gemeinsamer Nenner gefunden werden: Profit. Ein Entschluss, der sie zu Berglund & Söhne führte, dem Familyoffice, für das Sophie arbeitete, und sie und Justus Maximilian Wertheim an diesem sonnigen Freitagvormittag schlussendlich in den Hamburger Stadtteil Ottensen.

Ottensen, bekannt für seinen lebendigen Charakter, die vielen kleinen Läden, Restaurants und seine schmalen Gassen mit bunten Häusern, gehört mittlerweile zu den extrem begehrten Vierteln der Metropole. In einer der charakteristisch krummen Straßen lag auch das zu beurteilende Objekt: Hinter dem Gartentor führte ein schmaler Pfad, durch unzählige Schritte ganz kahl getrampelt, über eine kleine Wiese direkt bis zur Haustür. Das Gebäude war ein zweistöckiger Bau. Auf den ersten Blick konnte man meinen, es sei in Cremeweiß gestrichen. Auf den zweiten war es einfach alt und heruntergekommen.

»Wir könnten den Wert der Immobilie und damit die Angebotshöhe noch steigern, wenn Sie zuerst ein paar Schönheitsarbeiten vornehmen«, sagte Sophie, während sie das Erdgeschoss betraten.

»Lassen«, antwortete Justus Maximilian Wertheim.

»Bitte?«

»Lassen. Vornehmen lassen.«

»Natürlich«, murmelte Sophie und war froh, dass der junge Erbe ihr den Vortritt gelassen hatte. So sah er nur ihren Rücken und nicht, wie sie ihre grünen Augen verdrehte, die eigentlich einen freundlichen Ausdruck in sich trugen, aber dazu neigten, ein regelrechter Spiegel ihrer Stimmung zu sein. *Wir haben es verstanden, du rührst nicht einen Finger. Hornhaut holt der sich sicher nur beim Segeln.*

Das Erdgeschoss der Immobilie bestand nur aus einem Vorraum, einer Tür, die aber zugesperrt war, und einer Treppe, die in ein weiteres Stockwerk führte. Oben angekommen, empfing sie eine offene Galerie. Links gingen Türen zu den Toiletten ab. Rechts von ihnen stand eine Tür offen. Und dahinter ein großer – nein, eher riesiger Raum. Durch die ausladenden Dachfenster strahlte die Frühlingssonne direkt hinein, die Holzbalken in der Mitte des Raumes warfen lange Schatten auf den Parkettboden.

»Wissen Sie, für was diese Immobilie genutzt wurde?«, fragte Sophie ihren Mandanten.

»Nein«, antwortete er völlig desinteressiert.

Um klassischen Wohnraum handelte es sich offensichtlich nicht, aber nach einem richtigen Gewerbe sah es auch nicht aus. Sophie hatte leider keine Informationen diesbezüglich von ihren neuen Mandanten erhalten. Wobei es im Grunde auch egal war. Wichtig war nur, die Immobilie so schnell wie möglich wieder auf den Markt zu bringen. Und das sollte ja ein Kinderspiel werden. Denn auch wenn das Häuschen etwas marode war und seine besten Jahre wohl hinter sich hatte: Es war ein Häuschen mitten in Ottensen. Es hatte einen Garten, ja, es gab sogar ein kleines Gartentor!

»Also, Herr Wertheim, wenn Sie ein paar Arbeiten vornehmen lassen, könnten wir die angesetzte Miete sicher um einige Prozent weiter oben ansetzen«, griff Sophie das ursprüngliche Thema wieder auf, als sie das Haus schließlich wieder verließen. »Dafür müssten wir natürlich die Fassade erneuern. Für einen ersten Eindruck, der sitzt. Ein neuer Zaun und ein Gartentor, das nicht krumm ist und quietscht, wären natürlich auch von Vorteil. Und wenn wir im oberen Geschoss noch …«

»Nein.«

»Ja, genau, also wenn wir oben noch die Sanitäranlagen …«

»Frau Uhlmann, ich sagte doch schon Nein«, unterbrach Justus Maximilian sie erneut. »Wir werden hier gar nichts tun und niemanden mit irgendwas beauftragen. Wir werden diesen Kasten einfach so schnell wie möglich verkaufen. Ich habe weder die Zeit noch die Nerven, mich weiter damit auseinanderzusetzen. Oder mit Ihnen.«

»Aber, Herr Wertheim, denken Sie doch einen Moment darüber nach. Natürlich bringt Ihnen ein Verkauf auf einen Schlag einen stattlichen Ertrag. Aber ich muss Sie darauf hinweisen, dass eine Kapitalanlage langfristig die klügere Strategie ist. Und auch die gewinnbringendere. Denn unattraktiv wird diese Lage in den nächsten hundert Jahren sicher nicht«, versuchte Sophie zu protestieren. Ein langfristig angesetztes Projekt würde natürlich auch für sie langfristige Provision bedeuten. Ein Umstand, der Justus Maximilian Wertheim aber nicht zu interessieren brauchte.

»Frau Uhlmann, jetzt mal ehrlich: Sehe ich aus, als würden mich ein paar Mieteinnahmen interessieren?«

»Wenn ich Ihnen eine Strategie ausarbeite, wie Sie diese Einnahmen direkt wieder investieren können, um einen noch größeren Profit zu erwirtschaften, vielleicht schon«, sagte Sophie kokett.

Doch ihr Mandant ließ nur ein weiteres Schnauben vernehmen. Er drehte sich zu ihr um und blickte ihr ins Gesicht. »Frau Uhlmann, meine Familie und ich, wir wollen dieses Haus nicht. Wir brauchen es nicht, ebenso wenig wie dieses Grundstück. Für Sie mag das nach einer großen Sache klingen, eine Immobilie in Ottensen. Für uns – und ich möchte jetzt auf keinen Fall arrogant klingen – ist es das nicht.«

Bei seinem letzten Satz unterdrückte Sophie ein weiteres Augenrollen und lächelte stattdessen weiter stoisch vor sich hin. Sie strich sich eine Strähne ihres blonden Haars hinters Ohr, das sie heute offen trug. Minimale Kompensation, eine Strategie, die sie von Jochen gelernt hat: Konnte sie in dem Augenblick ihrem Frust keine Luft machen, nutzte sie eine Art Methadon, eine bewusste Geste, die für einen kleinen Moment ihren Ärger katalysierte. In ihrem Fall war es das Zurückstreichen ihrer Haare.

Justus Maximilian Wertheim sprach weiter: »Sicher könnten wir eine solche Strategie erarbeiten, wie von Ihnen vorgeschlagen. Aber, offen gesprochen, sind das Peanuts für uns. Der Aufwand, dieses Anwesen zu vermieten, wäre erheblich höher, und eine so simple Kosten-Nutzen-Abwägung leuchtet sicherlich auch Ihnen ein. Ich wollte mir mit der heutigen Begehung lediglich ein grobes Bild verschaffen. Und es ist genau das, was ich erwartet habe: etwas, das sich nicht rechnet. Wir werden verkaufen. So wie es ist – der Kasten wird in jedem Fall abgerissen. Ich habe auch schon einen Interessenten an der Hand, seine Kontaktdaten leite ich Ihnen weiter. Sie kümmern sich dann bitte um alles Weitere. So, damit sind wir dann auch durch – ich muss jetzt einen Flug nach Sardinien erwischen.«

Sophie hatte kaum Zeit, darauf zu reagieren. Denn während seines letzten Satzes war er bereits an ihr vorbei durch den Vorgarten geschritten; er drehte sich um und öffnete gleichzeitig das Gartentor. Dass es in dem Moment auch von der anderen Seite aufgedrückt wurde, übersah Justus Maximilian Wertheim völlig.

Kein Wunder, denn die Frau auf der anderen Seite war a) zu alt und b) zu arm, um auf seinem Radar aufzutauchen. Sie hatte rote Locken, eine ziemlich wilde Mähne, die sicher seit geraumer Zeit weder Conditioner noch andere Pflegeprodukte gesehen hatte. Vermutlich mit Henna gefärbt. Zusammengehalten wurde das Ganze von einem grünen Haarband. Wobei zusammengehalten eigentlich zu viel gesagt war. Es schien, als hätte das Haarband in seiner Bewerbung gelogen und sei nun mit dem neuen Job völlig überfordert. Auch der Rest der Frau war … nun ja: grün. Im wahrsten Sinne des Wortes war sie von Kopf bis Fuß in Grün gekleidet. Bei ihrem Anblick schoss

Sophie ein altes Kinderlied durch den Kopf. Nur dass die Frau nicht aussah, als wäre ihr Vater Jäger. Wobei, das kann man natürlich wirklich nicht wissen, dachte Sophie, aber definitiv sieht sie nicht so aus, als wäre sie stolz darauf, wenn ihr Vater denn Jäger wäre. *Außer seine Beute wären Seitanschnitzel.*

»Hallo. Was wollen Sie hier?«, röhrte es plötzlich von der anderen Seite des Gartentors. Völlig verdutzt wurde Sophie aus ihren Gedanken gerissen, eine solche Stimme hatte sie wirklich nicht erwartet. Die Frau, die aussah wie die Bäume, die sie selber vermutlich regelmäßig zu umarmen pflegte, schaute Justus Maximilian durchdringend an – und rümpfte dabei die Nase. Obwohl Sophie, die immer noch hinter ihm stand, nur seinen Rücken sah, war sie sicher, dass sein Gesichtsausdruck nicht minder abgeneigt war. Energisch drückte die Frau das Gartentor auf und zwang den jungen Erben damit, einen Schritt zur Seite zu gehen und sie vorbeizulassen.

*Ui, die traut sich was.* Sophie konnte sehen, wie sich die Schultern ihres Mandanten anspannten, und eilte zum Tor. Es war ihr in diesem Moment völlig egal, wer diese Frau war und wen sie hier besuchen wollte. Aber einen Ausraster ihres Mandanten wollte sie auf jeden Fall vermeiden. Sie rauschte an der Frau vorbei und hielt Justus Maximilian das Tor auf. »Wir sind schon fertig mit der Begehung, auf Wiedersehen«, flötete sie, während ihr Mandant das Grundstück verließ.

»Begehung? Aber welche Begehung denn?«

Gut, die Frau möchte es anscheinend nicht leicht haben. Sie hätte ohne Probleme aus der Situation gleiten können, ohne noch mehr von Justus Maximilian Wertheim erleben zu müssen. Doch anstatt dankbar zu sein über Sophies Mut, ja ihre

Ritterlichkeit, trat sie die Lawine wieder los. *Na gut.* Sophie drehte sich um, ging die paar Schritte zu der grünen Frau zurück und zog mit einer routinierten Bewegung eine Visitenkarte aus ihrer Tasche. »Ich arbeite für Berglund & Söhne und bin für Herrn Wertheim und seine Erbengemeinschaft hier. Sie haben kürzlich diese Immobilie geerbt, und ich kümmere mich um die weitere Abwicklung.«

»Die weitere Abwicklung?«

Die Frau war wirklich die langsamste Lawine der Welt.

»Ja, den Verkauf der Immobilie.« Sophie drückte ihr die Visitenkarte in die Hand. »Hier, bitte sehr. So, wir müssen dann auch weiter, denn wie Herr Wertheim vorhin schon so passend sagt: Zeit ist wertvoll.«

Dass er damit primär seine Zeit meinte, unterschlug Sophie in dem Moment. Der Einfachheit halber. Und weil sie wirklich endlich wegwollte. Weg von dieser grünen Frau. Weg von dieser Immobilie. Und allem voran ganz weit weg von Justus Maximilian Wertheim.

Eigentlich sollte sie sich darüber aufregen, dass sie und ihre Arbeit so übergangen wurden. Vielleicht lag es an ihrem bevorstehenden Urlaub oder an dieser komischen Begehung oder einfach an diesem Tag – aber Sophie konnte sich nicht dazu bringen, ernsthaft genervt zu sein. Ein wenig war sie erleichtert, dass sie direkt mit dem erwähnten Interessenten in die Verhandlungen gehen konnte. Denn vielleicht war Sophies Zeit nicht so wertvoll wie die von Justus Maximilian Wertheim. Ihre Nerven waren es allemal.

# 2

»K-A-F-F-E-E«. Zu mehr war Sophies Gehirn nicht mehr in der Lage. Der Vormittag in Ottensen mit gleich zwei skurrilen Figuren hätte ihr eigentlich für den ganzen Tag gereicht. Aber leider hatte ihr Aufgabenzettel andere Pläne, und so hatte sich Sophie nach einem kleinen Mittagssnack direkt wieder in die HafenCity an den Schreibtisch begeben.

Mittlerweile war es 15 Uhr geworden. Das wusste Sophie, ohne auf die Uhr sehen zu müssen. Denn ihr Nachmittagstief klopfte gerade an – und zwar sehr laut und sehr doll. Mit ihrer Kaffeetasse in der Hand wollte Sophie sich gerade auf den Weg in die Küche machen, als ihr Telefon klingelte. Einfach klingeln lassen, dachte sie sich. *Ich bin ja gleich wieder zurück, die Nummer wird mir angezeigt, der Anrufer kann eine Nachricht hinterlassen, und sollten weder Nummer noch Nachricht bleiben, kann die Person auch noch mal anrufen, wenn es denn wirklich wichtig ist.*

Den Katalog der Rationalitäten, wie Sophie ihn gerne nannte, ratterte sie immer in Momenten wie diesen runter. Und in genau diesen Momenten brachte er – nichts.

»Berglund & Söhne Vermögensverwaltung, Sie sprechen mit Sophie Uhlmann. Was kann ich für Sie tun?«

»Mensch, Sophie, sogar beim Sprechen kann man ganz deutlich raushören, dass das ›Sie‹ in deiner Begrüßung großgeschrieben wird. Oder großgesprochen in dem Fall? Wobei: ›großsprechen‹ ergibt keinen Sinn, das wäre dann vermutlich eher *laut*, und schreien willst du ja nicht. Tust du glücklicherweise auch nicht. Das mal nur so als Feedback, du hast eine sehr angenehme Telefonstimme. Ich bin mir sicher, dein Telefon steht selten still.«

»Eigentlich tut es das die meiste Zeit. Nur in den wirklich unpassenden Momenten klingelt es. Ist die Frage, ob man dafür das Telefon oder den Anrufer zur Verantwortung zieht? Und ob sich daraus – unabhängig von der ersten Beantwortung dieser philosophischen Auseinandersetzung – Rückschlüsse auf die Schuldfähigkeit des Störenden ziehen lassen.«

»Ahhhhhhhhhh, gute Antwort«, kam es zufrieden vom anderen Ende der Leitung. Besagtes befand sich zum Zeitpunkt des Anrufs vermutlich in der Schanze: Es handelte sich um Sophies Freundin Jule. Jule konnte man nun wirklich keine böse Absicht bei ihren Anrufen unterstellen. Sie hatte nur trotz Armbanduhr, Smartphone, großer Wanduhr in der Küche und sogar einer digitalen Zeitanzeige am Backofen absolut kein Gespür für *Wann könnte ein guter Zeitpunkt für ein bisschen Plaudern sein?* Und egal wie oft Sophie noch versuchen würde, Jule klarzumachen, dass nachmittags um 15 Uhr kein guter Zeitpunkt war, da sie sich da normalerweise im Büro befand und das Büro an sich kein richtig guter Ort für ein bisschen Plauderei war – es würde sich nicht ändern. Jule war selbstständig. Für sie zählten Bürozeiten und ein geregeltes *Nine-to-five* einfach nicht. Das wäre schlicht nicht möglich, denn Jule gehörte zu den Personen, die erst dann so richtig aufblühten, wenn der Rest der Nation schon wieder in den Schlafanzug stieg. Vermutlich saß sie gerade beim Frühstück.

»Jule, auch bei dir gilt: Was kann ich denn für dich tun? Und ob das Dich in diesem Fall groß- oder kleingeschrieben ist, das überlasse ich jetzt dir und deiner Interpretation.«

»Also bitte, so förmlich sind wir auch nicht. Und wenn wir es wären, würde ich klar fürs Hamburger Sie plädieren. Also Sophie, wie geht es Ihnen heute?«

»Danke, gut.« Eigentlich eine Lüge, immerhin schrie Sophies Kopf immer noch nach Kaffee. Auf ihre interne strenge Ansage, dass der Kaffee noch kurz warten muss, reagierte ihr Gemüt wie ein dreijähriges Kind: *Warum?*

»Mh, sehr gesprächig, ich sehe schon. Wieso ich eigentlich anrufe, ist, weil du morgen in den Urlaub fliegst und ich dich dann ja gar nicht mehr sehe. Deshalb wollte ich dich wenigstens kurz hören. Weil drei Wochen eine verdammt lange Zeit sind, egal was andere behaupten, für mich fühlt sich das richtig lang an. Quasi gen unendlich, weil du diese drei Wochen ja nicht hier bist.« Sie seufzte. »Du weißt, dass ich dir im Prinzip einfach einen schönen Urlaub wünschen möchte. Richtig?«

Sophie grinste. Natürlich wusste sie das. Sie freute sich zwar auf den Urlaub – drei Wochen Madeira mit ihrem Freund Jochen. Trauminsel mit Traumkerl. Ihre zwei Besten, Jule und Lina, würde sie trotzdem vermissen.

»Natürlich weiß ich das. Hör mal, eben weil ich morgen in den Urlaub fliege, habe ich hier heute noch einiges zu tun.

Im Büro. Ich melde mich aber heute Abend noch mal oder allerspätestens morgen, bevor wir im Flieger sitzen, ja?«

»Ja, mach das. Ich bin heute Abend zu Hause mit nichts zu tun und einem Handy, das auf laut gestellt ist. Ich freu mich auf deinen Anruf. Und bis dahin noch frohes Arbeiten!«

Damit legten beide auf, und Sophie schnappte sich erneut die Kaffeetasse, um in die Küche zu gehen.

Das Telefon klingelte. *Jule!* Genervt nahm Sophie den Hörer ab. »Jule, was ist denn noch? Ich habe doch gesagt, ich melde mich heute Abend!«

»Guten Tag, Frau Uhlmann. Hier ist Müller vom Empfang.«

»Oh, entschuldigen Sie, Frau Müller. Ich war mir sicher, Sie seien jemand anderes.«

»Dachte ich mir ja fast«, kam es trocken aus der Leitung. »Hören Sie, Frau Uhlmann, hier ist jemand, der Sie unbedingt sprechen möchte.«

Jemand? Hatte Sophie einen Termin vergessen? Panisch öffnete sie ihren Kalender am Computer, doch für heute Nachmittag waren keine Termine eingetragen. Sie hatte sich den Nachmittag extra freigehalten, um alles abzuarbeiten, bevor sie sich für drei Wochen verabschieden würde.

»Tut mir leid, Frau Müller, aber ich habe keinen Termin eingetragen. Um wen handelt es sich denn?«

»Eine Frau Zimmermann, primär.«

»Primär?«

»Ja, aber sie ist nicht alleine da.«

»Aha.«

»Ja, aha.«

»Und was möchte sie?«

»Ihr Anliegen hat die Dame nicht vorgetragen, nur dass sie Sie sprechen möchte.«

»Haben Sie denn nachgefragt?«

»Frau Uhlmann, ich bitte Sie. Glauben Sie, ich wüsste nicht, wie ich meinen Job zu machen habe?«

»Verzeihung, so war das nicht gemeint. Der Name Zimmermann sagt mir aber gar nichts. Können Sie der Dame bitte ausrichten, dass sie einen Termin vereinbaren möchte? Ich habe gerade wirklich überhaupt keine Zeit.« Wäre diese Frau Zimmermann eine potenzielle Mandantin, würde sie nicht einfach so bei Berglund & Söhne im Foyer stehen. Millionäre machten so etwas nicht, Millionäre machten Termine.

»Frau Uhlmann«, kam es nun etwas genervter aus der Leitung, »was glauben Sie denn, was ich hier mache? Glauben Sie mir, ich hätte Sie nicht angerufen, wenn es sich hätte vermeiden lassen? Wohl oder übel muss ich Sie bitten, zu uns ins Foyer zu kommen. Es bedarf Ihrer Anwesenheit.«

Sophie seufzte. Die Sache mit dem Kaffee konnte sie getrost vergessen. Bis sie, was auch immer im Foyer auf sie wartete, erledigt hatte, war es sicher 16 Uhr. Und damit die heilige Kaffeegrenze erreicht. Nicht dass sie Probleme mit dem Schlafen hätte, wenn sie nach 16 Uhr noch Kaffee trank. »Probleme mit Schlaf« waren ein unbekanntes Konzept für Sophie, viel eher hatte sie manchmal Probleme damit, zu gut und zu viel schlafen zu können. Aber Jochen war der Überzeugung, dass Kaffee zu spät am Tag schlecht für den Körper sei. Jochen und die *Apotheken Umschau*, und ganz ehrlich: Gegen die *Apotheken Umschau* hatte man keine Chance. Sophie hängte also die Kaffeetasse an den sprichwörtlichen Haken und trottete Richtung Aufzug.

Noch bevor sich die Tür des Aufzugs im Erdgeschoss wieder öffnete, vernahm sie den Lärm. *Hoppla, was ist da denn los?* Das Stimmengewirr wurde mit dem Öffnen der Aufzugtür deutlich lauter. Als Erstes fiel Sophies Blick auf Frau Müller. Sie saß an ihrem Platz hinter dem Empfangstresen, und würde Sophie sie nicht kennen, wäre ihr nicht aufgefallen, dass die Empfangsdame so genervt war wie nie. Es waren nur feine Nuancen in ihrem Gesicht: feine Falten um die Augen, die wohl daher rührten, dass sie sie am liebsten zu kleinen Schlitzen zusammenkneifen würde. Leicht bebende Nasenflügel. Ein kaum wahrnehmbares Zucken in den Mundwinkeln. Für jemanden, der Frau Müller nicht kannte, musste sie allerdings völlig emotionslos aussehen. Denn mit den Jahren hinterm Empfangstresen hatte sie etwas gelernt: Ein Gesicht aus Stein, aus dem sich nichts ablesen lässt, ist Gold wert.

Ob sich Frau Müller zur Unterstützung dieses Talents der ein oder anderen Botoxbehandlung unterzogen hatte, wusste Sophie bis heute nicht. In Momenten, in denen sie sich unbeobachtet glaubte, studierte sie Frau Müllers Gesicht in all seinen Details, um zu sehen, ob sich da nicht doch die ein oder andere Regung auf der sehr glatten Stirn zeigte. Manchmal kam das tatsächlich vor. Vor allem dann, wenn Frau Müller die Augenbrauen hob und Sophie einen sehr fragenden Blick zuwarf. Verglichen mit Frau Müllers großem Talent, keine Regung zu zeigen, hatte Sophie ein verschwindend geringes Talent darin, andere unauffällig zu beobachten.

Der Blick, den sie nun von Frau Müller bekam, war weder fragend noch überrascht oder vorwurfsvoll. Er war einfach erleichtert. Mit einem leichten Kopfnicken wies sie Sophie in die Richtung, aus der das Stimmengewirr kam. Ihr Blick wanderte von Frau Müller zur anderen Seite des Empfangstresens. Und was sie sah, war … beige. Mit einem Klecks Grün. Im Eingangsbereich des Foyers stand eine Gruppe von sechs Personen mit einem Durchschnittsalter von vermutlich 130. Nur die Frau in Grün war jünger, Sophie schätzte sie auf 40. Eine Rentnergruppe beim Tagesausflug, vermutete Sophie. Was das Grüppchen hier – und vor allem von ihr – wollen könnte, war ihr ein Rätsel. Endlich schienen die Rentner und ihre Betreuerin Sophies Anwesenheit bemerkt zu haben, denn sie verstummten. Sophie hätte schwören können, dass mit der einkehrenden Ruhe Frau Müller ein Seufzer entfahren war.

»Guten Tag, ich bin Sophie Uhlmann, was kann ich für Sie tun?« Wie oft Sophie diesen Satz alleine in der letzten halben Stunde gesagt hatte. Und wie wenig sie ihn meinte. Denn eigentlich wollte sie für niemanden etwas tun. Eigentlich wollte sie nur für sich etwas tun: nämlich den Berg an Arbeit, der auf ihrem Schreibtisch wartete, wegarbeiten, Feierabend machen, nach Hause fahren, Koffer packen und morgen in den Urlaub fliegen. Das wollte Sophie tun und nicht der Betreuerin erklären, dass das hier kein historischer Bau war, wie in ihrem Marco-Polo-Reiseführer vielleicht angekündigt war. HafenCity, nicht Speicherstadt. *Wenn ein Gebäude, das keine zehn Jahre alt ist, schon als historisch gilt, na dann gute Nacht.*

»… jedenfalls ist das eine Unverschämtheit, und wir nehmen das nicht so einfach hin. Wir geben uns nicht kampflos geschlagen!«

Hä? Na gut, wenn es dem Frieden diente, konnte Sophie ihnen die Glas- und Stahlbauten in der HafenCity auch als historischen Klinker verkaufen.

»Sie können das nicht einfach verkaufen!«

Okay, jetzt wurde es wild. »Entschuldigen Sie«, unterbrach Sophie die Tiraden. »Aber was denn verkaufen?«

»Unser Zentrum natürlich!« Die Frau, zu der die Stimme gehörte, löste sich aus der beigen Masse. Sie hatte kurze weißgraue Haare, ein rundes Gesicht mit einer sehr stupsigen Nase, auf der eine große runde Brille ruhte. Und – man konnte es nicht anders sagen – sie war winzig. Sophie war sich sicher, dass die alte Dame keine 1,50 Meter maß. Der kurze stämmige Körper war in eine dünne Steppjacke gehüllt. Natürlich beige. Dazu trug die Frau Stoffhosen in hellem Grau und beige Schuhe mit Lochmuster und Klettverschluss. Wenn es die Essenz von Seniorenkleidung gab, dann war es das Outfit dieser Frau. Sie war bestimmt eine ganz fantastische Großmutter, und Sophie würde sehr gerne sonntags zu Kaffee und Kuchen in ihrer Küche sitzen. Gerade war sie aber eher böser Wolf als liebliches Großmütterchen, denn sie funkelte Sophie gereizt an.

»Welches Zentrum denn? Es ist wahr, wir kaufen und verkaufen hier auch Immobilien, das ist ein Teil unserer vielfältigen und wichtigen Aufgabenbereiche, die wir im Rahmen unserer Mandate tätigen. Aber ein Einkaufszentrum haben wir aktuell nicht im Portfolio.«

»Es geht ja auch gar nicht um ein Einkaufszentrum.«

»Das haben Sie doch eben gesagt?«

»Nein, haben wir nicht.«

»Aha.« Noch so ein Wort, das heute schon viel zu häufig über ihre Lippen ging. Hilfreich war es aber leider gar nicht. *Aha* war keine Lösung. *Aha* würde sie nicht aus dieser Situation befreien. *Aha* war eine Sackgasse. Was wollten diese Leute von ihr?

»Hören Sie, Sie können nicht einfach in unserem Zentrum auftauchen, mir an den Kopf werfen, dass Sie es verkaufen werden, und dann wieder abrauschen. Was glauben Sie eigentlich, wer Sie sind?«, schaltete sich nun die jüngere Frau dazwischen.

»Gute Frage«, antwortete Sophie zunehmend gereizt, »die möchte ich direkt zurückgeben. Mein Name ist Sophie Uhlmann, wie ich mich ja eingangs schon vorgestellt habe. Eine Vorstellung Ihrerseits ist mir aber anscheinend entgangen. Ich nehme aber an, dass Sie Frau Zimmermann sind? Oder sind das Sie?« Mit den letzten Worten wendete sich Sophie der Omi in Beigegrau zu. Die funkelte sie immer noch böse an, schüttelte dann aber den Kopf. *Dann also doch die Jüngste der Runde*. Sophie fixierte wieder die Frau in Grün, mit einem Blick, der nichts anderes zuließ als eine eindeutige Erklärung.

»Genau, Thekla Zimmermann bin ich. Gut, vorhin kannten Sie meinen Namen noch nicht. Aber erinnern Sie sich gar nicht?«

»Woran?« Sophie war nun ehrlich verwirrt. Ihre aufrichtige Konfusion verschaffte Sophie allerdings keine mildernden Umstände, denn anscheinend war irgendetwas an »Woran?« absolut falsch. Ein hörbares Raunen ging durch die Gruppe, und mit einem Mal explodierte alles.

Thekla war mehr als erbost über Sophies »arrogante Art, wirklich eine Unart« sei das. Die kleine alte Frau spuckte Gift und Galle und schimpfte darüber, was für ein Umgang das hier denn sei, und darüber, dass die jungen Leute absolut keinen Respekt mehr hätten. Was die restlichen vier Leute fauchten, konnte Sophie nicht verstehen, denn sie alle redeten durcheinander – und sehr, sehr laut.

»Können Sie sich bitte wieder beruhigen?«

»BERUHIGEN? Sie haben Nerven, Sie … Sie …« Die kleine alte Frau hatte zu ihrem stechenden Blick noch den drohenden Zeigefinger ausgepackt und fuchtelte nun wild damit vor Sophies Gesicht herum.

»Das führt doch zu nichts, ich verstehe kein Wort, wenn Sie alle durcheinanderreden.«

»Ach, Sie verstehen doch auch so nichts!«, kam es zurück. »Genau!« und »Nur Bahnhof!« kam es zur Bestärkung.

*Es reicht.* Sophie sammelte sich. *Ich lasse mich doch nicht von einem Haufen Greise zur Sau machen. Die können nicht einfach so hier auftauchen und mir auf den Wecker gehen, nur weil sie nicht wissen, was sie mit ihrer Zeit anfangen sollen. Ich weiß das sehr gut, meine Zeit ist – sehr – wichtig.* Dermaßen mental in Rage geredet baute Sophie sich auf und streckte die Arme zur Seite aus: »SCHLUSS JETZT!«

Und mit einem Mal wurde es still. Kein Mucks, kein Rascheln, kein Nichts. Sogar Frau Müller schien die Luft anzuhalten. »Ich weiß weder, wer Sie sind, noch, was Sie hier eigentlich wollen. Aber Sie marschieren hier rein, Sie beschimpfen mich, und dann fällt Ihnen auch noch ein, *mich* als respektlos zu bezeichnen. Das ist wirklich die Höhe!«

Sie atmete tief ein und aus und strich sich mit den Händen den dunkelblauen Blouson glatt. »Also frage ich Sie nun zum letzten Mal: Was wollen Sie hier? Und bitte antworten Sie nicht alle gleichzeitig. Es ist völlig ausreichend, wenn eine Person spricht.« Sophie schaute Thekla auffordernd an. Vielleicht weil sie die Einzige war, deren Namen sie kannte. Vielleicht auch, weil Sophie vor der kleinen alten Frau ehrlicherweise eine Heidenangst hatte. Thekla schnaubte verächtlich, was ihre Nasenflügel zum Tanzen brachte.

»Sie waren heute Vormittag auf einer Begehung in Ottensen. Erinnern Sie sich?«

»Ja, mein Mandant und ich haben uns die zu verkaufende Immobilie angeschaut.« Soweit nichts Auffälliges.

»Ich habe Sie am Gartentor getroffen. Sie und diesen geleckten Kerl.«

Immerhin in ihrer Meinung über Justus Maximilian schienen diese Thekla und Sophie auf derselben Seite zu stehen. Aber Moment, sie hatten sich heute Mittag schon einmal gesehen? Sophie nahm Thekla zum ersten Mal bewusst war. Und Tatsache: die grünen Schuhe, die grüne Ballonhose und das in hellerem Grün gehaltene Blusenkleid darüber. Dazu die wilden roten Haare und das immer noch maßlos überforderte Haarband, das inzwischen wohl gänzlich aufgegeben hatte. Bei diesem Gedanken lachte Sophie kurz auf.

»Natürlich lachen Sie, wenn Sie gerade dabei sind, die Existenz von anderen Leuten zu zerstören«, schaltete sich umgehend die garstige Omi ein. Thekla warf ihrer Mitstreiterin einen Blick zu, der besagte, dass es jetzt wirklich genug war, dass sie mit ihrem Anliegen auf diese Weise kein Stück weiterkommen würden. Die Omi zuckte nur mit den Schultern.

»Frau Uhlmann, das Gebäude, das Sie heute Vormittag besichtigt haben, ist unser Zentrum. Wir sind ein Rentner- und Nachbarschaftszentrum und eine wichtige Institution für diese Menschen hier«, ausladende Handbewegung in Richtung der kleinen Gruppe, »und viele weitere in Ottensen. Wenn Sie das Gebäude verkaufen, nehmen Sie nicht wenigen von ihnen die tägliche Lebensgrundlage.«

»Ein Zentrum? Das kann nicht sein.«

»Doch, wir sind dort schon seit über zehn Jahren.«

»Hören Sie, wenn dort ein *Nachbarschaftszentrum*«, Sophie zeichnete mit zwei Fingern Anführungszeichen in die Luft, »wäre, würde das in den Unterlagen stehen. Da steht aber rein gar nichts, kein aktueller Mieter verzeichnet.«

»Ja, aber wir sind doch da! Da können Sie alle fragen.« Theklas Ton wurde wieder aufgebrachter.

»Wenn Sie das Gebäude nutzen, aber nicht die offiziellen Mieter sind, sollten Sie sich um ganz andere Dinge Sorgen machen als um den Verkauf. Nämlich darum, ob das nicht vielleicht rechtliche Konsequenzen für Sie haben kann. Das Gebäude gehört gegenwärtig einer Erbengemeinschaft. Und die hat sich dazu entschieden, es zu verkaufen. Wir agieren hier auch nur als Exekutive, da wir von Herrn Wertheim engagiert wurden. Mir – und Ihnen – sind hier die Hände gebunden. Tut mir leid, aber der Auftrag ist abgezeichnet und der Verkauf schon im Gange.«

»Aber das können Sie doch nicht machen!« Nach Sophies Erklärung kam wieder Leben in die Rentner, und Entrüstung sprach aus ihren Gliedern. Fäuste wurden in die Luft gereckt, und einer von ihnen hatte soeben mit dem Fuß aufgestampft. Wie ein bockiges kleines Kind, dachte sich Sophie. *Der seltsame Fall des Benjamin Button, er scheint kein Einzelfall zu sein.*

»Doch, das kann ich. Und ich kann noch mehr: dieses Gespräch als beendet erklären beispielsweise. Sie hatten Fragen, und diese habe ich Ihnen beantwortet. Und nun bitte ich Sie zu gehen.«

»Auf keinen Fall, wir geben uns nicht kampflos geschlagen!«

»Dann kämpfen Sie gerne anderswo. Ich habe wirklich schon genug Zeit für Sie aufgebracht und nun richtige Arbeit zu erledigen. Also bitte.« Mit den letzten Worten wies Sophie die Gruppe Richtung Ausgang. Aber niemand bewegte sich. Die kleine garstige Omi verschränkte sogar die Arme vor der Brust. Fehlte nur noch, dass sie vorsorglich das Gebiss aus dem Mund nahm, bevor sie mit Sophie in den Ring stieg.

»Hören Sie«, setzte Sophie erneut an. »Wir haben genau zwei Möglichkeiten. Entweder akzeptieren Sie, was ich soeben gesagt habe. Falls es Sie beruhigt: Selbst wenn es mich persönlich kümmern würde, könnte ich den Verkauf nicht mehr stoppen. Es ist, wie es ist, akzeptieren Sie das und gehen Sie einfach.«

»Und die zweite Möglichkeit?«, fragte die Omi schnippisch. Vom bockigen Kleinkind zum schnippischen Teenager *real quick*. Würde sie ihr nicht so gehörig den Tag vermiesen, wäre Sophie fast beeindruckt.

»Oder ich rufe unser Sicherheitspersonal und lasse Sie persönlich hinausbegleiten.« Mit reglosem Gesicht wartete Sophie auf die Entscheidung der Gruppe. Dass die Omi sie gefährlich angeblitzt hatte, als Sophie mit der Security gedroht hatte, überraschte sie kaum. Die Frau schien wirklich nichts zu verlieren zu haben, nicht einmal wertvolle Lebenszeit. Thekla wirkte einsichtiger. Sie drehte sich zu den Rentnern um und sagte: »Okay, Leute, lasst uns gehen. Das hat hier keinen Sinn. Anscheinend wurden hier Emotionen und Zwischenmenschlichkeit durch Profit ausgetauscht.«

*Nicht der schlechteste Deal.*

»Wir werden einen anderen Weg finden, uns Gehör zu verschaffen«, wandte sich Thekla noch einmal an Sophie, während sie sich Richtung Ausgang bewegten. »Natürlich.« Es war 15.57 Uhr. Wenn der Aufzug schnell kam und sie sich ein oder zwei Minuten Toleranzbereich schenkte, könnte sie sich immer noch einen Kaffee holen.

Drei Stunden später schaltete Sophie endlich den Rechner aus. Es war schwer festzustellen, wem dabei ein lauteres Ächzen entfuhr. Endlich Feierabend. Und endlich Urlaub!

Als sie das Foyer durchquerte, war der Empfangstresen bereits nicht mehr besetzt. Frau Müller war schon längst im Feierabend und ließ sich nach der ganzen Aufregung heute vermutlich direkt wieder die Stirn glätten. Sophie verließ eilig das Gebäude. Rechts neben dem Ausgang befand sich der Fahrradständer, an dem um diese Uhrzeit nur noch wenige Räder festgemacht waren. Ehrlichweise musste man wohl sagen, dass dort immer eher wenige Fahrräder standen, da die meisten ihrer Kolleginnen und Kollegen nicht mit dem Fahrrad, sondern mit Statussymbolen zur Arbeit kamen. Aber Sophie liebte ihr Fahrrad, und selbst wenn sie ein Auto besäße, würde sie weiterhin mit dem Rad zur Arbeit fahren. Diese zwanzig Minuten morgens, die gehörten ihr ganz allein. Der frische Wind, der ihr dabei um die Nase wehte, und das kurze Stück, das sie direkt an der Außenalster entlangfahren konnte, bevor sie spätestens ab dem Rathaus das Gefühl von Großstadt wieder einholte – das waren morgens ihre absoluten Highlights. Manchmal, wenn ihre Zeit es zuließ, fuhr sie nicht rechts der Alster entlang durch Uhlenhorst, Hohenfelde und schließlich St. Georg – ein herrlich bunter Stadtteil mit wunderschönen Altbauten, der direkt hinter dem Hamburger Hauptbahnhof begann –, sondern links der Alster. Auch hier konnte sie dem Alsterufer folgen oder alternativ ein paar Straßen parallel dazu durch die Stadtteile Harvestehude und Rotherbaum rollen und dabei die eleganten Einfamilienhäuser anschauen. Diese beiden mochte sie neben Winterhude, wo sie und Jochen wohnten, auch sehr gerne. Im Kern waren sie sich ähnlich: epochale Bauten, schöne Vorgärten und glänzende Autos in der Auffahrt. Alles sah hier immer sehr aufgeräumt, gesetzt und angekommen aus. Ein Leben, das eingerichtet war und nun einfach genossen werden konnte. Genau auf dieses Ziel arbeitete auch Sophie hin: eingerichtet sein. Eingependelt sein und dann einfach genießen können.

Mit ihrem Job bei Berglund & Söhne hatte sie bereits einen großen Schritt auf dieses Ziel zugemacht. Und, wenn sie ehrlich war, ebenfalls mit ihrem Freund Jochen. Er war ein solider Mann, auf den man sich verlassen konnte. Sie hatten sich vor drei Jahren im Golfklub kennengelernt. Ihre Firma hatte das jährliche Sommerfest – Hauptziel: bessere Kundenbindung – dort ausgerichtet. Absoluter Höhepunkt des Tages war das Golfturnier, an dem sowohl Kundinnen und Kunden als auch Angestellte von Berglund & Söhne teilnahmen. Und eben auch Jochen. Er war Jurist und als Begleitung eines Mandanten mit von der Partie. Jochen hatte aber auch unabhängig von dem Sommerfest eine Premiummitgliedschaft im Golfklub und verbrachte seine Samstage so oder so auf dem Grün, das für ihn die Welt bedeutete. Seine Leidenschaft für den Sport in Ehren, schlug sich die Begeisterung leider nicht in Talent nieder. So viele Abschläge er auch machte, es sollte einfach kein guter Golfer aus ihm werden. Dass Sophie gegen ihn im Turnier spielte, war Zufall. Dass sie als absolute Anfängerin gewann, überraschte niemanden. Jochen nahm die Niederlage mit Humor und lud Sophie danach auf ein Glas Champagner ein. Und der Rest ist Geschichte. Und zwar eine, wie man sie schon Tausende Male gehört hat: Nach dem Tag auf dem Golfplatz ließ sich Jochen bis zum folgenden Mittwoch Zeit, um sie anzurufen und zum Essen einzuladen. Das erste Date beim schicken Italiener in Eppendorf, das zweite zum ausgiebigen Sonntagsspaziergang im Stadtpark und das dritte zum klassischen Konzert in der Elbphilharmonie, inklusive Nachhausebegleiten und Kuss vor der Haustür. Seit diesem Kuss hatten sie sich immer weiter eingependelt auf dem Weg zur perfekten Symbiose. Und das funktionierte erstaunlich gut, Sophie konnte sich an keinen wirklichen Streit erinnern, den sie in den vergangenen drei Jahren gehabt hätten. Gut, die Ausschläge nach oben waren ähnlich rar gesät, aber nun gut. Man konnte schließlich nicht alles haben, wieso sollte das bei Sophie anders sein? Sophie war Realistin, im Beruflichen wie im Privaten. Sie liebte Jochen, sie war zufrieden mit dem

Leben, das sie hatten und das vor ihnen lag. Unaufgeregt und schön. Und jetzt stand erst mal ein Urlaub an. Drei Wochen auf der traumhaften Insel Madeira. Sophie hatte aus unerklärlichen Gründen eine absolute Schwäche für Inseln. Und eine Liste mit allen, die sie noch sehen wollte. Ab morgen könnte sie einen Haken hinter die Azoren setzen. Direkt auf dem zweiten Platz folgten die Liparischen Inseln vor Italien. Dieses Reiseziel hatten Jochen und Sophie für übernächstes Jahr angepeilt. Denn der Sommerurlaub im folgenden Jahr würde eine Fernreise sein. Jochen wollte unbedingt in die Arabischen Emirate und Dubai kennenlernen. Sophie hatte dafür relativ wenig Begeisterung übrig, aber noch hatte sie ja ein paar Monate Zeit, ihm vielleicht doch eher den Floh von Südostasien ins Ohr zu setzen.

Sophie steckte den Schlüssel ins Schloss und öffnete die Wohnungstür. Als Erstes würde sie sich ein großes Glas Weißwein einschenken, dann ihren Koffer packen und Jochen nebenbei von ihrem schrägen Tag erzählen. Er würde zuhören und seine Aufmerksamkeit ab und an mit einem »Mhmh« belegen. Mehr würde er zu ihren Erzählungen nicht sagen, sie nur irgendwann fragen, wo ihr Reisepass sei. Sie würde antworten, dass sie ihren Personalausweis in ihrem Geldbeutel hatte und das ja völlig ausreichend wäre. Daraufhin würde Jochen zu einem Monolog ansetzen, warum es trotzdem wichtig war, ein zweites offizielles Ausweisdokument mit sich zu führen, auch wenn sie die EU nicht verlassen würden. Und ob all dieser Fürsorge um ihr Wohl würde sich Sophie geschlagen geben und ihren Reisepass suchen.

»Hallo, ich bin zu Hause!«, rief sie mit freudiger Stimme, kaum dass sie die Wohnung betreten hatte. »Entschuldige bitte, dass es so lange gedauert hat, aber heute war ein verrückter Tag. Aber jetzt bin ich ja da. Hast du denn deine Sachen schon gepackt? Na ja, ich brauche auch nicht lange. Eigentlich müsste ich ja nur ein paar Bikinis mitnehmen, nicht?« Sophie kicherte, streifte sich die Schuhe von den Füßen und ging schnurstracks zum Kühlschrank. Ein Glück, dass sie gestern noch daran gedacht hatte, den Wein kaltzustellen, ein solches Ärgernis konnte sie heute wirklich nicht gebrauchen. »Sollen wir jetzt schon ein Taxi bestellen für morgen früh? Damit sind wir auf der sicheren Seite, oder? Wenn wir schon so früh das Haus verlassen müssen, dann doch so stressfrei wie möglich.«

Ihr Flieger ging am Samstagmorgen um 9 Uhr. Und da Jochen gerne »etwas« zeitlichen Puffer hatte, wollte er um 6.30 Uhr das Haus verlassen. Noch so ein Umstand, in den Sophie sich bereitwillig fügte.

Das volle Weinglas in einer Hand balancierend, betrat Sophie das Wohnzimmer. Da Jochen immer noch nicht geantwortet hatte, vermutete sie, dass er sich in tiefer Konzentration über die Reisepläne und Buchungsbestätigungen gebeugt am Wohnzimmertisch befand und sie noch gar nicht wahrgenommen hatte. Aber im Wohnzimmer war niemand.

*Mh, komisch.*

Hatte sie ihn in der Küche etwa übersehen? Eigentlich unmöglich, aber nach diesem Tag traute sie sich auch das zu. Selektive Wahrnehmung und so. Bei dem Gedanken musste sie schmunzeln. Doch nein, die Küche war leer. Gut, blieb eigentlich nur noch das Schlafzimmer. Vermutlich war Jochen auch erst kurz vor ihr nach Hause gekommen. Als Jurist war auch er lange Tage im Büro gewohnt, und es war selten, dass die beiden vor halb acht zu Hause eintrafen. Tatsächlich brannte im Schlafzimmer Licht.

»Ah, hier bist du. Stell dir vor, ich habe mir gerade vorgestellt, wie ich dich in der Küche einfach übersehen habe, weil ich nur Augen für den Weißwein hatte. Im wahrsten Sinne des Wortes.« Sophie grinste ihn an.

Jochen saß auf dem Bett, neben ihm die gepackten Koffer. »Oh, du bist doch schon fertig mit Packen? Prima, ich beeile mich! Wie gesagt, eigentlich brauche ich ja nur die Bikinis. Na gut, noch ein paar Dinge mehr. Aber auch das ist schnell zusammen …« Mitten im Satz hielt Sophie inne. *Moment mal. Die* Koffer? Jochen saß neben DEN gepackten Koffern. Und auch wenn man gerne auf alle Eventualitäten vorbereitet war, brauchte man nicht vier Taschen, um drei Wochen Urlaub auf Madeira zu machen. Ein ungutes Gefühl machte sich in Sophies Bauch breit. »Mensch«, sagte sie, wobei sie ihn schief anlächelte, »du hast aber einiges vor im Urlaub. Was ist da denn alles drin?«

»Sophie, ich …«

»Hast du etwa Wandersachen eingepackt? Ich meine, bei der Landschaft auf Madeira wäre es sicherlich nicht verkehrt, wenn wir ein paar gute Wanderschuhe und vielleicht sogar outdoortaugliche Kleidung mitnehmen. Ich glaube, es gibt auch den ein oder anderen Berg, den man sich vornehmen kann. Daran hatte ich jetzt gar nicht gedacht, aber wir hatten ja auch noch nicht besprochen, was wir eigentlich machen wollen.«

»Sophie, kannst du nicht mal kurz …?«

»Wo sind denn nur meine Schuhe?« Sophie riss wahllos alle Schubladen an der Kommode im Schlafzimmer auf. Warum ihre Wanderschuhe ausgerechnet in der Schublade mit den Handtüchern liegen sollten, wusste sie selbst nicht. Aber eigentlich wusste sie gerade gar nichts mehr, denn das ungute Gefühl in ihrem Bauch breitete sich auf ihren ganzen Körper aus. Auch auf ihr Gehirn.

»Wenn ich aber so darüber nachdenke, ist Wandern eigentlich die perfekte Beschäftigung für diesen Urlaub. Klar werden wir auch am Strand liegen. Aber ich kenne uns, das wird schnell langweilig. Und dank der moderaten Temperaturen und dem ständigen Wind bekommen auch wir Nordlichter keinen Hitzschlag …« Sophie hielt inne, denn ihr wurde bewusst, dass sie plapperte, ohne etwas zu sagen. Sie drehte sich zu Jochen um. Ein gequälter Ausdruck lag auf seinem Gesicht, und er rieb sich nervös die Hände.

*O Mann, was um Himmels willen ist hier nur los?* Sophie versuchte ihn so aufmunternd wie möglich anzuschauen. Vielleicht war ja auch etwas im Büro vorgefallen? Vielleicht war ihm gekündigt worden? Vielleicht wurde der ganze Laden vom Finanzamt hochgenommen, und alle hatten heute ihre Jobs verloren? Gut, da hätte ich auch keine Lust auf Urlaub, dachte Sophie. Oder sein Vorgesetzter war plötzlich verstorben, und Jochen wurde ebenso plötzlich befördert. Dann konnte er natürlich nicht in den Urlaub. Klar, wenn dafür jemand Verständnis hatte, dann ja wohl sie. Sophie seufzte.

»Wir müssen den Urlaub absagen, richtig? Das ist es doch?« Sie ließ sich neben ihn auf das Bett sinken. »Das ist okay für mich. Also natürlich – versteh mich nicht falsch – finde ich es sehr schade. Ich wäre gerne mit dir nach Madeira geflogen. Und nach den letzten Wochen hätte ich einen Urlaub auch mehr als vertragen können. Aber was auch immer der Grund dafür sein mag, dass wir nicht in den Urlaub können: Ich verstehe es. Dein Beruf ist wichtiger. Und so ein Urlaub lässt sich ja auch nachholen. Wenn wir eher im Herbst fliegen, dann ist auch weniger los. Dann sind die meisten Touristen zu Hause, und das ist doch eigentlich noch viel toller.« Sie tätschelte ihm beruhigend das Knie und lächelte ihn an. Jochen nickte schwach, sah dabei aber immer noch am Boden zerstört aus.

»Hey, schau nicht so traurig. Wie gesagt, es ist nur ein Urlaub, und wir können ihn nachholen. Madeira läuft uns ja nicht weg. Oder geht in der Zwischenzeit unter. So, dann schaue ich mal, was der Lieferservice so für uns in petto hat, und du kannst so lange deine Koffer wieder auspacken.« Mit einem Satz sprang sie vom Bett auf und verließ das Schlafzimmer. Erst in der Tür blieb sie stehen. Drehte sich um, blickte zu Jochen, blickte zu den Koffern und wieder zu ihm. Ein Kloß machte sich in ihrem Hals breit. »Wieso hast du die Koffer überhaupt gepackt, wenn du wusstest, dass wir nicht fliegen werden?«

»Sophie, das versuche ich schon die ganze Zeit …«

»Was versucht du die ganze Zeit?«

»Na, dir zu sagen.«

»Jochen, *was* zu sagen?« Ihr Ton wurde lauter.

»Na ja, dass …« Er schaute, plötzlich verlegen, auf seine Hände, die er weiterhin aneinanderrieb. »Dass …«

»Sag es doch bitte einfach.«

»Das versuche ich ja. Aber das ist nun mal nicht so leicht, okay, Sophie?« Jetzt wurde sein Ton lauter.

»Ah, aber verlassen *zu werden* ist leicht?«, war alles, was Sophie sarkastisch zurückgeben konnte. Das quittierte Jochen nur mit einem weiteren Seufzen und schwieg.

Sie musste hier raus. Am liebsten würde sie aus der Wohnung fliehen und nach einem ausgedehnten Spaziergang zu dem Freitagabend zurückkommen, den sie noch vor einer halben Stunde vor Augen hatte. Aber das war auch keine Lösung. Denn natürlich würde sich auch nach einem Spaziergang nichts an der Situation geändert haben. Jochen würde vermutlich immer noch genauso auf dem Bett sitzen und sich die Hände reiben. Vermutlich runter bis auf die Knochen.

Stattdessen entschied sie sich also für einen kleinen Spaziergang. Zum Kühlschrank. Wenn ich schon verlassen werde, dann wenigstens stilvoll, dachte sie, als sie sich ein zweites Glas Wein einschenkte, oder wenigstens mit Stielglas. Mit einem vollen Glas – und nach einem großen Schluck – trat sie hinaus in den Flur, wo Jochen gerade seine Koffer abstellte. Neben die Wohnungstür. »Was wird das?«, fragt sie.

»Ich bringe meine Koffer schon mal zur Tür, das siehst du doch.« Wieso erlaubte sich Jochen eigentlich so einen genervten Ton gerade? Schließlich trennte er sich von ihr und nicht andersherum.

»Kannst du es wenigstens aussprechen, bevor du mich verlässt?«

»Das versuche ich ja die ganze Zeit, aber du lässt mich ja nicht.«

*Wow*. Das konnte nicht sein Ernst sein. Sophie konnte kaum glauben, was sie hörte. Und wusste nicht, was sie darauf entgegnen sollte, weshalb sie wiederholt den Mund öffnete, um ihn dann doch wieder zu schließen. Wie ein Fisch auf dem Trockenen. »Ich lasse dich jetzt«, sagte sie nach einer Weile, leise und traurig.

Jochen öffnete die Wohnungstür und stellte seine Koffer in den Hausflur. »Es tut mir leid, Sophie.« Jochen klang nun ebenfalls leise und traurig. »Aber du hast es ja selbst schon gesagt. Für mich reicht es einfach nicht mehr.« Und mit diesen Worten schlüpfte auch er seinen Koffern nach auf den Hausflur hinaus. Als eine lange Sekunde später die Tür ins Schloss fiel, klappte Sophie ihren Mund wieder zu. Hatte Jochen sie gerade wirklich verlassen? Sie ging ins Schlafzimmer und ließ sich auf das Bett plumpsen. Genau in die Delle, die Jochens Gewicht eben noch in die Decke gedrückt hatte. Nein, er hatte sie nicht verlassen. Sie hatte sich selber für ihn verlassen. Ergab das Sinn? Musste es ja irgendwie, auch wenn man das von der ganzen Situation, die sich da eben abgespielt hatte, nicht behaupten konnte. Sophie leerte ihr Glas in einem Zug, wählte die Nummer der Hamburger Taxizentrale und bestellte ein Taxi für den nächsten Morgen. Sie wollte nicht in dieser Wohnung sein. Sie wollte nicht täglich an Jochens Sachen vorbeigehen und in ihrem gemeinsamen Bett schlafen. Und sie wollte auch nicht die nächste Woche überlegen, wie sie ihr Leben weiterleben sollte. Sie wollte den weitesten Spaziergang ihres Lebens machen. Und wenn sie dafür auf eine Insel fliegen musste, die knapp dreitausend Kilometer entfernt war – dann war das eben so.

Nachdem sie das Taxi bestellt und aufgelegt hatte, legte sie sich gänzlich auf der Matratze ab. Was für eine Scheiße.

*Was für eine vermaledeite Scheiße.*

# 3

*»Bem-vindo ao Funchal!«* Von diesen Worten war Sophie vor einer Weile wieder aufgewacht. Und dem Geholpere auf der Landebahn. Eine geschmeidige Flugzeuglandung sah auf jeden Fall anders aus. Das hatte nicht nur Sophie so empfunden, sondern auch ihr Magen. Der fand Sophie aber auch jetzt auf dem Weg zu ihrer Pension noch richtig oll. Kein Wunder, hatte sie ihn in der vergangenen Nacht doch noch mit einem Liter Weißwein gepeinigt. Ganz nach dem Motto: Wenn es mir schon schlecht geht, dann aber so richtig. Deshalb hatte sie die halbe Nacht auf dem Boden ihrer Küche gesessen, Wein getrunken und herzzerreißende Popsongs gehört. Auf die neu geknüpften Bande mit Adele, Bruno Mars und Cher ist Sophie auch jetzt noch irgendwie stolz, während sie mit leicht grünlicher Gesichtsfarbe auf der Suche nach ihrer Unterkunft durch die Straßen von Funchal schlurfte. Vielleicht erklärte die Wolke, die der Weißwein in ihrem Kopf hinterlassen hatte, auch, warum sie so dumm gewesen war, am Flughafen nicht einfach ein Taxi zu nehmen. Das hätte sie direkt bis vor die Tür ihrer Pension fahren können, die sie nun zunehmend verzweifelt suchte.

*Aber nein, Miss Adventure-Time dachte sich, sie will Authentizität und die* echte *Erfahrung, und nimmt die öffentlichen Verkehrsmittel.*

Allein deshalb irrte sie nun, seit sie aus dem Bus gestiegen war, völlig ratlos durch die Gegend. Um die Verzweiflung so authentisch wie möglich zu machen, hatte sich natürlich auch Sophies Handyakku vor einer Weile verabschiedet. Zum Glück wusste sie noch Straße und Hausnummer der Unterkunft. Jetzt musste sie sie nur noch finden.

»Nur noch«, Sophie lachte auf. Sie war auf einer Insel, die sie nicht kannte, in einer Stadt, in der sie noch nie gewesen war, und dann sprachen die Menschen hier auch noch eine Sprache, die sie nicht verstand. Zudem sahen alle Häuser der kleinen Straßen exakt gleich für sie aus: niedrig gehalten, in der Regel mit nur einem Obergeschoss, weiß getünchte Fassaden, bunte Fensterrahmen und Türen. Man hätte glauben können, das gäbe einen Anhaltspunkt für die Orientierung. Aber nach dem vierten weiß-roten Haus musste Sophie sich geschlagen geben. Kraftlos schleifte sie ihren Koffer hinter sich her, wobei das Klappern der Rollen auf dem abgenutzten und speckigen Kopfsteinpflaster erbarmungslos in ihren Frontallappen hämmerte. Da sie nach der vergangenen Nacht und dem mehr als vierstündigen Flug stank wie ein überfahrener Iltis, wollte sie ungern jemanden nach dem Weg fragen. Niemand sollte es ertragen müssen, in ihren Dunstkreis zu kommen. Außer vielleicht Jochen. Dem hätte sie gerade gern ungehobelt mitten ins Gesicht gehaucht. Bei dem Gedanken an ihn verfinsterte sich ihre Miene.

Sophie erinnerte sich dank des Weißweins kaum, wie sie

heute Morgen ins Flugzeug gestiegen ist. Wieso konnte sie nicht einfach auch Jochen vergessen? Andererseits: Wenn es eine Flasche Weißwein brauchte, um ein paar Stunden auszulöschen, wollte sie gar nicht hochrechnen, wie viele Fässer sie leeren müsste, um die vergangenen drei Jahre zu vergessen. Aber wollte sie die überhaupt in Gänze vergessen? Würde sie damit nicht die gesamte Beziehung und auch all die guten Momente und Erlebnisse verleugnen? Sophie schwirrte der Kopf, und das nicht nur vom Kater.

*Das ist einfach alles zu viel.*

Sie wusste nicht, ob es eine gute Idee war, hierherzukommen. Sie wusste nicht, wie es weitergehen würde, sobald sie wieder zu Hause war. Sie wusste nicht, wo sie wohnen sollte. Und das wusste sie – wenn sie ehrlich war – auch jetzt gerade auf dieser blöden Insel nicht. Denn diese verdammte Rua dos Ilhéus wollte einfach nicht auftauchen. Irgendwie hatte sie gehofft, ihre Intuition würde sie leiten. Oder irgendwas oder irgendwer da oben – sie warf einen erzürnten Blick gen Himmel – würde erkennen, dass sie schon genug mit dem Schicksal zu hadern hatte, und ihr den Weg zeigen. Aber nein. Über ihr nur strahlend blauer Himmel und vorbeifliegende Vögel.

Sophie war verzweifelt. Nichts ergab noch Sinn, was tat sie hier überhaupt? Zusätzlich zu ihrem Kopf streikte mittlerweile auch ihr Körper. Sie stellte ihren Koffer ab und ließ sich matt auf die Stufen eines Hauseingangs sinken. Eine kleine Pause, das würde helfen. Sie würde einfach kurz hier sitzen, sich ausruhen, tief durchatmen und – einschlafen.

»Jochen, hör auf. Lass das!« Mit einer verschlafenen Handbewegung drückte Sophie Jochen von sich. Sicher, er hatte ihre Beine schon immer toll gefunden. Aber war das ein Grund, an ihren Knien herumzulecken? Ihre Abwehr schien ihn allerdings nicht zu stören, denn er machte beherzt weiter. Sophie tauchte langsam wieder aus ihrem Tiefschlaf auf. *Mein Kopf.* Ihr Schädel pochte noch schmerzhafter als zuvor. Was vielleicht auch daran lag, dass sie ihn in einem recht ungesunden Neunziggradwinkel an die Wand gelehnt hatte. Ihre Halsmuskulatur war komplett verkrampft und machte aktuell auch nicht den Anschein, jemals wieder etwas von ihrer Beweglichkeit zurückzubekommen. Noch während sie dabei war, ihren Nacken langsam zu kreisen, spürte Sophie erneut das Schlecken an ihrem Bein. Nein, Jochen konnte das nicht sein. Sie schlug endgültig die Augen auf, und ihre Kinnlade klappte herunter: Vor ihr saß ein Fellknäuel. Es war weiß mit hellbraunen Flecken und ziemlich strubbelig. Und es leckte an ihrem Knie.

»Hör auf, lass das!«, brüllte Sophie und zappelte vor Schreck mit den Beinen.

*Das Vieh soll abhauen.*

Sie trat in die Luft und fuchtelte mit der Hand, um es zu verscheuchen. Natürlich wollte sie das Tier nicht treffen, weshalb sie nur noch mit ihrem Hintern Bodenkontakt hatte, während Arme und Beine sich in der Luft bewegten. Sicherlich sah sie eher so aus, als würde sie eine sehr intensive Übung zur Kräftigung ihrer Bauchmuskulatur machen, während zufälligerweise ein Hund neben ihr saß und ihr aufmerksam dabei zusah. Denn der war völlig unbeeindruckt und dachte offensichtlich gar nicht daran, sich zu verkrümeln. Stattdessen legte er den Kopf schief und betrachtete Sophie, die immer noch mit den Händen vor seinem Gesicht wedelte.

»Wieso haust du nicht ab? Wo ist eigentlich dein Herrchen? Ist das denn eine Art, den eigenen Hund einfach so streunern zu lassen? Man muss doch auf sein Tier aufpassen, wenn man sich schon eines anschafft. *Hallo?*«, rief sie nun in die leere Straße. »Hallo, vermisst hier jemand seinen Hund? Der wäre nämlich hier und geht mir auf die Nerven, weswegen ich sehr dankbar wäre, wenn der rechtmäßige Eigentümer ihn wieder einsammeln würde.«

Nichts passierte. Aber wie auch? Hier war ja scheinbar weit und breit kein Zweibeiner außer ihr. Und: Welcher Madeirer würde sich schon von ihrer beamtendeutschen Formulierung des *rechtmäßigen Eigentümers* angesprochen fühlen? Nein, so funktionierte das nicht. Also anders.

Sophie starrte den Hund an. Sie suchte seinen Blick und schaute so ernsthaft und bestimmt, wie sie es in ihrer kläglichen Situation vermochte. Hunde waren Rudeltiere, und wenn sie wollte, dass dieser Hund auf sie hörte, musste er ihre natürliche Autorität spüren. Irgendwo hatte sie mal gelesen, dass man Hunden ins Ohr beißen müsste, um die eigene Rolle des Alphatieres zu demonstrieren. Sollte sie …? Aber nein, das war dann doch irgendwie zu viel.

»Okay, pass auf«, setzte sie an. Logik und pädagogisch kluge Kommunikation – das musste ja wohl funktionieren! »Das war sicherlich unterhaltsam für dich, so ein schlafendes Knie mitten auf der Straße abzuschlecken. Aber erstens macht man das nicht ungefragt. Und zweitens musst du jetzt gehen, irgendwo wartet sicher jemand schon auf dich. Und ich bin mir sicher, du willst nicht gleich zwei Menschen auf einmal unglücklich machen.«

Der Hund stellte aufmerksam die Ohren auf … und bewegte sich nicht vom Fleck.

*Okay, scheiß auf pädagogisch wertvoll, wenn das so lange dauert.* »Tut mir leid, ich habe keine Zeit für dich. Und keine Nerven. Echt jetzt, also hau einfach ab!«

Nun begann er mit dem Schwanz zu wedeln. Na klasse. Natürliche Autorität wohnt mir einfach inne, dachte Sophie und verdrehte die Augen. Sie startete einen zweiten Versuch: »Okay, noch mal zum Mitschreiben.« Sie hielt inne. »Weißt du überhaupt, was Schreiben ist? Schreiben, das tun wir Menschen mit einem Stift auf einem Stück Papier, um Sachen festzuhalten. In dem Fall ist es aber eine Metapher: Wenn ich sage ›zum Mitschreiben‹, dann meine ich, dass du jetzt sehr aufmerksam zuhören und dir meine Worte gut merken sollst.« Mit der Hand zeichnete sie unsichtbare Worte in die Luft. Der Hund folgte unterdessen ihren Handbewegungen mit den Augen und streckte den Kopf, um ihre Hand anzustupsen. Erschrocken zuckte Sophie zurück. »Ey, lass das!«

Einsame Touristin, frisch verlassen, in den Gassen Funchals von wildem Hund gefressen. *Japp, so wird's laufen.* Sophie sprang von der Stufe auf. Der Hund machte einen Satz nach hinten, und für einen kurzen Moment sah er auch wirklich erschrocken aus. Doch dann lehnte er sich nach hinten, reckte sein Hinterteil in die Höhe und begann wieder, wie wild mit dem Schwanz zu wedeln.

»Der will doch nur spielen«, meldete sich von irgendwo eine

Stimme in Sophies Kopf. *Pff, als ob. Fressen will der mich.* Böse funkelte Sophie den Hund an, der sie treuherzig mit großen Augen anhimmelte. *Na ja, oder zumindest ärgern.* Aber Sophie wollte sich nicht ärgern lassen, von niemandem, und schon gar nicht von so einem kleinen Fellding. Immerhin war der Hund durch ihr promptes Aufstehen nun so weit von ihr entfernt, dass sie ihren Koffer schnappen und aus dem Hauseingang treten konnte. Wie viel Uhr es mittlerweile wohl war? Ohne funktionierendes Handy oder Armbanduhr hatte sie keine Ahnung, wie lange sie geschlafen hatte.

Es war noch hell, und die Sonne stand auch noch relativ weit oben. Vermutlich also nur ein kurzes Nickerchen.

»Also dann, Hund, auf Wiedersehen.« Sophie straffte die Schultern und streckte den Rücken durch. Wenn die Sache mit der Kommunikation schon in die Hose gegangen war, dann gewann sie doch zumindest mit ihrer Körperhaltung etwas Souveränität zurück. Erneut stellte der Hund die Ohren auf und legte den Kopf schief. Man könnte wirklich schwach werden. *Könnte.*

Sophie marschierte die Straße hinab, nach wie vor planlos. *Go with the flow*, und wenn der einzige Flow die Schwerkraft war, dann sollte man ihr unbedingt folgen. Oder?

Sie erinnerte sich, wie Jochen und sie die Unterkunft ausgesucht hatten. Sie hatten sich die Bilder angeschaut und sich hauptsächlich wegen der atemberaubenden Aussicht für eben diese Ferienwohnung entschieden. Eines der Bilder zeigte die Sicht vom Balkon aus. Man sah die typisch roten Ziegeldächer der Stadt, die verwinkelten kleinen Gassen der Altstadt und dahinter die runde Bucht und das offene Meer. Allein über den Bildschirm war der Anblick so spektakulär gewesen, dass Sophies Wasserlinie vor Freude geflimmert hatte bei dem Gedanken, wie Jochen und sie abends bei einem Glas Wein auf ihrem Balkon sitzen und diese Aussicht genießen würden. Genossen hätten. Denn dummerweise hatte Jochen sich gegen diese Aussicht entschieden. *Und gegen mich*, rief sich Sophie den Umstand ihres Getrenntseins nochmals ins Gedächtnis. Nur für den Fall, dass sie eine Minute nicht daran dachte.

Mit einem Mal blieb sie stehen. Aussicht. Über die Altstadt und das Meer. Ihr verkaterter Kopf kombinierte dermaßen langsam, dass Sherlock Holmes selbst als fiktiver Charakter sich so sehr dafür schämen musste, dass er sich vermutlich gleich neben ihr materialisieren würde, um ihr auf die Sprünge zu helfen. »Aussicht« gleich »oben«. Und wenn sie nach *oben* musste, war sie hier auf der Straße *bergab* sicherlich in der falschen Richtung unterwegs.

Ein Blick über die Schulter bestätigte ihren Verdacht: Es war ein ganz schön steiler Hügel, den sie da so selbstbewusst heruntergeschlendert war – und den sie nun von Neuem erklimmen musste. *Verdammt*. Ihr schossen vor Frust die Tränen in die Augen. Sie versuchte sie wegzublinzeln und sich wieder zu fassen. Doch die Tränen versiegten nicht. Stattdessen kullerten sie ihr ungestüm aus den Augen, wurden immer mehr, kugelrunde dicke Tränen rollten ihre Wangen hinab. Ein fetter Kloß bildete sich in ihrem Hals.

*Das war's*. Zum ersten Mal seit der Trennung gestern Abend heulte Sophie. Und wie. Sie stand mitten auf einer menschenleeren Straße mit einem Rollkoffer neben sich. Ihr ganzer Körper wurde von Schluchzern geschüttelt, und sie machte sich nicht einmal mehr die Mühe, die Tränen wegzuwischen. Gestern Abend war sie nicht in der Lage gewesen zu weinen. Sie wusste nicht, ob es die Wut oder der Schock war, doch selbst mit den Herzschmerz-Top-100 war keine Träne aus ihren Augen gekommen. Und auch heute Morgen konnte sie nicht weinen, weil der Kater ihren Körper so sehr ausgetrocknet hatte, dass nicht nur ihr Mund davon betroffen war. Sicherlich waren auch ihre Tränensäcke reinste Dörrfelder gewesen. Außerdem war sie voll darauf konzentriert gewesen, sich nicht im Taxi, am Flughafen, im Flugzeug, am Flughafen, im Bus oder auf der Straße zu übergeben.

Aber jetzt. Weil sie sich verlaufen hatte, stand sie nun hier, und ihr Körper wollte gar nicht mehr aufhören zu weinen. Sie schluchzte und weinte und schniefte und erwartete beinahe, Tränenflüssigkeit aus den Ohren abzusondern.

Irgendwann versuchte Sophie ihre Atmung wieder ein bisschen unter Kontrolle zu bekommen. Denn während der vergangenen fünf – zehn? Sie hatte kein Gefühl mehr dafür – Minuten hatten die Schluchzer sie kontrolliert.

*Tief durchatmen.* Durch ihre verheulten Augen schaute sie erneut in Richtung ihres Ziels und musste prompt wieder aufschluchzen. Alles war so unfair!

Noch ein lautes Schniefen erlaubte sie sich, dann griff sie nach ihrem Koffer. Half ja alles nichts. Wenn sie nicht in dieser Gasse übernachten wollte (und nein, sie wollte nicht), dann musste sie wohl oder übel diesen Berg hoch. Denn irgendwo da oben wartete ein weiches Kingsizebett auf sie, bezogen mit frisch gewaschener Leinenbettwäsche. Wenn das mal kein Motivationsantrieb war.

Derselben Meinung schien auch der Hund zu sein. Der hatte sich, während Sophie mit sich selbst beschäftigt gewesen war, hinter sie geschlichen und stupste sie nun mit seiner Nase an – ganz so, als wollte er sie anschieben. Verdutzt schaute Sophie nach unten und der Hund zu ihr nach oben, die Ohren wieder aufgestellt, und zum ersten Mal nahm Sophie wahr, dass diese Ohren eigentlich viel zu groß für den kleinen Hund waren. Er hatte ein bisschen etwas von einer … Fledermaus. Eine weiße Fledermaus mit cognacfarbenen Ohren, Patches um die Augen und vereinzelten Flecken auf dem Rücken in derselben Farbe. Auch die Augen des Hundes, die sie sehr auffordernd anschauten, waren braun und wirkten wie modelliert für einen perfekten Übergang von Fell zu Auge. Der Hund gab ihr erneut einen Schubs. Vielleicht einen Schubs in die richtige Richtung?

»Ja, okay, ich laufe ja schon los«, grummelte Sophie und setzte sich in Bewegung. Der Hund lief dicht an ihrer Seite. Wollte er jetzt etwa mitkommen? Vielleicht könnte sie ihn ja fragen, wo die Rua dos Ilhéus war. Ob sie mit ihren fehlenden Sprachkenntnissen nun an einem Menschen oder an diesem Hund scheiterte, welchen Unterschied machte das schon? Zum Test blieb Sophie stehen. Der Hund auch. Er setzte sich neben sie und wartete mit elegant angehobener Pfote darauf, dass etwas passierte. Sophie ging weiter, vielleicht würde er ja einfach sitzen bleiben? Nein, nur einen kurzen Moment später stand der Hund wieder auf und trabte nun weiter an ihrer Seite. Sie blieb erneut stehen. Ebenso der Hund. Dann sprintete sie mit einem Mal drei Meter und hielt wieder abrupt. Der Hund saß immer noch auf derselben Stelle und schaute

Sophie aufmerksam zu. Aufmerksam und irgendwie auch fragend, so als wäre er sich nicht sicher, was genau Sophie da gerade veranstaltete. Vielleicht hielt er sie auch für ein bisschen verrückt.

»Na gut«, schnaufte sie. »Ich habe dafür keine Kraft heute. Wenn du mich begleiten willst, dann bitte. Hast du nichts Besseres zu tun? Mit anderen Hunden spielen? Deine Besitzer nerven? Nein? Na gut. Aber du musst mitarbeiten, das hier ist jetzt quasi Teamwork. Du kennst dich hier sicher aus, also sag mir doch einfach, wo wir hinmüssen. Oder besser: Zeig es mir. Denn wenn du jetzt noch sprechen kannst, einfach die Schnauze aufmachst und sagst: ›Sophie, da oben müssen wir dann rechts abbiegen‹, dann falle ich vermutlich in Ohnmacht. Natürlich sind wir alle Fans von Dr. Dolittle, und ich leugne jetzt nicht die Anstarrwettbewerbe, die ich mit meinem Meerschweinchen veranstaltet habe. Aber jetzt wäre wirklich der schlechteste Zeitpunkt dafür, mir dieses Talent zu offenbaren. Ich würde gerne erst im Bett zusammenklappen.«

Sophie hatte während ihres Redeschwalls bereits den Aufstieg begonnen, und einen Moment später war der Hund wieder neben ihr. Schweigend trotteten sie nebeneinander die Straße hoch. Irgendwann müssen uns doch Leute entgegenkommen, dachte Sophie. Dann würde sie nach dem Weg fragen, zur Not mit Händen und Füßen, und einfach auf das Beste hoffen. Nachdem sie eine Weile still nebeneinander hergegangen und wirklich keiner Menschenseele begegnet waren, blieb der Hund plötzlich stehen. Sophie bemerkte es im ersten Moment gar nicht, da sie ihren Gedanken hinterherhing. Und mit Gedanken meinte sie: Jochen. Erst als der Hund bellte, stoppte auch sie. Sie warf einen Blick zurück zu ihm und sah, dass er an der Kreuzung, die sie eben überquert hatten, einfach stehen geblieben war und sich hingesetzt hatte.

»Ja, komm, Hund, weiter geht's«, versuchte sie ihn zu animieren. Der Hund antwortete mit einem weiteren Bellen. »Na, los jetzt, wir wollen ja heute noch irgendwann ankommen!«

Sie patschte sich mit beiden Händen auf die Oberschenkel, um ihn anzulocken. Aber der Hund ließ sich nicht locken. Stattdessen sprang er auf alle viere und stierte in die Straße, die von der Kreuzung abgeht. Wollte er in diese Richtung?

»Nein, Hund, wir müssen doch den Berg hoch«, protestierte Sophie. Wieso konnte der Hund nicht einfach weiter mit ihr laufen? Moment mal. Wieso versuchte sie überhaupt plötzlich, ihn dazu zu animieren? Immerhin war er ihr ja völlig egal, einfach zugelaufen. Und wenn sich hier ihre Wege wieder trennten, war das ja völlig in Ordnung. Sophie wollte erleichtert sein, aber bei dem Gedanken, ihn zurückzulassen, schossen ihr erneut die Tränen in die Augen. Also wirklich, waren die Schleusen einmal offen …

»Na gut, dann trennen sich unsere Wege wohl hier. Hab noch einen schönen Tag, Hund, und ein schönes Leben«, schniefte sie und setzte ihren Weg fort. Sie kam jedoch nicht weit, denn ein lautes Bellen bremste sie aus. Sie drehte sich noch einmal zu ihrem Streuner um, der mittlerweile in der Querstraße zur ihrer Linken stand, offensichtlich bereit, in diese Richtung loszumarschieren. Den Kopf hielt er aber in Sophies Richtung und bellte sie direkt an.

»Du willst wohl unbedingt da lang, mh? Aber anscheinend nicht ohne mich. Na, hast du etwa Angst vor der dunklen

Gasse?«, frotzelte sie, als sie kopfschüttelnd dem Willen des Hundes folgte und in die Gasse bog. *Was soll der Geiz.* Eine zweite Trennung innerhalb kürzester Zeit würde sie nicht verkraften. Nicht einmal, wenn es sich um einen Streuner handelte, den sie erst seit einer halben Stunde bei sich hatte. Aus welchen Gründen auch immer wollte der Hund bei ihr bleiben. Wie konnte sie, die frisch Verlassene, da Nein sagen? Außerdem war sie eh völlig verloren, und wenn der Hund einen kleinen Umweg laufen wollte auf ihrem Spaziergang ohne Plan, dann bitte. Denn ganz ehrlich: Was hatte sie schon zu verlieren?

Doch kaum dreihundert Meter weiter sah sie es plötzlich: Rua dos Ilhéus. Ganz deutlich konnte Sophie den Straßennamen lesen. Direkt an der nächsten Straßenkreuzung! Sophie stieß einen Jubelschrei aus und schaute den Hund an: Er hechelte und sah ziemlich zufrieden mit sich selbst aus. Sie ging in die Hocke und nahm seinen Kopf zwischen ihre Hände. »Duuuuuuuu bist der allergrößte und schönste und T-O-L-L-S-T-E Hund aller Zeiten!«

Sie kraulte sein kleines Gesicht, während der Hund die Augen zusammenkniff und die Lefzen zu etwas verzog, das verdächtig nah an einem menschlichen Lächeln war. Offensichtlich genoss er die Streicheleinheit, während Sophie ihm unzählige Küsse auf die Stirn drückte. Dann hielt sie plötzlich inne. Sie hatte keine Ahnung, wer dieser Hund war, wo er herkam oder wo er und sein Köpfchen sich so rumgetrieben hatten. Unter Umständen hatte sie sich gerade irgendwelche unbekannten Krankheiten angeknutscht. *Erch.* Vor allem aber hatte sie keine Ahnung, was sie nun mit dem Hund machen sollte.

»Eigentlich hast du dir eine Belohnung verdient. Denn ohne dich würde ich vermutlich immer noch völlig verwirrt durch die Gegend irren. Dann vermutlich irgendwann aufgeben und am Strand übernachten. Und ausgeraubt werden, und ohne Geld und Pass müsste ich für immer auf dieser Insel bleiben und mich irgendwie als Strandgutsammlerin durchschlagen. Ohne zu übertreiben, kann man also sagen, dass du irgendwie mein Leben gerettet hast.«

Der Hund hechelte.

»Das ist eine prima Idee. Du solltest zumindest etwas zu trinken bekommen.« Gespielt verlegen fingerte sie am Griff ihres Rollkoffers herum und klimperte mit den Wimpern. »Möchtest du auf eine Schale Wasser mit hochkommen?«

Nachdem Sophie den Schlüssel beim Pförtner abgeholt hatte, betraten der Hund und sie das Appartement. Die Sache mit ihrem Gast hatte sie beim Pförtner unterschlagen, ein Mann weniger, ein Hund mehr, darauf kam es ja wohl nicht an. Außerdem wusste sie zum einen nicht, wie sie es ihm erklären sollte: Der alte Mann sprach ebenso viel Englisch oder Deutsch wie Sophie Portugiesisch. Zum anderen war sie sich auch nicht sicher gewesen, ob ein Hund in der Wohnung erlaubt war. Und auf den Stress hatte sie einfach keine Lust. Die vergangenen zwölf Stunden waren dahingehend genug für die nächsten zehn Jahre.

Hinter der Wohnungstür eröffnete sich Sophie der Garten Eden: Das Appartement war luxuriös ausgestattet. Natürlich, schließlich hatte Jochen die Vorauswahl getroffen. Ein kurzer Flur, von dem auf der rechten Seite das Badezimmer abging.

Weiter geradeaus öffnete sich der Raum in ein ausladendes Wohnzimmer. Auf der gegenüberliegenden Seite sorgte eine Fensterfront für Helligkeit im Raum – und gab den Ausblick frei, in den Sophie sich bereits übers Internet verliebt hatte. Eingerichtet war der Raum klassisch, aber stilvoll mit einem tiefen Wohnzimmertisch aus Teakholz und einem dunkelblauen Ecksofa.

Sophie liebte Sofas mitten im Raum: Sie zeugten für sie von purer Verschwendung, denn wenn man ein solches Möbelstück mitten im Raum platzierte, hatte man keinen Platz mehr für andere Dinge – und in den kleinen Wohnungen ihrer Vergangenheit war das ein Ausdruck von luxuriöser Verschwendung. Ihr Urlaubssofa hatte einen weiteren Vorteil: den Blick aus der Fensterfront. Zwar hatte diese Anlage keinen Infinitypool, aber hiermit auf jeden Fall einen Infinitywohnzimmerausblick.

Wie gerne hätte Sophie hier mit Jochen gesessen, tief in die Polster des einladenden Sofas gedrückt. Jeder ein Glas Rotwein in der Hand, den sie irgendwo hier in der Gegend von einem lokalen Winzer gekauft hätten. Jochen hätte seinen Arm um sie gelegt, und sie hätte sich an ihn gelehnt. Gemeinsam hätten sie auf die Lichter der Stadt unter ihnen geblickt, und so hätten sie die ganze Nacht sitzen können. Sophie schluckte. Daran hatte sie natürlich nicht gedacht: Sie hatte erwartet, Jochen zu entkommen, indem sie dreitausend Kilometer Distanz zwischen sie brachte. Doch dieser Ort hier erinnerte sie natürlich ebenfalls an ihn, weil sie ihren Urlaub hier gemeinsam verbringen wollten. Wieder rannen ihr vereinzelte Tränen über die Wangen. Dieses Mal jedoch stille Tränen. Gerade war da keine Wut, keine Ungläubigkeit. Gerade war da einfach tiefe Traurigkeit. Sophie stand mitten in ihrem opulenten Wohnzimmer und starrte auf ein leeres Sofa, auf dem sie eine Zukunft sah, die sie so nicht haben würde. Sie seufzte. Die Mühe, sich die Tränen aus dem Gesicht zu wischen, machte sie sich gar nicht mehr.

Sie ließ ihren tränenverschleierten Blick schweifen: Auf der rechten Seite des Raumes befand sich eine weitere Tür. Sie streckte den Rücken durch, atmete den Kloß in ihrem Hals weg und öffnete auch diese letzte verbleibende Tür. Dahinter musste sich das Schlafzimmer befinden. Der quadratisch geschnittene Raum wurde ebenfalls durch bodentiefe Fenster von Tageslicht durchflutet. Eines der Fenster entpuppte sich auf den zweiten Blick als Balkontür, denn an das Schlafzimmer angeschlossen war ein kleiner Balkon, der förmlich nach Kaffee und Croissant am Morgen schrie und die Aussicht bot, die das Onlineinserat versprochen hatte.

Die Schränke waren in die Wand eingelassen, um Raum für das Essenzielle zu lassen: das große, zwei Meter breite Bett, das mit dem Kopfende an einer Wand in das Zimmer hineinragte. Sophie ließ den Raum auf sich wirken: cremefarbene Bettbezüge mit geschmackvollen roten Punkten, ein flauschiger Teppich am Fußende, frische Blumen auf den Nachttischen. Die Kissen auf dem Bett sahen aus wie Wolken, und die Bettdecke, die glatt über dem Bett lag, erinnerte Sophie an eine Baiserhaube.

Sie lief auf das Bett zu, um sich einfach in diesen Traum fallen zu lassen. Doch bevor sie sich mit Schwung auf die Matratze werfen konnte, bemerkte sie, dass die roten Punkte gar nicht das Dekor der Bettwäsche waren. Es handelte sich um Rosenblätter. Sie waren über das ganze Bett verstreut, und bei genauerem Hinsehen erkannte Sophie auch das Muster; die zarten Blätter waren zu einem großen Herzen angeordnet, über dem stolz prangte:

SOPHIE, ICH LIEBE DICH

Und da war er. Der Moment, der Sophie endgültig das Genick brach. Anstatt sich auf das Bett zu werfen und endlich den fehlenden Schlaf nachzuholen, sank sie auf den kleinen Teppich am Fußende des Bettes. Sie rollte sich auf dem Boden zusammen und begann ein weiteres Mal an diesem Tag bitterlich zu weinen. Jetzt war sie da, die unendliche Traurigkeit. Und jetzt wollte sie ausgehalten und gelebt werden. Sophie weinte leise, den Kopf ganz leer, nicht ein klarer Gedanke darin. Sie fühlte nur ihr Herz, das wehtat. Oh, das so sehr schmerzte.

Und dann spürte sie Fell. Während sie in Embryonalstellung auf dem Teppich lag, hatte der Hund sich unter ihren Arm geschoben und drückte sich nun an ihren Bauch, sodass nun ihre Hand auf seinem Rumpf ruhte. Sophie nahm die Wärme wahr, die von dem Körper des kleinen Hundes ausging. Und noch etwas strahlte der Kleine aus: Ruhe. Und Zuversicht. Ohne weiter darüber nachzudenken, drückte Sophie den Hund enger an sich. Sofort wurde sie ruhiger. Ihr Herzschlag verlangsamte sich, und ihre Atmung wurde tiefer. Sie merkte, wie die Müdigkeit sie übermannte und sie langsam wegdämmerte. *Endlich*, dachte sie. Auch wenn sie eben noch überzeugt gewesen war, dass sie womöglich nie wieder schlafen würde, weil sie viel zu traurig dafür war, merkte sie nun, wie ihr Körper sich holte, was er brauchte. Auch der Hund stieß einen leichten Seufzer aus. Sophie presste ihre Nase gegen seinen Hinterkopf und vergrub ihre Hand in seinem Fell. Wer auch immer dieser Hund war und wo auch immer er herkam, sie würde ihn nicht mehr loslassen.

Als Sophie irgendwann (welches Datum war es wohl?) wieder aufwachte, lag sie alleine auf dem Teppich. Sie stemmte sich mit den Händen hoch und lehnte sich im Sitzen gegen das Bett. Ihr Rücken schmerzte. Sie musste schleunigst damit aufhören, auf dem Boden zu schlafen. Der Küchenboden, der Hauseingang und nun der Teppich vor einem riesigen Bett, das sie nur für sich hatte – nein, da lief eindeutig etwas schief.

Nachdem sie sich kurz gestreckt und hochgerappelt hatte, kramte sie nach ihrem Handy. Vielleicht sollte sie Jule und Lina mal ein Lebenszeichen schicken. Als sie ihr Smartphone an den Strom anschloss und einschaltete, ploppten die Nachrichten auf. Tatsächlich einige in der gemeinsamen WhatsApp-Gruppe mit ihren Freundinnen, die mit Herz- und Knutsch-Emojis fragten, ob das Paar schon angekommen sei.

Natürlich. Sophie hatte es in der vergangenen Nacht nicht mehr geschafft, ihnen zu erzählen, was passiert war. Doch bevor sie die beiden anrufen konnte, ließ eine andere Push-Nachricht ihr Herz aussetzen. Jochen. Er hatte ihr geschrieben! Vielleicht will er sich entschuldigen? schoss es ihr durch den Kopf. *Vielleicht hat er selbst gemerkt, dass ihm da einfach eine Sicherung durchgebrannt ist? Er einfach überarbeitet ist?*

*Und weil er sich nicht traut anzurufen, hofft er jetzt auf schriftliche Absolution.*

Mit schwitzigen Fingern öffnete Sophie die Nachricht: »Hey Sophie«, las sie, und automatisch füllten sich ihre Augen mit Tränen. »Es tut mir ehrlich leid, wie das gestern gelaufen ist. Vielleicht können wir irgendwann noch mal in Ruhe über alles reden. Wenn du denn möchtest, natürlich. Ich bin erst mal zu Martin gezogen, damit du genug Zeit hast, dir eine Wohnung zu suchen. Ich hoffe, es geht dir gut. LG Jochen.«

LG?

LG???

»Ich hoffe, du erstickst an deinem LG!«, brüllte Sophie ihr Smartphone an und war drauf und dran, es an die Wand zu pfeffern. Doch dann hielt sie inne und öffnete den Chat mit ihren Freundinnen, um eine kurze Nachricht zu verfassen. Danach schaltete sie ihr Handy aus. Auf Jochens Nachricht antwortete sie nicht. Noch nicht. Irgendwann, das schien für beide ein ziemlich guter Zeitpunkt zu sein.

Ihr Blick fiel auf die Rosenblätterdekoration. »Wenn ich auch nur eine Nacht in diesem Bett schlafen will, dann müssen die Rosen verschwinden«, sagte sie laut. Ein kurzes Bellen folgte als Antwort.

»Hund!«, rief Sophie. Der Hund stand in der Schlafzimmertür und wedelte mit dem Schwanz. Sophie ging auf ihn zu und kraulte ihn hinter den Ohren. »Wieso ist denn deine ganze Schnauze so nass?«, fragte sie erstaunt. Wie aufs Stichwort lief der Hund los und führte Sophie ins Badezimmer des Appartements. Der Toilettendeckel war hochgeklappt, und wie zur Demonstration stellte der kleine Hund sich mit den Vorderpfoten auf die Klobrille. *Das ist widerlich. Und in höchstem Maße gruselig.* Dieser Hund musste ganz schnell wieder damit aufhören, Sophies Fragen zu beantworten. Denn irgendwann zählte die Ausrede, dass es ihr nur so vorkam, als würde er sie wirklich verstehen und es allein am Weißwein lag, einfach nicht mehr.

»Okay, das ist ekelhaft, Hund. Bitte, tu mir den Gefallen und trink nie wieder aus dieser Kloschüssel. Oder irgendeiner Kloschüssel. Verstanden?«

Der Hund nahm die Vorderpfoten wieder von der Klobrille. »Gut. Und dann noch eine Bitte: Hör auf, mich so gut zu verstehen. Es kann natürlich sein, dass ich mich daran gewöhne und es mir irgendwann gar nicht mehr auffällt. Es kann aber auch sein, dass ich deshalb völlig den Verstand verliere. Und das will keiner von uns beiden riskieren. Oder?«

Der Hund stellte die Ohren auf und wedelte mit dem Schwanz. Diese riesigen Fledermausohren. Sophie seufzte verzückt. »Na gut, nachdem du deinen Durst nun schon eigenständig gestillt hast, wollen wir uns dieser unangenehmen Aufgabe widmen. Wir müssen die Rosenblätter vom Bett sammeln. Würdest du mir dabei helfen?«

Der Hund bellte kurz auf und war mit einem Satz aus dem Badezimmer gelaufen.

Ich werde mich einfach daran gewöhnen, dachte Sophie, als sie gemeinsam ins Schlafzimmer marschierten. Vor dem Bett blieb Sophie stehen. Sicher, im Grunde musste sie nur die Blätter aufsammeln und in den Müll werfen. Objektiv betrachtet war das keine schwere Aufgabe. Aber subjektiv? Es kam Sophie wie ein erster kleiner Meilenstein vor. Einer, zu dem sie eigentlich noch nicht bereit war. Es war nicht, wie die Kleidung des anderen aus dem Schrank auszusortieren oder die Fotos aus dem Geldbeutel endlich zu entsorgen. Das hier musste sie tun, weil jemand (Jochen) jemand anderem (Portier?) den Auftrag gegeben hatte, diese Botschaft aufs Bett zu streuen. Und dann hatte sich jemand (Jochen) entschieden, dass der Inhalt der Botschaft nicht mehr der Wahrheit entsprach.

»Es reicht einfach nicht«, hatte er gesagt.

»Aber für kitschige Rosen auf dem Bett hat es gereicht, oder was?«, sagte Sophie in den leeren Raum hinein. Wieso hatte Jochen diesen kleinen Zusatz nicht wieder abbestellen können, als ihm klar wurde, dass er Sophie doch nicht liebte? Dachte er, keiner von ihnen würde dieses Schlafzimmer jemals betreten? Oder hatte er es einfach vergessen? Und eine weitere Frage drängte sich in Sophies Bewusstsein: Seit wann war Jochen klar gewesen, dass er sie nicht mehr liebte?

Wieder war es der Hund, der sie aus dem Gedankenstrudel riss, indem er aufs Bett sprang und wie zuvor in der Gasse sein Hinterteil in die Höhe reckte, wobei er auffordernd mit dem Schwanz wedelte. Er wollte also wirklich nur spielen. Sophie lächelte und streckte die Hand nach ihm aus. Das nahm der Hund als Zeichen, dass das Spiel nun begonnen hatte, weshalb er begann, einen wilden Tanz auf dem Bett aufzuführen. Mit kurzen Sprüngen hüpfte er von einem Ende des Bettes zum anderen und arbeitete sich mit schnellen Drehungen wieder auf Sophie zu. Aus »SOPHIE, ICH LIEBE DICH« war damit etwas geworden, das sich nicht mehr entziffern ließ. Höchstens eine kitschige Adaption eines Jackson-Pollock-Gemäldes.

Sophie lachte laut auf. »Danke, Hund«, sagte sie. »Du hast es mir auf jeden Fall leichter gemacht.«

Mit beherztem Griff sammelte sie die Rosenblätter zusammen. »Was hältst du von ein bisschen Drama?«, fragte sie den Hund, während sie mit den Rosenblättern in der Hand zur Balkontür marschierte. Sie öffnete die Tür mit dem Ellbogen, und der Hund und sie traten auf den Balkon. Unter ihnen befand sich der Innenhof des Häuserkomplexes mit dem gemeinsamen Pool. Erst dahinter erstreckte sich die runde Bucht und die Weite des Meeres.

So weit würden die Blätter nicht fliegen.

»Also dann«, sagte Sophie und trat ans Balkongeländer. Der Hund stand neben ihr, die Schnauze zwischen die Gitterstäbe gesteckt. Mit der nächsten Windböe ließ sie die Blätter los. Dann setzte sie sich neben den Hund, und gemeinsam beobachteten sie, wie die Rosenblätter leider nicht spielerisch vom Wind durch die Luft getragen wurden, sondern zielstrebig auf den gepflasterten Hof segelten.

Ein trostloser Anblick, dachte Sophie still, für ein trostloses Ende. Sie kraulte den Hund am Hals, und er lehnte seinen Kopf gegen ihre Schulter. In diesen vergangenen Stunden hatte er sie mit ziemlicher Sicherheit vor dem Tod durch ihre eigene Orientierungslosigkeit bewahrt und sie ganz nebenbei zum Lachen gebracht. Seine Probezeit als *Emotional-Support-Dog* hatte er auf jeden Fall schon bestanden.

# 4

»Lina, können wir jetzt bitte los?« Jule starrte ihre langjährige Freundin durchdringend an. Sie war bereits genervt, bevor sie überhaupt losgefahren waren. Beziehungsweise *weil* sie noch nicht losgefahren waren, weil Lina auf dem Beifahrersitz noch in ihrer Tasche kramte und auf der Suche nach ihrem Handy war.

»Sorry, Jule, du weißt, dass ich ohne nicht aus dem Haus gehen kann.«

Jule hasste Warten. Mindestens genauso sehr, wie sie Jochen hasste. Weil er Sophie einfach abserviert hatte. EINFACH SO. Die Nachricht, die Jule und Lina vor ein paar Tagen von Sophie erhalten hatten, hatte sie beide gleichermaßen erschüttert:

*Hey, Mädels, ich bin gut auf Madeira angekommen. Ja, richtig gelesen: ich. Jochen hat sich gestern Abend von mir getrennt, und ich glaube, ich wache erst so langsam aus meinem Schock auf. Deshalb habe ich mich auch nicht früher gemeldet. Tut mir leid. Jedenfalls sitze ich jetzt in unserem Luxusappartement und betrachte die Rosenblätter, die der Host auf dem Bett arrangiert hat. Ich werde sie gleich aus dem Fenster werfen. Aber keine Sorge, ich schmeiß mich nicht hinterher. Es geht mir scheiße, aber es geht mir gut. Könnt ihr mir nur einen Riesengefallen tun, bitte? Könnt ihr meine Sachen aus der Wohnung holen? Zumindest mal das Wichtigste? Ich will nach meinem Urlaub ungern wieder in die Wohnung müssen. Und da wohnen kann ich eh nicht mehr. Aber das ist ein anderes Thema. Ihr seid die Besten, danke! So, ich schalte das Teil erst mal aus. Sorgt euch nicht, wir sehen uns in drei Wochen! Love you!*

Keine halbe Stunde später hatten Jule und Lina in *Fritz Bauch* gesessen, einer Kneipe in der Hamburger Schanze, um über das Drama zu sprechen. Natürlich hatten beide Tausende Antwortnachrichten auf Sophies Nachricht geschickt. Aber der einsame Haken, der neben jeder einzelnen ihrer Nachrichten prangte, hatte ihnen gezeigt, dass sie ernst und ihr Smartphone ausgemacht hatte.

»Niemand ist so vernünftig wie Sophie«, hatte Lina daraufhin zu ihrer beider Beruhigung gesagt und zwei Mexikaner bestellt. Die beruhigten nämlich auch.

»Wir müssen uns mit Jochen absprechen«, hatte Jule tonlos angefügt, nachdem sie den Shot gekippt hatten.

»Ich will mich nicht mit ihm absprechen«, hatte Lina in ihr Glas geflucht, »ich will ihm die Ohren langziehen.«

»Mindestens das«, hatte Jule zugestimmt. »Aber auch dafür müssen wir uns mit ihm abstimmen.«

Letzten Endes war es Jule, die die Mühe auf sich nahm und genug Selbstbeherrschung aufbrachte, um sich mit Jochen abzusprechen. Sie hatten sich für den heutigen Dienstag verabredet. Jule hatte einen Transporter gemietet, und sie wären fast schon in Winterhude – wenn Lina endlich ihr Handy finden würde.

Jule trommelte ungeduldig mit den Fingern aufs Lenkrad und ließ ihren Blick ziellos durchs Auto wandern. »Hey, Lina«, sagte sie, »vielleicht nimmst du einfach das, das da auf der Ablage liegt?« Und damit drehte sie den Schlüssel im Zündschloss, legte den ersten Gang ein und schaute ihre Freundin, die nun zufrieden auf ihrem Handy herumtippte, auffordernd an. »Wenn du jetzt noch die Tür schließt, könnten wir endlich los.«

»Ja-haa.«

Jule schüttelte den Kopf und fädelte sich in den Verkehr ein. Seit sie sich vor knapp zehn Jahren als Erstsemester bei einer Einführungsveranstaltung in einer Studentenkneipe kennengelernt hatten, hatte sich nicht viel verändert. Damals hatten sie alle gerade ihr Studium begonnen: Jule Design, Sophie BWL und Lina Mathe und Sport auf Lehramt. Jule kam gerade aus einer Klokabine, als sie Sophie und Lina an den Waschbecken sah. Sophie war schon damals sehr adrett gekleidet gewesen und trug die blonden Haare in einem strengen Zopf; zudem war sie vermutlich die einzige nüchterne Person in dem ganzen Laden. Sie wusch sich mit stoischem Gesichtsausdruck die Hände, während am Becken rechts von ihr Lina stand und ihr von dem Typen erzählte, in den sie sich gerade schockverliebt hatte. Im Gegensatz zu Sophie schien Lina ziemlich betrunken zu sein. Und obwohl sie niemand darum gebeten hatte, schüttete Jule das restliche Bier aus ihrem Glas ins Waschbecken, füllte es mit kaltem Leitungswasser auf und hielt es Lina vor die Nase.

»Trink«, sagte sie, »wenn du dich vor deinem Traummann nicht komplett zum Affen machen willst.« Sie registrierte, wie beide – Sophie und Lina – sie gleichermaßen dankbar angrinsten. Und damit war ihre Freundschaft besiegelt.

Wenig überraschend war Jochen schon fleißig gewesen und hatte Sophies Sachen in Kartons und Kisten verstaut. Diese standen akkurat aufgereiht vor der Wohnungstür, sodass Jule und Lina sie nur noch abtransportieren mussten.

»Ich habe alles eingepackt.« Jochen stand in der Wohnungstür, wobei er etwas unsicher, fast schon defensiv wirkte.

Was ist denn mit dem los? dachte Jule. *Hat er etwa Angst, dass wir ihn ohne Vorwarnung in der Luft zerreißen?*

Besser wäre es, aber schließlich waren sie keine wilden Tiere ohne Moralvorstellungen. Im Gegensatz zu anderen Anwesenden. Bevor sich Jule noch weiter in ihren Beschützerinstinkt schrauben und Jochen doch noch beißen konnte, schnappte sie sich die erste Kiste und machte sich auf den Weg nach unten. Lina tat es ihr gleich, und sogar Jochen packte nach einigem Zögern mit an.

Immerhin weiß er, was er angerichtet hat, dachte Jule, die ihn aus dem Augenwinkel beobachtete und versuchte, seine Körpersprache zu lesen. Klar, Jochen war ja auch kein Unmensch. Schließlich war ihre beste Freundin drei Jahre mit ihm zusammen gewesen. Trotzdem hatte Jule als beste Freundin das Recht, nein, die Pflicht, ihn nur noch als Arschloch zu sehen. *Sorry not sorry.*

Das Arschloch und sie sind nach kaum 20 Minuten fertig, das Auto ist voll, das Treppenhaus leer.

»So, das war's«, sagte Jochen bedeutungsschwanger, als sie nach der letzten Fuhre vor dem Transporter standen.

Lina nickte nur. Weil niemand so richtig reagierte, sprach Jochen weiter. »Dann hoffe ich, dass ihr nicht in einen Stau geratet …«

»Lass uns noch mal eine Runde durch die Wohnung gehen. Nur um sicherzugehen, dass wir nichts vergessen haben«, unterbrach Jule ihn. *Stau, also wirklich.*

»Um sicherzugehen, dass *ich* nichts vergessen habe, meinst du wohl«, sagte Jochen und zuckte mit den Schultern. »Aber, klar, wenn ihr wollt, können wir das natürlich machen.« Devoter Jochen, schmunzelte Jule innerlich, so kann ich den ja fast leiden.

Dass Jule und Jochen nie die besten Freunde gewesen waren, war kein Geheimnis. Auch wenn sie ihn nicht für einen schlechten Menschen hielt, war Jochen doch nicht der Mann, den sich Jule für ihre Freundin gewünscht hatte. Viel zu spießig und langweilig, und er hatte absolut nichts an sich, das Sophie forderte. Und genau das wollte Jule für ihre Freundin: jemanden, der sie aus ihrer Komfortzone herauslockte, anstatt sich mit ihr darin häuslich einzurichten. Aber solange Sophie glücklich war, war es Jule auch.

Jochen öffnete die Wohnungstür, und schon im Flur wurde klar, dass es sich gelohnt hatte, auf eine Kontrollrunde zu bestehen. Denn bereits von der Wohnungstür aus sah Jule den zitronengelben Wäscheständer, der im Schlafzimmer gegen die Wand gelehnt war. »Der da«, sagte sie und zeigte mit dem Zeigefinger darauf, ohne auch nur einen Fuß in die Tür gesetzt zu haben.

Jochens und Linas Blicke folgten ihrem Finger.

»Der Wäscheständer?«, fragte Jochen.

»Der Wäscheständer«, antworteten Jule und Lina unisono.

»Aber was wollt ihr damit? Jule, du hast doch sicher auch einen zu Hause«, sagte Jochen verdutzt, der wusste, dass Sophie in Jules freies Zimmer ziehen würde. Jochen war nun mal ein pragmatischer Mensch. Und wenn er diesen Wäscheständer nun hergab, würde er sich einen neuen kaufen müssen, während es irgendwo in der Hamburger Schanze einen Haushalt mit zwei Wäscheständern geben würde. In seiner Welt ergab das keinen Sinn. In Jules schon. Denn man suchte sich nicht aus, woran das Herz hing. Und manchmal blieb es eben an einem zitronenfarbenen Wäscheständer kleben. Jule erinnerte sich noch genau, wie aufgeregt Sophie von ihrem Kauf erzählt hatte, nachdem sie monatelang auf der Jagd nach diesem Teil gewesen war, weil sie ihn einmal auf Instagram gesehen und weggeklickt hatte, ohne sich zu merken, von welcher Marke er war. Also hatte sie alle Winkel des Internets durchforstet und ihn schließlich gefunden. Für Jochen – und vermutlich den Rest der Menschheit – mochte das ein Gebrauchsgegenstand für den Haushalt sein. Für Sophie, und das wusste Jule, war es ein Herzensbesitz.

»Ja, Tatsache, ich hab auch einen Wäscheständer«, antwortete Jule und marschierte in Sophies ehemaliges Schlafzimmer.

»Aber wieso nimmst du diesen dann mit?«, fragte Jochen, ehrlich verdutzt.

»Weil Sophie nun mal daran hängt.«

Mit diesen Worten schnappte sich Jule das gelbe Teil, und sie und Lina schlüpften hinaus ins Treppenhaus.

Mit einem »Okay, tschüss dann« schloss Jochen hinter ihnen die Wohnungstür, und Jule war sich sicher, dass auf beiden Seiten der Tür gerade ungefähr gleich viel Anspannung abfiel.

# 5

»Herzlich willkommen in Hamburg.« Zu diesen Worten wachte Sophie auf. Und durch das Geholpere auf der Landebahn. Anscheinend war das ihr Flugkarma. Glücklicherweise war sie dieses Mal nicht so noch-betrunken-schon-verkatert wie bei ihrem Flug nach Madeira vor drei Wochen.

Nein, an diesem Sonntag, dem letzten Tag ihres Urlaubs und somit dem Rückreisetag nach Hamburg, war sie nüchtern. Yay. Es wäre eine Lüge, zu behaupten, sie hätte das mit dem Trinken in den vergangenen einundzwanzig Tagen nicht doch auch mehr oder minder exzessiv betrieben. Spätestens am Nachmittag hatte sie sich ein Glas Rotwein eingeschenkt. Ja, Rotwein, trotz der warmen Temperaturen. Auf Madeira war das – entgegen ihren sonstigen Gewohnheiten – möglich, denn die Madeirer verstanden sich ausgezeichnet darauf, sich den Gegebenheiten anzupassen. Natürlicher Darwinismus, vermutlich. Weil sie nicht die meiste Zeit des Jahres aufgrund der Wärme auf ihren Roten verzichten wollten, hatten sie begonnen, sehr leichte Rotweine zu keltern. Die ließen sich bei kälteren Temperaturen ebenso gut trinken wie zur Mittagszeit im Frühsommer. Neben dem Hund war das ihr größter Gewinn in diesem Urlaub.

Sophie musste bei dem Gedanken an den Hund lächeln, während das Flugzeug auf der Rollbahn langsam zum Stehen kam. Sie war froh, wieder in Hamburg zu sein. Und sie war froh, aus diesem stickigen Flieger zu steigen. Mindestens genauso froh war sicherlich ihr Begleiter, der den Flug im Frachtraum verbracht hatte.

Eigentlich hätte ihr an diesem Samstag vor drei Wochen direkt klar sein müssen, dass sie die Insel nicht ohne Hund wieder verlassen würde. In der Sekunde, als sie vom Abschlecken ihres Knies geweckt worden war. Egal wie panisch und verärgert sie reagiert hatte, ihr Herz hatte sie sofort an den braunweißen Vierbeiner verloren. Nur hatte sie das nicht direkt gemerkt. Gut, aber schwer von Begriff war sie ja auch gewesen, als Jochen mit gepackten Koffern und zerknautschtem Gesicht vor ihr gesessen hatte. Aber das war ein anderes Thema, denn es gab jetzt einen neuen Mann in ihrem Leben. Und der war kniehoch, weiß-braun gefleckt und wunderbar wuschelig.

Um den Hund mit nach Hamburg zu bringen, hatte Sophie einige bürokratische Hürden bewältigen müssen. Nach dem zweiten oder dritten Heulanfall an besagtem Samstag hatte Sophie direkt im Internet recherchiert, was sie wohl tun müsste, damit der Hund mit ihr nach Hause kommen konnte. Und dann hatte sie telefoniert: mit der Fluggesellschaft, mit dem örtlichen Tierarzt und noch mal mit der Fluggesellschaft. Denn nachdem sie sich beim Arzt abgesichert hatte, dass er am selben Tag noch spontan einen Termin für Sophie und ihren Hund freimachen konnte, hatte sie verbindlich ein zusätzliches Flugticket für die Gepäckraumklasse gebucht. Im Anschluss hatte sie sich den Hund geschnappt und war zum Tierarzt gedüst: Der kleine Vierbeiner wurde gewaschen, untersucht, für gesund befunden und geimpft. Papiere wurden ausgestellt und EC-Karten gezückt, im Ort die »Spontane-Hundebesitzerin-Grundausstattung« eingekauft, und dann waren sie auch schon wieder zurück im Appartement.

Ob sie sich das mit dem Hund gut überlegt hatte? Natürlich nicht. Aber ehrlich: Was brachte »gut überlegen« schon? Sophie hatte sich in ihrem Leben richtig viel richtig gut überlegt: ihr Studium und anschließend ihren Beruf, der ihr finanzielle Sicherheit brachte. Ihren Exfreund, der gut zu ihrem angestrebten Leben passte. Die gemeinsame Wohnung mit besagtem Exfreund, deren Lage sie in perfektem Abstand zu ihren jeweiligen Jobs ausgesucht hatten. Ein Versicherungspaket, das Rechtsschutz-, Arbeitsunfähigkeits- und Hausratversicherungen enthielt.

Und was hatte sie nun davon?

Einen Job, der wenig Spaß machte, eine ungewisse Wohnsituation und monatliche Fixausgaben, die einem Fünfpersonenhaushalt entsprachen. Das Thema Wohnsituation würde mit einem Hund natürlich nicht leichter, riefen Sophie die Stimmen der Vernunft in ihrem Kopf zu. Die ließen sich aber ganz wunderbar in Wein und Bier ertränken. Und fürs Erste war ja auch alles klar: Sophie würde zu Jule ziehen. Von Winterhude in die Schanze – aber wenn man schon alles über den

Haufen warf, dann kam auch diese Hundertachtziggradwendung nicht überraschend.

Sobald sie das Flugzeug gleich verlassen durfte, würde Sophie ihren Freundinnen Jule und Lina in die Arme laufen. Die beiden hatten sich dazu bereit erklärt, sie vom Hamburger Flughafen abzuholen. Gut, vielmehr hatten sie sich unumstößlich aufgedrängt.

Sophie rutschte unruhig auf ihrem Sitz hin und her und ließ vor ihrem inneren Auge den Film ablaufen, wie ihr Wiedersehen am Flughafen aussehen würde: Nachdem sie ihren Koffer vom Rollband und ihren Hund aus der Reisebox geholt hatte, würde sie Richtung Ausgang laufen. Die automatischen Schiebetüren würden sich öffnen, Sophie und der Kleine würden hindurchgehen, ihre Augen würden Lina und Jule suchen. Und ihre beiden Freundinnen würden dastehen, mit einem Schild in den Armen, auf dem etwas Unmögliches stehen würde wie: »Endlich frei! Willkommen zurück aus dem Knast, liebste Sophie«. Und dann würden sie Sophie entdecken, und Sophie würde sie gleichzeitig sehen, und alle würden wie wild winken, aber Sophie nur mit einer Hand, weil sie in der anderen die Leine halten würde. Und wie sie sich so aus der Masse der Fluggäste lösen und auf ihre Freundinnen zugehen würde, würden die auf den kleinen Begleiter zu Sophies Seite aufmerksam werden.

»Wer ist das???«, kreischte Lina. Mit einem Satz war sie in die Hocke geplumpst, um den Hund auf Augenhöhe zu begrüßen. Lina liebte Hunde abgöttisch, und Sophie beobachtete, wie ihre Freundin dem Hund ihre Hand vor die Schnauze hielt.

Der kleine Kerl schnupperte daran, und als er ohne zu zögern begann, die ihm vorgehaltene Hand abzuschlecken und mit dem Schwanz zu wedeln, wusste Sophie untrüglich, dass sie mit Lina einen Hundesitter auf Lebenszeit hatte.

Sie grinste. Doch als sie den Blick ihrer Freundin Jule bemerkte, versteinerte ihr Gesicht. Nicht nur, dass Jule mit Hunden nicht ganz so verbandelt war wie Lina, sie war auch immer die Stimme der Vernunft. Allein an der hochgezogenen Augenbraue konnte Sophie folgende Fragen ablesen: Was zur Hölle? Hast du dir das gut überlegt? Bestimmt nicht, denn dann hättest du jetzt keinen Hund! Wie willst du das mit der Arbeit machen? Und deinem Alltag? Kennst du dich mit Hunden überhaupt aus? Hast du dir das wenigstens ein bisschen überlegt? Und: Was zur Hölle?

»Er ist schon stubenrein!«, platzte es aus Sophie heraus. Zumindest ein Argument, das Jule nicht aushebeln konnte. Wobei Sophie natürlich völlig bewusst war, dass sie ihre Freundin überfiel und ihr einiges abverlangte. Schließlich wohnte sie ab heute bei Jule.

»Sophie, das freut mich sehr, dass der Hund schon stubenrein ist. Auch aus einer nicht ganz selbstlosen Perspektive, wenn ich an meine Wohnung denke. Aber das ist doch alles von vorne bis hinten überhaupt nicht …«

»Wollen wir zum Auto?«, fiel Sophie Jule ins Wort. Ihre Freundin hatte recht. Das hieß aber nicht, dass Sophie schon bereit war, sich der Realität zu stellen. Sie war ja gerade erst wieder in ihr gelandet. Sie wollte nur noch kurz träumen, nur noch fünf Minuten.

»Ja, lasst uns nach Hause fahren.« Lina war wieder zu ihrer

vollen Größe gewachsen und schnappte sich Sophies Koffer. Zu dritt verließen sie das Flughafengebäude und traten in den Hamburger Frühsommer. Es war schon Mitte Mai, und das hatte mittlerweile sogar das Hamburger Wetter mitbekommen. Als Sophie vor drei Wochen aus der Stadt geflüchtet war, war es zwar bereits mild gewesen, aber dennoch zu kalt, um wirklich Frühlingsgefühle aufkommen zu lassen. Nicht die amouröser Natur, denn da hatte bei Sophie ja in jedem Fall Eiszeit geherrscht. Doch nun begrüßte Hamburg sie mit 20 Grad, Sonnenschein und dieser angenehmen norddeutschen Brise. Gutes Timing, Frühling, dachte sich Sophie, während sie Richtung Parkplatz gingen. Sonst hätte ihr von der madeirischen Sonne verwöhnter Hund vermutlich direkt wieder kehrtgemacht. Wie kalt und nass es hier werden konnte, musste er ja nicht direkt am ersten Tag herausfinden. Wo hingegen die nächste potenzielle Pinkelstelle ist, hatte er sofort erschnüffelt, denn plötzlich zog er an der Leine und drängte Sophie, ihm zu der kleinen Grünfläche zu folgen. Auf ihr stand eine junge Birke, der verzweifelte Versuch, ein wenig Natur auf das riesige Betonareal zu bringen. Für den Hund aber das Beste, was er sich nur hätte wünschen können. Sophie folgte ihm auf das Rasenstück und drehte sich entschuldigend zu ihren Freundinnen um: »Sorry, Leute, er musste jetzt aber wirklich lange einhalten. Geben wir ihm kurz, damit er sich erleichtert.« Und im stolzen Tonfall einer jungen Mutter fügte sie hinzu: »Und vielleicht sein erstes Häufchen in seiner neuen Heimat hinterlässt.«

Mit stolzem Grinsen und leicht glasigen Augen beobachtete sie ihren Hund, wie dieser kreuz und quer über das kleine

Grünstück lief und mit der Nase jeden Quadratzentimeter abschnüffelte.

»Er sieht nicht so aus, als müsste er wirklich dringend«, merkte Jule an, während sie leicht ungeduldig mit dem Autoschlüssel in ihren Händen spielte.

»Sag das nicht – tatsächlich ist er total umgänglich, aber dabei lässt er richtig die Diva raushängen. In Funchal hatte er seine feste Pinkelwiese. Und an manchen Tagen, wenn er besonders bockig war, hat er auch nur dort gemacht. Ich habe gesehen, wie er fast platzt und nervös mit den Pfoten getippelt hat, wenn wir am Strand oder sonst wo weit weg von seinem Stammplatz entfernt gewesen sind. Aber er wollte einfach nicht pinkeln. Wenn wir also in zwanzig Minuten hier durch sind, ist das ein ganz gutes Ergebnis.«

»Zwanzig Minuten?« Jule riss die Augen auf. Sophie musste lachen.

»War nur ein Spaß, Jule, entspann dich.« Sie schaute über die Schulter zu ihrem Hund und fügte an ihn gewandt hinzu: »Beeil dich, Jochen. Zeit ist Geld.«

Als sie sich wieder zu ihren Freundinnen umdrehte, sah sie nur zwei offene Münder.

»Jochen?«, fragte Lina leise. Oh, das hatte sie ihnen ja auch noch nicht erzählt.

»Na ja, also wisst ihr …«, begann Sophie, nervös herumzudrucksen.

»JOCHEN?«, fragte Jule nun bedeutend lauter.

Der Hund, der gerade das Hinterteil gen Boden sinken lassen wollte, stellte die Ohren auf und hechelte Jule aufmerksam an.

»Nein, nicht du«, zischte sie ihn an. Und leiser, damit der Hund sich nicht ein weiteres Mal gestört fühlte: »Sophie, das ist noch ein Scherz, oder? Nicht nur dass du hier mir nichts, dir nichts mit einem Hund auftauchst. Du hast ihn ernsthaft auch noch nach deinem Exfreund benannt?«

»Na ja, nicht wirklich mit Absicht«, verteidigte sich Sophie.

»Nein, offensichtlich mit ganz ohne Verstand.« Jule atmete scharf ein und stemmte die Arme in die Hüften.

Hilfesuchend schaute Sophie zu Lina. Konnte sie nicht ihre Verbündete sein? Doch die war damit beschäftigt, sich auf die Lippen zu beißen und sehr konzentriert zu Boden zu schauen.

»Sophie, ehrlich, jetzt mal aus rein therapeutischen Gesichtspunkten ist das doch völliger Humbug! Unsere Küchenpsychologin wird mir da sicher recht geben«, wandte sich nun Jule auch an Lina.

Die sagte jedoch immer noch nichts. Nur ihre Schultern begannen leicht zu beben.

»Lina, weinst du?«, fragte Sophie verwirrt.

Da ihre Freundin immer noch vehement nur zu Boden schaute, konnte sie ihr Gesicht nicht sehen. Ein kleiner Schluchzer war zu hören. Oder ein Grunzen? Da hob Lina den Kopf. Immer noch biss sie sich auf die Unterlippe, ihre Augen waren seltsam glasig, und ihre Wasserlinie flimmerte verdächtig. »O Gott, Lina, was ist denn los?« Voller Sorge machte Sophie einen Schritt auf ihre Freundin zu, um sie in den Arm zu nehmen.

*»Jochen«*, japste Lina da, und eine erste Träne rollte über ihre Wange. Damit war der Damm gebrochen, und ihr ganzer Körper bebte. Lina weinte nicht. Sophie begriff, dass ihre

Freundin von einem heftigen Lachanfall geschüttelt wurde. Lina legte den Kopf in den Nacken, und ein Lachen, das klang wie ein Chopper mit Startschwierigkeiten, hallte über das Flughafengelände.

Sophie erstarrte in ihrer Bewegung und schaute verdutzt zu Jule. Die starrte zurück und zuckte ratlos mit den Schultern.

»Weißt du, Sophie«, versuchte Lina sich zwischen den einzelnen Lachattacken zu artikulieren, »haste Scheiße am Schuh, dann haste einfach Scheiße am Schuh: nicht nur dass dieser Idiot von Exfreund dich so saudämlich abserviert hat. Nein, dann muss der auch noch einen der beschissensten Namen unter der Sonne haben. *Jochen.* Ein Hund namens Jochen … Ich pack das einfach nicht.« Und mit dem letzten Satz brach ein weiteres haltloses Lachen aus Lina heraus, die sich nun mit den Händen auf den Oberschenkeln abstützen musste wie nach einer anstrengenden Trainingseinheit.

Jochen, der sein Geschäft mittlerweile verrichtet und ganz genau mitbekommen hatte, dass es hier um ihn gehen musste, stand zwischen den drei Frauen, die Fledermausohren aufgestellt, und schaute abwartend von einer zur anderen. Während Sophie noch zwischen Erstaunen und Amüsement über Linas Reaktion schwankte, sagte Jule: »Also. Irgendwie hat sie ja recht.« Damit ging sie in die Hocke und tätschelte dem Hund den Kopf. Der schleckte ihr vor Freude die Hand ab. »Der Hund scheint ja ganz okay zu sein. Aber der Name ist die volle Katastrophe. Wieso, um Himmels willen, hast du ihn so genannt?«

Sophie seufzte. »Ich hatte ja schon gesagt, dass es wirklich keine Absicht war. Aber wie ihr euch sicher denken könnt, ging es mir jetzt nicht *so* gut während der letzten drei Wochen. Ich habe natürlich viel geheult, und weil ich allein war, war der Hund eben mein Ansprechpartner.« Sie sah Jules Augenbraue nach oben wandern. »Da brauchst du gar nicht so zu schauen, Jule, ich weiß genau, dass du mit dem vertrockneten Kaktus auf deiner Fensterbank sprichst. Mit dem Hund ist es nichts anderes. Vielleicht sogar ein bisschen besser, denn manchmal kommt ein Bellen als Antwort. Jedenfalls habe ich ihm viel von Jochen erzählt, und ... Na ja, irgendwann hat er eben auf den Namen reagiert.«

»Echt wahr jetzt?«, staunte Lina.

»Das war vermutlich die schöne Umschreibung dafür, dass du heulend auf dem Boden saßt, den Hund umarmt und ständig *Jochen* gejault hast. Oder?« Jule schaute Sophie prüfend an, und halb ertappt, halb amüsiert nickte sie.

»Wie auch immer Jochen zu dem Namen Jochen gekommen ist – wir müssen dafür sorgen, dass er ihn wieder loswird«, sagte Jule bestimmt, während sie sich wieder aufrichtete. »Ehrlich, Sophie, das ist Tierquälerei. Wir finden einen besseren Namen. Und ich kenne jemanden, der uns dabei hilft. Sein Name ist Sauvignon Blanc, und er wartet zu Hause bereits auf uns. Bisschen kühler Charakter, aber genau das macht ihn aus. Glaubt mir!«

Mit Jules Worten setzte sich der kleine Trupp in Bewegung in Richtung Auto. Endlich nach Hause, dachte Sophie, wobei sie Jules Wohnung vor Augen hatte. Natürlich kannte sie die Wohnung bereits, sie jetzt aber als Zuhause zu entdecken, das wurde sicher spannend. Und gut, da war sie sich sicher.

# 6

»Autsch.« Und dann erst mal lange nichts.

Sophie schlug die Augen auf und schloss sie sofort wieder. Denn allein schon die Idee von Tageslicht löste einen heftigen Schmerz in ihrem Kopf aus. *Hamburg, wieso kannst du eigentlich keine Rollläden?* Für Sophie war diese Stadt wirklich perfekt, sie vermisste nichts – außer Rollläden. Die würden ihr an Tagen wie diesem einen erheblich sanfteren Start in den Tag erlauben. Augen aufschlagen, zwei- oder dreimal blinzeln und dann erst Stück für Stück den Rollladen öffnen. Das wäre wie ein geflüstertes »Guten Morgen« für die Augen. Aber so, an einem Tag mit strahlendem Sonnenschein und Vorhängen, die das Tageslicht noch zu verstärken scheinen, war es eher, als würde jemand einem die Bettdecke einfach wegziehen und brüllen: »Aufstehen, wir sind spät dran!«

Sophie wollte sich auf die andere Seite des Bettes rollen, doch sie kam nicht weit, denn sie wurde von einem flauschigen Hindernis gestoppt. Jochen lag neben ihr und wedelte aufgeregt mit dem Schwanz. Weil diesem Hund wirklich nichts entging, hatte er Sophies zögerliches erstes Zucken sofort registriert und folgerichtig daraus abgeleitet, dass jetzt Spielzeit war.

Sophie machte keine Anstalten, sich weiter zu bewegen. Jochen stupste sie mit der Nase an. Das hatte noch immer funktioniert. Nur diesen Morgen zeigte die Geste keine Wirkung. Der Hund versuchte es ein weiteres Mal, doch der Mensch blieb regungslos liegen.

*Oh, oh, sie wird doch nicht … wieder eingeschlafen sein?* Panik machte sich in Jochen breit, denn Spielzeit musste ernst genommen werden, und er griff zu drastischeren Methoden: ein beherzter Schlecker quer über Sophies Gesicht. Wach geküsst werden, wer mochte das nicht?

Sophie offensichtlich, denn die jaulte augenblicklich auf, rollte zurück auf den Rücken, schnappte sich ein Kopfkissen und drückte es sich aufs Gesicht. Jochen legte den Kopf schief und beobachtete die Szene.

»Maaaaaaaaaaaan«, war es von unter dem Kissen zu vernehmen. Strampelnde Arme und Beine, geballte Fäuste, die in die Matratze hauten. *Aha, der Mensch ist bockig.* Jochen wartete ab, bis das Gestrampel aufhörte und Sophie wieder still lag – alle viere von sich gestreckt. Dann nahm er vorsichtig das Kissen mit der Schnauze auf und zog es langsam von Sophies Gesicht.

Ein letztes Schnauben, dann gab sich Sophie geschlagen. Nicht mal der Hund war auf ihrer Seite. Es war Tag, und sie war erwachsen. Es war Morgen, und sie war verkatert. Es war … schon 7.30 Uhr, und sie hatte bereits vor einer Stunde aufstehen wollen. *Fuck!*

Mit einem Satz sprang sie auf, was ihr Körper unter Protest hinnahm. Benommen stützte sie sich mit der einen Hand auf der Matratze ab und griff sich mit der anderen an die Stirn. Was war zwischen der Landung in Hamburg und diesem Moment passiert?

Sie waren auf Jules Anpreisung eines gewissen Herrn Blanc hereingefallen. Und so musste sich Sophie an diesem Montagmorgen um vier Minuten nach halb acht eingestehen, dass der ach so tolle Herr Sauvignon Blanc wohl doch mehr durch Masse als durch Klasse bestach. Gut, eventuell war er ein ausgezeichneter ausgewogener Weißwein mit feiner Perlung und milder Säure, und sicherlich hätten ein Glas und dann noch ein kleiner Schluck – als Absacker quasi – völlig gereicht, um die Klasse des Getränks zu schätzen.

Aber wer waren Sophie, Jule und Lina denn, wenn nicht erwachsene, im Leben stehende und völlig verantwortungslose junge Frauen, die sich auch auf einen Sonntagabend drei Flaschen Weißwein hinter die Binde latzten? Eben.

Der Sonntagabend. Hatte es vor Kurzem noch *Tatort* und Beziehungstrott geheißen, standen nun also Weißwein und Schnack an. In Gedanken versunken, zuckte Sophie mit den Schultern. Auch wenn ihr jetzt der Schädel brummte und das ein ziemlich anstrengender Montag werden würde – der neue Sonntagabend gefiel ihr.

»Siehst du, es ist nicht alles schlecht«, sagte sie zu Jochen und machte sich auf ins Bad, die Überreste ihrer Person so gut es eben möglich war wiederherzustellen.

Dass im Büro eine Regel bestand, die Hunde in den Räumlichkeiten verbot, wusste Sophie. Eigentlich. Seit Jochen ihr Knie ab- und sich damit in ihr Leben hineingeschleckt hatte, war jedoch nie der richtige Zeitpunkt gewesen, um sich über diese Kleinigkeit den Kopf zu zerbrechen. Bis eben jetzt, als Sophie – erstaunlich pünktlich, gemessen an der erheblichen Verspätung, mit der sie in diesen Montag gestartet war – direkt auf den eindrucksvollen Neubau zurollte, in dem ihr Unternehmen seinen Hauptsitz hatte. Die Firma war erst fünf Jahre zuvor direkt nach deren Fertigstellung in die jetzige Immobilie gezogen. Die gesamte HafenCity steckte sozusagen immer noch in den Kinderschuhen, so jung war das immer weiterwachsende Viertel direkt an der Speicherstadt. Sophie schlenderte in ihren Mittagspausen gerne durch das Viertel, um sich die Gebäude und deren teilweise erstaunlich gewagte Architektur anzuschauen. Außerdem amüsierten sie die Straßen, die Namen trugen wie Shanghaiallee oder Chicagokai und damit total ausgedacht klangen. Das Lighthouse Zero gehörte zu Sophies häufigsten Zielen, weil sie der trotzige Mut, den das Gebäude für sie ausstrahlte, irgendwie rührte: Es handelte sich dabei um ein Haus, gebaut wie ein Kreisel, ein runder Bungalow auf einem langen Pfahl. Die gesamte Außenfront war verglast, was dem Lighthouse mit seinen zwanzig Metern

Wohnhöhe wohl zur begehrtesten Aussicht der ganzen Stadt verhalf. Das futuristische Gebäude sollte die Zukunft des Wohnens darstellen. Zu diesem Zweck war es komplett eingerichtet worden, und eigentlich konnte man darin wohnen und die Rundumaussicht genießen. Aber das tat niemand, es diente lediglich als Anschauungsbeispiel.

Nicht nur war die Architektur des trotzigen Luftkreisels wunderbar eigentümlich, auch wirkte er zwischen den sonst riesigen und für Hamburger Verhältnisse erstaunlich hoch gebauten Kolossen ziemlich klein. Ihr gefiel die Vorstellung, dass dieses Lighthouse über den Straßen der HafenCity etwas Besonderes war zwischen den seelenlosen Bauten drum herum. Denn genau das fehlte ihr hier: Charakter. Alles war schön, modern, sauber und glänzte irgendwie verdächtig, ein Stadtteil in Ultra HD. Aber eigentlich mochte sie das Flackern der alten VHS-Kassetten, weil sie die eben schon als Kind geschaut hatte und das eine eigene Magie hatte. An Weihnachten *Kevin allein zu Haus* über eine Streamingplattform zu schauen ist einfach nicht dasselbe, wie die alte schrammelige Kassette in den Videorekorder zu schieben. Wenn Sophie sich aussuchen könnte, wo ihr Büro wäre, dann hätte sie keine Ahnung, für welches Eck in dieser Stadt sie sich entscheiden würde. Sie wusste nur, dass es nicht hier wäre.

Sophie schloss ihr Fahrrad an und kniete sich vor Jochen. »Okay, Freund, jetzt kommt es drauf an. Ich habe dir schon gesagt, dass im Büro keine Hunde erlaubt sind. Ja, du bist heute trotzdem dabei, aber das ist eine *absolute* Ausnahme. Wir werden auf jeden Fall noch eine Lösung finden.« Sie fixierte Jochen, der auf seinem Hintern saß und auf seiner linken Hinterpfote herumkaute. Sie schloss kurz die Augen und fuhr fort: »Für heute musst du dich einfach unsichtbar machen, ja? Die erste Herausforderung ist es, ungesehen in unser Büro zu kommen. Wir machen das so: Wir passen ab, bis niemand im Foyer unten ist. Ein kurzer sportlicher Sprint zum Aufzug und dabei ein Stoßgebet, das schadet nie. Sobald wir unser Büro erreicht haben, sollten wir relativ sicher sein. Außer …«, und bei diesen Worten schaute Sophie ihren Hund besonders eindringlich an, »du hältst dich nicht an unseren Deal. Da oben kommt es auf dich an, Champion. Hast du verstanden?«

Jochen quittierte ihre Worte mit einem Bellen.

*Na ja, gut, so oder so ähnlich.* Sophie erhob sich, wickelte sich die Leine einmal um die geschlossene Faust und schulterte ihre Tasche.

Also dann, lasset die Spiele beginnen. Sophie marschierte entschlossen Richtung Eingangstür, und der leichte Zug auf der Leine war auch für Jochen das Signal, sich in Bewegung zu setzen. Sie hatte die Leine kurz genommen, sodass Jochen gar nicht anders konnte, als ganz nah an ihrer Seite zu bleiben.

Da sich der Empfang, der um diese Zeit natürlich auch schon von Frau Müller besetzt war, auf der linken Seite des Eingangs befand, führte Sophie Jochen rechts von sich, in der Hoffnung, dass ihr leichter Trenchcoat die Existenz des Hundes buchstäblich verschleiern würde. Doch Frau Müller hatte ähnlich geschärfte Sinne wie der Hund. Sophie war kaum durch die Eingangstür getreten, da begrüßte Frau Müller sie bereits, ohne den Blick zu heben: »Guten Morgen, Frau Uhlmann, schön, Sie wieder bei uns zu haben. Wie war Ihr Urlaub?«

Vor lauter Schreck blieb Sophie wie angewurzelt stehen. Dass ihr Plan so früh in die Binsen gehen würde, hätte sie nicht gedacht. *Total loss of control* in unter drei Sekunden, das musste ihr erst einmal jemand nachmachen. Sophie schielte runter zu Jochen, dann zum Aufzug, der nur fünf Meter von ihnen entfernt war, und schließlich rüber zu Frau Müller, deren Empfangstresen etwa doppelt so weit von Sophie entfernt war. Sie könnte einfach so tun, als hätte sie sie nicht gehört. Vielleicht hatte es sich auch eher um eine rhetorische Begrüßung gehandelt. Frau Müller erwartete also vermutlich gar nicht, dass Sophie wirklich reagierte. Sie könnte dementsprechend immer noch zum Aufzug gehen, den Knopf drücken und total entspannt die zwanzig Sekunden abwarten, bis sich die Aufzugtüren öffnen würden und sie ganz locker in den dritten Stock entschwinden könnte. Oder sie könnte weiter wie das Kaninchen vor der Schlange angewurzelt dastehen und Frau Müller versteinert anstarren und damit den direkten Blickkontakt mit der Frau am Empfang geradezu erzwingen. Und – bingo, Frau Müller hob den Kopf, und ihre Augen hefteten sich direkt auf Sophie. »Frau Uhlmann, ist alles in Ordnung?«

»Äh, ja natürlich.« Endlich löste sich Sophie aus ihrer Starre.

Frau Müllers Blick ruhte immer noch auf ihr. »Und sind Sie nun frisch erholt aus dem Urlaub mit aufgeladenen Batterien und wieder bereit, richtig loszulegen?«

»Aber natürlich, voll und ganz da!« Sophie unterdrückte den Impuls zu salutieren und setzte stattdessen ein verkrampftes Lächeln auf. Puh, ihre Gesichtsmuskulatur war außer Übung:

Dieses nicht ehrliche, aber sehr geschäftsmäßige Lächeln hatte sie sich seit drei Wochen nicht mehr ins Gesicht gemeißelt. Und es hatte ihr auch überhaupt nicht gefehlt.

»Sehr schön, sehr schön«, sagte Frau Müller nun. »Dann mal herzlich willkommen zurück in den heiligen Hallen. Haben Sie einen erfolgreichen ersten Tag.«

Mit diesen Worten und dem Anflug eines Lächelns widmete sich Frau Müller wieder ihren Unterlagen. Das Zeichen für Sophie, dass sie aus der Unterhaltung entlassen war. Sie atmete erleichtert aus, wobei sie ihr Glück kaum fassen konnte, und lief behutsam in Richtung der Aufzüge. Ein letzter Meter trennte sie von der rettenden Aufzugtaste, als sie noch mal die Stimme von Frau Müller hörte: »Ach, Frau Uhlmann, da fällt mir noch ein, dass …«

Doch weiter kam Frau Müller nicht, denn sie war von ihrem Stuhl aufgestanden, als sie Sophie ein zweites Mal ansprach. Kein Trenchcoat der Welt hätte Jochen in diesem Winkel vor ihr verbergen können.

Nun war es Frau Müller, die zwischen Sophie, dem Aufzug und dem Hund hin- und herblickte. »Frau Uhlmann, was zum …?« Bevor Frau Müller jegliche Etikette verlieren konnte, fiel Sophie ihr ins Wort: »Bitte, Frau Müller, verraten Sie uns nicht. Ich weiß, dass Hunde im Büro nicht gern gesehen sind.« Bei diesen Worten wanderte Frau Müllers rechte Augenbraue bis an ihren Haaransatz. »Na gut, schlichtweg nicht erlaubt sind. Das heute ist eine *absolute* Ausnahme. Versprochen. Sehen Sie, ich bin ja gestern erst aus dem Urlaub zurückgekommen, und auf die Schnelle habe ich wirklich niemanden gefunden, der heute auf Jochen aufpassen könnte.«

»Jochen?« Nun gesellte sich auch die linke Augenbraue an den höchsten Punkt von Frau Müllers Stirn.

Sophie seufzte, und ihre Schultern sanken ein bisschen tiefer. »Das ist eine lange Geschichte.«

Sie war weder vorbereitet noch willens, ihrem näheren und ferneren Umfeld von der Trennung zu erzählen. Irgendwann ja, jetzt nein, weshalb sie dieser Situation so schnell wie möglich entwischen musste. Doch auch Frau Müller schien kein Interesse daran zu haben, sie noch länger in ihren Fängen zu halten: »Hören Sie, Frau Uhlmann, ich kann Sie nicht ausdrücklich genug davor warnen, was passiert, wenn Sie jemand mit dem Hund erwischt. Ich werde Ihr kleines und hoffentlich temporäres Geheimnis für mich behalten. Aber schauen Sie, dass Sie bis morgen eine Lösung für den Hund gefunden haben.«

Sie machte einen Schritt auf Frau Müller zu. »Vielen Dank, Frau Müller. Ehrlich, das vergesse ich Ihnen nie!«

»Schon gut.«

»Wenn ich so darüber nachdenke … Ich könnte Jochen doch vielleicht bei Ihnen lassen? Hinter Ihrem Tresen würde ihn ganz sicher niemand sehen!«

»Jetzt machen Sie aber mal einen Punkt, Frau Uhlmann. Ich habe lediglich gesagt, dass ich Sie denen da oben nicht zum Fraß vorwerfe. Von Fraternisierung sind wir aber noch meilenweit entfernt.«

Na ja, einen Versuch war es wert gewesen. Das *Ping* des Aufzuges ertönte, und Sophie bedankte sich noch einmal bei Frau Müller, ehe sie mit Jochen in den heiß ersehnten Lift trat und auf den Knopf mit der drei drückte. Die erste Hürde war geschafft. Und der Rest würde ein Kinderspiel werden. Denn

Sophies Büro lag direkt neben den Aufzügen, sie mussten also nur aus der einen in die andere Tür schlüpfen. Und wenn sie ihr kleines Reich erst einmal erreicht hätten – was sollte dann noch passieren?

Erst mal nichts, denn Sophie und Jochen war es tatsächlich gelungen, ungesehen in ihr Büro zu schlüpfen. Dort angekommen, suchte Sophie einen geeigneten Platz für den Hund. »Geeignet« bedeutete in diesem Fall die Schnittmenge von »bequem« und »verborgen«. Damit waren die ersten beiden Optionen – hinter der Bürotür und unterm Schreibtisch – direkt weggefallen. Zu groß war die Gefahr, dass jemand nach dem Eintreten die Tür hinter sich schloss oder zu Sophie an den Schreibtisch trat, um ihr auf dem Screen ihres Laptops etwas zu zeigen.

Nein, nein, das war zu gefährlich.

Sie erinnerte sich, während sie skeptisch den Raum scannte, an ein Video, das sie vor einiger Zeit auf Instagram gesehen hatte: Darin saß jemand ebenfalls am Schreibtisch und öffnete die unterste Schublade des Rollcontainers. Darin zum Vorschein kam ein verschlafener kleiner Golden-Retriever-Welpe, der kurz gekrault und dann wieder ins Schlummerland entlassen wurde. Zwar hatte Sophie einen ganz ähnlichen Rollcontainer unter ihrem Schreibtisch, Jochen da reinzuzwängen wäre jedoch ein Unterfangen, wie mit einem SUV auf einem Parkplatz für einen Smart zu parken.

*Shit.*

»Wie wäre es, wenn ich dich einfach unter den Teppich kehre?«, fragte Sophie Jochen und lachte tonlos.

Wie schon so oft schien der Hund eine bessere Idee zu haben und positionierte sich vor dem Schrank.

»Ja, daran hatte ich auch schon gedacht, aber leider ist hier drinnen alles voll mit Unterlagen.«

Sophie öffnete die Türen und betrachtete die Ordner, die sich von oben bis unten aufreihten. Gut, wenn man den untersten Bereich frei räumte und mit seiner Decke ausstaffierte, würde Jochen da eigentlich ausreichend Platz finden.

Jochen schlief friedlich in seinem Versteck, während Sophie konzentriert an ihrem Schreibtisch saß und sich nach drei Wochen wieder einarbeitete. Sie hätte nicht gedacht, dass sie während ihres Urlaubs alles, was mit der Arbeit zu tun hat, dermaßen aus ihrem Kopf gelöscht hatte. Doch sie brauchte tatsächlich den ganzen Vormittag, um sich durch ihre E-Mails zu wühlen und sich einen Überblick zu verschaffen.

Jetzt, kurz vor Mittag, stand sie vor der Herausforderung, Jochen für die Mittagspause ungesehen aus dem Gebäude zu schmuggeln. Und wieder zurück. O Mann, auch das hatte sie heute Morgen nicht bedacht. Aber Jochen bis zum Feierabend in dem Schrank zu lassen, war auch keine Option. Der kleine Kerl brauchte ein bisschen Bewegung und viel dringender vermutlich eine schöne Grünfläche – nicht dass er bei einer der Zimmerpflanzen schwach wurde.

Mit der Titelmelodie von *Mission Impossible* im Ohr überlegte Sophie fieberhaft, welcher Zeitpunkt und welche Taktik wohl am besten wären, um die Mittagspause ungesehen zu überstehen. Dass es wirklich langsam Zeit wurde, vor die Tür zu kommen, merkte Sophie daran, dass Jochen zunehmend unruhig wurde. Mit der Schnauze stupste er immer wieder von innen gegen die Tür, und Sophie hörte genau, wie er auffällig laut schnupperte.

»Ja, ich weiß, dass du da bist«, raunte sie ihm zu, ohne hinter sich zu blicken, »wir gehen auch gleich los. Nur noch einen Moment.«

Da klopfte es zweimal an der Tür, und ihr Chef betrat das Büro. »Frau Uhlmann«, fragte er streng, »mit wem sprechen Sie?«

»Oh, das haben Sie gehört?« Peinlich berührt strich Sophie sich eine Strähne hinters Ohr.

»Na ja, es war kaum zu überhören.«

Als ob. Andreas Merten war einer der Menschen, bei denen man sich nur schwer vorstellen kann, dass sie auch mal Kinder waren. Gefühlt war dieser Mann schon erwachsen, pedantisch und mies gelaunt auf die Welt gekommen – und mit äußerst individuellem Lautstärkeempfinden. Wenn in seiner Welt eine Stimme auf normaler Zimmerlautstärke bei etwa 160 Dezibel lag – ja, dann war das eben so.

»Herr Merten, was kann ich für Sie tun?«, fragte Sophie, um die Sache abzukürzen. Das plötzliche Auftauchen ihres Chefs sorgte bei ihr für einen mittelschweren Schweißausbruch. Glücklicherweise trug sie heute ein Ensemble mit Blazer, und in den dicken dunkelblauen Stoff musste man schon einiges an Flüssigkeit verlieren, damit das von außen sichtbar war. Dennoch musste Sophie sich stark konzentrieren, um nicht ständig panisch hinter sich zu schauen, im Versuch, Jochen telepathisch einzubläuen, dass er sich jetzt bitte besonders ruhig verhalten sollte. Gerade Jochen, der nichts lieber tat, als neue Menschen zu begrüßen. Und natürlich hatte der Hund die Ankunft ihres Chefs mitbekommen. Vermutlich schon vor Sophie.

»Ich möchte mit Ihnen kurz über die morgige Präsentation sprechen. Eine kurze Erinnerung meinerseits ist sicherlich nicht unangebracht, da Sie ja leider heute erst wieder aus dem Urlaub zurückgekehrt sind.«

Leider heute erst?

»Es … ist Montag?«

»Sag ich ja. Wir starten morgen um Punkt neun. Es ist natürlich *absolut* essenziell, Frau von Udolph rundum zufriedenzustellen.«

»Natürlich«, antwortete Sophie trocken. Ariadne von Udolph war eine bekannte Hamburger High-Society-Lady, die von altem Geld kam, das sie durch kluge Investitionen und ihre ausgezeichneten Verbindungen ins Unermessliche ausgeweitet hatte. Jahrelang war sie Vorsitzende bei zahlreichen Stiftungen gewesen und hatte mehr Charityveranstaltungen ausgerichtet als das britische Königshaus. Dann hatte sie sich im vergangenen Jahr aus ihren Ämtern und der Öffentlichkeit zurückgezogen.

Bis sie vor einigen Wochen an Berglund & Söhne herangetreten war und den Anspruch formuliert hatte, ihr Geld »nachhaltig für sich arbeiten zu lassen«.

Sophie hielt dies für eine recht vage Arbeitsanweisung, ihr Chef war anderer Meinung und hatte Sophie eine Strategie ausarbeiten lassen, in der Nachhaltigkeit bedeutete, das vorhandende Vermögen sicher und langfristig zu vermehren. Deshalb hatte Sophie ein Portfolio mit unterschiedlichen Ansätzen zusammengestellt: Der Großteil des Geldes würde in sichere Assets mit langfristiger und relativ geringer Rendite investiert werden. Einen kleinen Betrag würden sie in ein risikostärkeres Investment stecken, das hohe Erträge nach kurzer Zeit versprach – Start-ups zum Beispiel. Die gewonnenen Summen konnten sie im Anschluss reinvestieren. Somit würde Ariadne von Udolph zweigleisig und sicher fahren. Ein Konzept, das ihr einfach gefallen musste, davon war Sophie überzeugt.

Sophie bemerkte, dass Andreas Merten, während sie gedanklich ihre Strategie für morgen durchgegangen war, schweigend neben ihr gestanden hatte. Sie wurde noch nervöser, was dazu führte, dass sich das Schweigen ins Unermessliche auszudehnen schien und geradezu laut wurde. Sophie wusste nicht so recht, wie sie der Situation je entkommen sollte. Und was Merten dachte, konnte man nie so genau wissen. Und weil niemand etwas sagte, erhob ungefragt Jochen das Wort. Es war nur ein … kleines Geräusch, eine Mischung aus kurzem Aufjaulen und verschlucktem Bellen mit abschließendem Seufzer. Und es war auch nicht sehr laut. Gepaart mit dem dröhnenden Schweigen in ihrem Büro hallte es jedoch wie die Fangesänge im Millerntor-Stadion bei einem Derby.

Natürlich ist das unerwartete und unbekannte Geräusch auch ihrem Chef nicht entgangen. »Was war das?«, fragte er.

»Was meinen Sie?« Sophie spielte die Ratlose. Denn wenn man nicht weiterwusste, durfte man auf keinen Fall etwas zugeben, das wusste Sophie aus jeder US-amerikanischen Krimiserie, die je gedreht worden war.

»Das Geräusch eben natürlich, Frau Uhlmann. Das haben Sie doch auch gehört.«

»Nein, tut mir leid.«

Kein Problem, schien sich Jochen in diesem Moment zu denken, und setzte noch einmal einen hinterher.

»Frau Uhlmann, das kommt aus dem Schrank hinter Ihnen.« Mit einem Satz war Merten auf den Schrank zugestürzt, ehrlich besorgt.

»Herr Merten, ich …«

Alles passierte nun gleichzeitig und wie in Zeitlupe: Merten griff nach den Schranktüren, Sophie fuchtelte voller Panik mit ihren Händen vor seinem Gesicht herum, und während sie beide vor Schreck über die Reaktion des jeweils anderen scharf Luft einsogen, roch Sophie es. Und offensichtlich auch ihr Vorgesetzter, dessen Nase unkontrolliert zu zucken begann. Er schnupperte, und Sophie sah, wie er ein Würgen unterdrückte. »Was zum …?«

Sophie versuchte gar nicht erst erneut, ihren Chef davon abzuhalten, den Schrank zu öffnen. Sie hatte verloren. Und schuld daran war ein kleiner Hund mit reger Darmaktivität. Denn der Geruch, der durch die Luftschlitze der Schranktüren gekommen war, war nur ein kleiner Vorbote davon, was die beiden im Schrank erwartete. Ihnen drang ein Schwall an Gestank entgegen, der vor sich selbst zu fliehen schien. Mit einem Mal waren sie in eine Wolke aus Tod und Verderben gehüllt.

Andreas Merten wurde von einem weiteren, nicht mehr ganz so unterdrückten Würgeanfall geschüttelt, gefolgt von einer heftigen Hustenattacke. Das Fiese an so einem Hustenanfall war ja, dass man, nachdem man sich ausgehustet hatte, zwangsläufig wieder einatmen musste, weil man zuvor eben alles ausgehustet hatte. In diesem Fall führte das allerdings dazu, dass er nur schwer aus dem Kreislauf aus husten, einatmen, würgen und wieder husten ausbrechen konnte.

Das wäre Sophies Chance: Sie könnte jetzt Jochen schnappen und aus dem Büro stürmen. Allerdings bräuchte sie dann auch nicht mehr wiederzukommen. Also nie wieder. Stattdessen stand sie neben dem Hustenden und klopfte ihm unbeholfen mit der flachen Hand dreimal auf den Rücken. Ihr Chef fuchtelte unwirsch ihre Hände weg und deutete hektisch auf die Fenster.

»Natürlich«, rief Sophie und öffnete alles, was sich öffnen ließ.

Es half.

Nachdem sich die Nebelschwaden verzogen hatten, blieb nur ein kleiner Hund mit schief gelegtem Kopf im Schrank zurück.

Die Zeit stand still.

»FRAU UHLMANN!«, donnerte es mit einem Mal durch den Raum. Und gefühlt durch die gesamte HafenCity.

»Herr Merten, ich kann Ihnen das erklären«, fiel sie ihrem Chef direkt ins Wort, bevor dieser überhaupt die Chance hatte weiterzupoltern. »Das war eine *absolute* Notlage heute Morgen. Wirklich. Das wird nie, nie, nie wieder vorkommen, ich verspreche es Ihnen. Wirklich, ich hatte einfach keine andere Möglichkeit heute, als ihn mit ins Büro zu bringen. Und er hat sich den ganzen Morgen wirklich vorbildlich verhalten, er hat keinen Mucks gemacht, von Pupsen mal ganz zu schweigen.«

Sie hielt inne und hoffte auf ein kleines Lächeln im Gesicht ihres Chefs. Doch da regte sich nichts. »Zu früh?«, schob sie zaghaft hinterher.

»Frau Uhlmann«, setzte er wieder an, doch Sophie unterbrach ihn erneut. »Jedenfalls werden Sie ihn nie wiedersehen, ehrlich, Herr Merten, das ist mein großes Ehrenwort. Ab morgen ist er bei der Hundebetreuung, die hatte nur … äh… heute leider noch keinen Platz frei. Aber ab morgen! Und dann werden wir uns nie, *nie* wieder in dieser misslichen Lage befinden«, schloss Sophie in hoffnungsvollem Ton.

»*Wir*, Frau Uhlmann, befinden uns in keiner misslichen Lage.«

Sophie wollte bereits erleichtert lächeln, da sprach er weiter, bedrohlich, leise: »*Sie* befinden sich darin. Sie wissen, dass Hunde im Büro nicht gestattet sind. Das ist eine Regel. Und Regeln sind nicht da, um persönlich interpretiert zu werden. Sie sind da, um befolgt zu werden, und zwar genau so, wie sie gemeint sind.«

»Sie haben absolut recht, Herr Merten, aber …« Nun war es ihr Chef, der Sophie ins Wort fiel.

»Nichts ›aber‹, Frau Uhlmann. Bei so einer dreisten Missachtung der Gesetze könnte ich Sie offiziell abmahnen. Ist Ihnen das bewusst?«

Sophie überlegte kurz, ob sie ihn darauf hinweisen sollte, dass der Begriff »Gesetz« hier vielleicht e t w a s übertrieben sein könnte, beließ es dann aber bei einem Nicken.

»Ich möchte, dass Sie Ihre Sachen packen und gehen.«

Erschrocken blickte Sophie auf. »Sie schmeißen mich raus?«

»Ja, das tue ich«, antwortete Merten trocken.

»Aber«, Sophie schnappte nach Luft, »gerade meinten Sie, Sie *könnten* mich abmahnen. Und jetzt schmeißen Sie mich mir nichts, dir nichts raus? Nach allem, was ich für Sie getan habe?«

»Sie haben in erster Linie einfach Ihre Arbeit getan, Frau Uhlmann, und die ist mit Ihrem Gehalt abgegolten. Und Sie glauben doch nicht im Ernst, dass ich Sie heute hierbehalte und damit mich und das gesamte Kollegium der akuten Erstickungsgefahr aussetze? Also nehmen Sie Ihren Flohzirkus mit und sehen Sie, dass Sie Land gewinnen. Ich erwarte Sie morgen pünktlich um 8 Uhr hier. Und zwar *bestens* vorbereitet. Wenn Sie das Udolph-Projekt verpatzen, überlege ich mir das mit der Abmahnung noch mal. Ist das klar?« Um die Aussage zu unterstreichen, hielt er ihr drohend den gestreckten Zeigefinger entgegen. Fehlte eigentlich nur noch die »So lange du deine Beine unter meinem Tisch hast«-Tirade. Dennoch blieb Sophie nichts anderes übrig, als seiner Anweisung Folge zu leisten.

»Ja, ist klar«, antwortete sie knapp und begann ihre Sachen zusammenzupacken.

»Wirklich, Frau Uhlmann, ich bin enttäuscht von Ihnen. Ich hätte so eine unverfrorene Unverschämtheit von vielen erwartet. Aber sicher nicht von Ihnen.«

Kein Problem, dachte Sophie, streuen Sie ruhig noch Salz in die Wunde. Sie spürte, wie ihre Wasserlinie auffällig unruhig wurde und ihre Sicht zu verschwimmen begann. Mit gesenktem Kopf, damit der Verursacher die aufkommenden Tränen nicht sehen konnte, beugte sie sich zum Schrank und sammelte Jochens Besitztümer zusammen. »Komm, Jochen«, murmelte sie, »ab nach Hause.«

Merten, der sich zum Gehen gewandt hatte, drehte sich noch einmal um. »Jochen?«, fragte er in den Raum. Ohne ihre Antwort abzuwarten, verließ er kopfschüttelnd das Büro. Sophie blickte zu ihrem Hund, der aufmerksam die Ohren spitzte. Vielleicht hatten Jule und Lina recht. Vielleicht musste ein neuer Name her. Denn Jochen machte ihr offensichtlich nur Probleme.

# 7

»Es tut mir wirklich leid, Sophie, und ich weiß, dass das total doof ist für dich. Aber der Termin ist wahnsinnig wichtig für mich.«

»Mh.«

»Du hast ja mitbekommen, dass ich mit Aufträgen gerade eher nicht überflutet werde. Da muss ich jedes Projekt annehmen, das mir vor die Füße fällt.«

»Mh.«

»Das Treffen ist wirklich superspontan zustande gekommen, die E-Mail kam gestern um halb zwölf, da hast du schon längst geschlafen. Und wecken wollte ich dich auch nicht. Wäre ja auch sinnlos gewesen, du hättest in dem Moment ja auch nichts machen können. Und dass du dann schlaflos im Bett liegst und grübelst, davon hat ja auch keiner was. Am wenigsten du.«

»Meine Schlaflosigkeit sollte dein kleinstes Problem sein«, antwortete Sophie scharf. »Dass ich jetzt vielleicht meinen Job verliere, sollte dich eher kümmern.«

Ja, das war unfair. Aber Jules spontanes Umentscheiden auch. Denn eigentlich war ausgemacht, dass Jule heute auf

Jochen aufpassen sollte. Sophie hatte in den letzten 24 Stunden natürlich keine Hundebetreuung für Jochen ausfindig machen können. Wann denn auch? Als sie gestern nach Hause gekommen war, hatte sie sich sofort an die Präsentation für das Udolph-Projekt gesetzt. Nach der Ansage ihres Chefs musste die Präsentation *noch* besser werden. Und irgendwann, als sie zum siebten Mal gecheckt hatte, ob sie wirklich nichts in der Präsentation vergessen hatte, waren ihr einfach die Augen zugefallen.

Und jetzt, um kurz nach sieben, standen die beiden Frauen in der Küche, beide mit ihren Kaffeetassen in der Hand. Sophie fertig gekleidet und gerichtet und Jule – na ja, Jule nicht. Strubbelige Haare, vom Schlaf noch verquollene Augen und das personifizierte schlechte Gewissen.

»Mensch, Jule, aber kann Jochen denn nicht einfach mit zu deinem Termin kommen?«, schlug sie vor.

»Wieso kann Jochen nicht einfach allein zu Hause bleiben?«, fauchte Jule.

Sophie seufzte. »Du weißt genau, dass er das noch nicht kann. Er muss sich hier erst mal eingewöhnen. Du hast ihn doch erlebt, als wir nur kurz zum Kiosk sind am Sonntagabend. Der ist aus dem Bellen gar nicht mehr rausgekommen. Und das acht Stunden lang? Da haben wir die längste Zeit in dieser Wohnung gewohnt.«

»In *meiner* Wohnung«, murmelte Jule trotzig.

»Jule!« Sophie stampfte mit dem Fuß auf. So prima ihre Freundschaft war, so mies war ihre Streitfähigkeit. Deshalb taten sie es auch einfach nie. Außer heute Morgen, und da mussten sie jetzt irgendwie durch.

»Ist doch wahr. Hast du ihn denn jetzt mal für eine Hundeschule oder einen Kurs angemeldet?«

»Jule, du lenkst vom Thema ab, und das weißt du genau. Nein, ich habe ihn noch nicht angemeldet. Wann auch? Ich bin seit nicht mal zwei Tagen zurück, ich habe gestern elf Stunden gearbeitet, und ich werde gleich wieder in einen extrem anstrengenden und langen Arbeitstag starten. Aber ich habe es nicht vergessen, ich weiß ja selbst, dass du nicht immer die Lösung sein kannst. Das erwarte ich auch gar nicht. Ich kümmere mich am Wochenende um eine Hundeschule, das habe ich schon auf meiner To-do-Liste. Aber kannst du mir jetzt bitte verraten, warum du ihn nicht mit zu deinem Termin nehmen kannst?«

»Weil mein Kunde eine Plattform für Allergiker hat.«

»Ja, und?«

»Allergiker gegen Tierhaare.«

Sophie starrte sie ratlos an.

»Er hat diese Plattform gegründet, weil er selber eine schlimme Tierhaarallergie hat. Da kann ich natürlich schlecht mit einem Hund aufkreuzen. Das wäre genauso schlau, wie sich mit ihm im Katzencafé zu verabreden.«

Sophie schwieg und ließ sich die Worte durch den Kopf gehen. »Also«, sagte sie langsam, »ist das im Prinzip eine Selbsthilfegruppe für Menschen, die gegen Hunde, Katzen und Meerschweinchen allergisch sind?« Ihre Mundwinkel zuckten verdächtig, während sie versuchte, Jule ganz gelassen anzuschauen und ihre Antwort abzuwarten. Aber Jule und Sophie kannten sich zu gut, sodass es nur einen kurzen Blickkontakt brauchte und wie auf Kommando beide in lautes Lachen ausbrachen. Keine Sekunde später stand Jochen in der Küchentür, um zu schauen, wieso die Menschen plötzlich so laut waren. Als er sich vergewissert hatte, dass alles in Ordnung war, wedelte er mit dem Schwanz, bellte zweimal in den Raum und flitzte wieder in Sophies Zimmer.

Die beiden Freundinnen schauten dem abzischenden Hund hinterher und japsten nach Luft.

»Na gut«, sagte Sophie, als sie wieder sprechen konnte. »Wenn er bereit ist, dich dafür zu bezahlen. Dann machst du ihm natürlich das schönste Design für seine Freunde und sich.«

Jules Blick war immer noch auf die Küchentür gerichtet. »Und was machst du nun wegen Jochen? Ehrlich, Sophie, das tut mir wirklich wahnsinnig leid, dass ich dich da heute so hängenlasse.«

Mit einer Handbewegung tat Sophie die Aussage ihrer Freundin ab. »Ist schon okay, Jule. Du brauchst diesen Auftrag. Und Jochen ist mein Hund, also ist es auch meine Verantwortung. Da kann ich mich nicht immer auf andere verlassen. Ich werde schon eine Lösung finden.«

»Und wann? Es ist halb acht. Glaubst du, du findest du Lösung auf dem Weg zur Arbeit?«

Sophie stieß die Kaffeetasse von sich und sprang aus der Küche. »Halb acht schon? *Shit.* Shit, shit, shit. Ich muss um acht Uhr im Büro sein, und zu spät zu kommen ist absolut keine Option. Herr Merten köpft mich. Buchstäblich.«

Sophie eilte in ihr Zimmer, schnappte ihre Tasche, die Schuhe und den Hund und hastete zur Wohnungstür. Bevor sie nach draußen schlüpfte, hielt sie einen Moment inne, um sich zu Jule umzudrehen, die in der Küchentür stand: »Viel Erfolg für deinen Termin später, ich hoffe, der Tierhaarallergiker hat Bock, richtig viel Geld für seine Plattform auszugeben.« Bei dem Wort *Plattform* zeichnete Sophie Anführungszeichen in die Luft.

»Ach, Sophie, du bist wirklich die Beste! Erst lasse ich dich so hängen, und dann wünschst du mir noch Glück, wo du selbst gleich so einen wichtigen Termin hast.«

»Keine Sorge«, antwortete Sophie, »in Gedanken fand ich dich vorhin kurz richtig doof.« Und damit verschwand sie aus der Tür und düste, Jochen im Schlepptau, zu ihrem Fahrrad.

Ungefähr zwanzig Minuten hatte sie nun, um sich eine Lösung für das Problem Jochen zu überlegen. Von einem Problem-Jochen zum nächsten, dachte Sophie, wobei sie liebevoll zu dem Hund blickte, der an ihrer rechten Seite neben dem Fahrrad herlief. Mit *diesem* Jochen gab es vielleicht einen holprigen Start, und das war das Problem an der Sache. Der Hund selbst war es aber nicht. Was man von dem anderen Jochen nicht behaupten konnte. Sophie schüttelte den Gedanken ab. Sie hatte jetzt keine Zeit, sich in ewigen Gedankenwirbeln über ihren Exfreund und mögliche Gründe für die Trennung zu verlieren. Wie hatte es Jule vorhin gesagt? Sie hatte sie gestern Abend nicht geweckt, weil Sophie eh nichts an der Situation hätte ändern können. Und so war es jetzt auch: Jochen hat sie verlassen. Und das war weder okay für sie noch kam sie gut damit klar. Aber gerade hatte sie schlichtweg keine Zeit dafür.

Zwanzig Minuten, so lange brauchte sie, um von der Schanze in die HafenCity zu fahren. Zwanzig Minuten also, in denen sie sich den ultimativen Plan überlegen konnte. Oder besser *musste*, denn … Ach, über ein »Denn« wollte Sophie gar nicht nachdenken.

Die drei Hundesitter, die sie hektisch auf dem Weg zwischen der Wohnungstür und ihrem Fahrrad abtelefoniert hatte – »Nein, also so spontan sowieso nicht, aber unsere Gruppe ist eh voll bis September« –, konnte sie schon mal streichen. Auf der Höhe des Millerntor-Stadions war Sophie so verzweifelt, dass sie ernsthaft erwog, Jochen draußen irgendwo anzubinden und direkt nach dem Termin wieder ins Homeoffice überzusiedeln. Aber abgesehen von dem offensichtlichen Problem (wie könnte sie ihren Hund einfach draußen anbinden?) scheiterte auch dieser Plan an Jochens Unwilligkeit, egal wo alleine zu bleiben, und an Mertens Misstrauen ihrer Hundebetreuungssituation gegenüber.

Sophie fuhr gerade auf dem Radweg der Willy-Brandt-Straße, als sie beschloss, dass Frau Müller herhalten musste. Sie würde die Empfangsfrau irgendwie dazu bringen, auf Jochen aufzupassen. Nur so lange Sophie den Termin mit Ariadne von Udolph hatte. Jochen würde einfach hinter dem Empfangstresen liegen und schlafen, und niemand würde von seiner Anwesenheit erfahren. Natürlich hatte Frau Müller gestern abgewehrt. Aber jeder hatte seinen Preis. Sophie musste nur den von Frau Müller in Erfahrung bringen.

Froh, endlich einen halbwegs fundierten Plan zu haben, und froh, endlich die große vierspurige Straße hinter sich zu lassen, nahm sie die Kurve und bog rechts auf die alte Brücke ein, die den sehr passenden Straßennamen Holzbrücke trug und gleichzeitig den Beginn der Speicherstadt markierte.

Wie immer, wenn sie mit dem Fahrrad um eine Ecke fuhr, galt ihre besondere Aufmerksamkeit in dem Moment Jochen. Der Hund lief besondere Gefahr, von anderen Verkehrsteilnehmern übersehen zu werden, weil er mit seinen kurzen Beinchen sprichwörtlich unter deren Radar flog. Mit einem Blick versicherte sie sich: Bei dem Hund war alles in bester Ordnung.

»Toll gemacht, Jochen, die Biegung haben wir mit Bravour gemeistert«, lobte Sophie ihn strahlend.

Und dann machte es *Rums*.

*»FUCK!«*

Eine Tür wurde zugeknallt. Dann ein weiteres »Fuck!«. Dieses Mal aber schon leiser. Und mit weniger Ausrufezeichen am Ende.

Wow, dachte Sophie. Da hat jemand aber schlechte Laune. Missbilligend wollte sie den Kopf schütteln. Aber es ging nicht. Verwirrung machte sich in ihr breit, und ihre Atmung wurde flacher. Und dann spürte sie eine Hand an ihrer Schulter.

»Hallo? Geht es Ihnen gut?« Jemand rüttelte an ihrer Schulter. »Hallo? Frau … Ähh, Frau? Madame?«

Stärkeres Rütteln.

»Oh, scheiße, bitte nicht.«

Die Hand löste sich von ihrer Schulter, einen Moment wurde es still – und dann bekam Sophie eine Ohrfeige. Augenblicklich schlug sie die Augen auf.

»Entschuldigung? Ich glaube, Ihnen geht's zu gut!«, keifte sie erst einmal ins Nichts, da sie von der Helligkeit geblendet wurde und nichts sehen konnte. Sie hob den Kopf an. Offensichtlich lag sie auf dem Boden. Sie neigte den Kopf nach links und sah eine lange Reihe voller Kopfsteine. Sie winkelte die Arme an und stemmte sich auf ihre Ellbogen. *Ja, ganz richtig vermutet.*

»Wieso zum Geier liege ich auf der Straße?«, fragte sie die körperlose Stimme.

»Weil Sie offensichtlich denken, die Verkehrsregeln gelten nicht für Sie«, kam es nach einer Weile von ihrer rechten Seite.

Eine Hand legte sich an ihren Rücken – vermutlich dieselbe, die ihr gerade eine Ohrfeige verpasst hatte – und half ihr, sich ganz aufzusetzen.

»Hä?« Schwungvoll wandte sie sich zu der Person zu ihrer Rechten um. Zu schwungvoll, denn plötzlich traf sie der Schlag, und ein beißender Schmerz zuckte durch ihren Kopf. Sie kniff die Augen zusammen, griff sich an die Schläfe und stieß kleine Schmerzenslaute aus.

»Ja, das haben Sie davon«, sagte die Stimme, und man konnte den tadelnden Zeigefinger förmlich hören.

Der Besitzer der Stimme schien maximal erleichtert zu sein, dass Sophie lebte. Ob die Erleichterung wirklich daher rührte, dass sie lebte, oder eher daher, dass er jetzt, da sie noch lebte, frank und frei seinem Unmut Luft machen konnte, blieb unklar.

Ihre Schläfe massierend öffnete Sophie langsam erneut die Augen und versuchte ihren Blick zu fokussieren. Vor ihr lag ihr Fahrrad auf dem Boden, direkt dahinter stand ein gigantisches Auto, an dessen Seite sich eine Traube interessierter Zuschauer gebildet hatte. Und direkt neben ihr auf der anderen Seite kniete ein Mann, der mindestens genauso gigantisch war wie das Auto. Er trug eine dunkelblaue Jeans, die sicherlich noch nie etwas von einem Elastananteil gehört hatte, ein weißes Shirt und darüber eine abgewetzte Jacke aus Cord.

Hach, seufzte Sophie gedanklich. Denn für sie konnte Mann nicht besser gekleidet sein als in Bluejeans und White Shirt. Jochen, der Mensch, hatte am liebsten kurze Stoffhosen und Poloshirts getragen. Beide in Pastellfarben, aber unbedingt in unterschiedlichen. Das hatte zur Folge, dass Jochen in Sophies Augen oftmals aussah wie eine Packung Marshmallows. Beim Gedanken an Jochen blieb Sophie der wohlige Seufzer direkt im Hals stecken. Lieber den großen Menschen neben ihr betrachten. Sein Gesicht war zur Hälfte mit einem dunkelbraunen Bart bedeckt, der sicher seit ein paar Tagen keinen Rasierer mehr gesehen hatte. Auf dem Kopf Locken in derselben Farbe. Und mitten im Gesicht ein Paar braungrüner Augen, die gerade auf den Passanten ruhten, die auf dem Gehweg standen. Sophie hörte, wie der Mann die Zuschauer beruhigte, nein, man müsse nicht direkt den Krankenwagen rufen, er kümmere sich um die Frau hier, nein, ganz sicher brauche es auch keinen Leichenwagen, toll, toll, lustiger Scherz – »jetzt gehen Sie endlich weiter, oder wollen Sie sich als plumpe Spanner outen?«.

Aha, das schien zu zünden. Sophie beobachtete, wie die Menschentraube sich langsam zerstreute. Einige schüttelten missbilligend den Kopf.

Moment, schoss es Sophie durch den Kopf. *Bin mir nicht so sicher, ob es eine gute Idee ist, wenn ich mit dem hier alleine bleibe.* Eine Ohrfeige hatte er ihr schon verpasst, weiß der

Geier, was da noch folgen konnte. Sie blickte wieder zu dem Mann, der ihren Blick nun erwiderte. Sie zuckte zusammen: Die schönen braungrünen Augen, die sie eben noch bewundert hatte, sprühten vor blanker Wut.

»Mit dem falschen Fuß aufgestanden?«

Die Frau machte wohl Scherze? Erst fährt sie mir förmlich vors Auto, dann stellt sie sich tot, und jetzt meint sie auch noch, lustig sein zu müssen? O nein, nicht mit mir, dachte Rasmus, und schon gar nicht heute. Denn heute war ein Montag an einem Dienstag: Zu Hause hatte er gemerkt, dass ihm der Kaffee ausgegangen war, und dann war er auch noch seiner redseligen Nachbarin in die Arme gelaufen, als er eh schon missmutig das Haus verlassen hatte. Dieses gewitzte Geschöpf hier auf dem Asphalt vor ihm war nur das Ende der Fahnenstange.

»Sind Sie eigentlich lebensmüde?«, polterte er etwas lauter als eigentlich beabsichtigt. »Sie können mir doch nicht einfach so vors Auto fahren! Was stimmt nicht mit Ihnen?« Aber, hey, was rausmusste, musste raus. Die Frau vor ihm schien ihn nicht zu verstehen. *An der Lautstärke kann es nicht liegen, vielleicht hat ihr Kopf doch etwas mehr abbekommen?* Verwirrt schaute sie zu ihrem Fahrrad und seinem Auto. Der Land Rover stand da mit offener Fahrertür und angeschaltetem Warnblinker. Dann glitt ihr Blick zurück zu ihm, und etwas flackerte in ihren Augen auf. Sie holte tief Luft, und augenblicklich schossen ihr die Tränen in die Augen. Na toll, eine weinende Frau. Okay, *das* war jetzt aber das Ende der Fahnenstange.

»Was mit mir nicht stimmt?«, japste sie los. »Sie holen mich vom Fahrrad und fragen, was mit mir nicht stimmt?«

Ihre Stimme wurde immer lauter. »Sie hätten mich umbringen können!«, rief sie unter Tränen und funkelte ihn an. Rasmus seufzt. *Ich befürchte, diese verdammte Fahnenstange hat gar kein Ende.*

»Sie haben ja Nerven. Sie sind mir direkt vors Auto gefahren. Sie müssen sich doch umgucken, bevor Sie in eine Straße einbiegen. Rechts, links, rechts. Sie erinnern sich? Aber nein, Sie scheinen zu denken, die Straße gehört Ihnen. Und Ihrem Hund«, verteidigte er sich.

»Jochen!« Die Frau riss die Augen auf und blickte sich panisch um.

»Jochen?«, fragte Rasmus, während sie sich hektisch umsah. »Ja, Jochen. Mein Hund. Was ist mit ihm?« Sie wendete sich wieder ihm zu, funkelte ihn böse an und hielt ihm drohend einen Zeigefinger direkt unters Kinn. »Wo ist er? Haben Sie ihn überfahren? Haben Sie ihn mit Ihrer riesigen Dreckschleuder erwischt und einfach totgefahren?«

Ihre Stimme brach, offensichtlich lagen ihre Nerven blank. »Haben Sie ihn von der Straße gekratzt und in den Kanal geworfen? Bevor es jemand sieht und bezeugen kann, was Sie getan haben?« Die letzten Worte flüsterte sie nur noch.

Rasmus blieb die Luft weg. Die hatte sie doch nicht mehr alle! Es war amtlich, er hatte eine Durchgeknallte angefahren. Ausgerechnet!

Ein Fiepen beendete den Moment. Unter seinem Wagen krabbelte ein kleiner weiß-brauner Fellhaufen hervor und lief schwanzwedelnd auf die Frau zu.

»Jochen!«, rief sie, und Rasmus war sich sicher, dass dieser Name noch nie erleichterter ausgerufen worden war. Der kleine Hund sprang der Frau direkt in die Arme und führte einen kleinen Freudentanz auf. Als er damit fertig war, setzte er sich an Ort und Stelle auf den Boden und fixierte Rasmus. Und auch in seinen Augen funkelte es verdächtig.

»Ich bin ganz deiner Meinung, Jochen. Er kann froh sein, dass dir nichts Schlimmeres passiert ist.«

Natürlich. Jetzt sprach sie auch noch mit ihrem Hund.

»Ich kann froh sein?«, stieß er zwischen zusammengebissenen Zähnen hervor. »Ich habe es Ihnen eben schon gesagt, ich wiederhole es aber gerne für Sie. Sie scheinen schlimmer auf den Kopf gestürzt zu sein als angenommen. Sie können nicht einfach …«

»Jetzt halten Sie mal die Luft an«, unterbrach sie ihn, während sie sich vor ihm aufbaute und die Hände in die Hüften stemmte. »*Sie* haben *mich* angefahren. Auf dem Fahrrad. Mit Ihrem Auto. Wobei man das ja kaum mehr Auto nennen kann! Was meinen Sie, was Sie da fahren? Einen Corsa auf Speed?« Sie hielt einen Moment inne, und Rasmus war sich sicher, einen zufriedenen Ausdruck über ihr Gesicht huschen zu sehen. Freute sie sich im Geheimen etwa über ihren lausigen Witz? Doch bevor er weiter darüber nachdenken konnte, überrollte ihn die nächste Welle der Entrüstung.

»Und wenn Sie mal aufmerksam die Verkehrsschilder studieren würden, die Ihnen auf Ihrem Weg so entgegenkommen dann hätten Sie auch gesehen, dass dieses Schild«, sie zeigte auf die Rückseite eines Verkehrsschildes, »das hier als Fahrradstraße ausweist.«

Rasmus folgte ihrem ausgestreckten Zeigefinger mit den Augen, aber alles, was er sah, war die silberne Rückseite des Verkehrsschildes. »Wie Sie sicher wissen, ist Hamburg eine äußerst fahrradfreundliche Stadt. Und wie Ihnen sicherlich auch nicht entgangen sein kann, ist die Speicherstadt eine recht populäre Touristenattraktion. Beides Umstände, die das Verkehrsamt Hamburg irgendwann zu der sehr klugen Entscheidung geführt haben, diese Zone besonders zu schützen. Aber wenn Sie auf Ihrem hohen Ross daran vorbeifahren, kann die Verwaltung natürlich viele Schilder aufstellen!«

Sie hatte recht, natürlich hatte sie recht. Rasmus kannte die Schilder. Das dritte »Fuck« des heutigen Morgens verließ seine Lippen, dieses Mal aber ganz leise.

»Hören Sie …«, setzte er an, doch die Frau unterbrach ihn ein weiteres Mal.

»Nein, Sie hören jetzt zu, ich bin noch nicht fertig. Nicht nur dass Sie mich hier völlig zu Unrecht beschuldigt haben. Glauben Sie bloß nicht, dass ich das mit der Ohrfeige vergessen habe!«

»Ich dachte, Sie sind bewusstlos, ich wollte Sie nur aufwecken!«

»Ich sollte Sie wirklich anzeigen.«

»Das können Sie nicht machen!« Ein schwaches Argument, das merkte Rasmus selber.

Die Frau auch, denn sie zog nur gekonnt eine Augenbraue hoch. Ob sie wohl Lehrerin war? Bei ihm jedenfalls funktionierte der strenge Ausdruck, und er gab klein bei: »Sie haben recht, das können Sie sehr wohl. Das kann doch wirklich nicht wahr sein. Was ist das nur für ein Tag? Und dabei ist es noch nicht mal acht Uhr«, seufzte er resigniert.

»Vielleicht sollten wir langsam mal die Polizei rufen«, schlug sie vor, und Rasmus presste die Lippen aufeinander. »Meinen Sie nicht, dass wir das irgendwie anders regeln könnten?«

»Natürlich«, kam die Antwort.

Überrascht blickte er auf, wobei ihm ein kleines Seufzen der Erleichterung entfleuchte.

»Sie können heute auf meinen Hund aufpassen.« *Entschuldigung?* Rasmus musste sich verhört haben.

»Ich soll *was*?«

»Auf den Hund aufpassen.«

»Sie haben Sie wohl nicht mehr alle?«

»Dank Ihnen vielleicht wirklich nicht, aber dafür habe ich jetzt keine Zeit. Hören Sie, ich habe um acht Uhr einen wahnsinnig wichtigen Termin«, fauchte sie, wobei sie an ihrer Blazerjacke zupfte, »und ich werde es jetzt schon nicht pünktlich schaffen, da Sie so nett waren, mein Fahrrad zu Schrott zu fahren. Ich kann den Hund nicht mit ins Büro nehmen. Wenn mein Chef Jochen sieht, kündigt er mir auf der Stelle. Und da Sie nun mal schuld an dem kleinen Unfall hier sind, haben Sie genau zwei Möglichkeiten: Wir rufen die Polizei, schalten unsere Versicherungen ein, vielleicht muss ich ins Krankenhaus, und unser beider Tag ist gelaufen. Oder Sie passen für ein paar Stunden auf diese Seele von Hund auf. Damit wären wir quitt.«

Wie auf Kommando begann nun auch noch der Hund, freudig mit der Rute zu wedeln.

Rasmus schaute sie skeptisch an.

»Wirklich«, versicherte sie ihm.

»Was ist, wenn ich auch in einem Büro arbeite, in dem keine Hunde erlaubt sind?«, setzte er ihr entgegen.

»Netter Versuch, aber das ist dann nicht mein Problem. *Deal or no deal?*«

Junge, Junge, er hatte sein Gegenüber gründlich unterschätzt.

»Sie sind eiskalt.«

»Und Sie in einer schlechten Verhandlungsposition. Also?«

»Und wenn ich Ihren Hund verschleppe oder irgendwo aussetze? Was machen Sie dann?«

»Sie scheinen wirklich zu glauben, ich hätte das hier nicht durchdacht. Ich nehme natürlich Ihre Personalien auf, Anschrift, Handynummer, Kennzeichen. Und wenn Sie auf dumme Ideen kommen, dann mache ich Ihnen das Leben zur Hölle.«

Rasmus war, als stünde Luca Brasi persönlich vor ihm. Aber dafür war die Person hier zu zierlich, zu blond, zu weiblich. Und ja, irgendwie auch viel zu attraktiv.

»Also?«

Rasmus warf einen Blick auf die Uhr an seinem linken Handgelenk. Es war völlig hirnrissig, sich darauf einzulassen. Aber auf der anderen Seite: Hatte er eine Alternative?

»Okay. Ich habe ja keine Wahl. Nehmen Sie den Hund, und setzen Sie sich auf den Beifahrersitz. Ich fahre Sie zur Arbeit.«

Einen Augenblick wirkte sie überrascht, bevor sie ihren Hund und ihre auf der Straße verteilten Habseligkeiten einsammelte und in den Land Rover stieg. Rasmus schnappte währenddessen ihr Fahrrad und legte es hinten auf die Ladefläche. Dann ließ er sich hinter das Lenkrad gleiten und startete den Motor. »Also, wohin müssen Sie?«

Wenige Minuten später hielt der Wagen vor Sophies Büro. »Danke«, sagte sie und öffnete die Beifahrertür. »Wie gesagt, ich rufe Sie später an. Wenn Sie Fragen haben, schicken Sie mir einfach eine Nachricht. Und dann hole ich Jochen heute Abend ab.« Sie sprang aus dem Wagen und schlug die Tür hinter sich zu. »Ah, und übrigens: Es heißt links, rechts, links. Weil der Verkehr immer von links auf der zugewandten Seite kommt. Nur falls Sie mal wieder jemanden zusammenstauchen wollen für etwas, an dem Sie selbst schuld sind.« Und mit diesen Worten überließ sie Rasmus Johannsen seinem Schicksal und stürzte ins Foyer des Gebäudes.

Frau Müller thronte hinter dem Empfang und begrüßte Sophie mit einem stummen Nicken.

»7.57 Uhr!«, rief Sophie ihr entgegen, während sie zu den Aufzügen sprintete. Frau Müller war nun ihre Zeugin, dass sie pünktlich im Büro gewesen ist. Nur zur Sicherheit.

Sie schlüpfte in den offenen Lift und reckte den Daumen nach oben. Es war also doch nicht alles schlecht heute Morgen.

# 8

»Sollten Sie noch Fragen haben oder weitere Informationen benötigen, melden Sie sich bitte jederzeit bei mir. Ich glaube, wir haben eine solide Strategie ausgearbeitet, die auf vielen unterschiedlichen Pfeilern einen recht sicheren Stand hat. Damit werden wir die gesteckten Investitionsziele erreichen.« Mit diesen Worten schloss Sophie ihren Vortrag und beendete die Präsentation auf ihrem Laptop. Eine gedruckte und gebundene Version lag auf dem Tisch direkt vor Ariadne von Udolph.

Trotz ihres aufregenden Morgens war die Präsentation ohne größere Komplikationen vonstattengegangen. Lediglich einen leicht anklagenden Blick ihres Chefs hatte sie aufgefangen, als sie in den Meetingraum geschlüpft war. Aber das sollte mittlerweile vergessen sein.

Die potenzielle Klientin nahm die Mappe vom Tisch auf und blickte Sophie über den Rand ihrer Brille hinweg an. »Vielen Dank für Ihre Mühe, Frau Uhlmann. Das war sehr aufschlussreich.« Ein höfliches Lächeln lag auf ihrem Gesicht. Aber nichts in ihrer Mimik ließ auch nur erahnen, was sie wirklich über die von Sophie ausgearbeitete Strategie dachte.

Ariadne von Udolph erhob sich von ihrem Stuhl, womit das Meeting offiziell für beendet erklärt war. Sophies Chef und Sophie taten es ihr gleich.

»Kommen Sie mit allen Fragen natürlich jederzeit gerne auf *mich* zu«, sagte er und streckte der Klientin seine Hand entgegen.

Auf ihn, nicht auf Sophie. Denn wenn es an das Ernten der Lorbeeren ging, stand er so gerne in der ersten Reihe wie Vierzehnjährige bei einem *One Direction*-Konzert.

Ich bin das Aschenputtel der Investmentbranche, dachte Sophie, während sie ihrem Chef dabei zusah, wie er sich auf unerträgliche Weise bei der potenziellen Klientin einschleimte. Dass er nicht vor ihr auf die Knie fiel und die Hände bittend nach oben streckte, war vermutlich nur Mertens Alter und damit einhergehenden Knieproblemen geschuldet.

Ariadne von Udolphs Miene ließ nach wie vor keine Rückschlüsse darauf zu, ob ihr das Gehabe ihres Gegenübers zu übertrieben war oder sie sich stillschweigend in dieser Aufmerksamkeit aalte. Bei reichen Menschen konnte man halt nie wissen. Es gab sicher nicht wenige, die eine solche duckmäuserische Haltung ihnen gegenüber erwarteten. Als wäre ihr Geld ein Sockel, auf dem sie stünden.

Nun war es auch an Sophie, ihr zum Abschied die Hand zu schütteln, und Sophie kam es vor, als hätte die ältere Dame sie eine Millisekunde lang herzlich angelächelt. Dann verabschiedete sich die Klientin in den Fahrstuhl. Erst als sich die Türen des Lifts schlossen, atmete Sophie endgültig erleichtert aus. Diese Hürde war gemeistert. Jetzt hatte sie sich erst einmal einen Kaffee verdient. Aber nicht den völlig verwässerten aus der Kaffeeküche. Ihr stand eher der Sinn nach einem Flat White mit Hafermilch, und den gab es in dem kleinen Café gegenüber, selbstverständlich zu einem völlig überteuerten Preis. Aber wer Juppiegetränke trinken wollte, der musste auch Juppiepreise zahlen. Immerhin, und auf diesen Umstand war sie ein wenig stolz, verzichtete sie inzwischen auf süßende und Geschmack gebende Sirupe, die aus der Kaffee-Milch-Kombination etwas machten, das mit Kaffee nichts mehr zu tun hatte.

Sophie nickte ihrem Chef zu, der immer noch neben ihr am Aufzug stand, und machte auf dem Absatz kehrt, um ihr Portemonnaie aus ihrem Büro zu holen.

Da hielt Merten sie mit einer Geste auf. »Frau Uhlmann, auf ein Wort in mein Büro, bitte.«

Seufzend folgte Sophie ihrem Chef den Flur entlang. Na gut, eine Nachbesprechung musste sein. Aber hätte sie nicht kurz den Kaffee holen und dann erst zu ihm kommen können? Bevor sie ihm diesen Vorschlag unterbreiten konnte, betrat er jedoch bereits sein Büro und knallte die Tür hinter sich zu – direkt vor Sophies Nase. Sie seufzte ein weiteres Mal. Vermutlich war seine Laune im Keller, da Ariadne von Udolph nicht direkt die Milliönchen auf den Tisch gepackt und gefragt hatte, wo sie den Vertrag unterschreiben konnte. Kopfschüttelnd drückte Sophie die Klinke seiner Bürotür nach unten und betrat den exorbitant großen Raum mit einer Miene, so neutral wie ein weißes Blatt Papier.

Ihr Chef saß bereits hinter seinem Schreibtisch und schien in die Lektüre der Tageszeitung vertieft. Als hinter Sophie die Tür leise ins Schloss fiel, hob er den Kopf und schaute sie an, als fragte er sich, was sie in seinem Büro wollen könnte. Dann wendete er sich wieder der Zeitung zu. Sophie wertete das als Zeichen, sich auf den Stuhl vor dem Schreibtisch zu setzen.

»Ich finde, der Termin ist doch sehr gut gelaufen«, stieß Sophie die Unterhaltung an. Sie hatte wirklich wenig Lust, darauf zu warten, dass Andreas Merten sich zu einer Aussage bequemte.

»Haben Sie heute Morgen schon einen Blick in die Zeitung geworfen?«, fragte er sie unvermittelt.

Leicht verdattert von dem plötzlichen Themenwechsel entfuhr ihr ein nicht sehr förmliches »Ähh, nee?«.

»Ja, hätten Sie besser mal gemacht.« Mit diesen Worten knallte er die aktuelle Ausgabe der *Morgenpost* vor ihr auf den Tisch. Auf der Titelseite prangte ein fünfspaltiges Foto, auf dem eine Gruppe älterer Menschen abgebildet war. Sophie studierte das Bild einen Moment lang genauer, konnte aber beim besten Willen nichts Verwerfliches darauf erkennen. »Die sehen für mich alle recht sympathisch aus«, sagte sie also. Welchen Groll ihr Chef gegen Rentner hegte, war ihr ein Rätsel.

»Verdammt, Frau Uhlmann, lesen Sie die Überschrift!«

Sophies Blick wanderte von dem Foto auf die Headline des heutigen Leitartikels:

INVESTMENTFIRMA SCHLIESST NACHBARSCHAFTSZENTRUM IN OTTENSEN – FÜR GESPRÄCHE KEINE BEREITSCHAFT

Und darunter als kurzer Teaser:

*In der Rothestraße fand die Nachbarschaft jahrelang eine Anlaufstelle für soziale Interaktion, sportliche Aktivitäten und kulturelle Events. Besonders für die älteren Bewohner des Viertels war das Nachbarschaftszentrum Rothestraße eine Institution: Nun müssen die Rentner ihr Zentrum verlassen – weil eine ansässige Investmentfirma das Gelände gewinnbringend verkauft. Zu Gesprächen zeigte sich die zuständige Managerin nicht bereit. »Im Gegenteil, sie hat uns einfach aus dem Gebäude werfen lassen!«, berichtet Renate Schmidt. Die 79-Jährige ist fassungslos und gekränkt. »Wir wollten doch nur reden.« Mehr lesen auf Seite 3.*

Sophie überflog den Absatz, fragend blickte sie zu Merten.

Der Gesichtsausdruck ihres Chefs änderte sich in einer Sekunde von »ärgerlich erregt« zu »renn, so schnell du kannst!«. Er fauchte sie an: »Frau Uhlmann, für was bezahle ich Sie überhaupt?«

Sophie las den Text ein weiteres Mal. Der Nachbarschaftstreff sagte ihr gar nichts, aber die Rothestraße war ihr natürlich ein Begriff, unter anderem weil sie dort ein Projekt betreute: das baufällige Haus auf dem wertvollen Grundstück. Und da fiel der Groschen: der letzte Tag vor ihrem Urlaub, auch bekannt als der letzte Tag ihres alten Lebens, die Begehung mit Justus Maximilian Wertheim, der Überfall durch die garstige Omi und ihre Gang im Foyer.

Das Herz sank ihr in die Hose mit den Bügelfalten. »Die Leute auf dem Bild … das sind … also …« Sophie blieb der Mund offen stehen, als ihr klar wurde, was für Konsequenzen ein solcher Artikel haben konnte. Ihre Miene passte sich der ihres Vorgesetzten an. »Das sind absolut falsche

Anschuldigungen!«, brachte sie zu ihrer Verteidigung hervor. »Der vorherige Besitzer hatte keinen Vertrag mit diesen Leuten aufgesetzt und nichts Schriftliches hinterlassen, das ihnen ein weiteres Nutzungsrecht einräumt. Mag sein, dass es eine mündliche Absprache gegeben hat. Aber die ist hinfällig. Im Grunde sind das«, sie zögerte, als ihr Blick auf das Foto mit den alten Leutchen fiel, »nun … *Hausbesetzer*. In den Unterlagen stand nichts, Sie kennen mich, Herr Merten, ich mache meine Sache gründlich.«

»Ja, ich kenne Sie, Frau Uhlmann«, antwortete er erstaunlich ruhig. Der Ärger war aus seiner Stimme und sogar seinem Gesicht gewichen. »Und ich sehe, dass sie heute den zweiten Tag aus dem Urlaub zurück sind und nichts als Ärger machen. Gestern musste ich sie wegen dieser Bestie nach Hause schicken und abmahnen. Und heute das! Ehrlich, Frau Uhlmann, wie stellen Sie sich das denn weiter vor?«

Auffordernd sah er sie an, doch Sophie schnappte nur wortlos nach Luft. Ein Fisch auf dem Trockenen.

»Ich will, dass Sie diesen Schlamassel in Ordnung bringen«, unterbrach Merten ihre Schockstarre. »Sie fahren jetzt sofort nach Ottensen und sprechen mit diesen Leuten.«

»Ich bin nicht gefeuert?«

»Nein. *Noch* nicht. Sehen Sie das als absolut letzte Chance, Frau Uhlmann. Sie haben den Karren in den Dreck befördert, jetzt holen Sie ihn da auch wieder raus. Wenn ich Ihnen jetzt kündige, löst das mein Problem nicht: Das ist ein PR-Skandal, den wir wirklich nicht gebrauchen können – also sorgen Sie dafür, dass er verschwindet. Wenn Sie sich darum kümmern, haben Sie vielleicht noch eine Karriere in dieser Firma.«

»Wie soll ich das Grundstück gleichzeitig gewinnbringend veräußern und das Gemeindezentrum erhalten? Unsere Verpflichtung liegt doch klar bei unserem Klienten«, warf Sophie vorsichtig ein.

»Das ist doch nicht meine Aufgabe, Ihnen jetzt auch noch zu sagen, wie Sie Ihren Job zu machen haben. Fahren Sie da endlich hin und regeln Sie das. Wirklich, Frau Uhlmann, was kann ein Haufen alter Leute schon ausrichten?«

Was wusste er schon?

Fast vierzig Minuten! Fast vierzig Minuten Lebenszeit hatte es Sophie gekostet, aus der HafenCity nach Ottensen zu kommen. Und warum? Weil sie auf das öffentliche Verkehrsnetz zurückgreifen musste, da ihr vermutlich schrottreifes Fahrrad auf der Ladefläche irgendeines Pick-ups lag.

War das wirklich alles an nur einem Tag passiert? Und der Tag ist noch nicht mal vorbei, dachte sie schaudernd.

Während Sophie den Ausgang aus dem unterirdischen Altonaer Bahnhof suchte, hatte sie ein kleines Déjà-vu. Die Verwunderung darüber, wie viel Schlechtes in nur einen Tag passte, hatte sie vor nicht allzu langer Zeit schon einmal ereilt. Und zwar am letzten Tag vor ihrem Urlaub. Da hatte der Tag auch mit einer Keule nach der anderen aufgewartet. Immerhin kann sich heute keiner von mir trennen, dachte Sophie bitter, als sie endlich den korrekten Aufgang zur Ottenser Hauptstraße gefunden hatte. Nur einen Moment darauf bog sie in die Rothestraße ein und sah schon von Weitem den

Haufen Menschen vor der Hausnummer 46 A. Ihrer Hausnummer. Schon jetzt konnte sie viele weiße und einen roten Schopf ausmachen. Sophie umschloss die heutige Ausgabe der *Mopo*, die Merten ihr als Mahnmal ihrer Schande mit auf den Weg gegeben hatte, etwas fester und atmete tief durch. Entgegen ihrem Impuls, wie eine Bombe einzuschlagen und zu fragen, ob diese tolle Initiative schon mal etwas von geltenden Rechten und Gesetzen (die auf Papier) gehört hatte, musste sie sachlich und freundlich bleiben. Die Rentner waren zwar im Unrecht, hatten aber die öffentliche Meinung auf ihrer Seite. Niemand konnte lesen, dass alte Menschen aus einem für sie wichtigen Gebäude geworfen werden, damit dieses teuer verkauft werden kann, ohne sich augenblicklich mit ihnen zu solidarisieren. Von dem nicht existenten Mietvertrag stand natürlich nichts in dem Artikel, dieses kleine Detail hatte der Journalist geflissentlich übersehen – so viel zum Thema Objektivität. *Penner*.

Aber nun war es zu spät, der Artikel war in der Öffentlichkeit und die armen, armen Rentner in den Herzen der Menschen. Und Sophie stand als die profitgeile Managerin da. Keiner der Leser interessierte sich jetzt noch für ein nicht offizielles Mietverhältnis, auf eine Gegendarstellung in der Presse brauchte sie nicht zu spekulieren. Also musste eine andere Lösung her. Und die hieß wieder einmal: Jeder hatte seinen Preis. Wollen wir also mal sehen, mit welchem Deal man die hier besänftigen kann, dachte Sophie, während sie entschlossen auf die Gruppe zumarschierte und zielstrebig die Frau mit den roten Haaren ansteuerte: »Frau Zimmermann, hallo«, sagte sie lächelnd, »erinnern Sie sich an mich?«

Die Angesprochene drehte sich mit hochgezogenen Augenbrauen zu Sophie um. Verachtung lag auf ihrem Gesicht. Unverschleiert.

»Natürlich. Und Sie sich erstaunlicherweise auch an mich. Letztes Mal hatten Sie mich ja schon nach wenigen Stunden vergessen.« Ihr Blick fiel auf die Zeitung in Sophies Hand. »Aha. Mit dem großen Foto und der Erwähnung im Artikel ist es ja auch nicht schwer, sich an meinen Namen zu erinnern. Sogar für Sie.« Damit ließ sie Sophie stehen und verteilte weiter Flyer an vorbeigehende Passanten.

Sophie trat einen weiteren Schritt an sie heran. »Frau Zimmermann, bitte, wir müssen über diesen Artikel sprechen.«

»Ach, auf einmal? Vielleicht sollten wir auch unser Sicherheitspersonal rufen, um sie vom Gelände verweisen zu lassen? Metin, Renate, kommt ihr mal?« Mit dem letzten Satz rief Thekla das Rentnergrüppchen, das ein paar Meter weiter ebenfalls Flyer verteilte. Die hatten noch nichts von Sophies Ankunft mitbekommen. Bis jetzt.

Eine Traube bildete sich hinter Thekla. Eine Frau und ein Mann lösten sich aus dem beigen Rudel und stellten sich direkt neben sie. Renate und Metin offensichtlich. Sophie blinzelte die kleine Frau an. Sie könnte schwören, dass sie die Kombination aus Beige und Grau schon mal gesehen hat. Und so finster, wie die alte Frau sie anschaute, musste dem wohl tatsächlich so sein.

Sophie fuhr ein leichter Schauer über den Rücken. Ja, sie hatte ganz offensichtlich ein bisschen Angst vor der kleinen Person. Der noch kleinere Mann neben ihr dagegen sah ganz freundlich aus. Er trug einen wilden Mustermix am

Körper: eine Schirmkappe mit hellbraunem Fischgrätmuster, ein Hemd mit feinen Nadelstreifen und darüber einen Pullunder mit großen Rauten auf der Vorderseite. Auch seine braune Stoffhose ward von Nadelstreifen geziert, was sich ganz grässlich mit den Streifen des Hemdes biss. Bei der Flut an Brauntönen und Mustern war das allerdings das kleinste Übel. Auf seinem Gesicht lag jedoch ein ruhiger und freundlicher Ausdruck. Seine Augen hatten durch die buschigen Augenbrauen einen noch stärkeren Ausdruck. Ein stattlicher und sehr gepflegter Schnauzer bildete das zweite Highlight in dem von feinen Linien durchzogenen Gesicht. Der freundlich wirkende ältere Herr stand im Gegensatz zu der Frau in Beigegrau, die zwar keineswegs ungepflegt wirkte, aber morgens im Bad sicherlich keinen Aufwand für ihr Aussehen betrieb. Diese Energie verwendete sie wohl eher, um jungen erfolgreichen Frauen die Hölle heißzumachen. So wie jetzt.

»Das sind Renate Schmidt und Metin Isik. Mit ihnen haben sie ebenfalls schon Bekanntschaft gemacht, nur falls Ihnen auch das entfallen sein sollte«, stellte Thekla die beiden vor.

»Da haben Sie sich also aus Ihrer piekfeinen HafenCity nach Ottensen bequemt, weil Sie mit uns sprechen wollen. Auf einmal, Frau Uhlmann? Verzeihung, Täubchen, aber der Zug ist abgefahren«, brummte da die kleine Frau.

»Natürlich erinnere ich mich an Sie! Sie waren bei diesem Überfall in meiner Firma auch dabei!«

»Ein Überfall? Also bitte, das war doch kein Überfall. Wir haben von unserem Recht Gebrauch gemacht, Sie um ein Gespräch zu ersuchen. Aber Sie haben uns hochkant rausgeworfen.«

»Ich bin mir nicht sicher, ob Sie mir etwas von ›Recht‹ erzählen sollten, solange Sie ohne Mieterverträge Häuser besetzen und dann Rufschädigung betreiben.« Der sollte sitzen. Doch die alte Frau rümpfte nur schnippisch die Nase.

»Und was wollen Sie dagegen tun?«

*Verdammt.* Sie wusste offensichtlich genau, dass sie am längeren Hebel saß. Von wegen unschuldige und naive alte Leutchen, das ist ein Haufen durchtriebener Hausbesetzer, schoss es Sophie durch den Kopf. Doch wenn sie ihren Job behalten wollte, musste sie aufhören, auf ihr Recht zu pochen. Sie setzte an: »Das bringt doch so nichts. Wenn ich mich für die Aktion vor ein paar Wochen entschuldige, hören Sie mir dann zu?«

Thekla, Renate und Metin wechselten vielsagende Blicke. Dann nickte Renate. Alles klar, anscheinend war sie das Alphatier der Gruppe und nicht die jüngere Thekla. Sophie setzte einen »ehrlich« betrübten Blick auf.

»Es tut mir wirklich leid, dass ich nicht in der Lage gewesen bin, Ihnen vor drei Wochen das nötige Gehör zu schenken. Sie haben mich da zu einem ganz schlechten Zeitpunkt erwischt. Unter dem Druck der Woche habe ich wohl nicht die beste Entscheidung in dieser Situation getroffen. Bitte entschuldigen Sie.«

»Diese Trauermiene können Sie sich gleich wieder aus dem Gesicht wischen, die nimmt Ihnen doch eh niemand ab. Aber wir wollen mal nicht so sein. Also reden wir. Was können Sie uns anbieten?«

»Was wollen Sie?«

»Das ist ganz einfach: hierbleiben.«

»Das geht nicht.«

»Machen Sie, dass es geht. Sie haben uns die Suppe eingebrockt, jetzt können Sie sie auch wieder auslöffeln.«

»Ich habe Ihnen die *Suppe* nicht *eingebrockt*«, Sophie malte Anführungszeichen in die Luft, »und das wissen Sie auch. Verantwortlich für die Situation ist, wenn überhaupt, der vorherige Eigentümer, der Ihnen das Gebäude nie überschrieben oder Ihr Nutzungsrecht schriftlich festgehalten hat.«

»Das ist mir egal.«

Bevor sie sich stoppen konnte, warf Sophie die Arme in die Luft. »Das ist doch kein Argument!«

Doch die alte Dame blieb völlig unbeeindruckt: »Junge Frau, ich bin 79 Jahre alt. Ich habe einen Weltkrieg, einen Kalten Krieg und diverse Scheidungskriege miterlebt. Glauben Sie wirklich, ich schere mich um ein gutes Argument?«

Und schon wieder fand sich Sophie sprachlos wieder. So komme ich nicht weiter, dachte sie. Sie versucht es in einem versöhnlichen Ton.

»Hören Sie, es tut mir wirklich leid, Ihnen da nicht entgegenkommen zu können, aber das liegt schlicht nicht in meiner Hand. Die rechtmäßigen Eigentümer des Gebäudes haben sich zum Verkauf entschlossen. Alles, was ich mache, ist, einen geeigneten Käufer zu finden und zwischen beiden Parteien zu vermitteln. Ich habe da keinerlei Mitbestimmungsrecht. Ich *kann* das nicht entscheiden, selbst wenn ich es wirklich wollte.« Sie ließ ihren Blick über die Gruppe vor ihr gleiten und hob die Stimme etwas an. »Der Verkauf dieses Grundstückes ist beschlossene Sache, und es liegt außerhalb meiner Macht, daran irgendetwas zu ändern. Wenn Sie also hierbleiben wollen, müssen Sie das Grundstück kaufen.«

»Dann tun wir das«, sagte Renate entschieden. »Wo soll ich unterschreiben?«

»Ach, Renate, das ist doch Humbug«, schaltete sich der ältere Herr zum ersten Mal ein, wobei er die Frau sanft am Arm zurückhielt. Sie machte tatsächlich den Eindruck, als wollte sie jeden Moment lossprinten – wohin auch immer. »Wovon willst du das bezahlen? Von deiner mickrig kleinen Rente?« Er schaute sie an und seine dunklen Augen ruhten so sanft auf ihr, dass Sophie die Szene süß gefunden hätte, wenn sie nicht in einer so vertrackten Situation stecken würden.

So ergriff sie das Wort: »Renate, Sie ...«

»Für Sie immer noch Frau Schmidt.«

»Natürlich, verzeihen Sie. Also, was ich sagen wollte –«

»Dann soll sie uns ein Angebot machen.« Die alte Frau fiel Sophie erneut ins Wort, um ihrem Mitstreiter eine verzögerte Antwort zu geben. Thekla nickte zustimmend und wandte sich an Sophie: »Ja, Frau Uhlmann, das ist doch eine gute Idee: Machen Sie uns ein Angebot! Eines, wie man so schön sagt, das man nicht ablehnen kann.«

»Was denn für ein Angebot?«

»Wenn Sie uns dieses Zentrum nicht geben können, dann geben Sie uns ein anderes.«

»Geschenkt?!« Sophies Stimme drohte sich zu überschlagen. Renate schüttelte den Kopf: »Sie scheinen uns wirklich für selten dämlich zu halten.«

»Nein, natürlich nicht«, beeilte sich Sophie zu sagen. »Nur vielleicht ein wenig ...« Während sie noch nach einem passenden Wort suchte, übernahm Thekla das Wort.

»Natürlich nicht umsonst. Dass wir hier eine einmalige Situation haben, ist uns natürlich bewusst. Dennoch brauchen wir dieses Zentrum. Ich weiß nicht, ob Sie den Artikel ganz gelesen haben, aber was da drinsteht, ist nicht übertrieben. Für viele Menschen hier im Viertel sind wir der einzige Anlaufpunkt, den sie haben. Viele Rentner leben alleine, und ohne unser Zentrum würden sie das Haus wohl gar nicht mehr verlassen. Und schauen Sie sich doch um: Außer uns bietet dieses Viertel keine andere Anlaufstelle für unsere Zielgruppe – wie Sie es vermutlich nennen würden. Deshalb brauchen wir dieses Zentrum.«

»Ganz genau«, schaltete sich Metin wieder dazu. »Wenn uns niemand helfen will, dann helfen wir uns gegenseitig.« Er zögerte, richtete den Blick seiner warmen Augen dann fest auf Sophie: »Die Vergessenen einer Gesellschaft.«

»Och, Metin, was musst du wieder dramatisch sein«, tadelte ihn Renate.

Er grinste. »Aber ich habe recht.«

»Verstehen Sie, warum wir nicht kampflos aufgeben können?«, nahm Thekla den Faden wieder auf.

»Wieso organisieren Sie sich nicht privat? Treffen Sie sich doch privat zum Kaffeetrinken.« Sophies Vorschlag erntete nur erneutes Kopfschütteln.

»Frau Uhlmann, ich glaube, Sie unterschätzen unser Angebot hier. Wir sitzen hier nicht zu unserem privaten Kaffeekränzchen zusammen. Wir bieten Kurse an, wir organisieren verschiedene Veranstaltungen, wir lernen voneinander. Wir haben ein vielseitiges Programm. Und ich kann mir nicht vorstellen, wie ich einen Tangokurs in meiner fünfzig Quadratmeter großen Wohnung anbieten soll. Nein. Wir brauchen ein neues Zuhause für das Zentrum.« Sie drückte Sophie einen der Flyer in die Hand. »Hier, sehen Sie: Auf der Rückseite finden Sie unser Programm für den Sommer. Wir haben viele spannende Dinge geplant, die können wir nicht einfach streichen.«

Sophie überflog das Informationsblatt, das auf der Vorderseite alle Leute aufrief, bei der Rettung des Zentrums zu helfen, und auf der Rückseite über die Kurse informierte: Tanzkurse, Kochkurse, Grillen, Bingo am Sonntag, danach gemeinsames *Tatort*-Schauen waren nur einige Aktivitäten. *Propaganda und Werbung, wow.*

»Wie finanzieren Sie sich?«

»Natürlich«, schnaubte Renate. »Sie denken wieder nur ans Geld.«

»Wie gesagt«, beantwortete Thekla Sophies Frage, »wir helfen uns gegenseitig.«

»Wenn ich Ihnen helfen soll, müssen wir ein paar Eckpunkte besprechen. Ich brauche einige Informationen von Ihnen, die wir vielleicht nicht mitten auf der Straße besprechen sollten. Können wir vielleicht reingehen?«

Das ist nicht mal gelogen und dennoch ein kluger Schachzug, lobte sich Sophie im Stillen selber. Wenn sie die Rentner und Thekla ins Haus bekam, konnten sie nicht weiter hier auf der Straße Stimmung gegen Sophie und ihren Arbeitgeber machen.

»Natürlich, lassen Sie uns in den Garten gehen. Da haben wir ein paar Sitzgelegenheiten.« Thekla öffnete das niedrige Gartentor und ging hindurch. Im Vorgarten standen ein großer Tisch und einige bunt zusammengewürfelte Stühle. In der Mitte des Tisches standen eine große Glaskaraffe mit Limonade, eine Kanne mit inzwischen wohl kaltem Kaffee, Gläser, Tassen und ein Teller mit Gebäck. Man konnte meinen, der Hutmacher aus dem Wunderland hätte zu einer Teeparty eingeladen, und die Gesellschaft, die sich gerade um den Tisch niederließ, minderte diesen Eindruck in keinster Weise. Nachdem sich alle mit Getränken versorgt hatten, holte Sophie ihren Laptop aus der Tasche und klappte ihn auf. Erwartungsvoll blickte sie in die Runde. Immerhin blickte sie dabei jetzt nicht mehr ausnahmslos in wütend funkelnde Gesichter. Die Rentner schienen verstanden und vor allem akzeptiert zu haben, dass Sophie nicht die Böse war und dass sie sie nicht zu ihrem persönlichen Vergnügen aus ihrem Zentrum vertreiben wollte. Sie selbst hatte ja sogar Verständnis für die Gruppe! Wenn man alt war und sich niemand um einen kümmerte, vereinsamte man wirklich. Und dass sich niemand kümmerte, weil die gesamte Verwandtschaft zu beschäftigt war, war für Sophie keine abwegige Idee – sie machte sich gedanklich eine Notiz, später bei ihrer Oma anzurufen. Doch jetzt akut bedeuteten die Rentner einen erheblichen Mehraufwand für Sophie. Noch mehr Arbeit in ihrem eh schon stressigen Job. Mit einem Kopfschütteln vertrieb sie die Gedanken und öffnete stattdessen das Notizen-Programm ihres Macs: »So, dann erzählen Sie mal: Welche Voraussetzungen müssen die neuen Räumlichkeiten erfüllen?«

»Die haben doch einen Knall!« Wutentbrannt schimpfte Sophie ins Handy an ihrem Ohr. Am anderen Ende war ihre Freundin Lina und hielt den Hörer in diesem Augenblick vermutlich ziemlich weit von ihrem Ohr weg. »*Natürlich* finde ich für sie ein neues Zentrum, dreihundert Quadratmeter, easy, gar kein Problem. Mitten in Ottensen? Natürlich, leere Ladenräume gibt es da wie Sand am Meer. Und nicht teurer als fünfzehnhundert Euro monatlich. Weißt du, was ich ihnen da gesagt habe, Lina? Ich sagte: *Say no more. I got you, fam*. Klar, verstehen die nicht, kennen ja keine Memes. Haben vermutlich noch nicht mal was vom Internet gehört, diese Blumenkohlköpfe. Wie kann man nur so realitätsfern sein? Passiert das, wenn man alt wird? Checkt man dann einfach nicht mehr, was möglich ist und was nicht?«

»He, Sophie«, kam es aus der Leitung.

»Ja?«, schnauzte Sophie, recht atemlos nach ihrer kleinen Rede. Sie war auf dem Weg zurück zur S-Bahn-Haltestelle Altona, wo sie erst ein paar Stunden zuvor ausgestiegen war.

»Wovon sprichst du?«, fragte ihre Freundin.

»Na, den Rentnern. Sag ich doch die ganze Zeit.«

»Ja, das schon. Aber welche Rentner?«

»Die mir das Leben zur Hölle machen, weil sie sogar die Presse auf mich hetzen! Die eine Immobilie besetzen, die ihnen nicht gehört und die ich dummerweise in meinem Portfolio habe.«

»Aha.« Lina konnte mit Sophies Investmentsprech wenig anfangen. Es war nicht so, als wäre sie nicht in der Lage, Sophie zu verstehen. Sie *wollte* es nicht verstehen: Ihre Überzeugungen gingen an der »Immobilien in Großstädten«-Front klar auseinander, nach einem langen Gespräch, in dem die Worte »profitgeil« und »unmoralisch« ebenso wie »weltfremd« und »naiv« gefallen waren, hatten sie sich darauf geeinigt, diesen Aspekt von Sophies Arbeit aus ihrer Freundschaft auszuklammern. Bis jetzt.

Sophie entging Linas Reaktion nicht. »Tut mir leid, ich konnte Jule eben nicht erreichen. Und ich musste einfach mit jemandem sprechen. Ehrlich, Lina, heute ist der vermutlich schlimmste Tag in meinem Leben.«

»Schon wieder?«

»Aua.«

»Entschuldige. Aber wirklich schlimmer als der Tag, an dem Jochen dich verlassen hat?«

»Du wirst lachen, aber das ist tatsächlich einer der wenigen aufmunternden Gedanken heute gewesen. Dass mich immerhin keiner verlassen kann.«

Lina lachte. »O Mann, Sophie, das klingt echt richtig schlimm. Dann erzähl mal, was ist denn heute passiert?«

Also erzählte Sophie: von der Auseinandersetzung mit Jule morgens in der Küche, von dem Unfall auf dem Weg zur Arbeit, von dem eigentlich erfolgreichen Termin mit Ariadne von Udolph und der Bombe in Form des Artikels sowie ihrem Versuch, in Ottensen die Wogen zu glätten. Lina hörte aufmerksam zu, wobei Sophie nicht entging, wie ihre Freundin bei der Erwähnung des Artikels scharf die Luft einsog. Lina hatte den Artikel also auch gelesen. Und war vermutlich derselben Meinung wie ganz Hamburg: dass Sophie ein herzloses Stück war.

»… und jetzt soll ich ihnen bis Samstag ein Exposé zusammenstellen«, schloss Sophie ihre Ausführungen.

Schweigen von Lina.

»Das bedeutet, dass ich ihnen Alternativen raussuche, die ihren Anforderungen entsprechen. In der Hoffnung, dass dann eine davon ihr neues Zentrum wird. Und das soll ich ihnen am Samstag vorstellen.«

»Bis Samstag hast du ja noch ein paar Tage Zeit.«

»Darum geht es ja auch nicht, aber ihre Vorstellungen sind einfach utopisch. Um ihr jetziges Programm auch weiterhin beibehalten zu können, brauchen sie richtig viel Fläche. Die auf mehrere Stockwerke aufzuteilen, ist auch keine Option, außer, es gibt einen Aufzug, weil sie eben alt sind. Und all das wollen sie ab sofort zum Preis einer Zweizimmerwohnung! In Ottensen!«

»Verstehe, das klingt wirklich nach einer Herausforderung. Aber wenn das jemand schafft, dann du, Sophie! Weil du dich in Sachen reinhängst und nicht lockerlässt, bis sie funktionieren. Lass uns doch am Freitag ausgehen, dann können wir gemeinsam noch mal auf deine Auswahl schauen. Klingt das gut?«

Dass das keine wirkliche Hilfe war, sondern nur der Vorschlag, eine anstrengende Woche gebührend zu Ende zu bringen, erkannte Sophie natürlich sofort. Und sie war dankbar dafür.

»Das klingt fantastisch. Dann fahre ich jetzt mal nach Hause, und wir sehen uns am Freitagabend.«

»He, Sophie«, hakte Lina noch mal ein. »Erzählst du dann am Freitag auch von dem Mann, der dich umgehauen hat?«

»Wer?«

»O Mann, Sophie, jetzt mache ich einmal einen guten Witz,

und du stehst auf dem Schlauch. Der Fahrer des Pick-ups, der dich heute Morgen vom Fahrrad geholt hat. Der klingt, als hätte der was.«

»Ich kann dir sagen, was der mit ziemlicher Sicherheit nicht hat: Freunde. Oder Gerechtigkeitssinn. Oder eine vorausschauende Fahrweise.«

»Jaja.«

»Lina, ›jaja‹ mich nicht, dafür ist es echt zu früh.«

»Nein, ist es nicht, ich habe da einfach ein Gefühl.«

»Apropos Gefühl: Ich hab das Gefühl, ich habe was vergessen. Wollte ich noch mal zum Supermarkt auf dem Weg nach Hause?«

»Ich denke eher, du willst diesen Mann unbedingt wiedersehen.«

»Lina, es reicht.«

»Nein, ernsthaft, ich denke, du solltest ihn wirklich wiedersehen …«, Lina pausierte. »Außer du willst, dass Jochen ab jetzt bei ihm lebt.«

»Oh, Scheiße. Shit, shit, shit.«

Jetzt musste Lina wirklich lachen.

»Hast du wirklich deinen …«

»Ja, Mann, ich habe wirklich meinen Hund vergessen. Was bin ich nur für ein Mensch, das ist wirklich nicht lustig.«

»Wenn man sich die Situation vorstellt, wann dir das heute wohl aufgefallen wäre, schon. Ziemlich lustig sogar.«

Sophie stellte sich vor, wie sie sich ins Bett gelegt und kurz vorm Einschlafen »Gute Nacht, Jochen« gesagt hätte, nur um einen Augenblick später kerzengerade im Bett zu sitzen und dann mitten in der Nacht im Schlafanzug vor der Tür von Rasmus Johannsen zu stehen und nach ihrem Hund zu fragen. Ja, gut, die Vorstellung war wirklich ziemlich lustig. Und passte perfekt zum heutigen Tag. Sie stimmte in Linas Gelächter ein.

»Danke, Lina, du hast mich echt gerettet«, sagte sie zwischen einzelnen Japsern. »So, dann fahre ich mal meinen Hund abholen. Den ich natürlich niemals irgendwo vergessen würde. Noch mal: danke. Wir sehen uns am Freitag!« Damit beendete Sophie das Telefonat und stieg in die Bahn, um zu Rasmus zu fahren. Man musste sich wirklich wundern. Den eigenen Hund vergessen. Dabei war der doch gerade der Einzige in ihrem Leben, der sie uneingeschränkt mochte.

# 9

»Moment mal, das heißt, du hast ihm einfach so deinen Hund mitgegeben?« Schwere Zunge hier.

»Leute, können wir uns vielleicht dem wichtigeren Thema zuwenden?«

»Tun wir doch!« Kichern dort. Es hatte einfach keinen Sinn. Jule und Lina waren offensichtlich viel zu fasziniert von dem ominösen Mann, der Sophie umgehauen hatte (Lina ließ es sich nicht nehmen, dieses wahnsinnig lustige Wortspiel wieder und wieder zu verwenden). Die halb vollen Bierflaschen und leeren Schnapsgläser auf dem Tisch vor ihnen taten ihr Übriges.

»Ernsthaft, wenn ich bis morgen keine vernünftigen Vorschläge habe, dann bin ich am Montag meinen Job los!« Sophie seufzte. Es war Freitagabend, und Jule, Lina und sie waren in einer ihrer Lieblingskneipen, im *Berliner Betrüger* in der Schanze. Wie eigentlich an jedem Freitagabend. Und an anderen Abenden. Außer an Sonntagen, da waren sie tendenziell in der *KorallBar*, einer Kneipe auf St. Pauli. Ja, ehrlich betrachtet, brachten sie einen nicht unwesentlichen

Teil ihrer Freizeit und ihres Kontostandes in alkoholangereicherten Etablissements durch. Für den milden Abend grenzte es fast an ein Wunder, dass sie noch einen freien Tisch auf der Terrasse gefunden hatten. Der großartige Vorschlag von Lina, am Freitag gemeinsam über die Rentnerproblematik nachzudenken, hatte sich im Nachhinein als gar nicht mal so großartig herausgestellt: Erst mussten sie einen Schnaps auf die Idee, das Problem gemeinsam zu lösen, trinken. Dann einen darauf, dass Freitag war. Dann einen darauf, dass Sophie den Unfall unbeschadet überstanden hatte. Und dann hatte Lina noch eine Runde geordert und ihre Freundinnen genötigt, einen »auf ihr Gefühl« bezüglich des Unfallverursachers zu trinken.

»Boah, Lina, ehrlich. Das ist so ein Kindergarten. Du kannst doch nicht von nun an bei jedem Mann, der neben mir an der Ampel steht, ein Gefühl haben und mich ständig in irgendwas verkuppeln wollen. Denn vielleicht will ich Jochen noch verarbeiten.«

Bei der Nennung des Namens hob der Hund, der unter dem Tisch lag und friedlich döste, den Kopf.

»Den Hund?«, fragte Lina verwirrt.

»Ach, quatsch nicht, den Mann natürlich«, antwortete Jule an Sophies Stelle. »Wobei ich nicht ganz verstehe, was es da noch zu verarbeiten gibt. Der Kerl war scheiße, hat sich scheiße verhalten und wird auch immer scheiße bleiben. Ich denke, das ist recht eindeutig: Scheißeschublade auf, Jochen rein, und gut is'.«

»Ja, Jule, für dich ist das vielleicht so einfach. Du hast aber auch die emotionale Anfälligkeit eines Einzellers.«

Das war das Schöne an langjährigen Freundschaften. Dass man Wahrheiten einfach aussprechen konnte, ohne dass Gefühle verletzt wurden oder einer beleidigt war.

Und so zuckte auch Jule nur mit den Schultern und nahm einen weiteren Schluck von ihrem Bier. »Es ist ja jetzt auch wirklich schon eine Weile her. Jochen hat sich auch nicht mehr bei dir gemeldet. Oder? Also was willst du noch von dem?«

»Mensch, Jule, streu doch nicht noch mehr Salz in die Wunde«, sagte Lina. »Niemand will doch noch mal extra aufs Brot geschmiert bekommen, dass der Expartner, der einen verlassen hat, sich dann nie wieder gemeldet hat und demnach anscheinend ganz zufrieden mit seiner Entscheidung ist. Man will doch, dass der andere den Schritt bereut und wieder angekrochen kommt und beteuert, wie leid ihm das alles tut. Sogar wenn man selbst schon einen Schritt weiter ist.«

»Was uns ja zu dem Mann mit dem Pick-up bringt.« Jule schaute Sophie auffordernd an.

»Ich nenne ihn ja gerne den, der Sophie umgehauen hat«, plapperte Lina und bestellte im selben Moment mit einer Geste eine weitere Runde Schnaps. Sophie verdrehte die Augen.

»Du weißt, dass ein Witz nicht lustiger wird, je öfter man ihn bringt, oder? Und schon gar nicht, wenn er von Anfang an überhaupt nicht lustig war.«

»Ja«, strahlte Lina sie an.

Was sollte man da noch machen? Gegen so etwas kam man einfach nicht an. Erstaunlich schnell – schließlich war Freitagabend – war der Kellner zurück bei ihnen und setzte ein volles Tablett mit drei neuen Bier und drei übervollen Schnapsgläsern auf ihrem Tisch ab.

»Das ging aber fix«, sagte Sophie erstaunt und nahm ihre Getränke entgegen. Als sie den Blick sah, den Lina dem jungen Mann zuwarf und den er ebenso intensiv erwiderte, wunderte sie allerdings gar nichts mehr. Wenn sie heute noch irgendwas mit ihren Freundinnen geklärt bekommen und ihre Hilfe einfordern wollte, dann musste sie sich beeilen. Denn sie kämpfte – zumindest in Linas Fall – gegen zwei starke Gegner: Der eine war die klare Flüssigkeit im Schnapsglas und der andere Linas Libido, die nun im Zehnminutentakt stärker werden würde. Und zwar so lange, bis sie den Kellner eingetütet hätte. Quasi. Wie gesagt: Seit ihrem Kennenlernen hatten sich ihre Frisuren und Kontostände geändert, nicht aber ihre grundsätzlichen Wesenszüge.

Sophie hob ihr Schnapsglas. »Okay, ein neues Anstoßen. Darauf, dass wir uns nun für fünfzehn Minuten zusammenreißen und einen Plan machen, was ich morgen mit den Rentnern anfangen soll. Sonst müsst ihr mich ab Montag durchfüttern, und Miete kann ich dir dann leider auch keine zahlen, Jule. *Deal?*«

»Natürlich«, antwortete Lina, wobei sie ihre Augen doch nicht von dem Kellner lösen konnte.

»Also, was brauchst du?«, fragte Jule. Sophie seufzte auf und schlug die Hände über dem Kopf zusammen.

»Eine Lösung.«

»Gut, das ist jetzt nicht sehr präzise. Was hast du denn bisher gemacht?«

»Ich hab mal bei Immoscout geschaut.«

»Und mehr nicht?«

»Ich bin einfach nicht dazu gekommen, Jule. Ich habe auch noch einen richtigen Job. Und auch wenn mir diese Leute natürlich leidtun, bin ich immer noch derselben Meinung: *Das ist nicht mein Fehler*. Und trotzdem muss ich das ausbaden. Das ist einfach unfair.«

»Das weiß ich ja. Aber weiter hilft dir das auch nicht. Du kannst entweder hier sitzen und dich beschweren oder die Zeit für Recherche nutzen.«

»Oder wir bestellen noch mal eine Runde«, warf Lina ein, die schon wieder ihrem Kellner winkte. Einen Moment später stand er am Tisch – o Wunder – und nahm erneut die Bestellungen auf. Nachdem sich alle drei mit einem frischen Schluck Bier gestärkt hatten, zog Jule ihr Smartphone aus der Tasche.

»Also, was sind denn genau die Vorgaben, die die Rentner dir mitgegeben haben?«

»Ottensen, am besten in der Rothestraße, haha, mindestens dreihundert Quadratmeter, ebenerdig, einen großen Raum muss es geben, und das alles darf nicht mehr als fünfzehnhundert Euro monatlich kosten.«

»Mhm«, murmelte Jule, während sie tippte. Dann schaute sie auf.

»Könnt ihr vielleicht mithelfen? Ich durchforste Immoscout. Sophie, du versuchst es mal bei eBay Kleinanzeigen und Lina, du …«, ihr Blick fiel auf Lina, doch ihre Freundin schmachtete immer noch mit voller Aufmerksamkeit den Kellner an, »… ja, du machst einfach weiter, mit dem, was du da machst.«

Sophie zückte ebenfalls ihr Handy. Glücklicherweise fiel bei dieser Bewegung auch ein Leckerli aus ihrer Jackentasche, über das sich der eigentlich schlafende Jochen sofort hermachte. Es war wirklich ein Rätsel, wie er trotz tiefstem Schlaf augenblicklich den Klang eines herunterfallenden Leckerlis wahrnehmen konnte. Seit Sophie Jochen hatte, befanden sich in all ihren Taschen an Jacken und Hosen Leckerlis, die bei so ziemlich jedem Griff – ob nach dem Handy, dem Schlüssel oder einem Haargummi – herauspurzelten. *Alles Gute kommt von oben*, wenn Jochen dieses Sprichwort kennen würde, er würde es sofort mit einem Bellen quittieren.

»Und, wie sieht es aus?«, fragte Jule nach einer Weile, während sie selbst weiterscrollte. Nur ein- oder zweimal hatte sie in den vergangenen Minuten kurz innegehalten, auf einen Link geklickt und dann doch wieder den Kopf geschüttelt, um zur Übersicht zurückzukehren.

»Mpfh«, machte Sophie.

»Also ähnlich erfolgreich wie hier«, schlussfolgerte Jule.

»Das bringt doch alles nichts. Das ist utopisch. Ich habe jetzt schon eBay und noch zwei weitere Immobilienplattformen durch. Nirgendwo gibt es etwas, das auch nur annähernd den Vorstellungen entspricht. Entweder ist es viel teurer, viel kleiner oder liegt am komplett anderen Ende von Hamburg.«

»Wir können noch in Facebook-Gruppen schauen. Da werden ja auch oft Wohnungen und Räume angeboten, die sonst auf keiner Plattform sind.«

»Ach, Jule, das ändert doch nichts daran, dass die Vorstellungen dieser Leute einfach blödsinnig sind.«

»Und was ist mit euren Immobilien?«, kam es da plötzlich von Lina. Verwundert wandten Sophie und Jule sich ihr zu.

»Wie bitte?«

»Na, ihr habt doch auch Immobilien, Sophie. Ist da denn nichts dabei?«

Sophies Gehirn wedelte den schnapsbedingten Nebel zur Seite und machte sich an die Arbeit, die eben getätigte Aussage zu validieren – und für gut zu befinden.

»Lina, gib deinem neuen Freund mal Bescheid, dass wir noch eine Runde Shots brauchen – du hast mein Problem gerade gelöst.«

Lina nickte und wartete einen Moment, bis der schweifende Blick des Kellners wieder auf ihr landete. Dann streckte sie drei Finger nach oben und grinste ihn breit an. Er grinste ebenfalls und nickte. Lina streckte noch einen vierten Finger nach oben, mit dem Zeigefinger der anderen Hand deutete sie auf ihn, wobei sie fragend eine Augenbraue nach oben zog. Dass er auch diese Nachricht verstand, konnten die drei Freundinnen an seinem noch breiter werdenden Grinsen und dem hastigen Sprung in Richtung Thekenbereich erkennen. Lina drehte sich zu Sophie und Jule, nickte zufrieden und ergriff das Wort: »Also, apropos Freund. Du bist uns immer noch eine Story schuldig.«

»Ach«, Sophie rollte mit den Augen. Aber gut, sie würde um dieses Thema nicht mehr herumkommen. »Was wollt ihr wissen?«

»Alles!«, rief Lina begeistert.

»Seinen Namen«, setzte Jule nach.

»Er heißt Rasmus. Rasmus Johannsen.«

»Und was macht er beruflich?«

»Er ist Schreiner. Er hat seine Werkstatt ganz in der Nähe der Sternbrücke.«

»Also gar nicht so weit von unserer Wohnung entfernt«, grinste Jule.

»Leute, wie kommt ihr überhaupt darauf, dass er attraktiv ist? Ihr habt ihn doch noch nie gesehen!« Sophie war ein bisschen genervt von dem vorschnellen Urteil ihrer Freundinnen. Konnte kein Mann einfach nur existieren, ohne dass sie sich fragen mussten, ob er nun bumsbar war oder nicht?

»Muss ich wirklich noch mal erwähnen, dass ich da einfach ein Gefühl für habe?« Lina verschränkte für einen kurzen Moment gespielt eingeschnappt die Arme vor der Brust. Aber nur, um sich einen Moment später nach vorne zu lehnen und Sophie weiter mit Fragen zu löchern.

»Und kocht er gerne? Mag er Filme? Oder ist er eher so der Outdoortyp?«, fragte sie und fuhr sich mit den Zeigefinger lasziv über die rot geschminkten Lippen. Der Kellner, der in diesem Augenblick wieder mit vier Schnapsgläsern an dem Tisch erschien, ließ diese bei dem Anblick fast fallen. Während er Lina noch mit offenem Mund anstarrte, nahm sie ihm drei der Gläser ab und verteilte sie an ihre Freundinnen. Dann hielt sie ihres in die Höhe, prostete erst Sophie und Jule und dann dem Kellner zu, der immer noch mit offenem Mund dastand und Lina anstarrte.

»Mein Lieber, du musst den Shot schon auch trinken, sonst bringt der doch nichts«, sagte sie und führte seine Hand sanft zu seinem Mund. Bei ihrer Berührung schien ein Schlag durch ihn zu fahren und ihn plötzlich wieder zum Leben zu erwecken. Hastig stürzte er den Schnaps, verschluckte sich prompt, knallte sein Glas auf den Tisch und lief hustend wieder ins Innere Richtung Theke. Lina blickte ihm hinterher und stieß ein leichtes Seufzen aus. Dann drehte sie sich wieder zu ihren

Freundinnen und fragte: »Und, was macht der Schreiner jetzt so in seiner Freizeit?«

Sophie lachte und sagte kopfschüttelnd: »Lina, ich weiß es ehrlich nicht.«

»Aber du hast ihn doch noch besucht am Dienstag!« Ehrliche Empörung lag auf Linas Gesicht. Lina war die vermutlich letzte radikale Romantikerin, und Sophie liebte sie dafür sehr. Ihre Freundin war nämlich so romantisch, dass sie schlichtweg alle Menschen liebte. Männer im Besonderen, aber eben auch Menschen im Allgemeinen: Sie war ein Menschenfreund durch und durch, und es gab wohl noch nicht einen Tag in ihrem Leben, an dem sie nicht pure, ungefilterte Liebe für jemanden empfunden hatte. Dazu kam, dass sie keine Scheu hatte, das zu zeigen. So auch bei ihrem Kellner: Lina war gar nicht auf einen One-Night-Stand aus, wie man vielleicht vermuten könnte. Klar, der Abend würde ziemlich sicher in seiner oder ihrer Wohnung enden. Aber sie war in diesem Moment wirklich und unerschütterlich verknallt in den Mann. Zugegebenermaßen hatte sie außer der grenzenlosen Liebe das Erinnerungsvermögen eines Goldfisches, weshalb sie dazu neigte, die Liebe am nächsten Morgen wieder zu vergessen. Aber die Erinnerung an eine ganz besondere Nacht und einzigartige Verbindung zwischen ihnen – und daran erinnerte sich Lina immer – würde ihr bleiben.

»Ja, aber ich habe doch nur Jochen abgeholt.«

»Wie, nur abgeholt? Hat er dir nicht ein Glas Wein angeboten? Oder wenigstens ein Bier?«

»Nein, ehrlich gesagt war er ziemlich froh, dass ich endlich da war.«

»Na, siehst du!«, rief Lina strahlend.

»Er war froh, weil er endlich nach Hause wollte. Er hat mich ziemlich zusammengestaucht, warum ich erst so spät aufkreuzen würde und auch nicht Bescheid gegeben hätte, dass es so spät werden würde.«

»Der soll sich mal nicht so haben. Da hat er einmal eine schöne Frau bei sich, und dann verhält er sich wie ein Holzfäller.«

»Na ja, da ist er mit seinem Beruf als Schreiner ja wirklich nicht weit von entfernt«, warf Jule ein, die in den letzten Minuten recht still gewesen war.

»Ganz richtig«, pflichtete Sophie ihr bei. »Und wer weiß, ob er nicht eine sehr schöne Frau zu Hause hat und deshalb einfach nach Hause wollte.«

*»Awa«*, tat Lina diese Möglichkeit ab, »hat der nicht.«

»Lass mich raten«, erwiderte Sophie, »du hast da so ein Gefühl?«

»Ganz richtig. Und das sagt mir im Übrigen auch, dass ihr euch wiedersehen werdet. Habt ihr denn schon was ausgemacht?«

Wieder musste Sophie laut auflachen.

»Lina, hast du mir denn gar nicht zugehört? Der hat nur seine Schuld beglichen, und das war's. Der ist unfreundlich, schlecht gelaunt und findet offenbar immer einen Grund zu motzen. Das ist ehrlich der letzte Mensch, den ich wiedersehen möchte.«

»Weniger als Jochen?«

*Autsch*. Der saß. Sophie ließ sich gegen die Lehne ihres Stuhls zurückfallen und nahm einen Schluck von ihrem Bier.

»Zu früh?«, fragte Lina leise. Sophie nickte stumm und spürte, wie sich ein Kloß in ihrem Hals bildete.

»Tut mir leid«, flüsterte Lina. Manchmal hatte sogar sie ein Gespür für Grenzen. Jule legte Sophie eine Hand auf die Schulter.

»Wenn ich als emotionaler Einzeller mich dazu äußern darf: Jochen ist ein armes Würstchen, und im Grunde weißt du das auch. Dass die Information vielleicht in deinem Kopf, aber halt noch nicht in deinem Herzen angekommen ist, ist völlig normal. Ich denke, das Beste ist Ablenkung. Und nein, Lina, damit meine ich nicht den sexy Schreiner. Sondern eher die Aufgabe, die morgen auf dich wartet. Also, was hältst du davon, wenn wir den Rausch, den wir eh schon haben, nicht noch weiter pflegen, sondern heute mal recht vernünftig früh nach Hause gehen und du dich noch etwas vorbereiten kannst?«

Sophie stöhnte laut auf.

»Ist das jetzt mein Leben? Alle emotionalen Löcher mit Arbeit vollstopfen? Toll. Toll, toll, toll.«

»Ach, Liebi«, sagte Jule und nahm ihre Freundin fest in den Arm. Sophie atmete tief ein und aus und merkte, wie sich mit der ersten Träne auf ihrer Wange auch in ihrem Inneren etwas ein kleines bisschen löste. Jule strich ihr mit der Hand über den Rücken. »Natürlich nicht. Nur bis uns etwas Besseres einfällt.«

»Genau«, stimmte Lina zu. »Der Schreiner zum Beispiel.«

Jule verdrehte die Augen, und Sophie zog geräuschvoll die Nase hoch. Sie löste sich aus Jules Umarmung und schaute Lina an, die mit dem Ausdruck eines Engels dasaß und ihre beiden Freundinnen anstrahlte. Sophie musste lachen.

»Ey, Lina, du bist so eine Gurke. Echt.«

»Mag sein. Aber es hat funktioniert: Du lachst.«

Recht hat sie, dachte Sophie und wischte sich die Tränen aus dem Gesicht.

»Jule hat recht. Ich sollte mal nach Hause und mich auf morgen vorbereiten. Denn sollte ich meinen Job verlieren, hätte ich wirklich viel zu viel Zeit, um über Jochen nachzudenken.«

Wieder hob der Hund bei der Erwähnung seines Namens den Kopf und legte ihn schief. Er schaute Sophie einen Augenblick lang an, dann stand er auf, schüttelte sich und platzierte seinen Kopf schlussendlich in Sophies Schoß. Auch er hatte entschieden, dass es jetzt Zeit war, nach Hause zu gehen. Sophie kramte einen Zwanzigeuroschein aus ihrer Tasche, legte ihn auf den Tisch und stand auf. Jule tat es ihr gleich.

»Lina, ich nehme mal an, du bleibst noch?«, fragte sie. Lina schnappte sich die Scheine und verstaute sie in ihrem Portemonnaie.

»Da nimmst du ganz richtig an«, grinste sie ihre Freundinnen an. »An der Theke ist gerade ein Platz frei geworden, und der schreit einfach sehr laut meinen Namen. Und ein gewisser Kellner später hoffentlich auch.« Damit verabschiedete sie ihre Freundinnen mit einer herzlichen Umarmung und begab sich ins Ladeninnere.

Sophie hakte sich bei Jule unter, und gemeinsam machten sie sich auf den kurzen Heimweg: nur einmal das Schulterblatt überqueren, in die Susannenstraße, nach wenigen Schritten wieder links in die Rosenhofstraße einbiegen – und schon wären sie vor ihrer Haustür.

»Ich denke nicht wirklich, dass du ein Einzeller bist«, begann Sophie.

»Ich weiß«, antwortete Jule.

»Tut mir leid, dass ich das gesagt habe.«

»Ich weiß.« Und dann grinsten sie sich an und schlenderten nach Hause. Jochen trippelte neben ihnen her, und Sophie war sich mit einem Mal sicher, dass es noch viel mehr Gutes in ihrem Leben gab als nur Jochen. Sie hatte zum Beispiel unschlagbar gute Freundinnen. Und morgen vielleicht endlich eine Lösung für das Problem mit den Rentnern.

# 10

Für sich genommen war die Idee ganz simpel: Sophie würde ihrer Problemgruppe eine Immobilie aus dem firmeneigenen Portfolio vermitteln. Damit wären die versorgt – und für Sophie würde sogar noch eine kleine Provision rausspringen. Natürlich nichts in der Größe wie für den Verkauf des Grundstücks in Ottensen. Aber dass sie die alten Leute damit endlich los wäre und wieder ihre Ruhe hätte, das wäre der größte Gewinn überhaupt.

Ein weiterer Vorteil daran, Immobilien aus dem eigenen Bestand zu nehmen, war, dass Sophie gar nichts vorbereiten musste. Heute Morgen hatte sie lediglich den Drucker aktiviert, um die Infoblätter zu den drei Immobilien auszudrucken, die sie gestern Nacht vor dem Schlafengehen noch ausgewählt hatte. Sie war erleichtert gewesen, dass sie die Auswahl auch heute Morgen, also nüchtern, noch für gut befunden hatte.

»Gut« hieß in diesem Fall selbstverständlich, dass es eigentlich großer Mist war. Natürlich hatte auch Berglund & Söhne nichts im Portfolio, das allen Vorgaben entsprach. Aber da würden die Rentner einfach Abstriche machen müssen. Es war im Grunde wie bei Stellenausschreibungen. Firmen suchten auch immer nach Bewerberinnen und Bewerbern, die alles können, machen und schon erlebt haben, aber bitte nicht älter als 25 sind und definitiv für immer im Unternehmen bleiben werden. Und dann entschieden sie sich doch für Stefan, 32 Jahre alt, Bachelorstudium abgebrochen, aber einfach ein saunetter Kerl, der perfekt ins Team passt. *Den Rest konnte man ja lernen.*

So oder so ähnlich sahen Sophies Hoffnungen für den heutigen Mittag aus. Drei Vorschläge hatte sie in ihrer Tasche verstaut, davon war gerade mal einer akzeptabel. Das wusste sie selbst. Bei den beiden anderen Alternativen stimmten weder der Preis (zu hoch) noch die Lage (zu östlich der Alster), aber so hatten die Rentner ja gewissermaßen die *Wahl* und konnten selber *entscheiden*. Alles Psychologie. Der Gewinner, auf den Sophie setzte, war ein Raum, der tatsächlich in Ottensen lag: Die Größe stimmte ebenfalls, und die geforderte Miete war auch nur etwas über dem vorgegebenen Budget. Wenn sich die Rentner dafür entschieden – prima. Wenn nicht, würde sie ihnen durch den heutigen Tag hoffentlich klargemacht haben, dass ihre Vorstellungen utopisch waren und Sophie ihnen wirklich nicht weiterhelfen konnte. Sie musste ihnen nur davor glaubhaft vermitteln, dass sie sich wirklich reingehängt hatte. Alles gegeben hatte und leider nicht mehr tun konnte. Damit wäre das Thema so oder so hoffentlich vom Tisch.

Die Ottenser Hauptstraße begrüßte Sophie an diesem Samstagmittag mit strahlendem Sonnenschein und geschäftigem Gewusel auf der breiten Einkaufsstraße. In der Fußgängerzone bewegten sich Familien beim Shoppingausflug, Touristen und ähnlich verkaterte Menschen wie Sophie, die nach einem freien Tisch in der Sonne, starkem Kaffee und leckerem Frühstück suchten. Manche vielleicht auch nach ihrer Würde, die sie vergangene Nacht auf irgendeinem Tresen in irgendeiner Kneipe gelassen hatten. Wer wusste das schon.

Sophie bog in die Rothestraße ein und stand einen Moment später vor dem kleinen Gartentor der Nummer 46. In dem Garten war wieder die kleine Tafel aufgebaut, und die bekannte Truppe saß drum herum; auf der einen Seite Thekla und ihr gegenüber Renate und Metin. Jeder hatte eine Tasse in der Hand, und sie unterhielten sich aufgeregt. Theklas Haare leuchteten in der Sonne in noch kräftigerem Rot, Renates Kombi in Beige war unverändert, und Metins Mustermix heute hielt sich in den Farben Dunkelgrün und Grau. Sophie blieb einen Moment vor dem Gartentor stehen und beobachtete, wie Metin vergnügt lachte, sodass seine Schultern leicht auf- und abwippten.

Die Szene war geradezu idyllisch: Das Haus im Hintergrund, das vielleicht baufällig war, dafür aber Charakter hatte. Der bunt zusammengewürfelte Haufen Menschen, der davor auf der Wiese bei einem Picknick am gedeckten Tisch saß und scheinbar ebenso sorglos war wie die Sonne, die sich heute überhaupt nicht zurückhielt. Ein durch und durch perfekter Samstag, wenn da nicht die Kleinigkeit wäre, dass Sophie die Rentnergruppe aus ihrem Zentrum schmeißen musste.

»Na toll«, murmelte Sophie und schüttelte sich, um diesen Gedanken wieder loszuwerden, »jetzt denke ich schon selber so von mir.«

Sie straffte die Schultern, streckte den Rücken durch und drückte die Klinke des Gartentors nach unten. Das Quietschen beim Öffnen der kleinen Tür verriet ihr Eintreten, und alle Köpfe wandten sich ihr zu. Mit einem Mal war die heitere Stimmung verflogen, und passenderweise schob sich eine Wolke vor die Sonne. Sophie blieb stehen und warf einen Blick in den Himmel. Natürlich. Natürlich kam jetzt die Wolke, wo der Himmel eben noch komplett wolkenfrei gewesen war. *Sogar der Himmel denkt, ich sei der Buhmann hier in der Geschichte. Steht überhaupt irgendjemand auf meiner Seite?*

Sie kleisterte sich ein Lächeln ins Gesicht.

»Guten Morgen«, flötete sie in die Runde, als sie an den Tisch herantrat und auf den einzig freien Stuhl neben Thekla zusteuerte. Sie blickte in einen Haufen frostiger Gesichter. Sophie hängte ihre Tasche an die Stuhllehne und ließ ihren Blick auf Metin ruhen, der der Einzige war, der weiterlächelte. »Guten Morgen«, begrüßte er sie. Da sich sonst niemand rührte, blieb Sophie unschlüssig hinter dem Stuhl stehen. Um sich einfach unaufgefordert zu setzen, fehlte ihr das Selbstbewusstsein. Oder die Dreistigkeit. Sie und alles, wofür sie stand, waren hier nicht willkommen. Und niemand – mit Ausnahme von Metin – machte einen Hehl aus dieser Tatsache.

»Jetzt setzen Sie sich doch endlich«, kam nach einer gefühlten Ewigkeit endlich die Erlösung. Sophie nickte dankbar und zog den Stuhl zu sich, um sich daraufzusetzen. Erst als ihr Hintern das Holz der Sitzfläche berührte, wurde ihr klar, dass die Aufforderung von Renate kam. Ausgerechnet Renate! Sophie blickte die alte Dame offen an und wagte sogar ein Lächeln. Ein sehr kleines, dafür das erste ehrliche. Für einen kurzen Moment erwiderte Renate ihren Blick, schaute dann aber zu Thekla. Sophie war sich nicht sicher, ob sie ein sehr, sehr leises »Pfff« vernommen hatte. Der Moment der Hoffnung, dass das hier heute vielleicht doch glimpflich über die Bühne gehen würde, war nur ein sehr kurzer gewesen.

»Möchten Sie einen Kaffee?«, fragte schließlich Thekla.

»Ja, gerne. Vielen Dank.«

»Wie mögen Sie ihn?« Thekla hatte nach einer frischen Tasse gegriffen und schenkte Sophie großzügig ein.

»Wie meine Zahlen, am liebsten schwarz.«

Bei dieser Antwort zuckte Thekla merklich zusammen, und das »Pfff« aus Renates Richtung konnte man dieses Mal bei allem guten Willen nicht überhören.

Sophie hätte sich am liebsten mit der flachen Hand ins Gesicht gehauen, als ihr klar wurde, was sie gesagt hatte. »Entschuldigen Sie«, schob sie hinterher, »das war unpassend. Das ist ein Standardwitz, der bei Terminen mit meinen anderen Kunden eigentlich immer gut ankommt.«

»Wir sind nicht Ihre Kunden«, sagte Renate schroff. »Wir sind Ihre Opfer.«

»Renate!« Mit dem stoischen Lächeln im Gesicht tadelte Metin die Frau zu seiner Rechten.

»Ist doch wahr«, murmelte diese in ihre Tasse, als sie alibimäßig einen Schluck Kaffee daraus nahm. Aber nicht ohne Sophie über den Rand ihrer Tasse finster anzustarren. Auch Metin ließ seinen Blick auf Sophie ruhen und zuckte fast schon entschuldigend mit den Schultern.

»Wissen Sie, Frau Uhlmann, Renate ist wie ein kleiner Terrier. Sie kläfft gerne mal, aber eigentlich hat sie eine Seele aus Gold.« Beim letzten Satz wurde seine Miene so weich, dass Sophie geradezu gerührt war. *Er ist in die Schreckschraube verliebt. Wahnsinn. Dabei ist er ungefähr hundert.* Was natürlich kein Argument dafür war, dass man nicht mehr verliebt sein konnte. Oder sich frisch verliebte. Man sah es nur nicht so häufig. Und so wie Metin Renate immer noch anschaute, war sein – man musste es neudeutsch ausdrücken – *Crush* auf die Frau in Beige wirklich nicht zu übersehen. Renate ihrerseits starrte mit zu Schlitzen verengten Augen zurück.

»Frau Uhlmann, was haben Sie uns denn mitgebracht?«, fragte Thekla und holte damit alle Beteiligten wieder zurück zum Thema.

»Fadenscheinige Ausflüchte vermutlich«, funkte Renate ein weiteres Mal dazwischen.

Ein Terrier, dachte Sophie. *Einfach ein sehr schlecht erzogener Terrier*. Sie lächelte Renate direkt ins Gesicht und griff nach ihrer Tasche, um die Mappe mit den ausgedruckten Informationsblättern herauszuholen.

»Wie Sie sich sicher vorstellen können, haben Sie mich vor keine leichte Aufgabe gestellt. Selbst unter den besten Voraussetzungen ist es eigentlich unmöglich, innerhalb so kurzer Zeit ein ordentliches Portfolio mit möglichen Immobilien zusammenzustellen. Der Hamburger Immobilienmarkt ist angespannt.« Mit ihrer Einleitung wollte Sophie die Erwartungshaltung ihrer Zuhörer direkt dämpfen und vor allem Renate in Schach halten. Wenn Metin sie von der metaphorischen Leine ließ, würde Sophie heute sicher mit Blessuren nach Hause kommen.

»Sag ich doch, nichts als Ausflüchte«, kam es auch prompt von der entsprechenden Person. Doch Sophie hatte schon nach dem ersten Dazwischengefunke der älteren Frau damit gerechnet, dass sie ihr auch weiterhin wo sie nur konnte in die Parade fahren würde. Metins Verdikt mit dem Terrier im Hinterkopf, erinnerte sie sich an ihre Anfangszeit mit Jochen (dem Hund): Ähnliche Kämpfe hatte sie in der zweiten Woche auf Madeira auch mit ihm ausgefochten. Als der Hund nämlich gedacht hatte, er sei nun der Chef in ihrem kleinen Zweiergespann. Erst hatte Sophie ihn tun und machen lassen. Doch nachdem ihr einige Pinkelspuren in der Wohnung später aufgefallen war, dass der kleine Hund ihr ordentlich auf der Nase herumtanzte, hatte sie das Internet konsultiert und begriffen, dass Jochen einen Putsch vollführte. Also war sie in den Kampf eingestiegen, was zu ein paar harten Tagen auf der Insel geführt hatte, die sich aber gelohnt haben: Seitdem waren Jochen und sie viel mehr ein Herz und eine Seele, als der andere Jochen und sie es vermutlich je gewesen waren. Wenn es sein musste, würde sie diesen Kampf nun auch mit Renate ausfechten. Sophie hatte einen Straßenhund unter Kontrolle bekommen. Was sollte da ein alter Terrier schon ausrichten?

»Ganz im Gegenteil, Frau Schmidt, viel eher eine Einleitung, damit wir alle hier auf demselben Wissens- und Erwartungsstand sind«, antwortet sie also kühl. Genau die richtige Nuance Arroganz, die ihrem Gegenüber klarmachte, dass sich Sophie nicht wie ein Mäuschen wegducken und klein beigeben würde, aber eben auch nicht zu viel, dass man ihr das ankreiden könnte. »Mir ist wichtig, dass Sie verstehen, dass ich Ihre Forderungen und damit auch Sie ernst genommen habe. Aber jeder von uns hat schon mal eine neue Wohnung gesucht in Hamburg, und wir wissen alle, wie unmöglich es ist, etwas zu finden, ohne Kompromisse einzugehen. Die Traumwohnung zu den Traumkonditionen gibt es nicht. Und so verhält es sich leider auch mit anderen Flächen.«

»Also haben Sie nichts für uns?«, fragte Thekla zaghaft.

»Doch, ich habe Ihnen drei Vorschläge mitgebracht. Sie werden allerdings nicht in allen Punkten Ihren Wünschen entsprechen, das wollte ich einfach von Anfang an klarmachen.«

Statt eines weiteren »Pfff« erntete Sophie für den letzten Satz ein »Mpfh«, was immerhin eine Variation und damit die erste Abstufung in der Bockigkeit der Renate Schmidt war.

»Das Gute ist ja«, fuhr Sophie fort, »dass Sie nichts heute entscheiden müssen. Wir schauen uns gleich die Unterlagen gemeinsam an, Sie können mich alles fragen. Und dann werden wir schon eine Lösung finden.« Mit einem aufmunternden Lächeln in die Runde öffnete Sophie die Mappe und nahm das obere Blatt Papier heraus. Jedes Informationsblatt beinhaltete ein oder mehrere Fotos der Immobilie sowie eine Übersicht über die harten Fakten. Da Thekla neben ihr saß, reichte Sophie es an sie weiter.

»Hier also der erste Vorschlag. Eine Fläche von dreihundert Quadratmetern mit Außenbereich, im Erdgeschoss gelegen und ganz nahe bei der S-Bahn-Haltestelle Diebsteich. Damit ist es nicht direkt in Ottensen, aber auch nicht wirklich weit weg.«

»Wo ist der Haken?«, fragte Renate.

»Der Preis ist der Haken«, antwortete Thekla an Sophies Stelle und reichte das Blatt an die andere Seite des Tisches weiter. Renate und Metin beugten sich darüber und lasen es aufmerksam. Plötzlich schnellten Metins Augenbrauen nach oben. Ah, er hatte die Zeile mit der monatlichen Miete entdeckt.

»Dreitausend Euro im Monat?« Das schien jetzt sogar ihn aus der Ruhe gebracht zu haben. Denn das Lächeln, das sonst auf seinem Gesicht lag, wurde von einem Fragezeichen ersetzt.

»Wie ich Ihnen schon sagte, wir werden nicht umhinkommen, einen Kompromiss zu finden.«

»Einen Kompromiss vielleicht«, lenkte Thekla ein, »aber das ist doppelt so viel, wie wir veranschlagt haben.«

»Dreitausend Euro sind allerdings auch ein völlig gängiger Preis für die Größe, Ausstattung und Lage der Immobilie.«

»Das können wir uns aber schlichtweg nicht leisten.«

Obwohl sie innerlich kochen musste, blieb Thekla äußerlich ganz ruhig, ihre Stimme behielt ihr geschmeidiges Timbre. Sophie war beeindruckt, denn sie an ihrer Stelle wäre vermutlich direkt in die Luft gegangen. Natürlich verkaufte Sophie sich hier als Helferin, die sich wirklich reingehängt und alles versucht hatte. Aber Thekla kannte ebenso wie Sophie die Wahrheit.

Sophie riss sich zusammen: Wenn ihr Job sie eines gelehrt hatte, dann war es, dämliche Antworten auf die Frage nach ihrem Kaffeegeschmack zu geben und eine perfekte Maske nach außen zu tragen. Komme, was wolle. Oder wer. Sie legte also ihr mildestes Gesicht auf und ignorierte Renates Blick.

»Ich habe Ihre Wünsche natürlich nicht vergessen und mich so genau an Ihre Vorgaben gehalten, wie es möglich war. Das ist ja nicht der einzige Vorschlag, den ich dabeihabe. Ich versichere Ihnen, dass ich Ihnen nur die passendsten Möglichkeiten ausgesucht habe. Wenn diese nicht in die engere Auswahl kommt, dann legen wir sie direkt auf den Nein-Stapel und schauen uns das nächste Objekt an.« Sie wollte gerade das nächste Blatt aus der Mappe nehmen, da schnappte Renate sich das Papier. Sie studierte die Fakten, und nach kürzester Zeit stahl sich ein erstickter Laut aus ihrer Kehle. *Aha, der ist auch neu.* Renate legte das Blatt zurück auf den Tisch und faltete die Hände darüber. Dann schaute sie Sophie auffordernd an.

»Darüber brauchen wir gar nicht erst zu sprechen.«

»Aber …«, versuchte Sophie ihren zweiten Vorschlag zu verteidigen.

»Hören Sie mal zu, Frau Uhlmann. Wahrscheinlich ist für Sie jede Person über fünfzig gefühlt hundert Jahre alt. Aber ich verrate Ihnen ein Geheimnis: Es gibt Abstufungen.« Renate fixierte sie und fuhr dann fort: »Eine Frage an Sie: Sehe ich für Sie aus wie 53?«

»Das … also … Was ist das denn für eine Frage?« Sophie war bewusst, dass sie mit einer Antwort nur verlieren konnte, egal mit welcher. Deswegen versuchte sie, um das Beantworten der Frage herumzukommen. Aber nicht mit Renate, die gerade den wahren Terrier in sich zeigte.

»Eine, auf die ich gerne eine Antwort hätte.«

Sophie seufzte. Sie hatte keine Chance. Der Terrier hatte sie in die Ecke gedrängt und ließ ihr keine Chance zu entkommen. Verzweifelt blickte sie zu Metin, in der Hoffnung, er könnte ihr beispringen, doch der schaute die zierliche Dame neben ihm nur ganz verzückt an. Säße Sophie gerade nicht so in der Patsche, würde sie ihn ja gerne fragen, was genau er eigentlich so liebenswert an dem alten Giftzahn fand.

Sophie holte tief Luft und sagte schnell: »Ich finde, Sie sehen höchstens aus wie 65.«

»Schätzchen, wir wissen beide, dass ich keine 65 bin. Und auch schon seit Jahren nicht mehr wie 65 aussehe. Ich bin 76. Soll ich Ihnen mal erklären, was es für eine 76-Jährige bedeutet, jeden Tag von Ottensen nach Wandsbek zu fahren? Mit den Öffentlichen?«

Sophie zuckte leicht mit den Schultern. »Sie haben doch viel Zeit. Ich meine, Sie sind Rentner. Ich denke nicht, dass Sie viele zeitfressende Verpflichtungen haben. Deshalb bin ich mir sicher, dass eine gewisse Anfahrtszeit kein Problem ist.«

»Ich bin mir nicht sicher, ob Sie verstanden haben, was ein Nachbarschaftszentrum ist«, meldete sich wieder Thekla zu Wort. »Frau Uhlmann, in unserer Gruppe gibt es Menschen, die auf Rollatoren angewiesen sind oder sogar im Rollstuhl sitzen. Ich weiß ja nicht, ob Sie mit den Öffentlichen nach Ottensen gekommen sind, aber allein der Bahnhof Altona ist für unsere Rentner eine echte Herausforderung.«

»Das ist er ja wohl für jeden Hamburger.« Was als Witz gemeint war, klang laut ausgesprochen überhaupt nicht lustig, sondern einfach nur hochnäsig, das fiel sogar Sophie selbst auf. *Mist, das läuft hier nicht ganz so wie geplant.* Selbst Metins

Freundlichkeit bröckelte langsam. Natürlich hatte sie damit gerechnet, auf Widerstand zu stoßen, dennoch lief sich Renate wohl gerade erst warm, und Sophie befürchtete, dass die alte Frau einfach aus purer Freude weiter über sie herfallen würde.

»Was ich damit sagen wollte, ist, dass ich mich jedes Mal dort unten verlaufe«, setzte sie schnell hinterher.

»Es geht aber nicht ums Verlaufen, Frau Uhlmann«, erwiderte Thekla neben ihr, immer noch in einer Seelenruhe.

Ehrlich, wenn ich groß bin, will ich sein wie sie, dachte Sophie spontan.

»Es geht auch nicht um fehlende oder nicht funktionierende Fahrstühle oder Rolltreppen an den Haltestellen. Es geht darum, dass wir die Hürden nicht so groß gestalten dürfen. Wenn der Weg zum Zentrum eine regelrechte Anreise wird, dann demotiviert das unsere Teilnehmerinnen und Besucher. Bevor sie diese Anstrengungen auf sich nehmen, bleiben sie im Zweifel aus Unsicherheit lieber zu Hause. Da ist der Fernseher dann doch der gewohnte Zeitvertreib. Wir können nicht riskieren, sie als Teilnehmer der Gruppe zu verlieren. Und zwar nicht meinet- oder unseretwegen. Sondern wegen der Menschen, die ganz allmählich vor ihren Fernsehern vereinsamen und in Vergessenheit geraten.« Damit schloss Thekla und griff zu ihrer Tasse. Keiner sagte ein Wort, vor allem nicht Sophie. Bei ihrer heutigen Fettnäpfchendichte wäre das zu riskant.

Stattdessen holte Sophie ohne weitere Worte das letzte Blatt aus ihrer Mappe. Das musste es jetzt richten. Hatte sie zu Beginn angenommen, so oder so als Gewinnerin aus der Nummer rauszukommen, musste sie sich jetzt eingestehen, dass es auch noch einen anderen Ausgang geben könnte: dass die

Rentner auch die letzte Option für nicht gut befanden, und schlimmer noch, dass sie triftige Argumente für ihre Ablehnung anbrachten. Sie räusperte sich.

»Gut, eine Option haben wir ja noch. Diese hier ist auch mein Favorit, ich hoffe, sie überzeugt auch Sie.« Sie legte das Papier in der Mitte des Tisches aus, damit es alle sehen konnten.

»Die Immobilie liegt in Ottensen, nicht weit entfernt von hier. Die Miete beträgt siebzehnhundert Euro, der Raum liegt ebenerdig und die nutzbare Fläche beträgt zweihundertfünfzig Quadratmeter.«

»Wo ist der Haken?«, fragte Renate erneut, etwas schärfer. Noch einmal räuspert sich Sophie.

»Es gibt also einen Haken«, schlussfolgerte Renate ganz richtig.

»Na ja, einen Haken würde ich es nicht unbedingt nennen.«

»Jetzt rücken Sie doch einfach damit raus, herrje.«

»Es ist zeitlich begrenzt. Es wäre also eine Zwischenmiete.«

»Und wie lange wäre die Mietdauer?«, fragte Metin.

»Sechs Monate«, antwortete Sophie. »Dafür könnten Sie sofort einziehen!«

»Das heißt aber auch, dass wir in sechs Monaten wieder auf der Straße sitzen würden?«

»Nein, denn in sechs Monaten haben Sie sicherlich eine dauerhafte Lösung gefunden. Überlegen Sie mal, das würde Ihnen ein halbes Jahr Aufschub geben. Und die Immobilie erfüllt alle Ihre Kriterien. Ihre Mitglieder müssten nur ein paar Straßen weiter, Sie könnten in Ottensen bleiben!«

»Wieso ist es auf sechs Monate begrenzt? Was passiert dann mit den Räumen?«, wollte Metin wissen.

»Es soll kernsaniert werden. Wofür das Gebäude dann im Anschluss genutzt werden soll, kann ich Ihnen nicht sagen. Ich weiß es nicht.«

»Und müssten wir noch renovieren?«, fragte er weiter.

»Im Prinzip nicht.«

»Was heißt ›im Prinzip‹?«, kam es mit gewohnter Schärfe von Renate.

*Mist.*

»Es ist noch die Ausstattung von der Vornutzung vorhanden, zumindest das meiste davon. Wenn Sie das nicht stört, müssen Sie nichts renovieren.«

»Was war denn davor in dem Gebäude?« Renate hatte eindeutig Lunte gerochen und zog jede Silbe der Frage extra in die Länge.

»Eine Metzgerei.«

Thekla schlug sich eine Hand vor den Mund, Renate lachte auf, und auch Metins Mundwinkel zuckten verdächtig.

»Das ist hoffentlich nicht Ihr Ernst?«, keuchte Renate und wischte sich eine Träne aus dem Gesicht. Der impulsive Ausbruch von Emotionen überraschte Sophie. Vor allem, da es sich um ein Lachen handelte.

»Ähm, doch, eigentlich schon«, antwortete sie zaghaft, da sie Renate nicht ganz traute. Bei Hunden musste ein Wedeln mit der Rute auch nicht immer ein Ausdruck von Freude sein. Und Tatsache: Mit einem Mal verschwand das Lachen aus Renates Gesicht, sie lehnte sich nach vorne und legte ihre Hände gefaltet auf dem Tisch ab: »Jetzt hören Sie mir mal zu, Frau Uhlmann. Wir haben uns das jetzt wirklich lang genug angeschaut. Dachten Sie, die alten Leutchen können Sie schön an der Nase herumführen? Die sind alt, senil, naiv und verstehen eh nichts von dem, was Sie uns da erzählen? War das Ihre glorreiche Idee?«

Sophie war dermaßen überrascht von diesem Angriff, dass sie nur ein weiteres »Ähm« zustande brachte.

»Ja, für Sie ist das sicherlich alles ein großer Spaß. Sie nehmen uns immer noch nicht ernst. Ihr Verhalten ist beschämend, Frau Uhlmann, ich hoffe, das erkennen Sie auch noch eines Tages.« Mit ihrem Blick fixierte Renate Sophie so fest, dass diese sich nicht mal zu blinzeln traute. Irgendwo in ihrer Brustgegend lösten die Worte der Älteren einen stechenden Schmerz aus. Das musste aber niemand wissen. Abwehrend hielt Sophie deshalb die Hände hoch.

»Hören Sie, ich kann nichts am Immobilienmarkt ändern. Ich kann Ihnen die perfekten Räumlichkeiten nicht bieten, da es sie einfach nicht gibt.«

»Und einen Tangokurs zwischen *Fleischerhaken* halten Sie für einen angemessenen Kompromiss?«

Sophie zuckte mit den Schultern. »Na ja, um die könnte man ja herumtanzen«, antwortete sie flapsiger als beabsichtigt. Mit beiden Händen breitete sie alle drei Blätter nebeneinander auf dem Tisch aus, um nochmals eine Übersicht über alle Möglichkeiten zu haben. »Das ist das, was ich Ihnen bieten kann. Wie gesagt, ich kann nichts herzaubern, so gern ich würde. Sie können rigoros Nein sagen. Oder Sie können einer der Möglichkeiten eine Chance geben. Egal welche, wir könnten Sie heute noch anschauen.«

Renate zog alle drei Blätter näher an sich heran und studierte jedes einzelne nochmals ganz genau.

»Und Sie haben sich wirklich Mühe bei der Suche gegeben?«, fragte sie Sophie ohne aufzublicken.

»Ja«, antwortete Sophie fest.

»Alle Möglichkeiten ausgeschöpft?«, bohrte Renate weiter.

»Ja.«

»Und das ist wirklich *alles*, was der Markt aktuell hergibt?«

»Ja.«

»Dann sagen Sie mir doch, Frau Uhlmann«, und endlich, bei der Erwähnung ihres Namens blickte Renate auf und fixierte Sophie ein weiteres Mal, »wieso alle drei Blätter aus dem Portfolio Ihrer Firma sind. Wieso Sie keine anderen Annoncen mitgebracht haben, aus der Zeitung beispielsweise oder einer dieser Seiten im Internet. Und wieso Sie wieder einmal dachten, Sie könnten uns austricksen. Indem Sie sich einfach aus dem Angebot Ihrer Firma bedienen und uns vorgaukeln, das sei alles, was *der Markt gerade hergibt.*« Damit schob sie die Blätter zusammen und reichte sie Sophie. »Ich denke, Sie gehen jetzt besser.«

Sophie nahm die Blätter entgegen und hielt sie unschlüssig fest. Sie sah die Kränkung der Älteren, sie las sie in ihrem Gesicht, in dem stolzen Blick, in den Armen, die sie nun vor der Brust verschränkt hatten. Sie nahm sie bei Metin und auch bei Thekla wahr. Sophie konnte es nicht leugnen: Renate hatte sie durchschaut. Irgendwie musste sie das Ruder noch herumreißen. Am besten bevor ihr aufkeimendes Mitgefühl zu groß wurde.

»Aber …«, setzte sie an, kam aber nicht weit. Dieses Mal war es Thekla, die sie unterbrach.

»Renate hat recht, Frau Uhlmann. Sie sollten gehen. Das

hat keinen Sinn. Wir danken Ihnen für Ihre Zeit. Ich denke, wir müssen Sie nicht zum Gartentor begleiten.«

Das war's. Sophie legte die ausgedruckten Seiten ordentlich zurück in die Mappe, verschloss sie und steckte sie in ihre Tasche. Dann schob sie ihren Stuhl zurück und stand auf. Sie hatte die Situation falsch eingeschätzt, und jetzt war es zu spät. Sophie schämte sich für sich. Ihr Kopf drehte sich, als ihr bewusst wurde, dass sie zu keinem Zeitpunkt alleine mit den Senioren am Tisch gesessen hatte: Ihr hatten während des gesamten Gesprächs Andreas Merten und Julius Maximilian Wertheim im Nacken gesessen, während die anderen am Tisch zusammenrutschen mussten, um Platz für Isolation und Vereinsamung zu machen.

»Nein, danke, den Weg finde ich schon alleine«, antwortete sie Thekla und verließ ohne ein weiteres Wort das Grundstück. Dieses Grundstück, das ihr schnelles Geld einbringen sollte. Und nicht die Frage, was für ein Mensch sie eigentlich sein wollte.

# 11

»Biiiiiiiiiiiiitte!«

»Nein.«

»Aber du *musst!*«

»Ich denke nicht.«

»Na gut, aber ich brauche deine Hilfe, wirklich.«

»Ich wüsste nicht, wieso ich das tun sollte.«

»Weil ich sonst niemanden habe.«

»Ist nicht mein Problem.«

»Aber es hat doch letztes Mal auch ganz wunderbar geklappt.«

»Das war eine Ausnahme.«

»Ausnahmen bestätigen ja die Regel.«

»So funktioniert dieses Sprichwort nicht.«

»Und hier funktioniert so auch nichts, bitte, bitte, bitte, bitte, ich bin wirklich verzweifelt.«

»...«

»O Mann, danke – ich bin in dreißig Minuten da!«

Und aufgelegt. Sie schien also wirklich Ernst zu machen. Rasmus schob sein Smartphone zurück in die Hosentasche und schloss das Gatter zur Werkstatt auf. Es war ein herrlicher Morgen, die Sonne schien, die Menschen auf dem Weg zur Arbeit, in die Uni oder Schule hatten gute Laune, und ganz Hamburg gab sich der sommerlichen Verheißung hin. Außer natürlich Sophie. Die schaffte es mit nur einem Anruf die fast schon meditative Morgenstimmung zu versauen. Ihr Anruf eben war völlig überraschend gekommen – Rasmus war, nachdem er einige Tage nichts von ihr gehört hatte, davon überzeugt gewesen, dass der Unfall und alle Konsequenzen davon in der Vergangenheit lagen. Stattdessen wurde er jetzt wohl zum zweiten Mal Opfer ihrer Vehemenz. Wieso ließ er sich von dieser kleinen, zierlichen Person so überfallen? Er hatte doch eben deutlich Nein gesagt, aber sie hatte ihm anscheinend gar nicht zugehört. Sollte sie wirklich gleich vor seiner Werkstatt auftauchen, würde er sie einfach wieder wegschicken. Er hatte schließlich auch Arbeit zu erledigen, Termine und ein Leben, das er nicht einfach so für eine Wildfremde pausieren würde. Ja, doch, so würde er das machen. *Was denkt die eigentlich, wer sie ist?*

Rasmus ging durch das offene Gatter auf das Areal der Schreinerei. Das Tor der Einfahrt überragte seinen Kopf um einiges, und der wild bewachsene Zaun rechts und links daneben gab Spaziergängern nur einen lückenhaften Einblick in das Areal. Sobald man allerdings die Schwelle übertrat, hatte man nicht mehr das Gefühl, in Hamburg zu sein. Geschweige denn in der Nähe irgendeiner Zivilisation. Rasmus liebte diesen Moment, jeden Tag aufs Neue. Das hier war sein persönliches Narnia. Obwohl die Werkstatt in der Nähe der Sternbrücke lag, an der Schwelle zum belebten Schanzenviertel, lag der Hof in fast vollständiger Ruhe. Nur das monotone Brummen der Stresemannstraße holte einen hin und wieder zurück in die Wirklichkeit der Hansestadt. Direkt hinter der Einfahrt säumte ein Kiesweg die Fläche um das Haus. Es war mit seinen zwei Stockwerken deutlich niedriger als die anderen Gebäude in der Straße. Ungewöhnlich an dem Gebäude war, dass es nicht mit der Stirnseite zur Straße gebaut worden war, sondern parallel zum Straßenverlauf. Es flankierte den Weg quasi. An der Breitseite lag ein großes Rolltor, das dazu diente, neue Waren oder fertige Teile direkt zwischen Werkstatt und Transporter zu verladen. Rasmus folgte dem Gebäude, bis er die rechte Stirnseite erreichte und seinen Schlüsselbund aus der Hosentasche kramte, um die Haustür zu öffnen. Sein Blick fiel auf die Feuertreppe, die ins obere Stockwerk führte. Schnell wandte er sich ab und stieß die Tür auf.

Eines der Dinge, die er an dem Haus schätzte, war, dass es sich nicht lange mit Fluren oder Empfangsbereichen aufhielt: Sobald man die Schwelle überschritt, befand man sich in einem Raum, der als Büro und Küche fungierte. Auf der rechten Seite hatte Rasmus eine kleine Kochnische eingerichtet, ein Spülbecken, einen Herd und zwei Hängeschränke darüber. Gegenüber an der linken Wand stand ein – bis auf einen Laptop leerer – Schreibtisch, der neben dem sich unter Dutzenden von Ordnern biegenden Regal regelrecht zierlich wirkte, obwohl er aus Massivholz hergestellt war. Das Regal schien jeglichen physikalischen Gesetzen zu trotzen, denn eigentlich hätte es längst umkippen müssen. Eigentlich eine Schande für einen Schreiner, das wusste Rasmus. Aber es verhielt sich hier wohl ein bisschen wie bei Ärzten – die waren bekanntermaßen ja auch selbst die schlechtesten Patienten.

Er klappte seinen Laptop auf, schaltete die Kaffeemaschine an und betrat die eigentliche Werkstatt. Direkt hinter der Schwelle verharrte er einen Moment und tastete nach den Lichtschaltern, bis sich seine Augen an die kargen Lichtverhältnisse gewöhnt hatten. Sobald er den Schalter umgelegt hatte, fluteten die Deckenleuchten den Raum mit Helligkeit. Rasmus bewegte sich durch seinen kleinen Maschinenpark und ging im Kopf seinen Tagesplan durch: Es stand eine Maßanfertigung an. Ein Familienvater aus Blankenese wollte seiner Tochter zum dreizehnten Geburtstag einen begehbaren Kleiderschrank schenken. Rasmus war schon vor zwei Wochen zum Ausmessen vor Ort gewesen, hatte mit seinem Kunden Holzmuster und verschiedene Stilrichtungen gewälzt und schließlich ein *Look and Feel* festgelegt. Wieder zurück am Schreibtisch, hatte Rasmus eine technische Zeichnung fertiggestellt, die er dem Familienvater per Mail schickte.

Sobald er die Bestätigung hatte, dass so alles den Vorstellungen entsprach, konnte er endlich loslegen mit dem Teil der Arbeit, den Rasmus nach wie vor am liebsten mochte. Mit seinen Händen das Holz so zu verarbeiten, dass es sich danach perfekt in den Raum einfügte und ihm einen ganz neuen Charakter verlieh. Durch Abschleifen, Ölen, Seifen oder Lackieren aus einem schnöden Werkstoff etwas Einzigartiges zu schaffen. Er schaltete gerade die Schleifmaschine an, um schon mal mit den bereits abgestimmten Teilen des Einbauschrankes zu beginnen, als er ein Geräusch hörte.

»Hallo?«, rief eine weibliche Stimme aus dem Büro. Bevor Rasmus antworten konnte, nahm er wahr, wie die Person in die Werkstatt lief. *Geduld ist wirklich keine ihrer Tugenden.*

»Das sind genau diese Momente, bei denen man im Film denkt: ›Dreh um. Geh einfach wieder‹«, murmelte sie jetzt vor sich hin, und ihm wurde klar, dass sie ihn nicht gesehen hatte.

»Gerne, ich hindere dich ganz sicher nicht daran«, antwortete er ihr und kam hinter der Schleifmaschine hervor. Sophie erschrak so sehr, dass sie laut aufjapste und einen Satz nach hinten machte. Dicht gefolgt von Jochen, der nach einem kurzen Schreckhopser wieder mit allen vieren auf dem Boden landete. Als er Rasmus als Quelle für Sophies Schreck identifiziert hatte, fing er jedoch an zu bellen und lief mit geducktem Kopf auf ihn zu. Erst als Rasmus in die Hocke ging, erkannte der Hund ihn wieder, und aus dem Bellen wurden freudige Quietschlaute. Jochen sprintete schwanzwedelnd auf ihn zu.

»Meine Güte, hast du mich erschreckt.« Sophie hatte die Hände in die Seiten gestemmt und atmete tief ein und aus.

»Du hast also Ernst gemacht.« Rasmus ging an Sophie vorbei in die Küche, wohin sie ihm folgte. Kurze Zeit später trippelte Jochen ebenfalls hinterher, der einen potenziellen Snack natürlich nicht verpassen wollte.

»Ja, ich sagte doch, ich komme dann gleich.«

»Na ja, bei dir weiß man ja nie.«

»Hä, entschuldige bitte? Wie willst du so was denn wissen, wir kennen uns ja schließlich nicht. Da kannst du doch nicht so pauschale Aussagen über mich treffen.«

»Du sagtest ja auch beim letzten Mal, meine Schuld sei beglichen, und schau dich an – ein paar Tage später stehst du wieder hier.«

»Das ist doch überhaupt nicht …«

»Doch, das ist wahr, und jetzt hör auf zu wettern. So was kann ich morgens wirklich überhaupt nicht gebrauchen. Willst du einen Kaffee?«

Rasmus konnte aus dem Augenwinkel genau sehen, wie er ihr den Wind aus den Segeln genommen hatte. *Wie befriedigend.* Einen kurzen Moment hatte sie offensichtlich keine Kontrolle über ihre Miene. Doch dann straffte sie sich, und ihre Züge versteinerten wieder.

»Nein, danke. Ich muss leider sofort los«, antwortete sie höflich.

»Wieso leider?«, fragte Rasmus, der ihr nun ganz den Rücken zugekehrt hatte und sich an seiner Kaffeemaschine zu schaffen machte. Sie war die geheime Perle der Werkstatt, eine Pavoni-Siebträgermaschine. Rasmus hatte sie sich vor einigen Jahren von seinem ersten großen Auftrag gegönnt. Als Belohnung. Und als gutes Omen, da ein guter Kaffee jedem Tag etwas Positives verleiht und somit niemals alles schlecht sein konnte.

Rasmus hängte den Siebträger in der kleinen Mühle ein, die die Kaffeebohnen frisch mahlte. Währenddessen schäumte er in einem kleinen Kännchen Milch auf. Als Nächstes nahm er seinen Tamper und drückte damit das Espressopulver in dem Siebträger fest. Er hakte ihn in der Kaffeemaschine ein, stellte zwei kleine Gläser darunter und drückte den großen Hebel seitlich an der Maschine langsam nach unten. Durch den gleichmäßigen Druck lief ein Espresso mit dicker Crema unten aus den zwei Ausflüssen des Siebträgers heraus. Zum Abschluss griff er das Milchkännchen, ließ es ein paarmal in Kreisbewegungen auf der Arbeitsfläche rotieren und klopfte die restliche Luft aus der Milch. Er goss eines der beiden Gläser mit Milch auf und reichte es Sophie.

»Ich nehme an, du trinkst ihn mit Milch.«

»Ich habe doch gesagt, ich habe keine Zeit«, reagierte sie gewohnt scharf, nahm den Cappuccino dennoch entgegen.

»Jaja«, murmelte Rasmus und schnappte sich seinen Espresso. Er setzte das Glas an die Lippen, nahm einen kleinen Schluck. Für ihn bestand die Kunst des Espressotrinkens darin, den perfekten Zeitpunkt zwischen »heiß genug« und »Lippen verbrennen« abzupassen. Über den Rand seines Glases beobachtete er, wie auch Sophie einen Schluck ihres Kaffees nahm. Sie schloss die Augen und ließ sich zu einem kleinen Seufzen hinreißen. *Sieh an, Sophie war ein Kaffeefan.* Doch zum zweiten Mal an diesem Morgen fand sie in ihre versteinerte Miene zurück, sobald sie seinen Blick spürte, und wollte den noch vollen Kaffee auf der Arbeitsfläche abstellen.

»Vergiss es! So gehetzt, wie du aussiehst, kann das nichts werden. Jetzt nimm dir die fünf Minuten, um in Ruhe einen Kaffee zu trinken. Stress macht krank, und du siehst schon jetzt so gestresst aus, dass es mich stresst.« Mit diesen Worten ließ Rasmus sie stehen und ging raus auf den Hof. Jochen folgte ihm. Und auch Sophie kam nach einigem Zögern hinterher. Rasmus hatte sein Gesicht der Sonne entgegengestreckt und die Augen geschlossen. Ihren neugierigen Blick spürte er dennoch: »Hör auf, mich zu beobachten, und tu es mir lieber gleich.«

Er registrierte, wie sie scharf Luft einsog und dann leise brummte. Er hatte also recht gehabt. Zufrieden öffnete er ein wenig seine Lider: Sophie stand neben ihm, mit beiden

Händen hatte sie das Glas umfasst, das sie langsam an den Mund führte, um einen weiteren Schluck zu nehmen. Die Augen hatte sie geschlossen und den Kopf leicht angehoben, als machte jeder Zentimeter näher an der Sonne einen gewaltigen Unterschied. Sie ließ das Glas wieder sinken, ebenso ihre verkrampft wirkenden Schultern, und mit einem Mal sah Rasmus etwas an ihr, das neu war: Zufriedenheit. Wie schön sie das macht, dachte er und war überrascht von dieser Eingebung. Schnell schloss auch er seine Augen wieder und konzentrierte sich auf seine eigene Zufriedenheit. Die war nämlich vollkommen und ausreichend – ganz ohne Sophie oder Jochen.

# 12

Dass sich Rasmus' Werkstatt so nah an ihrer neuen Wohnung befand, war wirklich praktisch. Von der Rosenhofstraße, wo sie wohnte, bis zur Sommerhuder Straße brauchte man im Schnitt vielleicht zehn Minuten zu Fuß. Klar, solche Zeitangaben zählten mit Hund nicht: schnüffeln, kleines Geschäft, anderen Hund begrüßen oder wegkläffen (je nach Stimmung), Revier markieren, großes Geschäft, schnüffeln und noch mal einen Statusbericht in flüssiger Form für die anderen Hunde der Nachbarschaft am Baum hinterlassen. Fast noch länger brauchte man eigentlich nur, um mit den öffentlichen Verkehrsmitteln von dort in die HafenCity zu gelangen. Mit dem Fahrrad wäre ich so viel schneller, ärgerte sich Sophie, im Bus eingequetscht zwischen einem schwitzenden Mittvierziger und einer Gruppe Jugendlicher. Wenn Foltermethoden doch offiziell verboten waren, wieso ließ man es dann zu, dass Menschen jeden Morgen und jeden Abend in überfülltem Personennahverkehr Lebenszeit verschwendeten? All die schöne Entspannung, die ein Kaffee und ein paar Sonnenstrahlen ausgelöst hatten, war schon wieder verflogen, da hatte der Bus noch nicht mal das Heiligengeistfeld hinter sich gelassen. Ich muss einfach endlich mal das Fahrrad reparieren, dachte Sophie. Das wäre nicht nur für ihren Seelenfrieden gut, sondern auch für ihr Zeitmanagement. Aber wann sollte sie sich auch noch darum kümmern?

Mit einer Verspätung von kaum merkbaren fünfzehn Minuten saß Sophie endlich am Schreibtisch und klappte ihren Laptop auf. Sie überflog gerade ihre Mails, als sich mit einem Ping die Ankunft einer weiteren ankündigte. Absender: Andreas Merten, die Betreffzeile war leer. Augenblicklich entstand ein ungutes Gefühl in Sophies Magengegend. Ich könnte sie ignorieren, dachte Sophie einen kurzen Moment. Das bringt einen aber nie wirklich weiter, gestand sie sich dann ein und ließ den Mauszeiger zur Mail wandern, um sie zu öffnen.

»Kommen Sie umgehend in mein Büro.«

Zwischen der bedrohlich nüchternen Anweisung und der automatisch angehängten Signatur schwebte ein Link.

Das ungute Gefühl breitete sich in Sophies gesamtem Körper aus, sobald sie auf den Link klickte: Fassungslos betrachtete sie, wie ein Reporter eine völlig aufgelöste Renate interviewte, die wieder einmal von der eiskalten Investmentberaterin erzählte. Wie diese versucht hatte, sie ganz mies auszuspielen, ihnen vorgegaukelt hatte, helfen zu wollen. Zum krönenden Abschluss wischte sich die ältere Dame die Tränen aus dem Gesicht und schluchzte zweimal herzzerreißend auf.

*Das kann doch nicht ihr Ernst sein!*

Renate hatte die Tatsachen völlig verdreht, und der Reporter, dankbar für eine so reißerische Story, hatte mit seinen

Fragen nichts getan, um die Darstellung weniger einseitig zu gestalten. Das hatte nichts von objektiver Berichterstattung oder gründlicher Recherche, denn sonst hätte ja wohl jemand an Sophies Tür geklopft und sie Stellung zu dem Thema nehmen lassen. Nein, stattdessen wurden sie und ihre Firma diffamiert. Und die Auswirkungen dieser Diffamierung durfte sie jetzt gleich im Büro ihres Chefs erleben. Mit zittrigen Händen klappte Sophie den Laptop wieder zu und schickte ein Stoßgebet ins Universum. *Bitte, lass Herrn Merten heute gut aufgelegt sein.*

»Herein.«

Zögernd drückte Sophie die Türklinke nach unten und betrat das Büro ihres Vorgesetzten. Dieser saß an seinem Schreibtisch, vor ihm lagen einige Dokumente ausgebreitet. Ohne aufzublicken, streckte er die Hand aus und wies auf den Stuhl auf der anderen Seite des Schreibtisches: »Frau Uhlmann, setzen Sie sich.«

Seine Stimme war beängstigend ruhig. Sophie setzte sich wie angewiesen und wartete darauf, dass etwas passierte. Sollte sie das Gespräch beginnen? Sie könnte direkt eine Gegendarstellung formulieren, anbieten, den Reporter proaktiv zu kontaktieren. Oder sollte sie darauf warten, dass er etwas sagte? Aber das schien Merten nicht vorzuhaben. Noch immer war er in die vor ihm liegenden Dokumente vertieft. Die Sekunden krochen ewig lange an Sophie vorbei, bis sie beschloss, dem quälenden Schweigen ein Ende zu setzen. Sie atmete ein, um –

sie wusste noch nicht, was, aber Hauptsache, irgendwas zu sagen, als Merten sie stoppte: »Haben Sie das Video gesehen?«

Er hob den Kopf und sah Sophie direkt in die Augen. Seine Mimik war völlig undurchschaubar. Sein Atem ging ruhig, und er hatte die Hände bedacht auf der Tischplatte abgelegt. Jetzt hatte Sophie die Gewissheit, dass sie wirklich in Schwierigkeiten steckte. Denn wenn sie eines in den vergangenen Jahren über ihren Vorgesetzten gelernt hatte, dann das: Je ruhiger er nach außen wirkte, desto schlimmer wütete es in seinem Inneren. Und so ruhig wie in diesem Moment hatte Sophie ihn noch nie erlebt.

»Natürlich«, versuchte sie, so neutral wie möglich zu antworten.

»Und was haben Sie dazu zu sagen?« Er schaute sie weiter direkt an, ohne dass ein einziger seiner Gesichtsmuskeln zuckte.

»Nun, ich …«

»Ich möchte«, unterbrach er sie ein weiteres Mal, »dass Sie ihre Sachen packen und gehen.«

Sophie war verdutzt.

»Sie schicken mich wieder nach Hause?«

»Nein, Frau Uhlmann, ich entlasse Sie.«

Alles blieb stehen: die Welt, die Zeit, Sophies gesamte Existenz. Sie hörte die Worte, aber sie verstand sie nicht. Sie erkannte die Worte, aber nicht ihre Bedeutung. Sie begriff die Worte, aber sie konnte sie nicht glauben.

»Aber … Sie … Was?«

Merten seufzte.

»Ich sagte, dass ich Sie entlasse. Sie werden zukünftig nicht mehr für dieses Unternehmen arbeiten.«

Eine weitere schrecklich lange Sekunde verging, bevor Sophie reagieren konnte.

»Wieso?«

Nun regte sich doch etwas in seinem Gesicht, und Sophie bereute die Frage sofort. Feine Linien zeichneten sich auf seiner Stirn ab, die seinem Gesicht einen ebenso verwunderten wie vorwurfsvollen Ausdruck verliehen.

»Ist das Ihr *Ernst*? Sie wollen wirklich wissen, wieso?« Nun wurde auch seine Stimme lauter, und wenn Sophie ehrlich war, wollte sie es eigentlich doch nicht wissen. Vielleicht wollte sie lieber einfach ihre Sachen packen und sang- und klanglos gehen, bevor sie sich dieser Naturgewalt aussetzte, die sich gerade vor ihr aufbäumte.

»Nein, also dann vielleicht lieber nicht«, ruderte sie zurück.

»Weil Sie *untragbar* für Berglund & Söhne geworden sind!«, polterte es da jedoch bereits von der anderen Seite des Schreibtisches. Andreas Merten war von seinem Stuhl aufgestanden, stützte sich mit den Händen auf seinem Schreibtisch ab und funkelte Sophie böse an. »Weil es ein Unding ist, dass ich sie jede Woche in mein Büro zitieren muss. Anderswo mag so was normal sein, aber nicht bei uns. Nicht in diesem Unternehmen. Nicht in dieser Branche. Nicht bei unserer Klientel.«

*Jede Woche?* Sophie runzelte die Stirn. Sie war erst seit einer Woche zurück aus dem Urlaub, und, zugegeben, die letzten Tage waren etwas holprig gewesen. Aber jede Woche? Vor ihrem Urlaub hat sie noch nie Probleme bei der Arbeit gehabt, geschweige denn die Arbeit mit ihr. Alle – inklusive Merten – waren immer vollends zufrieden mit ihrer Leistung gewesen. Zeit, ihm das in Erinnerung zu rufen.

»Aber, Herr Merten«, Sophie versuchte ihre Stimme so ruhig wie möglich zu halten, »es hat in der Vergangenheit nie Probleme gegeben. Ich gebe zu, dass die letzte Woche nicht so gelaufen ist, wie Sie es von mir gewohnt sind, aber das war eine Ausnahme. In meinem Leben hat sich sehr viel verändert, und ich habe ein paar Tage gebraucht, um mich darin zurechtzufinden. Aber das ist vorbei, und ich bin wieder ganz die Alte, ich schwöre es Ihnen!«

Sophie war kurz davor, vor ihrem Vorgesetzten auf die Knie zu fallen und flehend die Hände zu falten. Sie *konnte* diesen Job nicht verlieren. Nicht auch das noch.

Andreas Merten betrachtete sie in aller Seelenruhe, setzte sich wieder auf seinen Stuhl und faltete seinerseits die Hände ineinander.

»Frau Uhlmann, ich bin Ihre Ausnahmen leid. Ich bin Ihre Erklärungen leid. Ihr Privatleben ist mir, ehrlich gesagt, vollkommen egal. Nicht weil ich ein herzloser Mensch bin. Sondern weil Ihr Privatleben *irrelevant* ist, sobald Sie im Erdgeschoss durch die Eingangstür gehen. Von diesem Zeitpunkt an zählen Ihre Kunden, Ihre Projekte und Ihre Erfolge. Und da Sie offensichtlich nicht in der Lage sind, Ihr Privatleben vor der Tür zu lassen, muss ich Konsequenzen ziehen.«

»Aber … das können Sie doch nicht einfach so machen!«

»Doch, Frau Uhlmann, das kann ich. Und um genau zu sein, tue ich gerade genau das. Jetzt möchte ich Sie bitten, Ihren Schreibtisch zu räumen. Alles Weitere klären Sie dann bitte direkt mit der HR.« Zur Unterstützung der letzten Worte wies er mit der ausgestreckten Hand Richtung Bürotür und wendete sich wieder seinen Dokumenten zu. Verdattert umfasste

Sophie die Armlehnen ihres Stuhls und wartete einen Moment ab. Doch Andreas Merten ignorierte sie. Unsicher kämpfte sie sich hoch.

»Das war es jetzt?«

Ohne sie noch eines weiteren Blickes zu würdigen, schnaubte er: »Ja, Frau Uhlmann. Das war es. Einen schönen Tag noch.«

*Einen schönen Tag noch.* Der hatte sie doch nicht mehr alle! Er zerstörte hier gerade ihre gesamte Existenz und wünschte ihr noch einen schönen Tag? Wut kochte in Sophie hoch, und sie spürte, wie Tränen in ihr aufstiegen. O nein, diesen Gefallen würde sie ihm nicht tun. Sie strich sich das Jackett glatt und schritt mit so viel Stolz, wie sie noch zusammenkratzen konnte, zur Tür. *Einen schönen Tag noch. Gott, was für ein Arschloch.*

»Das werden Sie noch bereuen«, murmelte sie vor sich hin. Doch ihr ehemaliger Vorgesetzter reagierte nicht.

Wie konnte aus ihrem gesamten Leben innerhalb weniger Wochen ein einziger Trümmerhaufen geworden sein? Planlos lief Sophie durch den immer noch sonnigen Montag. Sie wollte nach Hause. Nicht in die Schanze, sondern nach Hause in ihr altes Leben. Mit Jochen, dem Menschen, ihrer gemeinsamen Zukunft und der Gewissheit, dass alles immer gut werden würde. Aber diese Version ihres Lebens gab es schlichtweg nicht mehr.

Sophie passierte die Deichtorhallen und lief Richtung Hauptbahnhof. Ob Schanze, Winterhude oder ganz woanders, irgendwohin würde sie jetzt fahren. Sie ließ das Gespräch noch mal Revue passieren. Wieso hatte sie sich nicht erklärt? Wieso hatte sie nicht vehementer reagiert? Wieso hatte sie den Vorschlag nicht gebracht, den Reporter ausfindig zu machen und eine Gegendarstellung zu liefern? Stattdessen hatte sie sich von Merten einfach plattwalzen lassen. Hatte sich nicht zur Wehr gesetzt, ihren Standpunkt und ihre Bemühungen klargemacht, Rückgrat bewiesen. Vor ihrem inneren Auge lief das Video der schniefenden Renate noch mal ab: Sie hatte direkt begriffen, dass Renate nicht wirklich weinen musste. Dass sie nur so getan hatte. Diese manipulative alte Schachtel und dieser ganze Haufen alter Menschen! Sie waren an Sophies schrecklicher Lage schuld. Daran, dass ihre Bemühungen und all die harte Arbeit der vergangenen Jahre mit einem Schlag nichts mehr wert waren. Daran, dass sie mit Sicherheit ein vernichtendes Zeugnis von ihrem Chef bekommen würde. Und daran, dass sie sich einen neuen Job suchen musste. Sie waren der Grund, warum Sophie nun nicht wusste, wohin mit sich. Ruckartig blieb sie stehen. *Moment mal.* Sie wusste ganz genau, wo sie jetzt erst einmal hinfahren würde.

Eine kurze S-Bahn-Fahrt später stand sie in der Rothestraße, wieder mal. Denen würde sie es zeigen. Eine Sophie Uhlmann brauchte vielleicht manchmal einen Moment länger. Aber kampflos geschlagen gab sie sich sicher nicht. Sie betrat den Vorgarten; er war leer, der Tisch stand verlassen da. Doch aus dem Inneren des Hauses hörte sie Musik. Sie lief, ohne zu zögern, ins Haus, die Treppen nach oben ins obere Stockwerk. Die Musik wurde lauter, und Sophie erinnerte sich, dass sich hinter der Tür zu ihrer Rechten ein großer Raum verbarg. Sie griff nach der Klinke und öffnete die Tür. Und Tatsache: Durch den im Halblicht liegenden Raum schwebte ein knappes Dutzend Paare, die in langsamen Schritten durch den Raum tanzten. In der Ecke bei der Tür stand Thekla Zimmermann neben ein paar Boxen, die mit dem Handy in ihrer Hand verbunden waren; aus den Boxen dröhnte argentinischer Tango. Als Thekla Sophie sah, unterbrach sie die Musik, und auch die Paare hörten auf zu tanzen. Sophie ließ ihren Blick durch den Raum und über die Leute schweifen. Sie blickte in viele fragende Gesichter, bis sie auf eines stieß, das ebenso böse funkelte wie ihr eigenes. Da stand sie, in Metins Armen und in perfekter Tanzhaltung. *Renate.* Die alte Dame war offensichtlich drauf und dran, etwas zu sagen. Doch Sophie, in blindem Zorn, hob drohend ihren Zeigefinger und machte einen Schritt auf die Ältere zu: »Unterstehen Sie sich, auch nur ein Wort von sich zu geben«, zischte sie Renate an. »Denn jetzt ist es an der Zeit, dass Sie mir mal zuhören. Ist Ihnen eigentlich *bewusst*, was Sie angerichtet haben? Sie und Ihre Interviews und Ihre falschen Tränen?«

Renate rollte nur schweigend mit den Augen. Sophie fuhr fort: »Da können Sie so viel mit Ihren Augen rollen, wie Sie wollen. Mich beeindrucken Sie mit Ihrem Gehabe nicht, es ist kindisch und peinlich.«

Metin schien Sophie zumindest in diesem Punkt zuzustimmen, denn er warf Renate einen tadelnden Blick zu.

Diese zuckte gleichgültig mit den Schultern. »Sie muss ich ja auch nicht beeindrucken, Frau Uhlmann. Es genügt mir voll und ganz, wenn ich das bei dem netten Reporter der *Morgenpost* schaffe.«

Das reichte. Diese frivole Unverfrorenheit der alten Schachtel war der letzte Tropfen, der das Fass von Sophies mühsam im Zaum gehaltenen Emotionen zum Überlaufen brachte. Mit drei schnellen Schritten stand sie direkt vor Renate, so nahe, dass sich ihre Nasenspitzen fast berührten. Vor Wut hatte Sophie einen riesigen Kloß im Hals und einen ebenso großen Stein im Bauch. Mit zusammengekniffenen Augen hielt sie Renate mit ihrem Blick fest.

*»Sie«*, presste sie zwischen zusammengebissenen Zähnen hervor, »sind der *schlechteste* Mensch, den ich jemals getroffen habe. Sie tanzen auf dem Leben anderer herum, und es ist Ihnen scheißegal, was das für Konsequenzen hat. Es kümmert Sie nicht im Geringsten, welche Probleme Sie damit verursachen – und dabei haben Sie die Dreistigkeit, sich *im Recht zu fühlen!*«

Renate erwiderte ihren Blick gelassen. »Damit wären wir ja schon zwei«, antwortete sie kühl.

*»Renate«*, murmelte Metin ein weiteres Mal tadelnd.

»Nein, nichts ›Renate‹«, fuhr sie nun ihn unwirsch an, wobei sie auf Sophie deutete. »Diese Person hat uns unser Zentrum weggenommen, und ihr ist es ebenso, ich zitiere, *scheißegal* gewesen, was mit uns passiert. Es hat sie auch nicht gekümmert, was aus uns wird. Sag mir, Metin, wieso sollte ich auch nur einen Funken Mitleid mit Frau Uhlmann haben?«

»Ich habe meinen Job wegen Ihnen verloren!«, brüllte Sophie Renate nun mitten ins Gesicht. »Sind Sie nun zufrieden mit sich?«

»Ihretwegen«, korrigierte Renate sie, während tatsächlich ein feines Lächeln ihre Mundwinkel umspielte. Thekla schlug sich unterdessen erschrocken die Hand vor den Mund, Metin griff sich an den Kopf, und ein Raunen ging durch die restlichen Paare. Thekla war die Erste, die sich wieder fasste: »Sollen wir das lieber nebenan besprechen? Ich denke nicht, dass das jeder mitbekommen muss.«

Doch Renate widersprach: »Oh, ich finde schon, dass das alle etwas angeht. Schließlich hat Frau Uhlmann dafür gesorgt, dass sie alle hier bald nicht mehr tanzen können. Oder sonst wo.«

»Sie wollen es nicht verstehen, nicht wahr?«, zischte Sophie, die wegen der Dreistigkeit der Älteren völlig fassungslos war. »Ich – kann – nichts – dafür, dass – Ihr Zentrum – verkauft – wird.«

»Sie haben aber auch nichts dagegen getan!«

»Weil das nicht meine Aufgabe ist!« Verzweifelt warf Sophie die Arme in die Luft. All der Zorn der letzten Woche brach sich plötzlich Bahn und entlud sich auf der kleinen, garstigen Omi vor ihr, die nicht einen Zentimeter zurückwich, während Sophie fauchte: »Wie können Sie nur so stur und so realitätsfern sein? Mit einem ordentlichen Mietvertrag wäre das etwas anderes gewesen. Hätten Sie meinen Vorschlag mit der ehemaligen Metzgerei angenommen, hätten Sie wenigstens etwas für den Übergang gehabt. Aber nein! Es ist ja auch leichter und bequemer, sich als Opfer darzustellen und der Presse etwas vorzulügen. Dass ich deshalb keine Arbeit mehr habe, interessiert Sie nicht mal. Das ist mein Job, Sie schreckliche Person! Meine Lebensgrundlage. Und die haben Sie mir genommen, weil Sie sich wie ein verwöhntes Kind an diese Bruchbude hier klammern. Sie sind ein unmöglicher, herzloser Mensch, und ich wünsche Ihnen nur Schlechtes!« Sophie schnappte nach Luft.

»Frau Uhlmann«, kam es empört von Metin. »So was können Sie doch nicht sagen.«

Sophie löste ihren Blick von Renate und wandte sich ihm zu. »Doch, Metin«, giftete sie, »das kann ich sagen und es *genau so* meinen. Ich hoffe, Sie alle schämen sich dafür, dass Sie es so weit haben kommen lassen. Dass niemand diese alte Giftspritze aufgehalten und zur Räson gebracht hat. Dass Sie alle feige gewesen sind und sich hinter einer manipulativen alten Frau versteckt haben.«

»Frau Uhlmann, jetzt reicht es wirklich. So können Sie nicht über Renate sprechen«, mischte sich nun auch Thekla ein.

»Natürlich nehmen Sie sie in Schutz – aber Ihnen muss klar sein, dass Ihr albernes ›Altachtundsechziger kämpfen gegen den bösen Kapitalismus‹-Getue reale Konsequenzen für andere Leute hat.«

Metin löste sich von Renate und machte einen Schritt auf Sophie zu. »Frau Uhlmann, das mit Ihrer Arbeit tut mir sehr leid, bitte glauben Sie mir das. Können wir aber nicht wie erwachsene Menschen darüber sprechen und eine Lösung finden?«

»Für eine Lösung ist es doch viel zu spät jetzt! Das heißt: Ich habe natürlich alle Zeit der Welt – im Gegensatz zu Ihnen.« Sophie warf Renate einen letzten vernichtenden Blick zu und drehte sich um, um diesen Ort ein für alle Mal hinter sich zu lassen. *Scheiß Rothestraße.* Sie war schon fast aus der Tür, als hinter ihrem Rücken ein Tumult losbrach.

»Metin!« Renates Stimme klang ganz schrill und bohrte sich tief in Sophies Gehörgang. Erschrocken drehte sie sich um und sah gerade noch, wie der alte Mann sich die linke Hand auf die Brust presste und seine Beine unter ihm wegsackten. Mit einigen schnellen Schritten war Sophie bei ihm und kniete sich neben ihn auf den Boden. »Metin? Metin, können Sie mich hören?«, rief sie und tätschelte ihm leicht mit der flachen Hand auf die Wangen. Sie sah, wie seine Augenlider flackerten. Er stöhnte und hatte offenkundig Schmerzen. Hektisch besann Sophie sich auf ihr Erste-Hilfe-Training: »Renate, helfen Sie mir. Er muss sich aufsetzen.« Sophie wandte sich an eine Frau neben Renate: »Setzen Sie sich hinter ihn, sodass er sich an Sie lehnen kann! Renate, Sie reden mit ihm. Achten Sie darauf, dass er nicht bewusstlos wird. Öffnen Sie alles, was zu eng anliegt: Gürtel, das Hemd, alles. Halten Sie seine Hand!«

Sie sah sich nach Thekla um, die wie versteinert immer noch mit ihrem Handy in der Hand neben den Boxen stand. »Los, rufen Sie einen Notarzt!«, rief Sophie ihr zu. Doch Thekla schien wie eingefroren, wie in Schockstarre gefangen starrte sie den auf dem Boden liegenden Metin an. Sophie sprang auf, lief zu ihr, packte sie mit beiden Händen an den Schultern und schüttelte sie behutsam. »Thekla, atmen Sie! Noch einen Notfall können wir nun nicht gebrauchen. Helfen Sie Renate.«

Mit diesen Worten schob sie die andere Frau zur Seite, schnappte ihr Smartphone und stürmte nach draußen. Noch im Laufen tippte sie die 112, und bevor sie aus dem Gebäude gestürmt war, hatte sie der Frau am anderen Ende der Leitung alle erforderlichen Informationen gegeben. Dann positionierte sie sich vor dem Haus, um dem medizinischen Notfallteam den richtigen Weg zu weisen.

Erst als Metin im Krankenwagen abtransportiert wurde, kam sie wieder zu sich. In den vergangenen 20 Minuten hatte sie nur funktioniert. Sie stand im Vorgarten, Thekla zu ihrer Linken und rechts neben sich Renate. Die alte Frau hatte nichts von ihrer üblichen Widerborstigkeit an sich, sondern war ein einziges Bündel Sorgen. Sophie wählte die Nummer des Taxirufes. Es würde vermutlich eine Weile dauern, bis man sie zu Metin lassen würde. Aber immerhin wären sie in seiner Nähe, und Sophie konnte Renate ansehen, dass das das Einzige war, was sie wollte.

»Entschuldigen Sie, junger Mann, wo finde ich denn hier meinen Mann?« Renate tippte den Mann im weißen Kittel an, der mit einem Klemmbrett auf dem Gang stand und konzentriert ein Formular ausfüllte. Renate, Sophie und Thekla hatten bereits eine geschlagene Stunde im Wartebereich der Notaufnahme gesessen, weil ihnen niemand eine Auskunft geben konnte oder wollte. Bis es Renate irgendwann zu bunt geworden war. Sie konnte schlecht *nur* warten, sondern musste aktiv werden, so war sie schon immer gewesen. Sollten die anderen beiden ruhig warten, sie würde sich auf die Suche nach Antworten begeben. Antworten, die sie nun im Arzt vor sich vermutete. Der blickte auf: »Wer ist denn Ihr Mann?«, wollte er wissen.

»Herr Metin Isik«, antwortete Renate mit leicht brüchiger Stimme. »Er wurde vor etwa einer Stunde mit einem Herzinfarkt eingeliefert.«

Der Arzt konsultierte sein Klemmbrett. »Ah, ja, hier haben wir ihn ja. Und wer sind Sie?«

»Renate Schmidt«, antwortete Renate wahrheitsgetreu.

Als der Arzt sie schief anschaute, setzte sie nach: »Seine Frau.« Für den Fall, dass er ihr nicht glaubte, würde sie ihm etwas über verstaubte gesellschaftliche Normen erzählen und darüber, dass er sich schämen sollte, in so überholten Mustern zu denken. Stattdessen sagte er nur:

»Aha, und wer ist die junge Dame neben Ihnen?«

Renate drehte sich verdutzt um, da sie nicht gemerkt hatte, wie Sophie ihr gefolgt ist.

»Ich bin die Enkelin«, warf Sophie ein, bevor Renate irgendwie reagieren konnte.

»Natürlich«, sagte der Arzt. Er studierte ein weiteres Mal die Informationen auf seinem Klemmbrett und wandte sich dann wieder Renate zu. »Herr Isik, also Ihr Mann, wurde direkt auf die Intensivstation verlegt. Er ist für den Moment stabil, aber ich kann Sie nicht zu ihm lassen. Er braucht jetzt Ruhe.«

Renate schnappte bereits nach Luft, doch der Arzt fuhr fort: »Ich kann Ihnen aber zeigen, wo er liegt. Sie können ihn durch die Scheibe sehen und sich selber davon überzeugen, dass es ihm so weit gut geht.«

Schweigend folgten Renate und Sophie dem weißen Kittel um mehrere Ecken und einen ewig langen Gang entlang, an dessen Ende der Arzt vor einer Tür stehen blieb. Ein riesiges Fenster ließ den Blick in den Raum zu.

»Geben Sie uns nachher an der Rezeption Ihre Kontaktdaten, bevor Sie gehen. Dann kontaktieren wir Sie, sobald sich etwas an seinem Zustand ändert«, sagte der Arzt und verabschiedete sich.

Renate blieb allein zurück, mit Sophie neben sich und dem Anblick, der sich ihnen bot. Hinter der Scheibe stand ein riesiges Krankenhausbett, in dem ein winzig wirkender Metin lag. Schläuche verbanden seinen Körper mit den technischen Geräten, die um das Bett herum standen, und der Herzmonitor gab ein beruhigendes monotones Piepen von sich. Metins Augen waren geschlossen, er schien zu schlafen. Renates Kinn zitterte. »Metin«, flüsterte sie.

»Renate«, wisperte Sophie. »Das tut mir so leid, wirklich. Das müssen Sie mir glauben, hätte ich geahnt, dass so etwas passieren könnte …« Sophie beendete den Satz nicht.

Renate spürte, wie sich ihre Augen mit Wasser füllten. *Tränen?* Sie konnte sich gar nicht erinnern, wann sie zuletzt weinen musste. Sicher, in dem Interview mit der *Morgenpost.* Aber da wollte sie weinen, das war etwas anderes. Jetzt konnte sie nicht anders. Große Tropfen lösten sich von ihrem unteren Wimpernkranz und rollten stumm ihre Wangen hinab. Metin, wie er dalag mit all den Schläuchen. Und sie, Renate, wie sie hier stand mit all der Angst und Ungewissheit. Der Arzt hatte gesagt, dass er für den Moment stabil sei. Nicht aber, dass er über den Berg war. *Was, wenn er wirklich …?* O nein, daran wollte sie gar nicht denken. Aber zu spät, schon rannen weitere Tränen über ihr Gesicht. Sie spürte, wie Sophie ihr behutsam eine Hand auf den Arm legte.

»Sparen Sie sich Ihr falsches Mitleid«, sagte Renate scharf und schüttelte sie ab.

Sophie seufzte vernehmbar und zog ihre Hand zurück.

Wenn Renate Metin nie wiedersehen würde, wenn er wirklich hier drinnen sterben sollte, würde sie dieser spießigen jungen Frau das Leben zur Hölle machen. Das schwor sich Renate in dem Moment, als ein Krankenpfleger bei ihnen anhielt. »Entschuldigen Sie, aber die Besuchszeiten sind nun vorbei«, sagte er vorsichtig. Vor ein paar Jahrzehnten hätte sich Renate nun vermutlich an die Tür gekettet. Sie wollte Metin nicht alleinlassen. *Metin, mein Metin.* Sie legte die Hand flach an die Scheibe. »Ich komme morgen wieder«, flüsterte sie, da ihre Worte nur für ihn gedacht waren, »und wenn du dann nicht mehr da bist, dann lernst du mich aber kennen, mein Freund.« Dann wendete sie sich ab und folgte den Wegweisern Richtung Ausgang.

Der Besucherbereich war leer, die anderen Wartenden waren sicher schon vor einer ganzen Weile nach Hause gegangen. Erst als sie vor dem Krankenhaus standen, machte sich Sophie wieder bemerkbar. Sie war ihr nach draußen gefolgt. »Es tut mir wirklich leid«, vernahm Renate. Es war kaum mehr als ein Flüstern. Sie drehte sich zu Sophie um und war überrascht über den Ausdruck ehrlicher Reue im Gesicht der Jüngeren. »Bitte, das war ein langer und anstrengender Tag. Ich bringe Sie nach Hause«, fügte diese hinzu. Es war ein Friedensangebot, und Renate war das bewusst. Doch sie war noch nicht so weit. Nicht, solange sie nicht wusste, ob Metin diesen Infarkt überlebte. »Lass gut sein«, sagte sie schlapp und ließ Sophie stehen. Sie hatte nun Wichtigeres zu tun, als dieser jungen Frau die Absolution zu erteilen. Sie brauchte ihre Kraft, um an Metin zu denken. Und um zum Bus zu laufen.

# 13

Er wartete einige Sekunden, doch nichts passierte. Dann drückte er erneut auf den Schalter zu seiner Rechten. Aber auch dieses Mal rührte sich nichts. »Will die mich eigentlich wirklich ärgern?«, fragt er an den Hund gewandt, der an seiner Seite erwartungsvoll an der Wohnungstür kratzte. Noch einmal drückte er auf den Schalter, wobei er den Finger nicht direkt von der Klingel löste, sondern sie gedrückt hielt. Sturmklingeln, das hatte noch jeden aus dem Bett geholt. Es war sieben Uhr morgens, also war es eigentlich unmöglich, dass Sophie schon bei der Arbeit war. Und tatsächlich, nach einer gefühlten Ewigkeit hörte er ein Schlurfen auf der anderen Seite der Tür und dann das Klicken eines sich öffnenden Schlosses. Sobald sie die Tür weit genug geöffnet hätte, würde er ihr eine Ansage machen, die sich gewaschen hatte. Denn nachdem sie ihn gestern Morgen so überfallen hatte, war sie einfach nicht wieder aufgetaucht. Sie hatte Jochen nicht abgeholt! Auf seine unzähligen Anrufe und Nachrichten hatte sie auch nicht reagiert, ihr Handy war die ganze Zeit ausgeschaltet gewesen. Heute Morgen war es dasselbe Spiel gewesen, sodass Rasmus genau zwei Optionen gehabt hatte: einfach mit Jochen in die Werkstatt zu fahren und sich gedanklich damit abzufinden, dass er nun einen Hund hatte. Nur für den Fall, dass Sophie sich nie wieder bei ihm melden würde. Oder eben zu ihr nach Hause zu fahren und in Erfahrung zu bringen, was zum Geier da eigentlich los war. Da die zweite Möglichkeit viel besser zu seinem Anger-Management passte, nämlich gar nichts zu managen, sondern Ärger einfach Luft zu machen, hatte er sich dafür entschieden, einen Umweg über die Rosenhofstraße zu machen. Wie ein glücklicher Zufall es wollte, hatte die Haustür offen gestanden, und dank Jochens klarer Anzeige hatte Rasmus auch ohne Probleme erfahren, welche Tür zu Sophies Wohnung führte.

Knarzend öffnete sich die Tür. Rasmus wollte gerade loslegen, da sah er sie vor sich. Was er erwartet hatte: eine perfekt gestylte Sophie im Kostüm, die Haare streng in einem Zopf, das perfekte Äußere nur durchbrochen durch ihre hektische Art. Als krönende Kirsche ein arrogantes Kopfnicken, das ihn in die Wohnung weisen würde. Was tatsächlich vor ihm stand: ein Haufen Elend, ein gelber Pyjama, wilde, vom Schlaf zerzauste Haare, verquollene, gerötete Augen und eine verrotzte Nase, die gerade lautstark geschnäuzt wurde. Und irgendwo dazwischen vermutlich Sophie.

Rasmus' Wut war mit einem Mal verraucht. Statt der Standpauke brachte er nur ein »Ähm …« über seine Lippen. Er hatte wirklich mit vielem gerechnet, aber ganz sicher nicht mit dem, was er da vor sich sah. Jochen, der sich direkt in die sich öffnende Tür gestürzt hatte, war ebenfalls kurz zusammengezuckt. Anstatt sich Sophie an die Beine zu werfen und einen kleinen Freudentanz aufzuführen, wie es sonst seine Art war, hatte er sich vor sie hingesetzt und den Kopf schief gelegt. Vermutlich war er sich auch nicht ganz sicher, ob es sich bei dieser Erscheinung wirklich um Sophie handelte oder nicht doch eher um die Protagonistin eines Horrorfilms.

Sophie wischte sich ein letztes Mal die Nase mit dem Papiertaschentuch ab und blickte hoch. Sie zuckte heftig zusammen, als sie Rasmus wahrnahm. Dann wanderte ihr Blick nach unten und blieb auf Jochen hängen. Sie verharrte einen Moment wie erstarrt und schluchzte gleich darauf lautstark auf.

»O nein, auch das noch!«, jaulte sie förmlich, und aus ihren verquollenen Augen schossen neue Tränen. So wie sie aussah, musste sie die ganze Nacht durchgeweint haben, und es war Rasmus ein Rätsel, wie dieser kleine Körper noch mehr Tränen produzieren konnte.

»Was ist passiert?«, sagte er schließlich, als er seine Worte wiedergefunden hatte.

Sophie putzte sich ein weiteres Mal geräuschvoll die Nase und zuckte mit den Schultern. »Ich … gestern … alles … Metin … nicht …« Und dann nur noch bebende Schluchzer, die ihren Körper überrollten wie die Wellen die beliebtesten Surfstrände der Welt.

*Okay, das hat so keinen Sinn.*

Ohne ein weiteres Wort ließ Rasmus Jochens Leine los, der direkt in die Wohnung trippelte, umgriff Sophies Schultern und schob sie dem Hund hinterher. Rasmus wusste nicht, was sie hatte. Aber ziemlich sicher, was sie brauchte: eine Zahnbürste, eine Dusche und einmal Stoßlüften. Doch zuallererst einen Kaffee.

»Küche?«, fragte er einsilbig, und Sophie zeigte nach links. Er bugsierte sie durch die Tür und drückte sie auf einen Stuhl am Küchentisch. Dann drehte er sich zur Arbeitsplatte und scannte die vorhandenen Lebensmittel und Gerätschaften. Eine Bialetti stand auf dem Herd, daneben eine Sammlung an Gläsern mit Reis, Nudeln und Kaffeepulver. Routiniert schraubte Rasmus den Herdkocher auf, befüllte ihn und bereitete mit sicheren Handbewegungen Kaffee zu. Naserümpfend erhitzte er Hafermilch, und wenige Minuten später stand ein dampfendes Espresso-Milch-Ensemble vor Sophie. Diese hatte die ganze Zeit leise wimmernd dagesessen, mit den Gedanken offensichtlich anderswo. Durch den Geruch des frischen Kaffees wieder in die Wirklichkeit zurückgeholt, schaute sie auf die Tasse vor sich, dann zu Rasmus, der sich auf einem Stuhl ihr gegenüber niedergelassen hatte, und fing augenblicklich wieder an zu weinen. Rasmus musste sie unbedingt fragen, wie sie das mit den Tränen machte, sobald sie sich irgendwann wieder beruhigt hatte. Doch für den Moment musste er sie stoppen. »Trink einen Schluck«, forderte er sie auf und schob ihr die Tasse näher vor die Nase. Sophie folgte seiner Anweisung, nahm teilnahmslos die Tasse in beide Hände und schlürfte etwas Kaffee. Dass sie einfach getan hatte, was er ihr gesagt hatte, ohne Gegenwehr oder eine spitze Bemerkung, besorgte Rasmus. Es war offiziell: Es ging ihr wirklich, wirklich schlecht. Er gewährte ihr noch ein paar Schlucke Kaffee, bevor er fragte: »Also, was ist los?«

Sophie setzte die Tasse wieder ab, ließ sie aber nicht los. Es schien, als würde sie sich daran festhalten wollen, als gäbe die Tasse ihr Stabilität und Sicherheit. Sie atmete zweimal tief durch und schien gerade anzusetzen, als ihr Kinn wieder zu zittern begann. Sie seufzte auf, zuckte mit den Schultern und ließ sie dann so tief sinken, dass ihr Körper immer kleiner zu werden schien. Rasmus streckte den Arm aus und legte ihr seine Hand auf die Schulter. »Komm schon, du kannst das.«

Er sah, wie sich Sophie ein weiteres Mal zusammenriss. Sie setzte sich aufrecht hin, zog beherzt die Nase hoch und sah ihn direkt an. »Mir wurde gestern gekündigt, ich bin schuld daran, dass jemand einen Herzinfarkt erlitten hat, und ich habe auch noch meinen Hund bei dir vergessen.« Sie spulte die Informationen ohne Pause ab, ohne Emotion, und klang dabei wie ein Roboter. Als schaffte sie es anders nicht, die Worte über ihre Lippen zu bringen. Rasmus schluckte. Er hatte kein Wort verstanden, außer: Es war richtig viel.

»Okay, das ist … Wow … Ich weiß gar nicht, wo man da ansetzen soll. Willst du einfach erzählen?«

Sophie schaute ihn mit großen Augen an und schniefte laut. *Mist.* Von seiner Hilflosigkeit hatte sie jetzt natürlich gar nichts. Er sah genau, wie ein neuer Schluchzer sich seinen Weg durch ihren Körper bahnte und Sophie von einer weiteren Tränenwelle übermannt wurde. Sie schlug sich die Hände vors Gesicht und heulte hemmungslos.

*Das ist eine Sackgasse.*

»Okay, du musst hier raus«, beschloss Rasmus.

»Aus der Küche?«, fragte Sophie unter Tränen. Rasmus ließ seinen Blick über sie gleiten.

»Na ja, primär aus diesem … ähm … Schlafanzug?«, antwortete er, weil er einfach nicht wusste, wie er das gelbe

Flanellteil, das mit Einrad fahrenden Elefanten bedruckt war, bezeichnen sollte.

»Du denkst also, wenn ich mir ’ne Jeans anziehe, wird alles wieder gut?«, kam es zynisch hinter Sophies Händen hervor. Das war gut. *Solange sie ihren Sarkasmus hat, ist noch nicht alles verloren.*

Er dachte einen Moment nach, plötzlich war ihm klar, was zu tun war. Natürlich, wieso war ihm das nicht früher eingefallen?

»Zieh dich an«, sagte er streng zu Sophie, »wir machen einen Ausflug.«

»Wenn man nicht mehr weiterweiß, gibt es nur eines, was hilft: sich vom Meereswind den Kopf freipusten lassen«, hatte er gesagt, als er Sophie und Jochen ins Auto verfrachtet hatte. Und dann waren sie losgefahren. Sophie war direkt eingeschlafen, was ihr auf Autofahrten immer passierte und heute nur noch verständlicher war, da sie eine schlaflose Nacht hinter sich hatte.

Sie war erst wieder erwacht, als Rasmus sie leicht an der Schulter geschüttelt hatte. Durch die Windschutzscheibe hatte Sophie das Meer und die hohen Pfahlbauten gesehen, und ihr Herz hatte einen kurzen Freudenhüpfer vollführt. Den Strand von St. Peter-Ording würde sie aus jeder Perspektive erkennen. Sophie liebte diesen Ort, und obwohl er nicht allzu weit von Hamburg entfernt war, konnte sie sich nicht erinnern, wann sie es das letzte Mal hierhergeschafft hatte. Letztes Jahr? Oder doch im Jahr zuvor?

Rasmus hatte ihnen in einem der Restaurants zwei Kaffee geholt, dann waren sie losgelaufen – einfach immer geradeaus am Strand entlang.

Sicherlich erinnert ihn das an sein Zuhause, dachte Sophie jetzt, während sie ihren Hund dabei beobachtete, wie dieser wilde Haken im Sand schlug und immer wieder in die brandenden Wellen rannte und nach ihnen schnappte. Jochen war völlig aus dem Häuschen. Nachdem sie ihm eine Weile zugeschaut hatte, fiel ihr das Schweigen zwischen Rasmus und ihr auf. Sie liefen nebeneinanderher, jeder mit seinem Becher in der Hand. Dann begann Sophie zu erzählen. Von dem neuen Projekt, von Justus Maximilian Wertheim und seinen Co-Erben, der Begehung und dem Zusammentreffen mit Thekla Zimmermann, von den Rentnern, die kurz danach im Büro Alarm gemacht hatten, und von Renate, die sie bei der Presse schlechtgemacht hatte. Davon, wie sie die Position der Rentnergang nachvollziehen konnte. Aber auch davon, dass Sophie nichts an dem Verkauf des Zentrums ändern konnte und wie die Rentner sie dazu gezwungen hatten, ihnen eine Alternative zu bieten. Und dann erzählte sie vom gestrigen Tag und wie sich die Ereignisse einfach überschlagen hatten. Wie ihr Chef ihr von jetzt auf gleich gekündigt hatte, welche Wut sie im Bauch gehabt und wie sie Renate deshalb zur Rede gestellt hatte. Wie Metin sich plötzlich an die Brust gefasst hatte und zusammengesackt war. Und wie in ihr selbst die anfängliche Panik sich langsam in Erschütterung und Angst gewandelt hatte. Und in Traurigkeit.

»Wie Renate mich angesehen hat, als wir abends wieder vor dem Krankenhaus standen. Das kannst du dir nicht vorstellen.

Da war so viel Verachtung in ihrem Blick. Ich liebe meinen Job. Liebte. Aber eigentlich ist es kein Beruf der Welt wert, so eine Erfahrung machen zu müssen. So angesehen zu werden. Und ich kann es ihr nicht mal verdenken«, schloss sie ihre Erzählungen ab. Rasmus hatte recht gehabt: Das Meer machte einem den Kopf wieder frei. Und auch darüber zu sprechen, was in den vergangenen Wochen vorgefallen war, hatte Sophie geholfen. Mit jedem Wort, das sie aussprach, merkte sie, wie wieder mehr Ruhe in sie kam. Wie ihr Atem langsam wieder gleichmäßiger floss und ihre Augen zwar brannten, aber keine neuen Tränen produzierten. Zwar fühlte sie sich nicht weniger schuldig oder schlecht, aber dennoch irgendwie besser.

*Ergab das Sinn?*

»Woher wusstest du so genau, was zu tun war?«, unterbrach Rasmus die Stille. Er war die ganze Zeit, als Sophie erzählte, schweigend neben ihr hergelaufen und hatte zugehört. An manchen Stellen hatte er überrascht die Augenbrauen hochgezogen, ein Lachen unterdrückt und ein dumpfes »Mpfh« von sich gelassen. Aber zu keinem Zeitpunkt hatte er sie in ihrem Redefluss gestört.

»Was meinst du?«, fragte Sophie.

»Als Metin zusammengebrochen ist, hast du offenbar genau gewusst, was zu tun war. Wieso?«

»Oh, ach das«, murmelte Sophie. Verhalten wollte sie noch einen Schluck Kaffee nehmen, aber ihr Becher war längst leer. Wollte sie ihm davon erzählen? So gut wie niemand wusste davon, wieso auch? Sophie konnte Mitleid nicht gut vertragen. Und schon gar nicht von Fremden. Nachdenklich schaute sie den Mann neben ihr an. *Ist er überhaupt noch ein Fremder?*

Immerhin hatte er seinen Tag platzen lassen, um Sophie hierher ans Meer zu bringen. Welcher Fremde würde das schon tun? Vielleicht war es an der Zeit, ihre Vorbehalte gegen ihn wegen des Unfalls und seiner ruppigen Art zur Seite zu wischen und stattdessen anzuerkennen, was er für sie getan hatte. Ihn vielleicht sogar als Freund zu betrachten?

Als hätte Rasmus ihre Gedanken gehört, drehte auch er sich in diesem Moment zu ihr um und lächelte sie aufmunternd an. Einen ziemlich attraktiven neuen Freund, flüsterte es irgendwo in Sophies Hinterkopf, aber sie hörte nicht richtig zu. Sie schluckte, und bevor sie es sich doch wieder anders überlegte, spulte sie die Geschichte herunter.

»Als ich acht Jahre alt war, bin ich mit meinem Vater in den Supermarkt. Es war ein Samstag, und wir wollten die Wocheneinkäufe erledigen. Ich hatte eigentlich gar keine Lust, aber meine Mutter überredete mich, damit sie in Ruhe die Wohnung putzen konnte. Außerdem sprang bei meinem Vater immer etwas für mich heraus, manchmal nur ein Lutscher, aber manches Mal sogar ein Buch oder ein neues Spielzeug. Wir haben also gerade unseren Einkaufswagen durch die Gänge geschoben auf der Suche nach unseren Lieblingsfrühstücksflocken, als mein Vater plötzlich stehen blieb. Ich habe nur gesehen, wie er die Augen aufriss, sich mit der einen Hand an die Brust fasste und mit der anderen am Einkaufswagen festkrallte. Einen Moment später brach er zusammen.« Sie sprach nicht oft darüber, aber wenn, dann in Sätzen, die sie sich damals zurechtgelegt hatte, weil sie befürchtete, sonst nie darüber sprechen zu können, ohne sofort in Tränen auszubrechen. Noch heute schmerzte es sie, sich diese Erinnerungen vor Augen zu führen.

Wie auch schon zuvor schwieg Rasmus, aber Sophie bemerkte, dass er sie aufmerksam beobachtete und seine gesamte Aufmerksamkeit auf ihr lag.

»Ich habe aus Schreck einen Schrei von mir gelassen, und eine Sekunde später stand eine Frau neben uns. Sie hat meinen Vater gegen eines der Regale gelehnt, damit sein Oberkörper erhöht war, hat seine Jacke geöffnet und den anderen Leuten zugerufen, dass jemand einen Notarzt rufen solle. Dann hat sie sich wieder zu uns gedreht und redete sowohl meinem Vater als auch mir gut zu. Und sie blieb, bis der Krankenwagen kam und uns ins Krankenhaus brachte. Meine Mutter kam auch ins Krankenhaus, und ich konnte hören, wie ein Arzt zu ihr sagte, dass das schnelle Eingreifen meinem Vater vermutlich das Leben gerettet hat.«

Sophie hörte, wie Rasmus erleichtert ausatmete. »Also lebt dein Vater noch?«

»O Gott, ja!«, lachte Sophie auf. Aber ihr Lachen verstummte augenblicklich. Es hatte ihr und ihrer Familie aber auch gezeigt, wie schnell sich das gesamte Leben ändern kann. Und wie machtlos man dagegen ist. Sie alle erholten sich von dem Schreck, aber von diesem Augenblick an war Sophie immer auf Sicherheit bedacht. Eben weil sie wusste, dass nichts wirklich sicher war, versuchte sie in allen Bereichen ihres Lebens immer die sicherste Variante zu wählen: bei ihrem Beruf, bei ihrem Partner. Doch wieder einmal hatte ihr das Leben gezeigt, dass es mit dem Konzept Sicherheit recht wenig anzufangen wusste. »Aber es hat uns allen einen enormen Schreck verpasst, natürlich. Seitdem besuchen wir regelmäßig einen Erste-Hilfe-Kurs, um in einer Notsituation richtig handeln zu können.

Deshalb wusste ich auch, was ich bei Metin tun musste.« Sie hielt inne. Metin, dachte sie. *Wie es ihm wohl geht?* Sie griff nach dem Handy in ihrer Jackentasche und streckte Rasmus den leeren Becher entgegen. »Kannst du den bitte kurz halten? Ich glaube, ich rufe mal im Krankenhaus an. Vielleicht kann ich etwas über Metins Zustand in Erfahrung bringen.«

»Natürlich.« Rasmus nahm ihr den Becher ab. »Wir warten dann einfach am Auto auf dich.« Er drehte sich um und lief in die Richtung zurück, aus der sie gekommen sind. Mit einem Pfiff von ihm ließ Jochen von den Wellen ab und trabte an Rasmus' Seite.

Erstaunt blickte Sophie ihnen hinterher. Seit wann genau war ihr Hund so gut erzogen? Und wieso wusste sie davon nichts? Sie googelte die Nummer des Krankenhauses und ließ sich zur Intensivstation weiterleiten. Als am anderen Ende der Leitung eine Stimme erklang, war Sophie sich sicher, den jungen Arzt von gestern wiederzuerkennen. Vielleicht erinnerte er sich ja an sie.

»Uhlmann hier, guten Tag. Ich möchte mich nach Metin Isik erkundigen, er liegt seit gestern wegen eines Herzinfarktes bei Ihnen.«

»Und Sie sind?«, fragte der Arzt tonlos. Gut, der Name reichte wohl nicht. Sophie rief sich Renate wieder in Erinnerung. Der Enkeltrick hatte schon einmal funktioniert. Wieso soll er das nicht wieder tun?

»Die Enkelin«, antwortet Sophie knapp. »Ich war gestern mit meiner Oma bei Ihnen.«

»Ah, natürlich.« Der trockene Sarkasmus kam trotz der Entfernung bei Sophie an. Dennoch sprach der Arzt weiter.

»Wie ich seiner Frau heute Morgen ebenfalls schon gesagt habe: Es geht ihm gut. Er ist die ganze Nacht stabil gewesen und jetzt übern Berg. Jetzt braucht er noch eine Weile, um sich auszuruhen und wieder zu Kräften zu kommen. Und dann können wir auch absehen, welche Rehamaßnahmen die richtigen sind. Machen Sie sich also keine Sorgen, Ihrem … Großvater geht es gut.«

Sophie bedankte sich mit einem Kloß im Hals und legte auf. Metin lebte, und Metin würde am Leben bleiben. Und das war in diesem Augenblick alles, was zählte.

# 14

»Und, hat er dich geküsst?«, fragte Lina aufgeregt. Sie saß am Küchentisch mit einem Glas Weißwein in der Hand. Jule rollte mit den Augen und rührte in einem großen Topf. Es war Freitag und Pasta-Abend, wobei der Name ein bisschen irreführend war. Zum einen war bei Jule, Lina und Sophie so ziemlich jeden Abend Pasta-Abend. Und zum anderen war der eigentliche Star des Pasta-Abends meistens eher der Wein. Seit Sophie bei Jule eingezogen war, war die logistische Umsetzung des Pasta-Abends noch einfacher: Jetzt waren sie zu dritt in der WG-Küche. Zu viert, wenn man Jochen dazuzählte, der unterm Tisch lag und besonders aufmerksam alles beobachtete. Nur für den Fall, dass irgendwo etwas Essbares auf den Boden fiel. War ja möglich.

Jule kochte, und Sophie und Lina unterstützten Jule mental, wobei sie schon mal den Wein verkosteten. Nach dem Debakel mit dem Sauvignon blanc nach Sophies Rückkehr hatten sie heute einen Pinot grigio auf den Tisch gepackt. Er war wunderbar leicht und perlend und schmeckte wie die Sommermonate, die sich aktuell ankündigten. Die Tage wurden immer wärmer und länger. Doch den größten Unterschied machte die Nacht: Die Temperaturen sanken nachts nicht mehr so stark ab, sodass man auch bis spät in den Abend auf den Balkonen oder vor den Kneipen und Restaurants, Kiosken und Imbissständen sitzen konnte. Sophie liebte diese Zeit, den Übergang von verheißungsvollem Frühling zu nur noch heißem Sommer.

Sie benetzte ihre Lippen mit einem weiteren Schluck Weißwein und fuhr sich mit der Zunge darüber. Sie saß frisch geduscht in einer hellen, locker sitzenden Stoffhose und einem geringelten Longsleeve am Tisch. Kein Vergleich zu ihrer Erscheinung vergangenen Dienstag, als Rasmus sie an die Nordsee entführt hatte. In den vergangenen Tagen hatte sie viel geschlafen, es kam ihr vor, als hätte sie viel nachzuholen gehabt. Sich nach einem neuen Job umzuschauen, dazu konnte sie sich noch nicht aufraffen. Dafür saßen der Schock und auch der Schmerz über die Demütigung noch zu tief. Die restliche Zeit hatte sie mit Filmen und ausgiebigen Gassirunden mit Jochen verbracht. Und Überlegungen dazu, wie ihr Leben innerhalb kürzester Zeit zum zweiten Mal eine Hundertachtziggradwende hatte vollziehen können. Oder ob die Kündigung im Grunde noch ein Ausläufer des ersten Scheiterhaufens gewesen war. Ganz so, als wäre das Schicksal noch mal schnell vorbeigekommen und hätte »Sorry, sorry, sorry, *das* habe ich beim letzten Mal total vergessen. *My bad*, entschuldige, und hier ist noch das letzte bisschen Katastrophe, das da eigentlich noch dazugehört. Alles klar, dann bis zum nächsten Mal, tschüssi!« gerufen, um dann wieder zu verschwinden.

Vielleicht würde es nach heute Abend besser werden, denn

traditionell wurden beim Pasta-Abend alle Themen auf den Tisch gepackt, die gerade schwierig, unbequem oder auch einfach nur aktuell waren. Für gewöhnlich saß Sophie immer eher auf der beratenden Seite. Es gab wenig Persönliches, das sie in den vergangenen Monaten zu den Pasta-Abenden beigetragen hatte. Keine gravierenden Entwicklungen, keine schweren Entscheidungen, keine schlimmen Streite.

Nun erzählte sie Jule und Lina in aller Ausführlichkeit von den Ereignissen, die nur ein paar Tage zurücklagen und, ganz ohne zu übertreiben, ihr Leben komplett auf den Kopf gestellt hatten. Nachdem sie Rasmus schon am Strand von ihrem Streit mit Renate und Metins Herzinfarkt erzählt hatte, ging es ihr nun leichter über die Lippen. Sicher, der Wein half. Aber vor allem waren es die Vertrautheit zwischen den Freundinnen und die paar Tage Puffer, die Sophie die Möglichkeit gaben, das Geschehene zu verarbeiten. Nun schloss sie ihre Erzählungen damit, wie Rasmus sie nach dem Strandausflug am frühen Abend wieder vor ihrer Wohnungstür abgesetzt hatte.

»Ehrlich, Lina, ist das alles, was dir dazu einfällt?«, kommentiert Jule Linas Frage.

»Entschuldige, ich meine ja nur. Du hast doch selbst gehört, wie Sophie eben meinte, dass es beim Abschied irgendwie komisch war.«

Das stimmte, das hatte Sophie gesagt. Aber natürlich nicht so gemeint.

»Das meinte ich aber nicht so«, ließ sie die anderen an ihren Gedanken teilhaben. Lina zog misstrauisch die Augenbrauen so weit nach oben, dass sie unter dem Pony verschwanden, den sie seit Neuestem trug. Passend zum milden Tag umhüllte ein langer luftiger Rock mit floralem Print ihre Beine, in dessen Bund sie locker einen dünnen korallfarbenen Pullover gesteckt hatte. Mit ihren braunen Haaren, dem gesunden Teint und den leuchtend blauen Augen sah sie einfach umwerfend aus. Wenn sie nur einen Funken gleichgeschlechtliche Anziehung in sich trüge, wäre Sophie vermutlich schon längst über Lina hergefallen. Na gut, vermutlich auch über Jule, deren dunkelblonde Haare in dem akkuratesten Bob geschnitten waren, den ein Friseur je kreiert hatte. Passend zu ihrem Image als Designerin kleidete sich Jule am liebsten in COS: Ihr Kleiderschrank war ein Querschnitt der vergangenen Kollektionen. Und so auch heute: dunkelblaue Chino, asymmetrisch geschnittenes Shirt. *Ich habe einfach die schönsten Freundinnen der Welt,* schoss es Sophie durch den Kopf, und sie stieß in Gedanken auf die beiden an, bevor sie noch einen Schluck trank.

»Wie meintest du es denn dann?«, riss Lina sie aus ihren Gedanken. Sophie setzte ihr Glas ab.

»Na ja, einfach so, dass wir uns ja eigentlich nicht kennen. Und plötzlich waren wir so vertraut durch diesen Tag, und er weiß jetzt einfach so viele Dinge von mir, die ich sonst halt nicht so erzähle. Natürlich ist es dann komisch, wenn man sich verabschiedet und sich fragt: Geben wir uns die Hand? Reicht ein Nicken? Oder umarmen wir uns jetzt, weil wir jetzt irgendwie Freunde sind?«

»Erzähl noch mal, wie genau ihr euch verabschiedet habt!«, Lina quietschte wie ein kleines Kind.

»Och, Lina«, raunten Jule und Sophie gleichzeitig.

»Biiiiiiiitte«, wiederholte sie und zappelte ungeduldig mit den Füßen.

»Na gut, aber nur noch einmal, okay? Da gibt es nämlich wirklich nichts zu erzählen, interpretieren, herauszulesen oder zu analysieren. Ja?«

Lina nickte stumm.

»Also, er hat hier geparkt, und wir haben beide ›also‹ gesagt und dann aber nicht weitergesprochen, weil wir dachten, der jeweils andere will was sagen. Ich hab mich dann für den Tag bedankt, und er hat es abgetan, als wäre es nichts. Wer weiß, vielleicht macht er das für alle Menschen, die er in einer akuten Krise antrifft. Jedenfalls hat er dann so komisch geguckt, und ich dachte mir, ich brauch jetzt nicht noch mehr seiner Zeit in Anspruch zu nehmen. Also habe ich mich rübergelehnt, um ihn zum Abschied zu umarmen. Aber das kam wohl irgendwie etwas unerwartet, jedenfalls haben wir uns die Köpfe angeschlagen.«

»Als ihr euch kennengelernt habt, wolltet ihr sie euch einschlagen, jetzt habt ihr sie angeschlagen. Und ihr wollt mir erzählen, das sind keine Zeichen?« Dramatisch warf Lina die Hände in die Höhe. »Leute, ich wiederhole mich vielleicht. Aber ich sag euch …«

»… ich *hab da so ein Gefühl*«, vervollständigten Jule und Sophie Linas Satz.

»Dein Gefühl täuscht dich aber. Denn mehr war und ist da nicht. Ich bin ausgestiegen, Jochen ist von der Rückbank auf den Beifahrersitz geklettert, und Rasmus hat sich ausgiebig bei ihm verabschiedet und ihn durchgeschmust. Wenn da etwas zwischen uns wäre, würde er doch eher mich so innig verabschieden. Oder?«

»Meine Güte, Sophie, du bist so naiv. Natürlich nicht, du

hättest ihn doch für komplett bescheuert gehalten. Und so hat er einfach noch ein bisschen Zeit herausgeschlagen.«

»Oder Methadon-geschmust«, warf Jule trocken ein. Jetzt war es Sophie, die die Augen verdrehte. Wenn ihr sogar Jule, ihre pragmatische Jule, in den Rücken fiel, dann hatte sie verloren, und es wurde höchste Zeit, das Thema zu wechseln.

»Lina, wie geht es denn deinem Kellner?«

»Ähm, keine Ahnung. Ich vermute, gut?« Lina wirkte ein wenig überrascht darüber, sich plötzlich im Mittelpunkt der Unterhaltung wiederzufinden.

»Habt ihr euch denn gar nicht mehr gesprochen?«, hakte Sophie nach.

»Nein, wieso denn auch?«

»Na, weil du mir hier die große Liebe mit dem erstbesten Mann andichtest …«

»… der dich umgehauen hat …«

»Boah, Lina.«

»Was? Der ist einfach immer noch lustig!«

»Nein, ist er nicht und war er auch noch nie.« Jule gibt heute etwas allzu trocken ihren Senf dazu, bemerkte Sophie misstrauisch. Sie warf ihrer Freundin, die mit dem Rücken zu ihnen immer noch am Herd stand, einen Seitenblick zu. Nun, der Pasta-Abend würde seine Magie schon noch entfalten, und sie würden früh genug erfahren, welche Laus Jule über die Leber gelaufen war.

»Jedenfalls«, griff Sophie die Unterhaltung wieder auf, »scheinen deine Worte und Regeln nicht für dich selbst zu gelten.«

»Weil ich auch keine Beziehung will«, antwortete Lina nonchalant.

»Aber ich will eine?«, fragte Sophie erstaunt. Sie hatte wirklich genug andere Baustellen.

»Jetzt nicht unbedingt sofort. Aber du bist einfach der Typ dafür, Sophie.«

»Ich bin was?«

»Ja, und daran ist auch gar nichts schlimm. Ich glaube, das Leben setzt sich aus unterschiedlichen Bereichen zusammen, und bei jedem Menschen sind diese Bereiche anders gewichtet. Zum Beispiel ist bei Jule der Bereich Job superwichtig. Dir ist dein Job natürlich auch wichtig, aber gib zu, dass dir die Beziehung zu Jochen wichtiger war!«

Sophie verschluckte sich fast an ihrem Wein.

»Natürlich nicht!«, wollte sie schon protestieren, hielt dann aber doch inne. Darüber musste sie nachdenken. Sophie hatte alles für ihren Job gegeben. Überstunden gemacht, am Wochenende gearbeitet und auch Verabredungen mit Lina und Jule abgesagt, wenn ihr die Arbeit dazwischenkam. Und das konnte sie auch, da Jochen, der Mensch, ähnlich viel wie sie selbst gearbeitet hat. Oftmals hatten sie sich nur abends kurz gesehen, bis sie beide erschöpft ins Bett gefallen waren. Aber klar, ihr war es immer wichtig gewesen, ihm in den kleinen Dingen eine Freude zu machen und den Rücken freizuhalten. Als er einmal seine Unterlagen zu Hause vergessen und Sophie panisch angerufen hatte, war sie auf dem Weg zur Arbeit wieder umgedreht, hatte sie geholt und einen Umweg über Jochens Büro gemacht. Wenn sie wusste, dass Jochen eine besonders stressige Phase hatte, ließ sie ihm manchmal Mittagessen ins Büro liefern, weil ihr klar war, dass er sich keine Zeit für eine Mittagspause nehmen würde. Und mal angenommen,

Jochen hätte in eine andere Stadt ziehen müssen – oder sogar in ein anderes Land oder auf die andere Seite der Welt –, völlig egal, Sophie wusste, dass sie zugestimmt hätte, noch bevor Jochen fertig gesprochen gehabt hätte. Lina hatte recht, in diesem Szenario war ihre eigene Karriere zweitrangig.

»Ich glaube, du hast recht«, sagte sie schließlich und ließ die anderen an ihren Gedanken teilhaben.

»Und, wie gesagt, ich finde daran gar nichts verwerflich. Aber ich würde diese Kompromisse einfach nicht eingehen für jemand anderen. Also gut, für euch vielleicht schon. Aber ganz sicher nicht für irgendeinen Kellner aus dem *Berliner Betrüger*.«

»Hast du denn keine Angst, dass sich deine Meinung irgendwann ändert?«

»Und dann?«

»Und dann ist es vielleicht zu spät!«, insistierte Sophie.

»Zu spät für was?«, fragte Lina.

»Na, alles eben! Kinder zu haben oder sich gemeinsam ein Leben aufzubauen oder sogar dafür, sich *überhaupt* zu verlieben, weil alle schon verheiratet sind!«

»Keine Sorge, bis sich bei Lina der Schalter umlegt, sind die meisten schon wieder geschieden«, mischte sich Jule ein. Sie trug den Topf vom Herd und stellte ihn auf den Tisch. Der Geruch von Pasta, Butter und Zitrone erfüllte den Raum. Jule lächelte zwar über ihren vermeintlichen Scherz, aber es spielte ein zynischer Zug um ihre Mundwinkel. Lina ignorierte sie und wendete sich wieder Sophie zu.

»Sophie, Liebe kennt kein Alter. Ich weiß, das klingt wahnsinnig abgedroschen. Aber es ist nun mal so. Und wenn ich mit siebzig beschließe, dass ich mich verlieben will, dann mache ich das. Und selbst wenn ich diese Verliebtheit dann nicht mehr erfahren sollte, weil ich niemanden Geeignetes finde, kann ich mich trotzdem glücklich schätzen. Weil ich eine Entscheidung getroffen habe und offen für die Dinge war, die noch kommen könnten. Ich meine, schau dich an. Du hast in den letzten Wochen alles verloren, was dir wichtig ist.«

»Danke für die Erinnerung«, sagte Sophie und schob sich eine Gabel Nudeln in den Mund. »Für einen Moment hatte ich es tatsächlich fast vergessen. Stell sich das mal einer vor!«

»Tut mir leid, ich wollte natürlich kein Salz in die Wunde streuen. Ich wollte nur sagen, dass du doch jetzt auch nicht denkst, dass es für alles zu spät ist, auch wenn sich deine Pläne erst mal in Luft aufgelöst haben.«

»Lina, ich bin dreißig und nicht siebzig!« Empört haute Sophie mit der Faust auf den Tisch. »Und falls du es genau wissen willst, weiß ich nicht, ob es nicht doch zu spät ist für mich. Jochen ist alles, was ich wollte. Mein Job ist alles, was ich wollte. Und dieses Leben ist alles, was ich wollte.« Ein Kloß bildete sich in ihrem Hals, und mit einem Mal schmeckte die Pasta nur noch salzig. Lina legte liebevoll ihre Hand auf Sophies.

»Tut mir leid, ich wollte nicht, dass du dich noch schlechter fühlst.«

»Dafür hast du ja alles gegeben«, kommentierte Jule.

Dieses Mal ignorierte Lina sie nicht. »Jule, falls du auch etwas Nützliches zum Gespräch beitragen willst und nicht nur spitze Kommentare, immer gerne«, fuhr sie sie scharf an.

Jule legte ihre Gabel ab, lehnte sich im Stuhl zurück und schwenkte das Weinglas in ihrer Hand. »Ich denke«, sagte sie und schaute Sophie dabei direkt an, »dass du gar nicht wirklich glücklich gewesen bist. Und so schlimm es sich gerade anfühlen mag, ich denke, du hast jetzt auch die Chance, dein Leben so zu gestalten, so wie du es wirklich willst.«

Sowohl Sophie als auch Lina klappten die Kinnladen runter. Jule hingegen trank von ihrem Wein, als hätte sie gerade nicht die Bombe des Abends gezündet.

»Wie kommst du denn auf so was?«, fragte Sophie nach einigem Zögern.

»Weil du es uns selbst gerade gesagt hast. Dein Leben bestand aus arbeiten und abends todmüde ins Bett fallen. Und daraus, dich um andere zu kümmern. Natürlich ist Jochen auch zu dir nett gewesen und hat dich in deiner Arbeit unterstützt. Aber wann hast du dich mal um dich gekümmert? Wie hast du dich selbst unterstützt? Du hast alles dafür getan, dieses Ideal zu erreichen, das du dir selber gesetzt hast. Und ich glaube, irgendwo auf dem Weg hast du dich leider vergessen.«

*Wow, das sitzt.* Sophie schaute hilflos zu Lina, aber selbst die stocherte verlegen in ihrer Pasta herum.

»Denkst du auch so?«, fragte Sophie. Als Antwort bekam sie einen gequälten Gesichtsausdruck und ein genuscheltes »Mhm«.

Jules Ausdruck wurde ungewohnt weich, fast schon mütterlich. »Sophie, überleg doch mal: Wann hast du das letzte Mal so richtig laut gelacht? Wann bist du so richtig glücklich gewesen? Natürlich hattest du einen Plan und ein scheinbar perfektes Leben. Aber das muss ja nicht heißen, dass es dich glücklich gemacht hat. Denn so hast du nicht gewirkt.«

»Wie denn dann?«, schoss Sophie scharf zurück. *Seit wann ist aus dem Pasta-Abend denn der »Wir* roasten *Sophie«-Abend geworden?*

»Gestresst, unter Druck und angespannt. So als könnte eine falsche Bewegung von dir dein ganzes Glück zerstören.«

»Hat es ja auch«, murmelte sie und leerte ihr Glas.

»Nein, hat es nicht!«, schaltete sich nun Lina vehement ein. »Jochen hat sich von dir getrennt, und dass das wehtut und scheiße ist, spricht dir keiner ab. Aber er hat sich ganz sicher nicht von dir getrennt, weil du etwas falsch gemacht hast.«

»Eben. Es liegt nicht in deiner Macht, dafür zu sorgen, dass immer alles so bleibt, wie es dir passt. So funktioniert das Leben nicht.«

»Noch so eine abgedroschene Floskel«, kommentierte Sophie, während sie sich noch ein Glas einschenkte.

»Macht auch diese nicht weniger wahr«, pflichtete Lina Jule bei. »Und wenn du mal genau hinschaust, dann ist nicht alles verloren. Du hast uns, du hast ein Zuhause, und du hast diesen immer noch sehr klugen Kopf, der für dich einen neuen Job findet. Vielmehr hast du auch noch etwas dazugewonnen.«

Wie auf Kommando krabbelte Jochen unter dem Tisch hervor, bellte einmal und flitzte Richtung Wohnungstür.

»Echt, der Hund muss«, seufzte Sophie. »Erzwungene Spaziergänge habe ich dazugewonnen«, sagte sie sarkastisch, als sie aufstand, sich die Leine von der Garderobe schnappte und die Wohnungstür öffnete. Ein bisschen war sie Jochen dankbar, dass seine Blase und er sie aus dieser Situation gerettet hatten. »Ich bin gleich zurück. Soll ich auf dem Weg noch einen Wein vom Kiosk mitbringen?«

Später am Abend lag Sophie mit einigen Umdrehungen und Gedanken mehr im Kopf im Bett und fand keinen Schlaf. Sie ließ sich die Worte ihrer Freundinnen nochmals durch den Kopf gehen. War sie wirklich unglücklich gewesen? Jules Fragen waren ihr nahegegangen, und obwohl die beiden ihre besten Freundinnen waren, wollte sie es ihnen nicht zeigen. *Ich muss doch erst mal für mich herausfinden, ob irgendwas davon wahr ist.*

Das letzte Mal richtig gelacht? Sophie blätterte in ihren Erinnerungen. Vermutlich, als Jochen den Furz des Jahrtausends im Büro gelassen hatte und sich die Spannung über den unangenehmen Moment auf dem Nachhauseweg gelöst hatte. Oder als Lina und Jule erfahren hatten, dass Jochen Jochen hieß. Trotz all der Scheiße der vergangenen Wochen waren das zwei richtig gute Momente gewesen. Und glücklich? Darauf fand Sophie beim besten Willen keine Antwort. Sie erinnerte sich zurück an Urlaube mit Jochen, besondere Events, Gehaltserhöhungen – alles schöne Erinnerungen, alles nett, aber so richtig glücklich? »Ich weiß nicht«, murmelte sie, als die Müdigkeit mit einem Mal doch anklopfte. Apropos glücklich: Jule hatte heute Abend auch nicht glücklich gewirkt. Eher verbissen und zynisch. Sophie würde sie morgen auf das Schafott der Emotionen und Wahrheiten packen, denn diese Freundschaft verlief ja nicht als Einbahnstraße. Und nur weil Sophie gerade vor den Scherben ihrer Existenz stand, hieß das ja nicht, dass sie nicht auch für ihre Freundinnen da sein konnte.

# 15

Nervös legte Sophie den Finger auf die Klingel. »Isik« stand auf dem Schild über dem Glöckchensymbol. Die vergangene Woche hatte sie jeden Tag im Krankenhaus angerufen, um in Erfahrung zu bringen, wie es Metin ging. Und gestern hatte sie endlich die Info bekommen, dass Metin am Folgetag entlassen werden würde.

Die Wohnungstür öffnete sich, und Thekla kam zum Vorschein.

»Frau Uhlmann«, sagte sie erstaunt.

»Hi«, antwortete Sophie schüchtern.

»Woher wissen Sie, dass wir hier sind?«

»Das wusste ich nicht. Ich weiß nur, dass Metin heute aus dem Krankenhaus entlassen wurde, und da wollte ich nach ihm sehen.«

»Na, dann kommen Sie mal rein und sehen Sie nach ihm.« Thekla machte einen Schritt zur Seite und ließ Sophie eintreten. Sie folgten einem dunklen Flur, an dessen anderem Ende sich das Wohnzimmer befand. Ihre Schritte wurden durch die Teppiche gedämpft, die überall auslagen. Auch im

Wohnzimmer war ein Großteil des Bodens von opulenten bunten Perserteppichen bedeckt. An der Wand zu Sophies Rechten stand ein großer Wandschrank, der sich über die gesamte Breite des Zimmers erstreckte. Auf dem runden Esstisch davor stand ein Strauß frischer Blumen. Sophie war also nicht als Einzige auf diese Idee gekommen. Auf der anderen Seite des Raumes entdeckte sie Metin, der auf einem gigantischen Ecksofa saß, das so bequem aussah, dass es einen vermutlich verschluckte, sobald man sich daraufsetzte.

Er blickt etwas skeptisch auf den niedrigen Couchtisch vor ihm, auf dem eine kleine Torte, die ganz offensichtlich aus der Kühltheke eines Supermarktes stammte, eine Kanne Kaffee und drei Tassen standen. Drei? Sie konnten doch nicht wissen, dass ich vorbeischauen würde, dachte Sophie noch, als sie plötzlich eine weitere Stimme hörte.

»Metin, ich finde dieses ominöse Milchkännchen nicht, wir nehmen jetzt einfach die Milch aus der Packung. Daran ist schließlich auch noch niemand gestorben.« Und mit einem Mal stand auch Renate im Wohnzimmer.

»Frau Uhlmann«, sagte sie ähnlich überrascht wie Thekla zuvor, doch gleich darauf verdunkelte sich ihre Miene. Auch Metin blickte auf – und zumindest sein Gesicht überzog ein freudiges Lächeln.

»Frau Uhlmann!«, strahlte er Sophie an und öffnete die Arme. Sophie durchquerte das Zimmer, um ihm den Blumenstrauß zu überreichen.

»Metin … Äh, ich meine, Herr Isik. Ich bin so erleichtert, Sie zu sehen. Schön, dass es Ihnen wieder besser geht.«

Metin hatte sich bereits vom Sofa erhoben, nahm Sophie

den Strauß aus der Hand und sie im selben Atemzug in den Arm. Er drückte sie herzlich, während er ihr großväterlich auf den Rücken patschte. Erst danach ließ er sie wieder los.

»Sagen Sie ruhig Metin. Aber nur, wenn ich auch Sophie zu Ihnen sagen darf. Wenn man einen Herzinfarkt miteinander erlebt, schweißt das doch zusammen. Denken Sie nicht?«

Sophie lächelte und spürte, wie ihr nicht weniger als die gesamten Rocky Mountains vom Herzen fielen. Renate stellte die Milch auf dem Tisch ab und ließ sich neben Metin aufs Sofa fallen, der ebenfalls wieder Platz genommen hatte. Er zeigte auf seine andere Seite.

»Sophie«, wies er sie an, »setzen Sie sich. Möchten Sie einen Kaffee?«

Zögerlich ließ sich Sophie nieder, wobei sie die warnenden Blicke, die Renate ihr zuwarf, durchaus wahrnahm.

»Ja, das wäre sehr nett, vielen Dank.«

»Natürlich. Thekla, wärst du so nett, Sophie ebenfalls eine Tasse aus dem Wohnzimmerschrank zu holen?«

Thekla tat, wie ihr geheißen, stellte die Tasse vor Sophie ab und schenkte ihr ein. Dann setzte sie sich auf die kurze Seite des Sofas.

»Sophie, möchten Sie auch ein Stück Torte dazu?«

»Entschuldige, Thekla, aber das ist doch keine Torte«, fiel Metin der Frau ins Wort, was sie zum Augenrollen und zum Lachen brachte.

»Wissen Sie, Sophie, Metin ist ein leidenschaftlicher Bäcker, der uns schon mit Blicken straft, wenn wir im Supermarkt ein Brötchen kaufen anstatt bei einem vernünftigen Bäcker, wie er immer sagt. Leider ist er aber der Einzige in unserer Runde, der aus Eiern, Mehl und Milch etwas Genießbares zubereiten kann. Jetzt können Sie sich ja ausmalen, wie glücklich er über die Torte hier ist.«

Sie schnitt ein paar Stücke von der Sahnetorte ab und legte Sophie, Renate und sich je eins auf die Teller. Dann blickte sie Metin auffordernd an. Dieser schnaubte widerwillig und streckte Thekla seinen Teller hin, die sich jeden weiteren Kommentar verkniff, während sie Metin ein Stück auftat.

Sophie beobachtete das Geplänkel, nahm ihre Gabel auf und stocherte in ihrem Kuchen herum – dann hielt sie inne: Sie wusste selbst nicht, was sie von ihrem Besuch bei Metin erwartet hatte. Aber sicher nicht diese Gastfreundschaft, ja Liebenswürdigkeit, mit der der alte Mann sie hier nun empfing. Sogar Thekla war nett. Und ja, auch Renate auf ihre Weise. Immerhin hatte die ältere Frau sie noch nicht in der Luft zerrissen, und Sophie befand sich bereits ganze zehn Minuten in der Wohnung. Abrupt legte sie die Gabel wieder ab, als sie merkte, wie sich ein Kloß in ihrem Hals bildete.

Sie holte tief Luft und sprudelte los: »Ich weiß gar nicht, wieso Sie so nett zu mir sind.« Dann blickte sie Metin direkt an. »Metin, es tut mir so leid, was passiert ist. Sie müssen wissen, dass ich das nicht wollte. Natürlich wollte ich das nicht! Ich war sauer, dass ich meine Arbeit verloren habe, aber … deshalb einen Herzinfarkt zu provozieren, ist einfach unverzeihlich. Ich hoffe trotzdem, dass Sie mir verzeihen können. Und vor allem, dass Sie wieder ganz gesund werden!« Atemlos blickte sie in die Runde. Thekla hatte sich eben ein Stück Kuchen in den Mund geschoben und mitten in der Bewegung innegehalten, Renates Augenbrauen waren nach oben gezogen und Metin lächelte, wie immer.

»Sophie, Sie sind doch nicht schuld an meinem Herzinfarkt.« In seinem Blick lag bei seinen Worten so viel Güte, dass Sophie prompt richtig anfing zu weinen. *Na toll.* Das war so ungefähr das Letzte, was sie wollte.

»Doch, denn wenn Renate und ich nicht so schlimm gestritten hätten, hätten Sie sich doch auch nicht so aufregen müssen. Und es tut mir einfach so unendlich leid.« Wieder schluchzte sie so sehr wie vor ein paar Tagen, als Rasmus sie zu Hause überrascht hatte.

Metin tätschelte ihr das Knie.

»Also wirklich, Sophie. Ich sehe vielleicht nicht so aus, aber ich bin wirklich hart im Nehmen. So ein Streit wirft mich nicht aus der Bahn. Das war einfach – wie sagt man? – schlechtes Timing. So was passiert, und dafür dürfen Sie sich bitte nicht die Schuld geben. Ganz im Gegenteil, ich habe mir erzählen lassen, dass Sie eine Heldin sind.«

Bei diesen Worten lacht Sophie auf. *Klar, eine Heldin.*

»Im Ernst«, sprach Metin weiter, um ihre Einwände im Keim zu ersticken. »Die anderen haben mir im Krankenhaus erzählt, was Sie für mich getan haben. Wie schnell, gut und richtig Sie reagiert haben. Und ein gewisser Arzt hat mir von den täglichen Anrufen meiner Enkelin erzählt, die sich erkundigen wollte, wie es mir geht.«

Sophie warf Renate einen vorsichtigen Blick zu, schließlich war sie gewissermaßen die Urheberin der Enkelinnen-Mär. Sie zuckte mit den Schultern. »Ich hatte die Hoffnung, dass sie sich auf der Station an uns erinnern würden«, sagte sie in Richtung der alten Dame.

»Na, das scheint ja geklappt zu haben«, sagte diese knapp, und Sophie horchte auf. Sie lauschte auf einen fiesen Unterton, wartete auf eine Spitze, aber da war nichts. Ein Funken Hoffnung keimte in Sophie auf. Hatte etwa auch Renate Schmidt ihr verziehen? Diese widmete sich wieder ihrem Kuchen, als wäre nichts gewesen.

»Ja«, antwortete Sophie und wischte sich eine Träne von der Backe, »deshalb wusste ich auch, dass Metin heute wieder nach Hause entlassen wurde.«

Thekla reichte ihr ein Taschentuch. »Jetzt essen Sie mal etwas Kuchen, Sophie. Das hat noch immer geholfen.«

Sophie schnäuzte sich und versenkte ihre Gabel in dem Sahnetraum. Doch nochmals musste sie innehalten. »Es war ein Fehler. Ich habe mich Ihnen gegenüber falsch verhalten. Von Anfang an. Ich dachte, dieser Verkauf wird eine einfache, schnelle Nummer. Ich wusste nichts von Ihnen und Ihrem Verein, bis Sie in unserem Foyer aufgetaucht sind. Ich konnte nichts an der Situation an sich ändern, da waren mir von Anfang an die Hände gebunden – das war keine Lüge. Aber ich hätte Ihnen wenigstens zuhören können. Entschuldigen Sie bitte, dass ich das nicht gemacht habe.« Sophie atmete tief durch. Bevor sie den Blicken der anderen begegnete, wollte sie einen Moment für sich haben. Denn egal, wie ihre drei Tischnachbarn darauf reagieren würden, in diesem Moment war sie stolz auf sich. Weil sie ehrlich gewesen war und den Mut gehabt hatte, etwas Unangenehmes auszusprechen. Und weil sie irgendwann in den letzten Tagen erkannt hatte, dass nicht immer die anderen schuld waren. Dass Schuld manchmal eine Frage der Perspektive war. Oder vielleicht sogar: dass die Frage nach Schuld nicht immer die wichtigste war, wie Metin ihr nur einige Momente zuvor bewiesen hatte. Schnell schob Sophie sich ein Stück Torte in den Mund. Sie war unsicher, ob es an ihrer Erleichterung lag, aber diese Torte schmeckte wunderbar. Ganz egal, was Metin sagte. Mit vollem Mund blickte sie schließlich auf und nahm das Bild in sich auf: Thekla lächelte, Renate trug einen neutralen Gesichtsausdruck (was Sophie als gutes Zeichen wertete), und bei Metin flimmerte die Wasserlinie auffällig. Das erkannte Sophie sofort, schließlich passierte ihr das zurzeit auch häufiger.

»Danke, Sophie«, ergriff Thekla das Wort. »Es tut wirklich gut, das zu hören. Wir haben natürlich auch nachgedacht, und auch uns ist bewusst geworden, dass das nicht in Ihrer Macht liegt. Und dass Sie Ihren Job verloren haben, ist auch wirklich schlimm.«

»Ach, Quatsch, nein«, unterbrach Sophie sie, »wie sich herausgestellt hat, war ich eh nicht wirklich glücklich in meinem alten Leben. Haben mir meine besten Freundinnen unlängst klargemacht.«

»Da hätten Sie auch mich fragen können«, kam es von Renate. Sophie sah sie überrascht an. Hatte sie etwa gerade einen Scherz gemacht?

»Ich will Ihnen gern helfen, ein neues Zentrum zu finden. Dieses Mal wirklich. Ich arbeite zwar nicht mehr für Berglund & Söhne, aber in deren Portfolio war ja eh nichts Brauchbares. Ich kenne mich mit Immobilien aber natürlich trotzdem ganz vernünftig aus und habe ein paar Kontakte, die ich vielleicht mal anhauen könnte. Und vor allem habe ich jetzt erst mal richtig viel Zeit.«

Thekla schnappte vor Freude nach Luft. »Sophie, das wäre ja wunderbar!«, rief sie. Doch die Euphorie wurde jäh unterbrochen, als Metin sich mit der Hand an die Brust griff. Mit einem Satz sprang Thekla vom Sofa auf: »Metin, ist alles in Ordnung?«

»Mehr als das«, seufzte er selig, während unversehens dicke Tränen aus seinen Augen tropften, die ein schnelles Ende in seinem Schnauzer fanden. Er nahm Sophies Hand und drückte sie fest. »Sie können sich wohl kaum vorstellen, was uns das bedeutet«, fügte er hinzu.

»Metin, jetzt hör aber auf zu heulen«, unterbrach Renate die sentimentale Stimmung.

»Aber wieso? Wenn ich gerade so fühle? Renate, meine Liebe, hast du schon vergessen, dass ich dem Tod gerade erst von der Schippe gesprungen bin? Wieso sollte ich da jetzt meine Tränen zurückhalten, gerade wenn es Glückstränen sind?«

»Toxische Maskulinität ist bei Ihnen jetzt nicht wirklich ein Problem, ne, Metin?«, rutschte es Sophie raus.

Er drehte sich zu ihr um.

»Was ist das?«

Sie zögerte. »Der Begriff bezieht sich auf Männer, die davon überzeugt sind, dass es … nun ja, unmännlich ist, Gefühle zu zeigen. Männer, die auf keinen Fall weinen oder als weich gelten wollen.« Mit den Fingern zeichnete sie Anführungszeichen in die Luft.

»Wirklich nicht?«, antwortete Metin nachdenklich. Er

schien sich das Konzept durch den Kopf gehen zu lassen, dann leckte er zufrieden seinen Löffel ab und schüttelte den Kopf.

»Was für Idioten.«

Rasmus war gerade dabei, die letzte Sägebank auszuschalten, als er zwei ihm mittlerweile gut bekannte Silhouetten im Tor der Werkstatt wahrnahm: Sophie und Jochen. Sie waren von goldenem Licht umhüllt, das von außen hereindrang, während einzelne Staubpartikel verspielt durch das Bild tanzten. Eine perfekte Szene, dachte Rasmus und speicherte das Bild ab – für schlechte Zeiten. Bis Jochen plötzlich in einem Affenzahn auf ihn losstürmte, weshalb Sophie der Korb, den sie eben noch auf dem Arm gehabt hatte, in hohem Bogen auf den Boden fiel.

»Nein! Hey, bleib hier! Hab ich gesagt, du darfst gehen?« Sie stöhnte entnervt, während Rasmus laut auflachte.

»Schickst du ihn manchmal auch auf die stille Treppe, wenn er nicht macht, was du willst?«

»Ha, ha.« Sie nahm den Korb wieder auf und kam auf Rasmus und den schwanzwedelnden Jochen zu. Sie schwenkte den Korb und strahlte Rasmus an. Ihre gute Laune war offensichtlich zurück.

»Es gibt etwas zu feiern!«

Fragend schaute Rasmus auf den Korb. Sophie wirkte ein bisschen verlegen. Ihre Wangen erröteten ganz leicht, selbst im dunstigen Licht der Werkstatt konnte Rasmus das sehen.

»Und das könnten wir mit einem Picknick tun. Also nur, falls du Zeit hast.«

Rasmus grinste. *Sie ist irgendwie süß, wenn sie verlegen ist.* Er steckte die Hände in die Taschen seiner Jeans und zuckte mit den Schultern. »Hab die Maschinen gerade ausgeschaltet. Also habe ich Zeit«, sagte er so gleichgültig wie möglich.

Sofort zog Sophie die Nase kraus, und er konnte förmlich beobachten, wie sich ein Satz wie »Nein, lass ruhig, wenn es dir nicht passt, will ich dir keine Umstände machen« hinter ihrer Stirn formte und jeden Moment herauszuplatzen drohte. Ah, er liebte es einfach, wenn seine Sticheleien aufgingen. Er drehte sich um und verschwand kurz hinter einer der Maschinen, nur um einen Moment später wieder vor Sophie zu stehen – bepackt mit einem Klapptisch und zwei dazu passenden Stühlen.

»Komm mit!«

Zwar erreichten zu dieser Uhrzeit keine direkten Sonnenstrahlen mehr den Hof, aber es war immer noch warm genug. Und der Bereich vor der Haustür, wo sie auch neulich ihren Kaffee getrunken hatten, war einfach am schönsten. Mit raschen Handgriffen baute Rasmus Tisch und Stühle auf und verschwand wieder im Haus.

»Oh, ich habe Besteck und Teller mitgebracht!«, hörte er Sophie von draußen rufen.

»Ich bin mir aber relativ sicher, dass eine Tischdecke nicht zur Picknickgrundausstattung gehört, oder?«, sagte er und wedelte mit einem rot-weiß karierten Stoff. Mit einer gewissen Genugtuung nahm er wahr, wie Sophie förmlich die Kinnlade auf die Tischplatte knallte. Er breitete die Decke auf dem Tisch aus und strich sie glatt. »So … meinetwegen können wir.«

Nun war es Sophie, die Rasmus überraschte. Denn was sie da auf den Tisch packte, war kein einfacher Picknickkorb. Es war Mary Poppins' Handtasche, man konnte es nicht anders sagen: Geschirr, Besteck und kleine Gläser, mehrere Käsesorten, geräucherte Wurst, zahlreiche Schälchen mit Oliven und anderen eingelegten Köstlichkeiten, nach deren Verzehr man mit Sicherheit in einer Knoblauchwolke badete, diverse Dips, Rohkost, etwas Obst, Brot und schlussendlich eine Flasche Weißwein und zwei Flaschen Helles.

»Ich wusste nicht, worauf du heute wohl mehr Lust haben würdest. Und ehrlicherweise konnte ich mich auch nicht entscheiden, also hab ich einfach beides mitgebracht.«

Sie blickte die Flaschen an und schien sehr ernsthaft darüber nachzudenken, wonach ihren Geschmacksknospen heute wohl mehr der Sinn stünde.

»Weißwein«, brachte Rasmus hervor, der immer noch fasziniert den Korb betrachtete. An der Weinflasche perlte das Kondenswasser. Genau kühl genug, schoss es ihm durch den Kopf. Es war genau die Art von Erfrischung, die er nach einem warmen und arbeitsintensiven Tag wie heute gebrauchen konnte. Und damit meinte er nicht nur den Wein, wie ihm mit einem Blick auf Sophie bewusst wurde. Heute trug sie ein Kleid, vermutlich um ihrer feierlichen Laune noch mehr Ausdruck zu verleihen. Es war hellgrün und weiß gestreift, ging ihr bis zu den Waden, und ein Band fasste es an ihrer Taille enger. Rasmus musste sich eingestehen, dass sie fabelhaft aussah. Was aber nicht nur an diesem Kleid lag. Rasmus beobachtete Sophie einen Moment und dachte nach. Ja, ihre Ausstrahlung war anders. Vielleicht zum ersten Mal erlebte er Sophie gelöst, fröhlich und entspannt. Und das kleidete sie wirklich besser als der teuerste Fummel der Welt.

Sie nahmen Platz, und Sophie gab Jochen den Kauknochen, den sie zuletzt aus ihrem unendlichen Picknickkorb gezaubert hatte. Der Hund gurrte vor Freude, schnappte sich den Knochen und verzog sich in die andere Ecke des Hofes.

Rasmus nahm das Ciabatta und brach zwei Stücke ab, eines davon reichte er Sophie.

»Jetzt erzähl mal: Was feiern wir eigentlich?«

Sie öffnete den Wein und schenkte sichtlich vergnügt beide Gläser voll. Sie reichte Rasmus eines und erhob ihres. Das Lächeln, das den ganzen Abend schon auf ihrem Gesicht lag, wurde noch ein Stück breiter.

»Metin wurde aus dem Krankenhaus entlassen. Die Rentner haben mir verziehen, ich helfe ihnen jetzt wirklich, nach einem neuen Zentrum zu suchen.«

»Wow, Sophie, das sind wirklich gute Neuigkeiten!«, rief Rasmus begeistert und stieß mit ihr an. »Das freut mich wirklich sehr für dich und auch für Metin. Hast du mit ihm telefoniert heute?«

»Nein, ich war bei ihm zu Hause. Ich hab jeden Tag im Krankenhaus angerufen und mich nach ihm erkundigt. Deshalb wusste ich auch, dass er heute entlassen werden würde. Ich bin mit einem riesigen Strauß Blumen zu ihm gefahren, um mich zu entschuldigen. Thekla und Renate waren auch da. Eigentlich hätte ich es mir denken können. Na ja, ich war trotzdem überrascht. Und dann natürlich gezwungen, mich direkt in großer Runde zu entschuldigen. Zuerst wollte ich natürlich direkt wieder abhauen. Aber ich glaube, im Endeffekt ist es besser gewesen, dass ich mit allen auf einmal, sagen wir mal, konfrontiert war. So konnte ich mich bei ihnen allen entschuldigen. Und als Renate wieder gehässig werden wollte, hat Metin sie direkt ausgebremst.« Sie dippte ein Stück Brot in das Öl einer eingelegten Kirschpaprika, schob es sich in den Mund und seufzte: »Himmel, ist das lecker. Ehrlich, ich glaube, ich könnte einen ganzen Monat nur mit Brot, Öl und Wein überleben.«

Rasmus lachte auf: »Klar, solange der Wein nicht ausgeht, haben wir natürlich kein Problem.«

Sophie blickte ihn schief an, nickte dann aber nur sehr zufrieden.

»Wenn wir schon von Brot und Öl leben – ein klein wenig Luxus sei uns doch gegönnt«, sagte sie großspurig.

»Das ist natürlich der Kern des Verzichtens: sich etwas gönnen.« Rasmus' Lachen steigerte sich so sehr, dass seine Schultern auf- und abhüpften und er sich mit beiden Händen den Bauch halten musste. Er registrierte, wie Sophie ihn über den Rand ihres Glases hinweg beobachtete und sich ein überraschter Ausdruck auf ihr Gesicht legte. Ihre Wangen röteten sich ganz leicht.

Wie schön sie ist, schoss es ihm durch den Kopf. Er räusperte sich und griff nach der Flasche. Ohne zu fragen schenkte er auch Sophie ein zweites Glas ein.

»Womit habe ich eigentlich die Ehre verdient, dass du diesen besonderen Tag mit mir feierst?«, fragte er sie kokettierend, womit er sie offensichtlich aus ihren Gedanken riss. Sie blinzelte zweimal, blickte ihn perplex an, und ihre Wangen färbten sich prompt noch ein paar Töne dunkler.

Sophie räusperte sich: »Ähm, also.« Sie nahm einen Schluck Wein, und es wirkte, als müsste sie kurz Mut sammeln. »Weil das größte Highlight heute vielleicht gewesen ist, dass ich mir auch selbst verziehen habe. Metin hat mir heute noch mal eine etwas andere Perspektive darauf gegeben, aber was mir wirklich geholfen hat, war unser Gespräch an der Nordsee. Überhaupt der ganze Ausflug. Dir ist vermutlich gar nicht klar, wie sehr du mir damit geholfen hast.«

Das war ihm bis zu diesem Augenblick tatsächlich nicht klar gewesen. Natürlich war Rasmus aufgefallen, wie viel ruhiger Sophie an dem Abend nach ihrem Ausflug gewesen war. Der Kontrast zu dem Häufchen Elend, das ihm morgens die Tür geöffnet hatte, wäre wohl niemandem entgangen. Dass der Ausflug aber einen so großen Einfluss gehabt hatte, hätte er nicht gedacht.

»Mh, so viel habe ich ja eigentlich nicht getan. Außer, uns unfallfrei nach St. Peter-Ording und zurück zu bringen. Aber es freut mich natürlich sehr, wenn es dich zurück in die Spur gebracht hat.«

»So würde ich das vermutlich gar nicht sagen. Ich glaube, es hat mir eher dabei geholfen zu erkennen, dass ich nicht mehr in die alte Spur passe. Und vielleicht auch nie wirklich gepasst habe.« Sie tunkte ein weiteres Stück Brot in Öl und schnappte sich ein Stück Käse.

Rasmus beobachtete sie und hob eine Augenbraue. Sophie verstand die Anspielung und lachte laut auf. »Doch nicht so nicht mehr passen!«

Rasmus war erleichtert, dass sie ihm diesen Scherz nicht krummnahm, und grinste ebenfalls.

»Mit jedem Tag, den ich nicht mehr in meinem Job bin, ist mir deutlich geworden, dass mir nichts an der Arbeit fehlt. Außer das Arbeiten an sich. Weißt du, was ich meine?«

Er nickte.

»Ich arbeite gerne, und ich war auch gut in meinem Job. Aber ich stelle nicht gerne Menschen hinter den Profit, ich ignoriere Menschen und ihre Bedürfnisse nicht gerne. Ich arbeite nicht gern für einen Chef, der meine Arbeit nicht zu schätzen weiß – und das habe ich in den letzten Jahren ein bisschen vergessen. Natürlich habe ich da wahnsinnig viel gelernt, und ich war ja überzeugt davon, genau dieses Leben zu wollen. Aber jetzt passt es einfach nicht mehr.« Ihr Blick wanderte zu Jochen, der immer noch einige Meter vom Tisch entfernt auf der Seite lag und mit einem letzten Rest Kauknochen zwischen den Pfoten eingeschlafen war. »Ich meine, jetzt habe ich einen furzenden Hund«, sagte Sophie liebevoll. In Rasmus brannte seit dem ersten Tag eine Frage, die ihm nun rausrutschte, bevor er sich bremsen konnte: »Sophie, wieso heißt dein Hund Jochen?«

Sie schnaubte auf.

»Hast dir aber ganz schön Zeit gelassen mit der Frage«, zog sie ihn auf.

Er lächelte. »War ja auch eine ganze Weile damit beschäftigt, mich mit dir zu zanken.«

Da musste sie lachen. »Mein Exfreund heißt Jochen«, antwortete sie knapp.

Rasmus wollte gerade einwerfen, dass es vielleicht nicht die allerklügste Idee war, den Hund nach einem Exfreund zu benennen, gerade wenn man eigentlich eine liebevolle

Verbindung mit dem Tier eingehen wollte, aber Sophie fuhr bereits fort: »Er hat mich vor einigen Wochen verlassen. Einfach so, völlig überraschend. Einen Abend bevor wir in den Urlaub fliegen wollten. Ich bin dann allein geflogen, und direkt nach der Ankunft ist mir dieser Hund in die Arme gelaufen. Okay, es war eher so, dass ich in einem Hauseingang eingeschlafen war und er mir das Knie abgeschleckt hat.« Bei der Erinnerung gluckste Sophie. »Ich hab mich aber auch wirklich verhalten wie ein Trottel. Ich bin total verkatert auf Madeira gelandet, und weil ich natürlich nicht daran gedacht hatte, mein Handy aufzuladen, war mein Akku leer. Außerdem war ich zu geizig oder doof, mir einfach ein Taxi zu meiner Ferienwohnung zu nehmen. Also bin ich völlig planlos durch die Straßen von Funchal gelaufen und war irgendwann so erschöpft, dass ich in einer kleinen Gasse eingeschlafen bin. Jochen hat mich geweckt und mir den Weg zu meiner Unterkunft gezeigt. Da konnte ich ihn ja schlecht wieder wegschicken, oder?«

»Er hat was?«

»Ich weiß, das hört sich unglaublich an. Aber an einer Kreuzung, an der ich eigentlich geradeaus gehen wollte, insistierte er, dass wir nach links abbiegen. Er blieb einfach vehement stehen. Also bin ich ihm gefolgt, und an der nächsten Straßenecke hab ich das Schild mit dem richtigen Straßennamen gesehen. Natürlich war ich davor dem Ziel auch schon sehr nahe. Aber in diesen kleinen Gassen und in meinem Zustand hätte das noch Stunden dauern können.«

»Es könnte aber auch einfach Zufall gewesen sein.«

»Rasmus, hör auf. Du wirst es nicht schaffen. Ich glaube,

dass in diesem Moment etwas Magisches passiert ist, dass dieser Hund über irgendeine Art von Zauberkraft verfügt. Ich weiß, ich klinge komplett durchgeknallt. Aber du oller Zweifler wirst mich davon nicht abbringen!«

Beschwichtigend riss er die Hände hoch. »Das war auch nicht meine Absicht. Ich wollte lediglich anbringen, dass … ach, ist eigentlich auch egal. Deine Geschichte erklärt aber noch nicht, wie der Hund schließlich zu diesem außergewöhnlichen Namen gekommen ist.«

In das Wort *außergewöhnlich* legte er besonders viel Betonung.

»Das habe ich gehört«, sagte Sophie. »Und ich bin mir durchaus im Klaren darüber, dass Jochen jetzt nicht der passendste Name für einen Hund ist.«

»Das ist nicht mal ein passender Name für einen Menschen. Außer man mag sein Kind nicht besonders.«

»Rasmus!«

»Ich sag ja nur.«

»Ich suche ja nach einem richtigen Namen für ihn. Aber bisher ist mir keiner eingefallen. Und ganz ehrlich: So langsam habe ich mich einfach daran gewöhnt. Man könnte sagen, der Name Jochen hat seinen Spuk verloren.«

Wie so oft reagierte Jochen, sobald er seinen Namen hörte. Er rollte sich auf den Rücken und wackelte mit der Vorderpfote, um anzuzeigen, dass es ihm nun recht gut passen würde, wenn man ihm den Brauch kraulte. Sophie lachte auf, blieb aber sitzen. Rasmus tat es ihr gleich. Als Jochen nach einigen Momenten scheinbar begriff, dass keiner seinem Wunsch nachkommen würde, grunzte er enttäuscht, rollte sich auf seine andere Seite und drehte Sophie und Rasmus den Rücken zu.

»Ist er jetzt beleidigt?«, fragte Rasmus.

»Klar ist er das. Und wie!«, lachte Sophie. »So langsam durchblicke ich seine Marotten. Und eingeschnappt zu sein ist tatsächlich eine seiner größeren. Jochen ist ’ne Diva.«

»Also hast du ihn aus therapeutischen Gründen so genannt? Damit der Name seinen Schrecken verliert?«, bohrte Rasmus weiter. Er wollte es einfach wissen.

»Nein.« Sophie schüttelte den Kopf, und Rasmus hatte den Eindruck, dass sie ein wenig verlegen wurde. »Ich habe ihn gar nicht wissentlich so genannt.«

Jetzt verstand er gar nichts mehr.

»Mensch, Rasmus, hattest du noch nie Liebeskummer?«, fragte sie und sah ihn auffordernd an. Sein Gesicht verdunkelte sich.

»Doch, natürlich.«

»Also, dann weißt du doch sicher auch, dass man in der schlimmsten Zeit nicht viel macht, außer im Bett zu liegen und ständig diesen einen Namen zu jammern. Und, na ja, irgendwann hat der Hund eben auf diesen Namen reagiert.« Sophie angelte sich eine Olive aus einem der Schälchen und grinste schief. »Das ist die ganze Geschichte.«

Rasmus nickte zustimmend und war froh, dass sie ihn nicht nach der Geschichte hinter seinem Liebeskummer fragte. Sophie lehnte sich auf ihrem Stuhl zurück und ließ den Blick über den Hof streifen. Dann schien ihr etwas einzufallen, denn sie beugte sich ruckartig zu Rasmus vor. »Wenn wir schon bei den Dingen sind, die wir uns insgeheim schon eine Weile fragen –

ich hätte da auch noch etwas. Wohin führt die?« Sie zeigte auf die Feuertreppe.

Innerlich erstarrte Rasmus, doch er versuchte es sich nicht anmerken zu lassen. »Das siehst du doch: ins obere Stockwerk«, antwortete er ihr so nonchalant wie möglich.

Sophie verdrehte die Augen. »Das sehe ich. Aber was verbirgt sich hinter der Tür?«

»Nichts.«

»Nichts?«

»Ja, nichts. Herrgott, Sophie, was soll die Fragerei?« Genervt stand Rasmus auf und begann den Tisch abzuräumen.

»Hey, ich bin noch nicht fertig!«, protestierte Sophie, weil Rasmus nicht nur sein Geschirr aufnahm, sondern auch eines der Schälchen.

»Ist ja in Ordnung«, murmelte Rasmus abwehrend, stellte das Schälchen mit den eingelegten Artischocken wieder ab und trug nur seinen Teller und sein Besteck in die Küche.

»Hast du nie darüber nachgedacht, es zu vermieten?«, hörte er Sophie von draußen, als er alles in der Küche abstellte. Er stemmte sich mit beiden Händen auf der Arbeitsfläche ab. *Sie kann es nicht wissen.* Natürlich konnte sie nicht wissen, in welches Wespennest sie gerade stach. Er hatte ihr nichts davon erzählt, und er hat ganz bestimmt nicht vor, es jemals zu tun.

»Nein«, antwortete er einsilbig.

»Wieso nicht?« Sie ließ nicht locker. Von seiner Verärgerung schien sie auch keine Notiz zu nehmen.

»Weil es keinen Vorteil für mich hat. Außer den Mieteinnahmen, und auf das Geld bin ich nicht angewiesen.« Rasmus war zum Tisch zurückgekehrt und ließ sich auf seinen Stuhl fallen. Er versuchte keine weitere Regung zu zeigen, mied jedoch Sophies Blick. Die nahm vergnügt einen weiteren Schluck Wein und sagte: »Super, die Rentner haben eh keine Kohle.« Sie blickte Rasmus kichernd an. Doch ihr Lachen erstarb, als sie seine Miene sah. Jetzt endlich schien sein Stimmungswandel bei ihr anzukommen. Mit finsterem Ausdruck starrte er auf einen Punkt irgendwo knapp hinter ihrem rechten Ohr. Dann stand er auf und räumte doch die Schälchen zusammen.

»Ich habe doch gesagt, dass ich nicht vermiete.«

Sophie traute sich offensichtlich nicht, ihn ein zweites Mal am Aufräumen zu hindern, auch wenn sie gerade dabei gewesen war, sich eine letzte Olive zu nehmen. Rasmus hörte, wie sie ebenfalls aufstand und ihm in die Küche folgte.

»Rasmus, das war ein Scherz.«

»Nein, war es nicht«, knurrte er und räumte die verdreckten Sachen in die Spülmaschine.

»Doch!«, protestierte Sophie.

Wutschnaubend dreht er sich zu ihr um. *Wieso muss sie immer das letzte Wort haben?* »Ich hab dich mehrmals gebeten, das Thema einfach sein zu lassen. Aber du wolltest nicht, du hast immer weitergebohrt. Also, nein, das war kein Scherz. Du willst einfach ums Verrecken wissen, was da oben ist, als würdest du das Bernsteinzimmer dort vermuten.«

»Ist es denn da?«, fragte sie und verzog ihren Mund zu einem schiefen Grinsen.

*Sie*

*Kann*

*Es*

*Einfach*

*Nicht*
*Lassen.*

Rasmus atmete tief durch, weil er Sophie sonst vermutlich anbrüllen würde. Bei ihrer zierlichen Gestalt würde das schon ausreichen, um sie bis nach Schleswig-Holstein zu befördern. Bei all der Wut, das konnte er nicht verantworten.

»Ich denke, es ist besser, wenn du jetzt gehst.« Er sah, dass seine Aussage Sophie völlig verdutzte.

»Weil ich mich nach dem oberen Stockwerk erkundigt habe?«, fragte sie entgeistert.

»Nein, weil das Picknick beendet ist. Ich danke dir für das Essen und den Wein, aber jetzt solltest du nach Hause gehen.«

Sophie starrte ihn mit offenem Mund an, und eine Sekunde später brach es aus ihr heraus. »Sag mal, du tickst ja wohl nicht richtig?«, wütete sie. »Weil ich also etwas sage oder auch nur *frage*, was dir nicht in den Kram passt, schmeißt du mich einfach raus? Das ist wirklich das Lächerlichste, was ich seit Langem erlebt habe. Und wie du weißt, habe ich mehr als genug Scheiß auf dem Zettel gehabt die vergangenen Wochen. Dich brauche ich da nicht auf noch drauf. Ich hoffe, dass ein wirklich schwerwiegendes Geheimnis dich dazu bewegt, so komplett durchzudrehen wegen einer Frage. Denn falls nicht, kann ich dir nur gratulieren: Herzlichen Glückwunsch, Rasmus Johannsen, du hast dich gerade so bescheuert verhalten wie nichts oder niemand in den vergangenen Wochen!« Ohne ihm eine Gelegenheit zu bieten, darauf zu reagieren, machte sie kehrt, stürmte auf den Hof, wo sie nach ihrem Hund rief. Dieser schien die schlechte Stimmung mitzubekommen, denn er gehorchte ihr sofort und trottete neben

Sophie durchs Tor. Im Gegensatz zu ihr warf er Rasmus jedoch noch einen Blick über die Schulter zu. Ob Zauberkräfte oder nicht, aber der Hund schien ganz genau zu verstehen, was vor sich ging. Denn Rasmus hätte schwören können, dass Jochen dabei missbilligend den Kopf schüttelte.

# 16

Der Streit mit Rasmus lag nun bereits einige Tage zurück und ließ Sophie trotzdem nicht los. Nicht mal die Sonne an diesem Donnerstagnachmittag konnte das ändern. Gut, ein wenig war das sommerliche Wetter auch schon zur Selbstverständlichkeit geworden. Es war Anfang Juni, und seit Mai strahlte der Hamburger Himmel in den kräftigsten Blautönen. Das bekannte Schietwetter hatte sich so selten blicken lassen, dass es in Sophies Erinnerung verblasst war. Sie lehnte sich in ihrem Stuhl zurück und schloss die Augen hinter der Sonnenbrille. Das Vibrieren ihrer Handtasche ignorierte sie. Wie so oft in den letzten Tagen.

»Sophie, Sie summen«, sagte Renate, die zu ihrer Linken saß. Sophie blinzelte und schaute die ältere Frau erstaunt an.

»Renate, Ihre Ohren sind aber noch tipptopp, wenn Sie das hören können.«

»Herzchen, das Summen hat sich inzwischen wie Tinnitus in meinen Gehörgang gegraben. Vermutlich höre ich es heute Nacht im Schlaf, wenn Sie und Ihr Handy meilenweit von mir entfernt sind.«

Auch wenn das Verhältnis zwischen Renate und Sophie von Minute zu Minute besser wurde, hatte die Dame nichts von ihrer Bissigkeit abgelegt. Sophie gefiel das, spätestens seit sie wusste, dass sie ebenso gut einstecken konnte. Und so foppten die beiden sich immer wieder wie Teenager und hatten darin eine eigene Sprache entwickelt, in der sie sich sagen konnten, dass sie es doch ganz gut miteinander aushalten konnten.

»Entschuldigen Sie«, sagte Sophie, »ich schalte es einfach ganz aus. Es nervt wirklich.«

»Sie könnten den Anruf auch einfach annehmen.« Dieser schlaue Vorschlag kam von der anderen Seite des Tisches, auf der Metin und Thekla saßen. Sie hatten sich im alten Zentrum in Ottensen zusammengesetzt, es waren die letzten Tage, die sie hier verbringen konnten. Deshalb hielten sie, so oft es ging, kleine Teepartys im Vorgarten ab, wobei es statt Tee immer Kuchen, Kaffee und manchmal auch Schlehenlikör gab. Außer für Metin, der musste sich noch schonen. Ob es sich dabei um eine ärztliche Anweisung handelte, wusste Sophie nicht. Renate hatte das beschlossen und gönnte sich selbstlos immer Metins Portion, um ihn zu *beschützen*. Ein weiteres Beispiel dafür, auf welch unterschiedliche Weisen Zuneigung zum Ausdruck gebracht werden konnte.

Sophie war mit Jochen heute Mittag ins Zentrum gefahren, da sie die letzten Tage alle Onlineportale nach geeigneten Immobilien für die Rentner durchforstet hatte und das Ergebnis ihrer Recherchen präsentieren wollte. Auch wenn sich ihre persönliche Einstellung zu dem Thema geändert hatte, war eines leider gleich geblieben: die Chancen, etwas Passendes zu finden. Das große Problem war und blieb die knappe Kasse der

Gruppe. Wenn sie einen Tausender mehr pro Monat zahlen könnten, sähe das Ganze schon vielversprechender aus. Aber selbst auf drei oder mehr Köpfe verteilt, waren tausend Euro sehr viel Geld. Und Sophie bezweifelte, dass einer ihrer drei Tischnachbarn seinen oder ihren großen Reichtum bisher verheimlicht hatte. Zwischen Kuchentellern und Tassen lagen ein paar Blätter ausgebreitet, Inserate, die Sophie ausgedruckt und mitgebracht hatte. Bevor sie sich da durcharbeiteten, musste es natürlich erst mal eine Stärkung vorab geben. Sah Jochen ähnlich, dass er abwechselnd zu jedem besetzten Stuhl trabte und abwartete, ob nicht eine Kleinigkeit für ihn abfiel. Wie der Zufall es wollte, schienen vor allem Renates Hände heute etwas zittrig zu sein, sodass ihr ständig etwas zu Boden fiel.

Metin hatte heute einen Marmorkuchen gebacken (»weil es schnell gehen musste«, wie er entschuldigend betont hatte) und damit bei Sophies Geschmackszentrum voll ins Schwarze getroffen. Sophie liebte Rührkuchen, und ein anständiger Marmorkuchen, der war schon eine Leistung für sich: Ausgewogen musste er sein, nicht zu bröselig, sondern schön feucht, während die Kruste ihrem Namen alle Ehre machen musste. Und das Exemplar heute war konkurrenzlos der beste Marmorkuchen, den Sophie je gegessen hatte. Im Geiste entschuldigte sie sich bei ihrer eigenen Großmutter, als sie sich das letzte Stück in den Mund schob.

»Nein, möchte ich nicht«, antwortete sie Thekla mit vollem Mund.

»Hat der Anruf etwas mit Ihrer Trauermiene heute zu tun?«, fragte Metin und rührte in seiner Tasse herum.

»Ich bin doch nicht traurig!«, widersprach Sophie. »Also zumindest nicht so, dass ein Stück Kuchen nicht helfen würde.« Mit einem Scherz versuchte sie die Aufmerksamkeit der drei von sich wegzulenken. Jochen schnaubte verräterisch auf, Sophie warf ihm einen vernichtenden Blick zu.

»Es ist dieser Mann, richtig?«, fragte Metin weiter. Woher wusste er das? Sophie war sich ziemlich sicher, dass sie Metin und den anderen nichts von Rasmus erzählt hatte. Sie war kurz davor, sich den Kopf abzutasten, auf der Suche nach einem Loch, durch das Metin direkt in sie hineinschauen konnte. Das Vibrieren hatte endlich aufgehört.

»Es ist vielleicht *ein* Mann. Aber das ist wirklich nicht von Bedeutung.«

»Wenn es einen so sehr beschäftigt, dass man überhaupt nicht darüber reden will, ist es immer von Bedeutung, Schätzchen«, warf Renate ein. Ein weiteres Summen tönte aus Sophies Tasche.

»Sehen Sie«, sprach die Ältere weiter, »er ruft direkt noch mal an. Ausdauer hat er auf jeden Fall.«

»Das ist kein Anruf, das ist eine Nachricht«, korrigierte Sophie sie. Denn nach einem kurzen Summton war Schluss. Sie nahm ihr Handy aus der Tasche, immerhin könnte die Nachricht ebenso gut von Jule oder Lina sein. Aber Fehlanzeige, sie war von Rasmus.

Ich weiß genau, dass du meine Anrufe absichtlich nicht annimmst. Bitte geh ran, ich muss mit dir reden.

Ach, auf einmal wollte er reden? Hatte er sie vor ein paar Tagen noch wortwörtlich vom Hof gejagt, sollte sie jetzt zucken, weil es dem Herrn genehm wäre zu sprechen? Sophie schäumte, und sie würde ihm am liebsten gehörig die Meinung geigen, entschied sich aber dagegen. Er sollte gar nicht erst erfahren, wie wütend er sie machte. In möglichst knappen Worten antwortete sie ihm, dass sie leider keine Zeit habe, weil sie mit den Rentnern nach einer Immobilie suche. Dann schaltete sie ihr Handy komplett ab und steckte es wieder in die Tasche.

Ohne den Blick zu heben, wurde ihr bewusst, dass keiner am Tisch sich unterhielt oder auch nur mit dem Geschirr klapperte. Thekla, Renate und Metin starrten Sophie an und warteten gespannt, was wohl als Nächstes passieren würde. Sophie schaute von ihrer Handtasche auf und lächelte in die Runde.

»So, gibt es noch ein Stück Kuchen?«, fragte sie und streckte Thekla ihren Teller entgegen. Die Platte mit dem Marmorkuchen stand direkt vor der rothaarigen Frau, und sie servierte Sophie ein zweites Stück. Den mitleidigen Gesichtsausdruck gab es gratis dazu. Sophie bedankte sich artig, stellte den Teller vor sich ab, brach ein Stück Kuchen mit den Fingern ab und schob ihn sich in den Mund. Zufrieden mampfend wischte sie sich die Finger an der Serviette ab. Dann schnappte sie sich einen der Ausdrucke, studierte ihn kurz und schob ihn in die Mitte des Tisches, sodass die drei einen Blick darauf werfen konnten.

»Also, diese Räumlichkeiten sind hier ganz in der Nähe und ebenerdig. Das habe ich mal als großen Vorteil verbucht. Allerdings ist die Miete recht knackig. Ich wollte die Option aber noch nicht direkt verwerfen. Vielleicht fällt uns ja eine Lösung ein, wie wir mehr Geld für die Miete aufbringen können. Oder wir versuchen mit dem Eigentümer zu sprechen. Vielleicht ist er auf die Mieteinnahmen nicht angewiesen«, die Mienen der drei verdunkelten sich, und Sophie sprach schnell weiter, »und er wäre bereit, sie für einen guten Zweck zu senken.«

Renate, Metin und Thekla lehnten sich nach vorn und betrachteten aufmerksam den Ausdruck mit den Eckdaten des Raums.

»Wenn es so eine Person in Hamburg gibt, wäre das ein Wunder. Wenn wir dann auch noch an diese Person geraten würden, wäre das … Was ist die Steigerung eines Wunders?«, fragte Thekla in die Runde. Sophie hatte keine Ahnung, auch Renate zuckte mit den Schultern. Nur Metin ließ seinen Blick so sanft auf Renate, dass das als Antwort völlig ausreichte. Leider hatte niemand außer Sophie diesen Moment mitbekommen. Und schon gar nicht Renate. Außer sie hatte ebenso starke Taktiken, sich Dinge nicht anmerken zu lassen, wie Sophie. Sophie musste zugeben, dass sie immer mehr Gemeinsamkeiten zwischen sich selbst und der älteren, kantigen Frau entdeckte – und ihr das gefiel.

Die nächste Stunde ging die Gruppe Ausdruck für Ausdruck durch und überlegte bei jedem einzelnen Angebot, ob und wie es möglich sein könnte, das nicht passende Element passend zu machen. Mal war es die Höhe der Miete, mal die Höhe des Stockwerks. Mal war es die Lage innerhalb von Hamburg und mal die innerhalb des Kellers (»Ein Kellerraum ohne Fenster, also *wirklich!*«). Sie waren gerade in eine hitzige Diskussion über Tageslichtlampen vertieft, als das Gartentor geöffnet wurde.

Sophie, die dabei war, eine einfache Rechnung aufzustellen, ab wann sich die Tageslichtlampen amortisiert hätten, kritzelte einige Ziffern auf den Ausdruck, während sich die Köpfe der drei anderen Richtung Eingang drehten und Jochen mit einem Satz die Kuchenquelle hinter sich ließ und lossprintete.

»Sophie«, sagte eine Stimme, die streng klang, wenn man sie und ihren Besitzer nicht kannte. Sophie musste sich nicht umdrehen, um zu wissen, dass es Rasmus war, der da im Gartentor stand. Sie tat es dennoch, denn ihre Verwunderung war größer als ihre kaum verrauchte Wut.

»Was machst du hier?«, fragte sie verdattert.

»Ich muss mit dir reden. Und da du meine Anrufe ignorierst …«

»Ich habe dir gesagt, dass ich keine Zeit habe«, fiel sie ihm ins Wort.

»Das sehe ich«, sagte er ganz unironisch. »Deine Freunde hätten aber sicher kein Problem damit, wenn du dich für ein paar Minuten entfernen würdest.«

Bestätigend nickte Metin. *Verräter*. Wie konnte er ihr so in den Rücken fallen? Und überhaupt: Wieso strahlte Metin schon wieder übers ganze Gesicht?

»Woher wusstest du, dass ich hier bin?« Steckten da wahre Sherlock-Holmes-Talente in dem Schreiner?

»Du hast geschrieben, dass du bei den Rentnern bist. Ich habe einfach gehofft, dich hier anzutreffen.«

»Und woher wusstest du, wo genau *hier* ist?« Sophie kniff die Augen zusammen. Vielleicht war er Sherlock Holmes, aber sie hatte genug Crimeserien gesehen, um zu wissen, wie ein gutes Verhör funktionierte und wann man richtig Druck aufbauen musste. Rasmus war allerdings offensichtlich mehr als bereit, alles zu gestehen, denn er kam zu der Gruppe an den Tisch und ließ sich ohne Umstände auf den freien Stuhl rechts neben Sophie fallen. Jochen folgte ihm, setzte sich fröhlich hechelnd zwischen sie und blickte auffordernd vom einen zum andern.

»Weil du es mir erzählt hast, Sophie«, sagte Rasmus ruhig.

Weil man darauf jetzt nicht wirklich begründet pampig reagieren konnte, beschränkte Sophie sich auf ein »Mpfh«.

Da niemand etwas sagte, ergriff Metin das Wort.

»Hallo, ich bin Metin. Willkommen in unserer Runde. Hätten Sie gern ein Stück Kuchen? Es ist leider nur Marmorkuchen, es musste schnell gehen heute. Wären Sie an einem anderen Tag gekommen, hätte ich Ihnen eine Donauwelle oder Baklava anbieten können. Aber heute gibt es nur das.« Fast schon mitleidig sahen seine Augen über dem Schnauzer aus.

Rasmus nahm dankend an (falls er erstaunt war über Metins Marmorkuchenausführung, ließ er es sich nicht anmerken), und nach einiger Aufregung und Geklapper standen ein Teller mit Kuchen und eine Tasse mit dampfendem Kaffee vor ihm. Anders als Sophie nahm er die Kuchengabel und teilte ein kleines Stück damit ab.

»Metin, schon bevor ich überhaupt probiert habe, kann ich Ihnen sagen, dass er perfekt ist. Hören Sie dieses Krachen, wenn ich die Gabel reinsteche? Diese Kruste ist einfach perfekt!«

Klar, schleim dich bei meinen Rentnern ein, dachte Sophie und schnaubte. Zu vernehmlich, wie ihr einen Moment zu spät klar wurde, als sich drei Augenpaare tadelnd auf sie richteten.

»Was?«, fragte sie gereizt.

Rasmus grinste still neben ihr. Dann brach er das Schweigen: »Es tut mir leid, ich habe mich noch gar nicht vorgestellt. Ich bin Rasmus Johannsen, ein …«, er zögerte kurz, »Bekannter von Sophie. Und ich störe Ihre Planungsrunde gerade nur, um mich bei Sophie zu entschuldigen.«

»Hallo, ich bin Thekla Zimmermann.« Sie hielt ihm die Hand hin, und Rasmus streckte sich über den Tisch. Renate neben ihr rührte sich nicht.

»Wieso müssen Sie sich denn bei unserer Sophie entschuldigen?«, fragte sie regungslos.

Bei *unserer* Sophie? Sophie blieb fast ein Stück Kuchen im Hals stecken, als sie das hörte.

»Sie müssen Renate sein«, sagte Rasmus und lachte. »Es freut mich sehr, Sie kennenzulernen. Sophie hat viel von Ihnen erzählt.«

Zu ihrem persönlichen Leid musste Sophie mitanschauen, wie Renate förmlich schmolz, nun die ihr angebotene Hand freudig ergriff und herzlich schüttelte. Alles Verräter, schimpfte Sophie innerlich. Wieso verstanden die sich denn alle so gut? Und wieso nahm niemand wahr, wie ätzend sie die Situation gerade fand?

»Ja, Rasmus«, schaltete sie sich ein, »das interessiert uns alle brennend: Wieso willst du dich bei mir entschuldigen?«, fragte sie und streckte trotzig die Unterlippe vor.

Mit derselben Ruhe wie bei ihrer letzten Spitze antwortete er ihr: »Weil ich mich wirklich blöd verhalten habe. Und das tut mir leid. Ich habe unser tolles Picknick ruiniert.«

Wieder mal ließ Rasmus sie sprachlos zurück. Ein Umstand, an den sie sich langsam gewöhnte, der sie deshalb aber nicht minder verärgerte. Er schien einen Riecher dafür zu haben, was er sagen musste, um ihr komplett den Wind aus den Segeln zu nehmen. Allein darüber könnte sie sich schon wieder aufregen. Sie spürte das Verlangen in sich aufkeimen, die Situation auszureizen und ein weiteres Mal nach den Räumlichkeiten über der Werkstatt zu fragen. Aber auch das hatte sie inzwischen gelernt: Wenn Rasmus eine Grenze gesetzt hatte, dann stand die. Und wenn sie ehrlich war, hatte sie gar keine Lust auf Streiten. »Angenommen«, sagte sie stattdessen.

»Prima«, sagte Rasmus und sah sehr zufrieden aus. Aber nicht, als hätte er gewonnen, sondern eher freudig darüber, dass sie sich nun wieder vertrugen. Er wendete sich wieder seinem Kuchen zu.

»Und was machen Sie, wenn Sie nicht gerade Streit mit Sophie haben?«, fragte Renate ihn. Jetzt, da die Entschuldigung durch war, konnte also das Kreuzverhör starten. Armer Rasmus, dachte Sophie. Wenn die Rentner einen erst mal im Visier hatten, hörte die Fragerei nicht mehr so schnell auf. Sophie kannte das inzwischen.

»Ich bin Schreiner und habe eine kleine Schreinerei an der Sternbrücke«, antwortete dieser.

»Ach, das ist ja gar nicht so weit weg von hier«, sagte Renate.

»Richtig«, stimmte Rasmus ihr zu, »im Prinzip muss man nur eine Haltestelle mit der S-Bahn fahren von Altona bis zur Holstenstraße.«

»Und wie haben Sie Sophie kennengelernt?«, wollte nun Metin wissen.

Rasmus schmunzelte und warf Sophie einen Seitenblick zu: »Man kann es nicht besser sagen: Ich hab sie angefahren.«

Rasmus wartete einen Moment ab, bevor er weitersprach. Offensichtlich genoss er die Überraschung der anderen. Sophie rollte mit den Augen. Dass sie dabei ernsthaft zu Schaden hätte kommen können, schien an der Geschichte niemanden zu stören.

»Aber keine Sorge, ihr ist nichts passiert«, fuhr Rasmus fort, und nun war es Sophie, die ihn überrascht und misstrauisch anschaute. Vielleicht hatte sie doch irgendwo ein Loch im Kopf? *Being Sophie Uhlmann.* War das wirklich komplett ausgeschlossen? »Sie ist zwar auf den Kopf gefallen, aber wie sich im Nachhinein rausgestellt hat, hält dieser Sturkopf so einiges aus. Jedenfalls hat sie mich direkt in die Schranken gewiesen und mir ganz genau erklärt, was ich falsch gemacht habe. Als Wiedergutmachung quasi hat sie mir Jochen aufs Auge gedrückt. Muss man sich mal vorstellen, einem völlig Fremden den eigenen Hund zu überlassen.«

Es war offensichtlich, dass er sie aufziehen wollte. Sophie wusste das. Und reagierte doch genau so, wie es seine Absicht war: »Ich hatte halt keine andere Wahl. Im Büro waren nun mal keine Hunde erlaubt, und ich hätte sonst meinen Job verloren!« Die Ironie der Situation war ihr natürlich bewusst, schließlich saß sie hier gerade als arbeitslose Durchstarterin in der Runde. Dezentes Hüsteln auf Seiten der Zuhörer.

»Wenn da keine Hunde erlaubt sind, dann ist der Laden eh Mist«, schaltete sich Renate wieder ein. »Ich denke, es ist gut, dass wir Sie da rausgeholt haben. Quasi unter Einsatz unseres Lebens«, schob sie hinterher. Metin räusperte sich. Renate zwinkerte ihm zu. Der Schreck über Metins Herzinfarkt war wohl endgültig aus ihren Knochen gewichen. Metin schüttelte nur den Kopf. Natürlich. *Als ob er Renate jemals wirklich böse sein könnte.*

»Apropos Leben«, sagte Metin, nachdem er ausreichend geschüttelt hatte, und wandte sich an Rasmus, »was machen Sie am Samstag?«

»Vermutlich werde ich in der Werkstatt sein«, gab er achselzuckend zurück.

»Na, dann haben Sie ja nichts Wichtiges vor, und Sophie und Sie können zu meiner Geburtstagsfeier kommen!«

»Sie haben Geburtstag?«, fragte Sophie erstaunt.

»Ja, Sophie, das passiert selbst in unserem Alter noch. Für gewöhnlich einmal im Jahr«, neckte Renate sie. Die Frau hatte etwas an sich, dass Sophie sich im Umgang mit ihr wie ein Teenager fühlte und mit diesem Gefühl aber gar kein Problem hatte. Ihrem gefühlten Alter entsprechend zog sie eine Grimasse in Renates Richtung, und diese fing schallend an zu lachen. »Ach, Kindchen. Wie schön zu sehen, dass auch in Ihnen noch eines steckt.«

»Also, dann abgemacht«, unterbrach Metin das Geplänkel, »kommen Sie gerne ab 15 Uhr zu mir nach Hause. Ich würde mich sehr freuen.«

»Ich kann einen Kuchen mitbringen«, bot Sophie sich an. Sie konnte nicht wirklich backen, aber irgendeine vernünftige Backmischung würde sie schon finden. Metin allerdings schaute, als hätte sie ihn persönlich beleidigt.

»Ich denke, ich ziehe die Frage zurück«, sagte Sophie zögerlich.

»Besser ist das«, meldete sich Renate, »bei Kuchen kennt Metin keinen Spaß.«

»Also kommen Sie?«, fragte er stattdessen.

Rasmus blickte zu Sophie.

»Hast du denn schon Pläne für Samstag?«

»Nein, bisher nicht.«

»Dann hast du jetzt welche.« Dann drehte er sich wieder Metin zu. »Wir kommen sehr gerne, und ich verspreche, wir bringen nichts mit, was auch nur im Entferntesten Ähnlichkeit mit etwas Teigigem hat.«

Er hatte sich den ganzen Weg nicht getraut zu fragen. Jetzt aber standen sie vor Metins Wohnungstür und warteten darauf, dass jemand öffnete. Es war Samstagmittag, und natürlich waren Rasmus und Sophie Metins Einladung nachgekommen. Rasmus hatte Sophie und Jochen mit dem Auto in der Schanze abgeholt, und sie waren gemeinsam nach Ottensen gefahren. Sophie hatte Jochen extra in ein Partydress geworfen, der kleine Hund trug heute eine zierliche Fliege um den Hals und ein dazu passendes Partyhütchen auf dem Kopf, das bereits beim Abholen gefährlich auf Halbmast hing. »Ist ja auch nur nachher für eine geburtstagswürdige Begrüßung wichtig«, hatte Sophie gesagt und das Papierhütchen an sich genommen, bevor Jochen es noch in tausend Teile zerfleddern konnte. Trotz der ganzen Kostümierung war Rasmus aber das mit Alufolie bedeckte Kuchenblech auf Sophies Arm nicht entgangen. Im Auto hatte er sich auf den Verkehr konzentrieren müssen, aber jetzt vor der Tür wollte er doch wissen, was es damit auf sich hatte. Am besten noch *bevor* das Geburtstagskind diesen

Fauxpas entdeckte und die Gelegenheit hatte, sie wieder auszuladen.

»Hast du vor, die Stimmung zu ruinieren?«, fragte er, während er die Klingel gedrückt hielt.

»Wieso denkst du das?«, fragte Sophie erstaunt zurück.

Er nickte nur in Richtung des Blechs auf ihren Armen.

»Ach, das meinst du«, lachte sie auf. »Keine Sorge, da ist kein Kuchen drin.«

Rasmus atmete hörbar auf.

»Puh, ich bin erleichtert. Ich dachte wirklich, du willst hier einen Krieg anzetteln.«

»Um Himmels willen, ich bin doch nicht wahnsinnig!«

»Sicher?«, fragte er und funkelte sie an. Er hatte sich leicht zu ihr heruntergebeugt und hielt sie mit seinem Blick gefangen. Das Kribbeln spürte er erst im Brustbereich, doch in Windeseile hatte es sich in seinem ganzen Körper ausgebreitet. Wenn er sich im selben Winkel noch ein bisschen weiter runterbeugen würde, würde sein Mund direkt auf ihren Lippen landen.

»Wie schön, dass Sie da sind!«

Rasmus wurde jäh aus seinen mathematischen Berechnungen gerissen. Hektisch richtete er sich wieder in eine gerade und ungefährliche Körperhaltung auf – zumindest einer mit dem richtigen Nähe-Distanz-Verhältnis zu Sophies Lippen – und räusperte sich. Unbemerkt hatte Metin die Tür geöffnet und stand freudestrahlend im Rahmen. Und zwar genau so lange, bis er das Blech auf Sophies Armen entdeckte.

»Sophie, ich sagte doch, Sie sollen nicht!«, rief er empört und stemmte die Hände in die Hüften. Sophie grinste und streckte ihm das Blech entgegen.

»Herzlichen Glückwunsch zum Geburtstag, liebster Metin. Auf dass all Ihre Wünsche in Erfüllung gehen!«

Brummelnd nahm dieser das Blech entgegen und bat die beiden Neuankömmlinge hinein. Rasmus ging hinter Sophie und Metin her, Jochen bildete das Schlusslicht. Durch den Flur kamen sie ins Wohnzimmer. Hier saßen auch schon Thekla, Renate und eine Handvoll weiterer Leute, die Rasmus nicht kannte. Sophie scheinbar auch nicht, denn Metin sagte einmal in die Runde »Das sind Sophie und Rasmus, und das sind Freunde aus dem Zentrum«, bevor er sich neben Renate aufs Sofa setzte und das Kuchenblech vor sich auf den Tisch stellte. Sophie stellte sich nochmals einzeln bei allen vor, und Rasmus tat es ihr gleich. Während er Hände schüttelte, beobachtete er Sophies Rückseite. Was genau war da eben zwischen ihnen passiert? Zuerst begrüßte er die zwei älteren Damen, Irmgard und Irene, die nebeneinander auf dem Sofa saßen. Alterstechnisch ordnete Rasmus sie irgendwo zwischen Renate und Schöpfungsgeschichte ein. Die beiden sahen sich zum Verwechseln gleich, was sie durch ähnliche Outfits noch unterstrichen. Sie trugen Jeans, auf die Blumen aufgestickt waren, darüber weiße Blusen und dazu auffällig große, bunte Ohrringe. Offensichtlich war Rasmus nicht allzu unauffällig darin, die beiden zu mustern und seine Überraschung zu verbergen, denn die linke der beiden (Irmgard) sagte: »Das war wirklich ein Versehen heute. Wir haben heute Morgen zum gleichen Outfit im Schrank gegriffen. Ein Umstand, der bei Zwillingen ja häufiger vorzukommen scheint. Erst als wir mittags über FaceTime gesprochen haben, ist uns das aufgefallen. Aber dann waren wir zu faul, uns wieder umzuziehen.«

»FaceTime?«, fragte Rasmus erstaunt.

»Ja, kennen Sie das nicht, junger Mann? Damit kann man mit dem Handy telefonieren und sieht sich dabei. Toll, toll, toll, sag ich Ihnen. Das sollten Sie unbedingt ausprobieren!«, erklärte Irene.

Rasmus räusperte sich. »Also, natürlich kenne ich FaceTime. Ich bin nur ein wenig überrascht, weil es ja auch nicht so üblich ist, dass ältere Leute, also …« Rasmus geriet ordentlich ins Schleudern. *Mist.* Hätte er nicht ein bisschen weniger überrascht sein können? Die Zwillinge schienen es ihm aber zum Glück nicht krummzunehmen.

»Ich bitte Sie!«, fiel Irmgard ihm ins Wort. »Wie soll man denn heutzutage ohne das Internet überleben?«

»Also wir könnten das nicht«, pflichtete Irene ihr bei, und Rasmus sah, wie stolz die zwei Damen waren, dass sie mit ihren knapp 80 noch so *up to date* waren. Vermutlich ein Begriff, den sie auch selber gerne verwendeten.

Rasmus nickte und wandte sich dem letzten ihm noch unbekannten Gast zu. Ein Mann, etwa im selben Alter wie die Zwillinge, saß auf einem Stuhl gegenüber dem Sofa. Er sah irgendwie trist und traurig aus und schien nicht wirklich froh darüber zu sein, als Gast auf dieser Feier zu sein. Rasmus streckte auch ihm die Hand hin.

»Hallo, freut mich sehr«, sagte er und lächelte den Herrn an.

»Guten Tag, Ludwig mein Name«, gab der Mann tonlos zurück und wandte sich wieder seinem Kuchen zu. Ein eindeutiges Zeichen, dass in diesem Fall keine kurze Plauderei erwünscht war.

Die Zwillinge gaben ihm mit einem kurzen Nicken zu verstehen, dass er sich keinen Kopf machen sollte. Ludwig schien wohl immer so zu sein. Zum Abschluss stellte sich auch Jochen bei Ludwig vor, indem er sich vor seinen Stuhl setzte und auffordernd die Ohren aufstellte. Rasmus hörte, wie Sophie die beiden miteinander bekannt machte: »Ja, und das ist mein Hund, der sich gerade glücklicherweise von seiner besseren Seite zeigt.«

»Der ist ja zauberhaft«, flötete Irene.

»Wie heißt er denn?«, wollte Irmgard wissen.

»Jochen«, antwortete Sophie knapp. Rasmus erinnerte sich daran, wie er reagiert hatte, als er zum ersten Mal den Namen des Hundes gehört hatte, und er konnte erahnen, dass Sophie sich innerlich wappnete gegen die Reaktion der Zwillinge.

»Das ist ja ein zauberhafter Name!«, sangen Irene und Irmgard unisono. Selbst Ludwig schien ganz begeistert von Jochen zu sein, offensichtlich lagen ihm Vierbeiner mehr als Zweibeiner: Er hatte seinen Kuchen abgestellt und tätschelte Jochen mit beiden Händen den Kopf. Der traurige Ausdruck auf seinem Gesicht war verschwunden, stattdessen strahlte er Jochen mit jeder der kleinen Falten um seine Augenwinkel an.

Rasmus drehte sich zu Sophie und raunte: »Scheint wohl ein Generationending zu sein.« Seine eigene Überraschung über die uneingeschränkte Begeisterung über den Namen stand auch Sophie ins Gesicht geschrieben.

»Ja, vielleicht«, gab sie grinsend zurück.

»Papperlapapp«, mischte sich Renate vom Sofa ein. »Die Damen haben einfach nur einen komischen Geschmack.«

Doch Irmgard und Irene streckten Renate nur die Zunge raus, und alle drei brachen in Gelächter aus. Also, wenn Älterwerden so aussah, dann konnte Rasmus es kaum erwarten. Er linste heimlich zu Sophie, die neben ihm stand. Ob sie ihm auch in vierzig Jahren noch keck die Zunge rausstrecken würde?

»Jetzt setzt euch aber endlich mal.« Wieder war es Metin, der Rasmus aus seinen zugegebenermaßen recht verwirrenden Gedanken riss. Sie folgten Metins einladender Geste und quetschten sich neben ihm auf das Sofa. Metins Couch war wirklich groß, aber zu fünft wurde es dann doch recht kuschelig. Zumindest für Rasmus und Sophie, denn Metin, Renate und Thekla hatten sich fürstlich viel Platz genommen. *Zufall? I don't think so.* Rasmus grinste in sich rein. Ihm sollte es recht sein. Er lehnte sich ein kleines bisschen gegen Sophie. Ihre Oberarme berührten sich, und jedes einzelne seiner Haare stellte sich auf.

»Wow, Metin, haben Sie das alles gebacken?«, fragte Sophie, und die Begeisterung in ihrer Stimme war überdeutlich. Auf dem Couchtisch stand ein großer Teller mit köstlich zimtig duftenden Franzbrötchen. In der tieferen Form daneben lagen zahlreiche kleine Blätterteigteilchen, die mit gehackten Pistazien bestreut waren.

»Ich liebe Baklava!«

Wie aufgeregt sie klang. Thekla reichte ihr sofort einen Kuchenheber, damit Sophie sich bedienen konnte. Sie schien zu befürchten, dass Sophie sich sonst kopfüber in die Form stürzte. Sophie lud sich eine kariesprovozierende Menge des süßen Gebäcks auf ihren Teller und vergrub sofort ihre Zähne in einem Stück. Während sie sich die siruptriefenden Finger ableckte, nickte sie Metin auffordernd zu: »Wollen Sie es nicht aufmachen?« Offensichtlich meinte sie die Kuchenform, die Metin vor sich auf dem Tisch abgestellt hatte. Zögerlich löste er die Alufolie von der Backform und legte sie beiseite. Darunter zum Vorschein kam …

»Kein Kuchen!«, rief Metin erleichtert aus, und alle mussten lachen. Stattdessen holte er ein Paar Backofenhandschuhe aus der Form. Sie waren dunkelgrün, und am Bund war mit weißem Faden Metins Name eingestickt: ME auf dem linken und TIN auf dem rechten Handschuh.

»Ich dachte, wer so leidenschaftlich und gut backt wie Sie, der braucht unbedingt personalisierte Handschuhe«, sagte Sophie und sah sehr zufrieden aus. Die Überraschung war ihr geglückt. Rasmus sah, wie sich Metins Augen mit Tränen füllten, als er Sophie in den Arm nahm: »Vielen Dank, Sophie, das ist ein so schönes Geschenk«, schniefte er in ihr Haar.

»Sehr, sehr gerne, Metin. Ich freue mich, dass es Ihnen gefällt.« Sie lösten sich aus der Umarmung. Eine Welle ihres Dufts schwappte zu Rasmus herüber und kroch ihm durch die Nase direkt in seine Schaltzentrale. Wenn er nicht tierisch aufpasste, wäre er gleich auf Stand-by.

»Ach, weißt du, eigentlich ist dieses Siezen doch völlig überholt. Man kann sich nicht schon zum zweiten Mal weinend in den Armen liegen und immer noch so förmlich sein. Bitte, sag einfach Du.«

Rasmus sah, wie Sophie sich eine Hand aufs Herz legte; es war offensichtlich, dass sie sich darüber freute.

»Danke … dir«, sagte sie vorsichtig, als wollte sie erst einmal ausprobieren, wie es sich anfühlte.

»Gilt das auch für mich?«, fragte Rasmus frech, nahm sich ein Franzbrötchen und biss hinein.

»Hast du denn ein Geschenk, mit dem du dir das verdienen könntest?«, fragte Sophie ihn, und wieder waren da dieses Funkeln in ihren Augen und das Kribbeln in seinem Bauch.

»Kein materielles«, antwortete Rasmus, »nur meine ehrliche Begeisterung für das beste Franzbrötchen, das ich jemals gegessen habe!« Er hob das Gebäckstück in die Höhe und schaute Metin an. »Und ich weiß, was ich sage.« Schließlich war er Hamburger.

Metin schniefte schon wieder leicht, und Renate reichte ihm wortlos eine Serviette.

»Wenn das so ist, Rasmus, dann bist du zu jeder Zeit ein gern gesehener Gast in meinem Haus«, antwortete er, nachdem er sich die Augen trocken getupft hatte. »Vorausgesetzt, du gibst mir mindestens zwei Stunden vorher Bescheid.«

»Apropos Bescheid«, schaltete sich Irene ein.

»Gibt es etwas Neues zum Zentrum?«, vollendete Irmgard wohl den Gedanken ihrer Schwester. Thekla seufzte auf. Auch Renate ließ ein leises Schnauben verlauten, das sie mit einem Schluck Kaffee erstickte. Sophie sah, wie niemand aus der Gruppe so recht mit einer Antwort herausrücken wollte. Auch wenn ihr die Rentner und ihr Zentrum inzwischen sehr am Herzen lagen, so nah wie den anderen ging ihr das Thema nicht. Natürlich nicht, denn ihre Nachmittagspläne würden sich nicht grundlegend ändern, wenn sie kein neues Zentrum fänden.

»Ja, wir haben einige Optionen zusammengetragen«, begann sie erst mal optimistisch.

»Das ist ja schon mal gut«, nickten Irmgard und Irene synchron.

»So ganz passt der Schuh allerdings bei keiner der Anzeigen, die wir rausgesucht haben. Das große Problem ist und bleibt einfach das Thema Geld. Denn meistens sind die wirklich geeigneten Räume schlichtweg zu teuer für uns.«

»Uns?«, fragte Renate spitz.

»Euch«, korrigierte sich Sophie und widmete sich dann wieder der Gruppe. »Ich hab schon angefangen, bei Eigentümern und Verwaltungen anzurufen und mit ihnen ins Gespräch zu gehen. Vielleicht stoßen wir auf jemanden, der bereit ist, uns mit der Miete entgegenzukommen.«

»Und?« Die Zwillinge machten große Augen.

»Bisher leider noch nicht. Aber wir geben die Hoffnung nicht auf!« In ihren letzten Satz legte Sophie besonders viel Euphorie, weil sie nicht wollte, dass das Gespräch allen zu naheging oder zum Schluss gar noch Metins Geburtstag ruinierte. So richtig schwappte ihr Optimismus aber nicht über. Alle machten recht lange Gesichter und rührten gedankenverloren in ihren Tassen herum. Nur Ludwig kraulte weiterhin Jochen hinter den Ohren. Ohne diese wichtige Tätigkeit zu unterbrechen, fragte er in die Stille: »Wie machen andere das denn?«

»Welche anderen?«, fragte Sophie.

Jetzt hob Ludwig doch den Blick und hörte auf, den Hund zu streicheln, um sich auf das Gespräch zu konzentrieren. Jochen quittierte das mit einem Grunzen und forderte Ludwig auf, mit den Streicheleinheiten nicht aufzuhören, indem er mit der Schnauze gegen die Hand stupste, die so nah über seinem Kopf schwebte. Aber Ludwig reagierte nicht. Stattdessen sprach er weiter: »Na ja, andere eben, die sicherlich auch nicht viel Geld haben. Sportheime zum Beispiel.«

»Haben die nicht oft Gaststätten, mit denen die sich das finanzieren?«, schaltete sich Thekla ein.

»Mmh, oder eben die Mitgliederbeiträge des Vereins«, nickte Ludwig zustimmend. »Aber ihr wisst doch, was ich meine, oder?« Fragend hob er die Arme in die Luft. Das Zeichen für Jochen, dass das mit dem Kopfgekraule hier erst mal nichts mehr werden würde. Unzufrieden schnaubte der Hund und verzog sich, um sich vor Rasmus auf das schmale Stück Teppich zwischen Sofa und Wohnzimmertisch zu quetschen und seinen Kopf auf Rasmus' Schuhen abzulegen. Sophie sah, wie Metin angestrengt nachdachte und ihm dann ein Einfall kam, so offensichtlich, wie sich sein Gesicht aufhellte. »Ja, natürlich!«, rief er aus. »Die Männer aus dem türkischen Supermarkt um die Ecke treffen sich immer in ihrem Zentrum, um dort Tee zu trinken und Karten zu spielen. Es ist so eine Art Herrentreff. Ich bin da auch eine Weile hingegangen, aber sie hatten immer dieses schreckliche Baklava aus der Großbäckerei. Und als ich vorgeschlagen habe, künftig selbst zu backen, haben die ernsthaft gesagt, dass sie dieses Baklava aber sehr gerne mochten. Da wusste ich, ich musste gehen. Jedenfalls haben sie auch einen Raum, ganz in der Nähe der Großen Bergstraße. Das kann ja auch nicht günstig sein, und reich sind die sicher auch nicht«, endete er, jetzt wieder hoffnungsvoller, da er diesen Vergleich gefunden hatte.

»Wieso gründet ihr nicht auch einfach einen Verein?«, schaltete sich Rasmus ein.

Sophie konnte sehen, wie ein Ruck durch alle Anwesenden ging, und auch sie war spontan angestachelt von dieser Frage. Natürlich. Es war so naheliegend, wieso war sie darauf nicht selbst gekommen?

Rasmus fuhr fort. »Ein Sportheim ist das Zentrum eines Sportvereins, und auch dein Herrentreff, Metin, ist sicher ein Kulturverein oder so. Ich weiß, ihr habt jahrelang als loser Personenbund funktioniert. Aber vielleicht ist es mal an der Zeit, die Sache offiziell zu machen? Wenn ihr eh auf einem Mietvertrag unterschreiben müsst, könnt ihr euch ja einfach als Verein eintragen lassen.«

»Du meinst, wir sollen endlich erwachsen werden?« Renate machte große Augen und spielte die Überforderte. Rasmus lachte, und Metin tätschelte ihr das Knie. Zu ihrer Überraschung konnte Sophie beobachten, wie Renate Metin ein keckes Lächeln zuwarf, wobei sich ihre Wangen leicht röteten. Ihre Wangen röteten sich? *Echt jetzt?*

Sophie war in Versuchung, Renate in die Seite zu stupsen, aber sie war viel zu begeistert von der Idee, die Rasmus da gerade in den Raum geworfen hatte.

»Natürlich!«, rief sie und angelte mit einer Hand nach ihrer Tasche, die neben dem Sofa auf dem Boden stand. »Mann, Mann, Mann, wieso bin ich da nicht selbst draufgekommen? Mein Chef hat es gehasst, wenn bei einem Immobilienprojekt ein Verein involviert war.« Sie hielt kurz inne. »Außer natürlich, es war der Rotary Club. Aber Vereine haben Sonderrechte. Allen voran natürlich gemeinnützige. Aber wenn ich hier in die Runde schaue, dann wird es ja mehr als einfach, den Aspekt der Gemeinnützigkeit zu verargumentieren.« Endlich hatte sie ihr Handy in dem Nirwana ihrer Handtasche gefunden und entsperrte den Screen. »Lasst mich nur schnell schauen, welche weiteren Anforderungen man erfüllen muss, um einen Verein zu gründen. Außerdem könnte ich eine Liste mit geeigneten Notariaten zusammenstellen und anfragen, was uns diese Gründung wohl kosten würde und wie schnell so was geht. Und dann müsste ich eigentlich nur noch …«

Sie wurde in ihren Überlegungen jäh unterbrochen, als sich eine Hand über ihr Smartphone schob, eine kräftige Hand mit einigen Sommersprossen darauf, die sich auf ihr Telefon senkte und es mitsamt ihrer eigenen Hand umschloss. Ein Stromschlag durchfuhr ihren Körper, so stark, dass sie zusammenzuckte. Sophie hob den Blick. Rasmus grinste sie an, ihre Reaktion war ihm nicht entgangen.

»Das hat Zeit«, sagte er mit ruhiger Stimme, ganz so, als wäre Sophie eine tickende Bombe, die man mit Ruhe entschärfen müsste. »Es ist Samstag, in keinem Notariat wirst du heute jemanden erreichen. Und nur für den Fall, dass du es vergessen hast: Wir sind gerade auf Metins Geburtstag. Und wir freuen uns alle, dass du so begeistert von der Idee bist und dass sich damit eine neue Möglichkeit auftut. Aber wir freuen uns auch, wenn du ein aktiver Teil unserer illustren Runde bleibst und nicht in deine Recherchen abtauchst. Niemand ist dir böse, wenn du dich erst morgen an die Arbeit machst.«

Sophie vernahm zustimmendes Gemurmel, aber konnte sich nur auf Rasmus konzentrieren. Und darauf, wie seine Hand langsam ihr Smartphone aus ihrer Umklammerung löste und es weglegte. Über die Tatsache, dass ihr gerade Handyverbot erteilt worden war wie einer Siebenjährigen, war sie nach einem Moment weniger entrüstet als darüber, dass Rasmus' Hand nicht mehr auf ihrer lag. Noch immer bitzelte ihre Haut, und auch ihre Wangen fühlten sich ganz heiß an. Sie schaute zu Renate, deren Gesicht wieder seine normale Farbe angenommen hatte.

O Gott, vermutlich saß sie hier und leuchtete wie ein Signalfeuer in der Nacht, und sie konnte es nicht mal überprüfen, weil ihr jemand ihr Handy und damit ihre Frontkamera genommen hatte.

»Sophie, ist alles in Ordnung?«, fragte Rasmus sie, wobei er offensichtlich ein Grinsen unterdrückte. »Du wirkst ein wenig – atemlos gerade.«

Sophie spürte den Impuls, ihre Unterlippe zu schürzen und ihn so trotzig anzuschauen, wie Jochen das tat, wenn er nicht noch ein hundertstes Leckerli bekam, sondern sich mit nur neunundneunzig zufriedengeben musste. Aber Sophie wollte nicht das kleine Kind sein, dem zu Recht sein Handy abgenommen wurde. Sondern die erwachsene, vernünftige Frau, die sich nicht von ein bisschen Händchenhalten so aus dem Konzept bringen ließ. *Hach, Händchenhalten.* Sophie schüttelte sich innerlich und mahnte sich selber. Mit der Selbstbeherrschung eines Eichhörnchens würde sie hier nicht weit kommen. »Klar«, antwortete sie ihm betont lässig, »alles super.«

Als Sophie abends von dem Geburtstag nach Hause kam, fand sie Jule in der Küche vor. Ihre Freundin saß am Tisch und starrte gedankenverloren in eine Tasse Tee, die vor ihr stand und die sie mit beiden Händen umklammert hielt. Es wirkte, als hätte sie gar nicht mitbekommen, dass Jochen und Sophie nach Hause gekommen waren. Denn erst als Jochen zu ihr lief und seinen Kopf auf ihrem Schenkel ablegte, schaute sie auf und erblickte Sophie im Türrahmen.

»Hey, ihr seid schon zurück«, begrüßte sie sie, aber Sophie sah, dass sie nicht wirklich anwesend war. Vielleicht würde Ablenkung helfen? Sie lief zum Tisch, ließ sich auf einen freien Stuhl Jule gegenüber plumpsen und ihrer guten Laune freien Lauf: »Jaaaaaaaa, und es war herrlich. Metin hat sich einfach selbst übertroffen. Er hat Baklava *und* Franzbrötchen gebacken, und beides war das Beste, das ich jemals gegessen habe. Außerdem haben wir vielleicht eine Lösung für das Zentrum gefunden.«

»Schön«, murmelte Jule wieder in ihre Tasse. Sophie sprudelte weiter: »Ja, das war total verrückt. Weil Rasmus plötzlich meinte: ›Hey, gründet doch einfach einen Verein‹, und in dem Moment ist es mir wie Schuppen von den Augen gefallen. Natürlich ist ein Verein die Lösung! Dann habe ich mich geärgert, dass ich da nicht selbst draufgekommen bin, und dann wollte ich direkt loslegen mit der Recherche, aber Rasmus hat mir das Handy weggenommen, und dann war es kurz wieder komisch zwischen uns, und er hat mich so *angesehen* … Hey, was machst du?«

Jule war mitten in Sophies Monolog aufgestanden, schüttete ihren Tee ins Spülbecken und stellte die Tasse darin ab. »Ich gehe in mein Zimmer, das siehst du doch«, antwortete sie tonlos und verließ die Küche.

Sophie sprang auf und folgte ihr: Jule hatte sich an ihren

Schreibtisch gesetzt, der gegenüber der Tür stand, sodass Sophie nur ihren Rücken sehen konnte.

»Aber wir waren doch mitten in einer Unterhaltung?«, fragte Sophie vorsichtig. Sie machte sich Sorgen um ihre Freundin. Jule war in den vergangenen Wochen häufig ungewohnt spitz gewesen, manchmal fast schon gemein. Vor Sophies innerem Auge zog die Erinnerung an ihren letzten Pasta-Abend auf, an dem Jule auch ordentlich ausgeteilt hatte. Doch Sophie hatte das immer abgetan, schließlich hatte jeder mal einen schlechten Tag. Und *durfte* den auch haben. Aber das heute Abend war ein neues Level – so kannte sie ihre Freundin nicht. So abweisend. So abwesend. Sophie setzte sich auf Jules Bett, das seitlich zum Schreibtisch stand, und beobachtete ihre Freundin, wie diese scheinbar wahllos mit ihrer Maus irgendwelche Programme auf dem Computer öffnete und wieder schloss. Als Sophie sicher war, dass Jule nicht auf ihre Frage reagieren würde, sprach sie ebenso vorsichtig weiter: »Jule, willst du mir erzählen, was los ist?«

Jule zuckte mit den Schultern. »Nichts, was soll schon los sein?«

»Na ja, du bist … also … Ich erkenne dich ehrlich gesagt gar nicht wieder.« Sophie suchte nach den richtigen Worten. *Wie lässt man so etwas nicht wie einen Vorwurf klingen?*

»Ach, sehe ich so furchtbar aus?«, kam es spitz vom Schreibtisch.

Na, das hatte ja wunderbar funktioniert. Sophie sprang vom Bett auf, griff nach der Rückenlehne des Bürostuhls, auf dem Jule saß, und drehte sie kurzerhand zu sich um. Dann setzte sie sich wieder, weil sie auf Augenhöhe mit Jule sein wollte.

»Nein, Jule, natürlich nicht. Aber irgendwas ist doch mit dir, das merke ich. Ich bin schließlich deine beste Freundin.«

Diese Aussage quittierte Jule mit einem »Mphf«. Ein Hieb, der seine Wirkung nicht verfehlte, aber Sophie schluckte es hinunter. Jule war nicht gut darin, traurig oder gar schwach zu sein. Und noch viel schlechter war sie darin, es zuzugeben. Wenn Jule also wegen irgendetwas litt, dann hatte sie die Tendenz, wahllos um sich zu feuern.

Sophie griff nach den Armlehnen des Stuhls und zog ihn noch ein Stück näher ans Bett. Dann fixierte sie Jule mit ihrem Blick und ließ ihr keine Möglichkeit, sich wieder in ihr Schneckenhaus zu verziehen. Liebevolle Strenge, absichtliche Übergriffigkeit: Dinge, die man tun kann, wenn man sehr lange befreundet ist und den anderen sehr gut kennt.

»Jule, ich hab dich lieb, und ich bin nicht der Feind oder dein Problem. Wenn du mal kurz in dich reinhorchst, dann weißt du das auch. Ich bin deine Freundin und für dich da, wenn es dir nicht gut geht und du ganz dringend über etwas sprechen solltest, weil es nur Sodbrennen macht, wenn du es in dich hineinfrisst. Also bitte rede mit mir.«

Jule atmete tief ein. »Es läuft halt nicht immer so toll wie bei dir, Sophie.«

Sophie riss den Mund auf. *Ihr Ernst?* Hatte sie die letzten Wochen in Sophies Leben überhaupt irgendwie mitbekommen? »Ah, verlassen zu werden und auch noch seinen Job zu verlieren? Ja, das kann nicht jeder«, gab sie schnippisch zurück und verschränkte die Arme vor der Brust. Dass das völlig kontraproduktiv war, wusste sie. Jule zuckte nur mit den

Schultern und drückte sich, so weit es ging, in den Stuhl. Sie schwiegen sich an, und es war Sophie, die zuerst einknickte: »Jule, ehrlich: Wir wissen beide, dass es an meinem Leben nichts zu beneiden gab die letzten Monate. Also: Was ist wirklich los?«

»Mein Kunde ist ein *Arschloch*.« Es platzte einfach so aus Jule raus, während Sophie noch nach weiteren Argumenten suchte, Jule zum Reden zu bewegen. »Bitte?«

»Er ist ein Arschloch. Und zwar so ein richtiges.«

»Welcher? Der mit der Tierplattform?«

»Ja.« Jule nickte traurig.

»War er scheiße zu dir?«

Sie schüttelte den Kopf.

»Nein, zu mir nicht. Viel schlimmer: Er hat sich als total wahnsinnig entpuppt.«

»Das musst du mir bitte erklären.« Sophie verstand nämlich überhaupt nichts. Ein Mindestmaß an Wahnsinn, davon waren sie ja von Anfang an ausgegangen, schließlich war ja bereits der Auftrag als solcher ein Indiz dafür gewesen, dass bei dem Herrn irgendetwas im Argen lag.

»Er kam ja zu mir, weil er seine Plattform für Tierhaarallergiker ins Leben rufen wollte. Aber im Laufe der Zeit stellte sich immer mehr heraus, dass er eigentlich Hetze betreiben will gegen Hunde, Katzen und andere behaarte Haustiere. In einer seiner Mails hat er mir versehentlich ein Dokument zugeschickt, das ganz sicher nicht für mich bestimmt war. Es war ein *Rezept* für verschiedene Giftköder. Ich meine, der Typ hat doch nicht mehr alle Latten am Zaun?!«

Sophie schnappte nach Luft.

»Das ist doch illegal! Den musst du sofort anzeigen!«

»Das bringt doch nichts – nur weil er das Dokument hat, kann man ihm ja nichts nachweisen. Aber ich weiß einfach nicht, was ich tun soll.«

»Na, ihn sofort abschießen natürlich.«

»Das ist nicht so einfach für mich, Sophie. Ich brauche diesen Auftrag. Wie soll ich denn sonst meine Miete zahlen?«

»Das kann ich doch machen!«

»Und von was?«

Sophie zuckte zusammen. *Verdammt. Guter Punkt.* Es war ja nicht so, als hätte sie aktuell eine stete Einnahmequelle.

»Aber du kannst doch auch nicht weitermachen, als wäre nichts gewesen, als wüsstest du nichts von den Abgründen, die dieser Kerl mit sich trägt. Man sieht ja, dass dir das an die Nieren geht.«

»Ich weiß. Es ist ein klassisches Dilemma. Es gibt einfach keine gute Lösung. Alles in mir sträubt sich, auch nur einen Finger krumm zu machen für dieses Projekt. Und dann klopft die Vernunft an, die sagt, dass meine Auftragslage aktuell eh nicht so prall ist.«

»O Mann, Jule, das ist so eine Kacke, wirklich. Ich würde dir so gern helfen.«

»Danke, das ist lieb. Aber das kannst du nicht.«

»Ich weiß«, murmelte Sophie. »Aber ich kann immerhin für dich da sein und mir deine Bedenken anhören. Und mir lustige Schimpfnamen für den Hundehasser ausdenken. Und vielleicht hilft es dir ja einfach schon, wenn du überhaupt darüber sprichst. Eventuell wird dir dann klar, was die richtige Entscheidung für dich ist?«

»Ja, vielleicht.« Jule schälte sich aus dem Stuhl und streckte den Rücken durch. »Aber jetzt noch mal zu dir: Wie genau hat Rasmus dich angesehen?«

Das war das eindeutige Signal, dass Jule jetzt nicht mehr über sich und ihre Misere reden wollte. *Fair enough*, dachte Sophie. Aber sie würde dranbleiben. Ihre beste Freundin durfte sie nicht noch mal so aus den Augen verlieren, egal wie turbulent ihr eigenes Leben gerade war.

# 17

Nur wenige Tage später machte Sophie sich mit guten Nachrichten auf den Weg ins Zentrum. Nachdem sie am Samstagabend nach dem anstrengenden Gespräch mit Jule einfach ins Bett gefallen war, hatte sie sich am Sonntag direkt an die Arbeit gemacht und die vergangenen Tage damit verbracht, zu recherchieren, zu telefonieren und einen sehr konkreten Fahrplan zusammenzustellen. Den wollte sie nun in erweiterter Runde vorstellen: Neben Renate, Metin und Thekla saßen heute auch Ludwig und die Zwillinge Irmgard und Irene im Vorgarten. Umso besser, dachte Sophie, als sie alle begrüßte und sich zu ihnen setzte. Jochen hatte an Metins Geburtstag offenkundig beschlossen, dass Ludwig sein neuer bester Freund war, denn er schoss an den anderen vorbei und schmiss sich vor Ludwig auf den Rücken, damit ihm dieser den Bauch kraulte.

»Okay, Leute«, sagte Sophie strahlend in die Runde, »ich will gar nicht lange um den heißen Brei reden, weil ich gute Nachrichten habe.«

»Wir haben ein neues Zentrum?«, quietschte Irmgard.

»Nein. So gut sind die Nachrichten dann wohl doch nicht, aber immer noch sehr gut.«

»Oh«, gab Irene enttäuscht zu Protokoll.

»Jetzt hört mir doch erst mal zu.« Wirklich, manchmal waren diese Rentner schlimmer als eine Horde Kleinkinder. Es fehlte nur, dass jetzt noch einer »Warum?« fragte.

»Ich habe mich um das Thema mit der Vereinsgründung gekümmert – Rasmus hatte da echt einen guten Einfall.«

Sie hörte von Metin und Renate ein langes »Ahaaaaaa« und sah dann, wie die beiden kichernd die Köpfe zusammensteckten. Renate *kicherte*. Das war neu.

»Ja-ha«, reagierte Sophie gespielt genervt. »Jetzt hört euch das aber mal an! Als Verein hat man so viele Vorteile. Die zwei wichtigsten zuerst: Vereine können Fördermittel beantragen bei der Stadt oder sogar auf Landes- oder Bundesebene. Ganz so groß muss es in unserem Fall natürlich nicht werden, aber das ist doch schon mal super!«

»Und das zweite?«, fragte Thekla interessiert.

»Der Verein hat eine eigene Rechtmäßigkeit. Das heißt, dass man als Verein Verträge abschließen kann, Dinge erwerben kann und Ähnliches. Das muss dann nicht mehr eine natürliche Person machen, sondern eben der Verein.«

Sie sah nur in sechs Fragezeichen, die sie gespannt anblickten. Also fuhr sie fort.

»Das bedeutet, dass niemand von euch persönlich das neue Zentrum anmieten muss. Keiner von euch steht da mit seinem privaten Vermögen nachher in der Kreide, sollte irgendwas schiefgehen. Es haftet keiner von euch privat, sondern es läuft alles über den Verein. Das sichert euch einfach ab. Außerdem können Vereine Steuervergünstigungen bekommen oder sogar gänzlich von der Steuer befreit werden. Das jetzt aber mal nur am Rande.«

Jetzt endlich schienen die Informationen auch bei den anderen angekommen zu sein. Denn auf einmal redeten alle durcheinander, jeder hatte Fragen und Ideen und überhaupt irgendwas dazu zu sagen. Nur Metin hielt sich mit seiner Euphorie zurück. Stattdessen beobachtete er Sophie. Und als das allgemeine Gerede abebbte, wandte er sich an sie: »Wo bleibt das Aber?«, fragte er sie ganz direkt.

»Wie bitte?«

»Sophie, ich kenne dich inzwischen ein bisschen. Das klingt alles wirklich gut. Aber ich sehen in deinen Augen auch, dass das noch nicht die ganze Wahrheit gewesen ist und es etwas gibt, dass du noch nicht erzählt hast.«

*Puh, Metin.* Er erstaunte Sophie immer wieder aufs Neue. Sie lächelte.

»Das stimmt. Es ist aber kein Grund zur Sorge, ehrlich«, schob sie schnell hinterher, als sie sah, wie die ersten Schultern schon nach unten sanken. »Einen Verein eintragen zu lassen, hat natürlich nicht nur Vorteile. Dafür muss man auch ein paar Voraussetzungen erfüllen. Man muss eine Satzung verfassen, die alle Informationen über den Verein enthält, man muss einen Vorstand wählen, aber das Wichtigste ist: Man braucht sieben Gründungsmitglieder.«

Thekla, Renate, Metin, Irmgard, Irene und Ludwig schauten zwischen sich hin und her und schienen zu zählen, bevor sie offenbar alle auf dasselbe Ergebnis kamen.

»Genau«, kommentierte Sophie die Gedanken der Gruppe.

»Ihr seid nur zu sechst. Aber das ist kein Problem, weil es folgenden Zusatz gibt: Man muss nicht bei sieben Gründungsmitgliedern bleiben. Nach der Gründung können es wieder weniger werden, ohne dass der Verein seinen Status verliert. Sprich: Ihr braucht einfach eine weitere Person, die mitunterschreibt. Und wenn ihr niemanden findet, der die ganze Verantwortung übernehmen will, könnt ihr einfach jemanden überreden, für kurze Zeit mitzumachen und dann wieder auszusteigen. Das kann ja nicht unmöglich sein!«

»Wieso machst du es nicht?« Diese Frage kam von Renate. Also ungefähr der letzten Person, von der Sophie erwartet hätte, dass sie so eine Bitte an sie richten würde.

»Ähm, also«, stotterte Sophie überrumpelt.

»Ja, Sophie, das ist eine tolle Idee!«, rief Irene, und Irmgard bestätigte ihre Schwester.

»Finde ich auch«, brummelte Ludwig, ohne sich dafür extra von Jochen und den Streicheleinheiten zu lösen.

»Ach, ihr findet bestimmt jemand viel Geeigneteren. Jemand, der eh Teil des Zentrums ist.«

»Das bist du doch schon längst«, sagte Thekla und lächelte sie an. So hatte Sophie das noch nie betrachtet. Natürlich verbrachte sie gerade viel Zeit mit den Rentnern und für sie. Aber nur, weil sie eben Zeit hatte. Und es ihnen schuldig war. Aber irgendwann würde ihr eigenes Leben doch auch wieder weitergehen.

»Ja, aber spätestens wenn ich wieder einen Job habe, habe ich nicht mehr so viel Zeit, die ich mit euch verbringen kann. Dann muss ich die ganze Woche wieder arbeiten.«

»Sophie, es geht doch nicht darum, wie viel Zeit du mit uns

verbringst. Dir ist es vielleicht nicht aufgefallen, aber du bist ein fester Bestandteil der Gruppe geworden, und das wirst du auch bleiben, wenn wir ein neues Zentrum gefunden haben und du das Gefühl hast, deine Schuldigkeit getan zu haben. Wir haben dich gerne bei uns.«

Sophie schluckte. Sie war gerührt, und noch bevor ihre Wasserlinie zu flimmern begann, streckte Metin ihr mit wissendem Blick ein Taschentuch hin.

»Mädchen, jetzt unterschreib einfach das Ding mit uns und gut ist.« Bei ihren Worten grinste Renate Sophie so herzlich an, wie sie es noch nie getan hatte. Ein Lächeln, das die letzten Barrikaden in Sophie aufbrach und schließlich doch noch Tränen an die Oberfläche beförderte. Sophie tupfte sich die Wangen trocken und zog die Nase hoch.

»Okay«, schniefte sie. »Ihr seid sicher, dass ihr niemand anderen wollt, der besser geeignet ist?«

»Nei-ein«, kam es genervt aus allen Richtungen, und Sophie musste lachen.

»Okay, okay, ich frag ja nicht mehr.«

»Außerdem gibt es niemanden, der geeigneter wäre, da du dich jetzt schon mit allem auskennst und weißt, was wir brauchen«, sagte Thekla. Das stimmte.

»Zuerst brauchen wir einen Namen«, informierte Sophie die Gruppe. »Und ich hätte da schon eine Idee.«

Gespannt lehnten sich alle nach vorne.

»Es ist einer meiner ersten Gedanken gewesen, als ihr das Foyer der Firma gestürmt hattet«, sprach Sophie weiter.

»O je, das kann ja nichts Gutes werden«, warf Renate ein.

Sophie grinste sie an. »Ich finde, es ist ein sehr passender

Name: Wie wäre es mit Renitente Rentner e. V.?« Erwartungsvoll blickte sie in die Runde.

Metin war der Erste, der reagierte: Er warf seinen Kopf in den Nacken und lachte schallend. Dabei hielt er sich mit den Händen den Bauch, und das Einzige, was seine Lachanfälle unterbrach, waren die kurzen Schniefer, durch die er Luft holte. Auch Ludwig hatte kurzzeitig aufgehört, Jochen zu streicheln, und seine Schultern zuckten verdächtig. Er hob den Blick zu Renate. Auch Metin brachte seinen Kopf wieder in eine gesunde Haltung und schaute zu seiner Freundin.

»Ist ja gut«, rief die alte Frau und warf die Arme in die Luft, »ich freue mich, dass ich maßgeblich zur Namensgebung beitragen konnte.«

»Dann soll es so sein!« Nun war es Thekla, die begeistert in die Hände klatschte. Sie sprang von ihrem Stuhl auf. »Sophie, wenn du jetzt kein weiteres Aber im Ärmel hast, an dem alles scheitern könnte, wäre das jetzt der Moment, ab dem gefeiert wird.«

Sophie lachte und zeigte mit ihren Daumen auf ihr ärmelloses Top: »Keine Ärmel, kein Problem.«

Thekla nickte. »Dann gehe ich jetzt schnell zum Kiosk und besorge uns etwas zum Anstoßen, und ihr holt die Gläser. Und Musik! Wir brauchen unbedingt Musik!«, rief sie im Hinausgehen noch über ihre Schulter.

Sie hatten den ganzen Nachmittag im Vorgarten Sekt getrunken, am meisten Thekla und Sophie. Aber auch die Zwillinge waren einem zweiten und dritten Gläschen nicht abgeneigt gewesen und später auf ihren Stühlen im Schatten eingeschlafen. Sie hatten getanzt, und Thekla hatte Sophie die Grundschritte für argentinischen Tango gezeigt. Renate und Metin hatten sich als Profitänzer entpuppt und eine so flotte Sohle auf den Rasen gelegt, dass Sophie an ihrem biologischen Alter gezweifelt hatte.

Sie hatte an diesem Nachmittag öfter überlegt, ob sie Rasmus eine Nachricht schicken und ihm von den tollen Neuigkeiten erzählen sollte. Doch sie verwarf den Gedanken immer wieder, bis schließlich Thekla sie wieder mal mit dem Handy im Vorgarten erwischte. Sie war von hinten an Sophie herangeschlichen, die sie erst bemerkte, als Thekla sagte: »Fahr doch einfach vorbei!«

Sophie fuhr erschrocken herum und ließ ihr Handy sinken. »Was? Wohin?«

»Na, zu Rasmus«, antwortete Thekla und lächelte.

Sophie schnaubte und steckte das Handy in die Tasche ihres Rocks. »Wieso weiß hier eigentlich immer jeder, was ich gerade denke?«, schimpfte sie.

Thekla gluckste und zuckte mit den Schultern. »Sophie, Liebes. Deine Gedanken sind so deutlich an deiner Stirn abzulesen, dass man alles mitbekommt, selbst wenn man sich keine Mühe gibt.«

Sophie seufzte. Sie hatte immer geglaubt, über ein ausgezeichnetes Pokerface zu verfügen. Eine Eigenschaft, die sie schließlich auch bei der Arbeit immer wieder eingesetzt hatte. Anscheinend hatte sie diese Fähigkeit in einer der Schreibtischschubladen vergessen, als sie ihr altes Büro geräumt hatte.

Thekla zauberte eine Flasche Sekt hervor und drückte sie Sophie in die Hand. »Hier, bitte sehr. Und jetzt mach, dass du loskommst.« Sie schob Sophie förmlich aus dem Garten.

Jochen, der immer noch zu Ludwigs Füßen lag, kam blitzschnell angerannt, als er das mitbekam. Egal wie gut die Streicheleinheiten waren – wo Sophie war, war der Hund nicht weit.

»Äh, aber sollte ich mich nicht wenigstens verabschieden?«, fragte sie Thekla irritiert.

»Die werden schon einverstanden sein, weil du jetzt einfach etwas Besseres zu tun hast.« Und damit schloss Thekla das kleine Gartentor wieder und winkte Sophie zum Abschied zu, bevor sie wieder zu der restlichen Gruppe ging und Sophie auf dem Gehweg stehen ließ. Immer noch leicht verdattert, leinte Sophie Jochen an, drehte sich um und marschierte einfach los.

Kaum zwanzig Minuten später standen sie vor dem nächsten Tor – dem zu Rasmus' Werkstatt. Aus ihr unerklärlichen Gründen war Sophie plötzlich nervös. *Lächerlich.* In den vergangenen Wochen war sie so häufig hier gewesen und wie selbstverständlich ein- und ausgegangen. Was also war das Problem?

Jochen neben ihr winselte schon ganz ungeduldig, und Sophie wollte gerade das Tor aufstoßen, als sie sah, wie Rasmus die Feuertreppe herunterkam. Die Feuertreppe, die außen am Gebäude in das obere Stockwerk führte. Das Stockwerk, über das Sophie und er so gestritten hatten. Und … er war nicht allein. Dicht hinter ihm folgte ihm eine Frau. Selbst aus der Entfernung konnte Sophie erkennen, wie schön sie war: Lange dunkle Locken wickelten sich um ihren Kopf und wippten bei jedem Schritt melodisch mit. Sie trug ein schwarzes Blusenkleid aus Leinen, das locker um ihren Körper fiel, und flache Sandalen. Ihre Haut war gebräunt, und sie war in ihrer gesamten Erscheinung so mühelos elegant, dass Sophie der Mund offen stehen blieb. Vermutlich gehörte sie zu den Frauen, die sich morgens nach dem Aufstehen wirklich nur schnell irgendwas überwarfen und damit einfach perfekt gekleidet waren.

Sophie sprang vom Tor weg, als die beiden unten angekommen waren, und versteckte sich mit brennenden Wangen hinter der Hecke. Jochen hatte sie hinter sich, und nun bedeutete sie ihm per Handzeichen, sich hinzulegen und still zu sein. Wehe, du bellst jetzt, sagten ihr starrer Blick und der erhobene Zeigefinger. Wie immer verstand Jochen die Situation ganz genau. Und auch wenn er einen Moment zu zögern schien, befolgte er letztlich Sophies Anweisung.

Zögerlich lehnte sie sich ein Stück nach vorne, sodass sie zwar hinter der Hecke verborgen blieb, aber dennoch durch das Tor spähen konnte. Wie sie wohl auf Passanten wirken musste … Doch Sophie war zu sehr mit der Szene, die sich vor ihren Augen abspielte, beschäftigt, als dass sie sich darum kümmern konnte. Leider war sie zu weit entfernt, um zu hören, worüber sich Rasmus und die Unbekannte unterhielten; doch es reichte bereits zu sehen, *wie* sie sich unterhielten: Sie standen einander gegenüber vor der Haustür, die Unbekannte hatte ihre Hand auf Rasmus' Unterarm gelegt, was ihn ganz und gar nicht zu stören schien. Ganz im Gegenteil: In einer fließenden Geste nahm er ihre Hand und hielt sie fest. Als wäre das nicht schon genug, lehnte sich die Frau nun vor, und die beiden verschmolzen in einer innigen Umarmung.

Sophie schnaubte, und Jochen warf ihr einen fragenden Blick zu. Nicht dass der Blick ihres Hundes ihr aufgefallen wäre, denn in einem Anflug von Masochismus musste sie weiter beobachten, was auf der anderen Seite des Tores vor sich ging. Die fremde Frau löste sich leicht aus der Umarmung. Aber nur ein Stück, sodass sie und Rasmus sich anschauen konnten, während sie sich weiterhin in den Armen hielten. Wäre es an diesem sommerlichen Abend nicht immer noch taghell, hätte man mit Sicherheit Funken fliegen sehen können. Es waren jedoch keine Funken, die Sophie nun beobachtete: Rasmus beugte sich ein Stück hinunter und schürzte die Lippen.

*Okay, das reicht.* Zu beobachten, wie der Schreiner mit einer Fremden knutschte – nein, so weit ging Sophies Hang zur Selbstgeißelung dann doch nicht. Überrascht von der Intensität ihrer Gefühle zog sie den Kopf zurück und drückte sich in die Hecke. Mit einem Mal schien die Flasche Sekt in ihrer Hand sie zu verhöhnen. Sie verfluchte Thekla dafür, dass sie sie überredet hatte hierherzukommen. Zu feiern gab es hier offensichtlich ein neues Paar, das sich gefunden hatte. Und Sophie war kein Teil davon.

Bevor sich die Wut in Form von Tränen ihren Weg an die Oberfläche bahnen konnte, musste sie hier weg. Sie lief Richtung Zuhause und stellte die Sektflasche auf dem nächsten Stromkasten ab. Die Feierlaune war ihr vergangen. Wie hatte sie die Sache mit Rasmus so dermaßen fehldeuten können? Ihr Körper, der alte Verräter, hatte bei jeder von Rasmus Berührungen kleine Feuerwerke veranstaltet. Aber die Pyro-Party schien nicht auf Gegenseitigkeit zu beruhen, wie sie eben selbst bezeugen durfte. Sophie kam sich vor wie der letzte Trottel. Im Gehen holte sie ihr Handy aus der Tasche und formulierte eine Nachricht an Jule und Lina. Zumindest Lina würde den Witz an der Situation erkennen, denn nun hatte Rasmus Sophie wirklich umgehauen. Nur leider war sie k. o. gegangen.

# 18

»Ich will nicht«, maulte Sophie und zog sich die Decke über den Kopf. Jule war in ihr Zimmer gekommen, hatte die Vorhänge beiseite gezogen und das Fenster aufgerissen. Dann war sie zu Sophie ans Bett getreten und war nun im Begriff, ihr die Decke zu entwinden. »Sophie, es ist nach elf. Es wird Zeit, dass du aufstehst.«

»Ich will aber nicht.«

»Und ich meine das nicht nur abhängig von der Uhrzeit. Ich habe dir jetzt vier Tage gegeben, in denen du offensichtlich sehr ausführlich in deinem Elend gebadet hast. Aber damit ist jetzt Schluss.« Angewidert blickte Jule sich in Sophies Zimmer um. Jochen, der eigentlich nicht im Bett schlafen durfte, sondern davor am Fußende seinen Platz hatte, lag zwischen Sophie und der Wand und hätte nicht zufriedener aussehen können. Auch wenn es die vergangenen Tage für ihn keine ausgiebigen Spaziergänge gegeben hatte, sondern nur schnelle Runden um den Block oder zum Imbiss um die Ecke, lebte der Hund jeden Tag den besten seines Lebens.

Im Zimmer waren überall Klamotten verstreut, eine offene

Pizzaschachtel lag mitten auf dem Teppich, direkt neben einem Teller mit eingetrockneten Essensresten. Jule öffnete das Fenster, das offensichtlich seit einer Weile nicht mehr offen gewesen war. Die halb vollen Gläser auf dem Tisch neben ihr, die sich langsam, aber stetig in Friedhöfe für Fruchtfliegen verwandelten, ignorierte sie. Ein richtiger Sauerstoffkick rollte durchs Zimmer. Jule zog noch mal an Sophies Decke, und dieses Mal ließ sie es geschehen. Ein Schopf blonder (ziemlich fettiger) Haare kam darunter zum Vorschein.

»Sophie, ich liebe dich, aber ich ekele mich gerade auch vor dir. Wenn es gar nicht anders geht, dann schleife ich dich ins Bad. Aber ich wäre die sehr dankbar, wenn du einfach selbst unter die Dusche gehen würdest. Ich warte in der Küche auf dich, und es wird frischen Kaffee geben.« Damit verließ Jule Sophies Zimmer. »Wenn du nicht mehr stinkst«, hörte Sophie sie noch murmeln, bevor kurze Zeit später Klappern aus der Küche an ihre Ohren drang. Sie schlug die Decke zurück und setzte sich auf. Jochen lag auf dem Rücken und grinste sie an.

»Das, mein kleiner Hund, werden wir dir ganz schnell wieder abgewöhnen. Runter«, sagte sie streng und wies mit dem Zeigefinger vom Bett. Jochen regte sich nicht. *Natürlich.*

»Na gut, vielleicht nicht heute. Noch nicht.« Dann stand sie auf und streckte sich einmal in alle Richtungen. Bis auf die kurzen Gassirunden hatte sie die letzten Tage nur im Bett verbracht, ungesunden Kram gegessen, alte Disneyfilme geschaut und alle Anrufe und Nachrichten ignoriert. Dazwischen immer wieder geheult. Rasmus hatte sie wirklich sehr verletzt. Warum musste sie auch in genau dem Moment herausfinden, wie wichtig er ihr war, in dem er eine andere Frau küsste? Das war natürlich mehr als unglücklich gelaufen. Aber so war es ja seit einiger Zeit mit den meisten Sachen in Sophies Leben. Sie ging ins Bad und stand kurze Zeit später geduscht und duftend in der Küche.

Jule saß am Tisch, vor sich eine Tasse Kaffee. Eine zweite stand schon an Sophies Platz. Sophie setzte sich, schloss die Augen und atmete den Duft des Kaffees ganz tief ein.

Ah ja, das brachte die Lebensgeister wieder zurück. Sie öffnete die Augen wieder, nahm die Tasse und einen ersten Schluck daraus. Dann beobachtete sie Jule, die ihr gegenübersaß und in die Zeitung vertieft war.

Es dauerte einen Moment, bis Sophie begriff, was sie an dem Bild irritierte. »Jule, seit wann liest du die *Mopo*?«, fragte sie verwirrt. Jule war eher der Typ für Magazine, andere Printmedien gab es bei ihnen nicht – und schon gar keine Tageszeitungen.

»Seit die Titelstory um dich geht«, antwortete Jule ganz nonchalant und las weiter, als hätte sie nicht eine Bombe platzen lassen.

»Seit *was*?« Sophie ließ die Tasse in ihrer Hand sinken und starrte Jule hat. Hatte sie richtig gehört? Jule schaute auf und grinste. Dann schob sie ihr die Zeitung vor die Nase. Sophie schnappte nach dem Papier und überflog die Zeilen, bis die Buchstaben einen Sinn ergaben. Über den Spalten prangte ein Bild, das Renate und Metin, Thekla und die anderen zeigte, wie sie nebeneinanderstehend in die Kamera lächelten. Metin streckte den Daumen nach oben. Erst langsam begriff Sophie, was sie da sah: Offenbar hatte Renate dem Reporter freimütig von Sophies Wandlung und ihrem Einsatz für das Zentrum erzählt. Sophie war gerührt. Auf der einen Seite wusste nun also ganz Hamburg, dass sie arbeitslos war, da Renate wirklich kein Detail ausgelassen hatte. Auf der anderen Seite hatten Renate und die anderen den wirklich schlimmen Artikel von einigen Wochen zuvor wieder wettgemacht. Während Sophie in dem ersten Bericht als herzlose Businesstante abgestempelt worden war, wurde sie nun nicht albern glorifiziert, sondern neutral dargestellt: Die Rentner erzählten einfach, was sich geändert hatte. Als Sophie den Artikel zu Ende gelesen hatte, traf sie Jules Blick.

»Jule«, murmelte sie immer noch überwältigt, »das ist ja …«

»DER TOTALE WAHNSINN, ODER?« Ihre Freundin sprang vom Stuhl auf und tanzte mit ihrer Tasse durch die Küche, um sich einen weiteren Kaffee einzugießen.

»Sophie, diese Renate, die klingt wirklich wie ein Engel. Und sie macht dich zu einem, denn dieser ganze Artikel ist die totale Lobeshymne auf dich. Dein guter Ruf ist auf jeden Fall wiederhergestellt!«

»Ich muss sofort zu den anderen fahren und mich bedanken«, sagte Sophie.

»Ja, das wäre wohl angebracht«, stimmte Jule ihr zu.

Sophie stand auf, um sich ihre Tasche und Jochen zu schnappen und auf den Weg nach Ottensen zu machen, als sie das Klingeln ihres Handys aus ihrem Zimmer hörte. Sie hastete dem Geräusch entgegen. Ihr Smartphone lag irgendwo unter Decken und Kissen in ihrem Bett, und es dauerte ewig, bis sie es endlich in die Finger bekam. Sie nahm den Anruf entgegen.

»Guten Tag, spreche ich mit Frau Uhlmann?« Die Stimme gehörte ihrem Klang nach zu einer älteren Dame.

»Äh, ja, ganz genau. Und mit wem spreche ich?«

»Mein Name ist Ariadne von Udolph. Wie schön, dass ich Sie erreiche.«

Von Udolph, grübelte Sophie. Irgendwo in ihrem Gedächtnis war ein Leuchtfeuer angegangen bei dem Namen. Von Udolph, von Udolph. *Ach, natürlich!*

»Frau von Udolph«, rief sie, als der Groschen gefallen war, »wir haben eine Präsentation für Sie gehalten vor einigen Wochen, nicht wahr?«

»Also, so wie ich mich erinnere, haben *Sie* eine Präsentation gehalten. Und wenn mich nicht alles täuscht, auch den Löwenanteil der Arbeit geleistet.« Ariadne von Udolph hatte eine ruhige und samtige Stimme, bei der man sich nur schwer vorstellen konnte, dass sie jemals laut oder hektisch wurde. Sophie rief sich das Bild der Frau in Erinnerung: Sie war mit Sicherheit jünger als Renate, aber bestimmt etwas älter als Thekla. Sie war fit, das hatte Sophie an ihrer Haltung und ihren Bewegungen gesehen. Und sie war in jedem kleinen Detail ihrer selbst einfach nur als geschmackvoll zu beschreiben: Ariadne von Udolph war die Essenz von Eleganz und, wie Sophie nun merkte, von einer sympathischen Leichtigkeit im Gespräch mit anderen. Was eigentlich keine Überraschung war, denn die Rolle als Gastgeberin war sie ja gewöhnt. Bei ihrem Termin einige Wochen zuvor hatte Sophie eigentlich nur Augen für ihre Präsentation gehabt. Mit ihrem Chef im Nacken, der von ihr Höchstleistungen erwartete, hatte sie noch weniger Aufmerksamkeit für die Person selbst.

»Frau von Udolph, was kann ich für Sie tun?«, brachte Sophie ihre eigentliche Frage heraus. Eine Frage, hinter der sich zahlreiche weitere versteckten: *Wieso rufen Sie mich an? Wie kommen Sie an meine Nummer?*

»Eine berechtigte Frage, liebe Frau Uhlmann. Sehen Sie, es ist so: Ich war vor einigen Wochen schon beeindruckt von Ihrer Arbeit. Sie haben eine äußerst solide Strategie ausgearbeitet, an der es wirklich überhaupt nichts auszusetzen gibt.«

»Das freut mich natürlich. Aber ich bin nicht mehr für das Familyoffice Berglund & Söhne zuständig. Alles Weitere müssten Sie mit meinem ehemaligen Vorgesetzten Herrn Merten besprechen«, unterbrach Sophie die Anruferin.

»Ich weiß, dass Sie dort nicht mehr arbeiten. Ich habe den Artikel in der *Morgenpost* über Sie gelesen.«

*Oh.*

Ariadne von Udolph fuhr ohne zu zögern fort: »Ich habe die gesamte Berichterstattung über Sie verfolgt, um ehrlich zu sein. Und ich habe das Angebot von Berglund & Söhne abgelehnt. Wie gesagt, Ihre Arbeit war ausgezeichnet, und deshalb war ich auch sehr froh, von Ihrer Entlassung zu lesen.«

Sophie stockte. »Ähm … Schön, dass wenigstens Sie meiner Kündigung etwas Positives abgewinnen können«, sagte sie zögernd und fragte sich, in welche Richtung dieses Gespräch gerade abdriftete. Die Frau am anderen Ende der Leitung lachte auf.

»Ach, verzeihen Sie. Das habe ich ungeschickt formuliert. Hören Sie, ich würde Sie sehr gerne treffen, denn ich glaube, Sie könnten genau die Richtige für mein Anliegen sein.«

»Welches Anliegen denn?«

»Ich habe Berglund & Söhne abgelehnt, da das Ziel des ausgearbeiteten Konzepts nicht dem entsprach, was ich eigentlich will. Ich will mein Vermögen nicht vermehren, ich will es klug und nachhaltig anlegen. Ökologisch und sozial nachhaltig. Meine Berater sind natürlich nicht begeistert, weshalb der Suchauftrag an Ihre vorherigen Arbeitgeber auch so vage ausfiel. Als ich dann von Ihrem Engagement gelesen habe, wusste ich, dass ich nicht unbedingt die Expertise von Berglund & Söhne für meine Ideen haben möchte. Sondern Sie.«

»Ähm.« Erst mal sagte Sophie gar nichts. Sie war baff.

»Das war jetzt auch sehr viel von mir«, lenkte die Frau am anderen Ende der Leitung ein. »Was halten Sie davon, wenn wir uns für den kommenden Montag verabreden? Ich würde mich gerne in Ruhe mit Ihnen unterhalten und sehen, welche Ideen Sie sonst noch in sich tragen. Würde Ihnen 11 Uhr am Vormittag passen? Dann reserviere ich uns einen Tisch im Café Paris.«

Wie fremdgesteuert willigte Sophie ein, und sie legten auf. Wenigstens blieb ihr noch so viel Geistesgegenwärtigkeit, sich den Termin gleich im Kalender zu notieren.

Der Notar klappte die Dokumentenmappe zu.

»So, damit hätten wir es«, sagte er und nickte der Richterin zu. Diese bedankte sich, verabschiedete sich in die Runde und verließ den Konferenzraum. Auch der Rest der Gruppe erhob sich. Renate atmete auf: Seit fünf Minuten waren sie ein offiziell eingetragener Verein. Bei der Unterschrift hatte ihre Hand ganz leicht gezittert, und sie fragte sich, ob die anderen das auch so aufregend fanden wie sie. Sie ließ ihren Blick über

Sophie, Metin, Thekla, Ludwig, Irmgard und Irene gleiten, konnte in deren Gesichtern aber nichts lesen. Nur Irmgard und Irene leuchteten wie Laternen am Martinstag, aber das hatte wohl eher mit der Schminke zu tun, die sie großzügig zur Feier des Tages aufgelegt hatten.

»Herzlichen Glückwunsch nochmals«, sagte Michael Schuster, der Notar, und klemmte seinen Füller an das Deckblatt der Mappe. Dann schaute er Sophie an. »Und wenn ich noch etwas Persönliches hinzufügen darf: Frau Uhlmann, ich habe Ihre Geschichte in der Zeitung verfolgt, und ich finde Ihren Einsatz für den Verein bemerkenswert.«

Renate sah, wie Sophie leicht errötete.

»Oh, danke«, antwortete Sophie, »das ist sehr nett von Ihnen. Aber seien wir ehrlich: Eigentlich haben die anderen hier mit ihrer Vehemenz den wirklichen Einsatz geleistet. Manchmal muss man einfach vor vollendete Tatsachen gestellt werden, um die beste Lösung zu finden. Jetzt freue ich mich, das jüngste Mitglied der Renitenten Rentner e. V. zu sein – und vermutlich auch für immer zu bleiben.«

Alle lachten auf, und Aufbruchstimmung machte sich breit. Michael Schuster verabschiedete sich und ließ die Renitenten Rentner e. V. im Flur des Amtsgerichts zurück.

»Das war sehr schön, was du gerade gesagt hast, Sophie.« Renate wollte nicht vor dem Notar so gefühlsduselig dastehen. Das überließ sie lieber den Zwillingen. Oder Metin, der schon wieder auffällig in seiner Jacketttasche kramte. *Bestimmt auf der Suche nach einem Taschentuch.* Und tatsächlich zog er gleich darauf etwas Weißes aus der Tasche. Renate wandte sich wieder Sophie zu und lächelte sie an. Sie hätte es wohl nie für möglich gehalten, aber diese junge Frau gefiel ihr immer besser. Sie beobachtete die Wandlung, die Sophie momentan durchlief, genau. Und die Person, die da hinter der anfänglichen Attitüde zum Vorschein kam, befand Renate für gut. Wäre Renate noch so jung, wären sie und Sophie wohl dicke Freundinnen geworden. Obwohl: Freundinnen waren sie jetzt auch irgendwie – aber halt eher in einem großmütterlichen Verhältnis. Sie legte Sophie die Hand auf den Unterarm und setzte gerade an, um weiterzusprechen, doch Sophie kam ihr zuvor.

»Renate, ich wollte mich auch noch bei dir bedanken. Und bei euch allen!« Sie schaute jeden Einzelnen an. »Jule hat mir den Artikel gezeigt, der heute in der *Mopo* erschienen ist. Ihr könnt euch gar nicht vorstellen, was mir das bedeutet.«

»Da kannst du dich hauptsächlich bei Renate bedanken. Die hat sich mit den Schmeicheleien um deine Person nicht zurückgehalten«, flöteten die Zwillinge. Renate tat das mit einer Handbewegung ab.

»Ach, iwo. Ich habe nur erzählt, was so passiert ist die letzten Wochen. Apropos, es gibt da noch etwas, das wir dir sagen wollen.«

Sophie machte große Augen. Renate geriet ins Stocken. Dass sie Sophie die Neuigkeiten sagen mussten, darüber waren sich alle einig gewesen. Aber über das Wie hatten sie sich keine Gedanken gemacht.

»Also, es ist so«, fing sie an. Sie zögerte. Aber es half ja alles nichts, früher oder später würde Sophie es eh mitbekommen und dann lieber früher. *Später* war in Renates Alter einfach ein zu großes Risiko, und sie wollte sich nicht vorstellen, wie Sophie schimpfend an ihrem Grab stand. Wobei der Gedanke auch ein bisschen lustig war: Renate, wie sie in völligem Frieden unter der Erde lag, und Sophie eine Etage drüber tobte und damit die Aufmerksamkeit aller Friedhofsbesucher auf sich zog. Und das nicht unbedingt im Guten. Renate riss sich zusammen. »Wir haben einen Raum gefunden.«

Sophie riss den Mund auf, und ihre Augen wurden noch größer, was langsam ziemlich ungesund und auch ein bisschen gefährlich aussah. »Das ist ja der totale Wahnsinn«, jauchzte sie, ein bisschen zu laut gemessen daran, dass sie sich immer noch im Amtsgericht befanden. Sicherlich platzte sie damit unfreiwillig in irgendeine Verhandlung, die in einem der zahlreichen Zimmer um sie herum stattfand.

»Ja, ich weiß nicht, ob du dich gleich immer noch so freuen wirst«, murmelte Renate, sodass man sie kaum verstehen konnte. Aber Sophie hatte sie ganz genau gehört.

»Wieso glaubst du das? Ich denke nicht, dass auch nur irgendetwas meine Freude darüber mindern könnte. Gut, außer vielleicht, die Miete der neuen Räumlichkeiten ist so hoch, dass ich meine Wohnung aufgeben und künftig im Zentrum leben muss, weil ich mir nicht beides leisten kann.« Sophie lachte über ihren eigenen Scherz.

»Nein, das ist es nicht. Es ist sogar sehr erschwinglich«, antwortete Renate und spielte auf Zeit. Wie verfahren diese Situation war!

Sophie war die letzten Tage nicht zu erreichen gewesen, und die Rentner hatten sich schon Sorgen gemacht. Auch Rasmus wusste nicht, wo sie war, denn ihn und seine Anrufe hatte sie offensichtlich ebenfalls ignoriert. Irgendwann hatte Thekla dann zumindest eine kurze SMS von Sophie erhalten, dass sie pünktlich zum Termin mit dem Notar erscheinen würde und dass alles okay sei. Die Renitenten Rentner hatten ihr diese Lüge durchgehen lassen, obwohl sie längst ahnten, dass nichts okay war. Und Renate hatte genau gesehen, dass Sophie heute Morgen nicht so fidel aussah wie sonst: Ein kleiner Schatten schien über ihr zu hängen, den sie aber gekonnt überspielte. Als jedoch im Gespräch Rasmus' Name aufkam, bestätigte sich Renates Ahnung: Irgendetwas musste zwischen den jungen Leuten vorgefallen sein. Was auch immer es war – es machte Renate das Leben ebenfalls schwerer. Hilfesuchend schaute sie zu den anderen, länger konnten sie *das Thema* nicht aufschieben. Aber jeder Einzelne schaute entweder sehr interessiert ins Nichts oder war immer noch mit der Suche nach Taschentüchern beschäftigt. Nur Thekla sah Renates Verzweiflung und verstand sie richtig.

»Die Räume befinden sich über Rasmus' Werkstatt«, sagte die Tanzlehrerin ganz klar, ohne Mitleid in der Stimme.

»Oh«, war Sophies Reaktion. Die Begeisterung war wirklich aus ihrem Gesicht gewichen. Aber nach einem kurzen Moment riss sie sich zusammen und lächelte wieder. Renate tätschelte ihr den Unterarm, und all das Mitleid, das in Theklas Stimme gefehlt hatte, floss nun aus ihrem Blick.

Sophie sah das und verzog den Mund. »Renate, es ist alles okay«, sagte sie beschwichtigend.

»So okay wie in den letzten Tagen, als du dich totgestellt hast?«, gab Renate spitz zurück. Sie wollte Sophie aus der Reserve locken, denn die Zeit der Höflichkeiten war vorbei. Sie waren nun ein offizieller gemeinnütziger Verein, und da kümmerte man sich, wenn es jemandem schlecht ging.

Sophie grinste schief, offensichtlich ließ sie sich auf Renates Spielchen aber nicht ein.

»Wie kam das denn?«, fragte sie stattdessen, und es klang ehrlich interessiert. Die Gruppe setzte sich in Bewegung, um die staubigen Flure des Gerichts hinter sich zu lassen und gleich hinter der schweren Eingangstür wieder von dem Hamburger Sommer begrüßt zu werden.

An Renates Stelle antwortete Thekla: »Er rief mich vor ein paar Tagen an und schlug vor, dass wir uns das Stockwerk über der Werkstatt mal anschauten. Er sagte, es sei zwar viel zu tun, aber er hat seine Hilfe angeboten und meinte, gemeinsam würden wir das sicher hinbekommen. Also sind wir vor zwei Tagen zu ihm gefahren und haben uns unser neues Zentrum angeschaut. Und, Sophie, es ist perfekt!« Renate bemerkte, wie sich Theklas Wangen röteten vor Begeisterung. Und sie konnte es verstehen, denn sie war nicht minder begeistert von den Räumlichkeiten über der Werkstatt.

»Wieso habt ihr mir denn nicht Bescheid gegeben?«, fragte Sophie.

»Das haben wir versucht«, meldete sich nun Metin, der das Taschentuch zwischenzeitlich wieder in seiner Tasche verstaut hatte, »aber wir konnten dich nicht erreichen.«

»Mh«, brummte Sophie.

Metin plauderte weiter.

»Und so wie du vorhin reagiert hast, ist es vielleicht auch besser. Denn irgendein Problem scheint es zwischen Rasmus und dir ja zu geben.«

»Metin!« Renate boxte ihn mit ihrem Ellbogen leicht in die Seite. Metin zog überrascht die Augenbrauen hoch.

»Was? Das ist jetzt doch keine Überraschung, das hat doch wohl jeder von uns gesehen. Oder, Ludwig?«

Dieser nickte bestätigend. Klar, jetzt kriegt er natürlich mal was mit, dachte Renate und rollte mit den Augen. Ihr war ja ebenfalls klar, dass da irgendwas nicht in Ordnung war zwischen Rasmus und Sophie. *Bloß was?* Offensichtlich war Sophie die Einzige, die das Problem kannte. Und sie wollte eindeutig nicht drüber sprechen.

Als hätte sie Renates Gedanken erahnt, schob Sophie sich die Sonnenbrille auf die Nase. »Darum soll es aber nicht gehen«, sagte sie nun und wandte sich zum Gehen. Die anderen folgten ihrer Aufforderung, und gemeinsam liefen sie Richtung Planten un Blomen. Sie hatten kein konkretes Ziel, aber der Park an einem sonnigen Tag war immer eine gute Idee. »Haben wir schon einen Plan, wann wir da einziehen können?«

»Wir können nächste Woche mit dem Umbau anfangen. Rasmus macht uns einen konkreten Plan, was alles getan werden muss, und auch, mit welchen Kosten wir zu rechnen haben. Da wir aber alles selbst machen und viel Material vergünstigt über Rasmus bekommen können, wird sich das in Grenzen halten. Hat er uns versprochen.« Thekla lief neben Sophie und Renate, und zu dritt führten sie die kleine Gruppe an.

Sophie hatte hinter den dunklen Gläsern der Sonnenbrille wieder ihr professionelles Gesicht aufgesetzt und plante im Gehen gemeinsam mit Thekla Umbau und Umzug in den kommenden Wochen. Renate warf der jungen Frau einen heimlichen Seitenblick zu. Der Schatten lag immer noch über ihr, wenn auch kaum merklich. Aber Renate würde schon noch herausfinden, was es damit auf sich hatte. Und den Streit zwischen Rasmus und Sophie beheben. Das hatte Sophie nun davon, denn so war es eben, wenn das beigefarbene Großmütterchen jemanden in sein Herz schloss. Da gab es kein Entkommen.

# 19

Sophie betrat das Café Paris in der Nähe des Hamburger Rathauses einige Minuten vor der verabredeten Uhrzeit. Jochen hatte sie heute bei Jule gelassen, die zu Hause an ihrem Schreibtisch arbeitete. Zum einen wusste Sophie nicht, ob Hunde in diesem Café erlaubt waren, und zum anderen wollte sie sich durch Jochen keine Chancen verbauen. Also nicht durch den Hund an sich, sondern eher durch seinen Hang zu ungebührlichem Verhalten in unpassenden Situationen. Ja, Erfahrungen machten einen schlauer.

Ariadne von Udolph saß schon an einem der zahlreichen kleinen Tische. Als sie Sophie erblickte, erhob sie sich in einer fließenden Bewegung und winkte ihr durch den ganzen Saal hinweg zu. Sophie ging auf sie zu, wobei sie die geschwungene Theke auf der rechten Seite des Raumes bewunderte. Besonders die Kuchenauslage, die neben imposanten Torten auch zahlreiche kleine Tartelettes mit Früchten und Cremes in allen Farben des Pantone-Fächers bot. Sophie stellte sich schon im Vorbeigehen die Frage, welches Limit sie sich setzen musste bei der Kuchenfrage. Einen Zuckerrausch wollte sie sich vor

Ariadne von Udolph nicht leisten. Auf der anderen Seite wollte sie auch nicht auf die Köstlichkeiten verzichten – wenn sie schon mal hier war.

Der Raum als solcher bestach durch seine enorme Höhe und die verzierte Jugendstildecke, die mit bemalten Fliesen und zahlreichen kleinen runden Leuchten dem Café einen ganz eigenen Charme verlieh. Die weißen Kacheln erinnerten dabei dezent an das vorherige Leben der Location, in der früher eine Schlachterei beherbergt war. Das Café Paris war eine Kultadresse in Hamburg, und wie das mit den bekanntesten Orten einer Stadt häufig lief, war Sophie noch nie hier gewesen. Sie erreichte den Tisch und streckte der Grande Dame die Hand zur Begrüßung hin.

»Bitte entschuldigen Sie, dass Sie warten mussten«, eröffnete Sophie die Unterhaltung.

»Ach, nicht doch«, winkte Ariadne von Udolph ab. »Ich bin immer etwas früher da, weil ich jedes Mal eine halbe Ewigkeit brauche, um mich für einen Kuchen zu entscheiden. Und meistens werden es zwei.« Sie lächelte, und ihr ganzes Gesicht strahlte. Sophie kam nicht umhin, diese Frau für das vielleicht schönste Geschöpf der Welt zu halten. Sie war alterslos: Ihre grauen Haare hatte sie am Hinterkopf gekonnt zu einem Knoten hochgesteckt. Sie trug eine schmal geschnittene luftige Stoffhose in Dunkelgrün und ein dazu passendes Oberteil. Wie die legere Variante eines Kostüms, schoss es Sophie durch den Kopf, eine Kombination, mit der man immer richtig gekleidet war. An den Füßen trug sie flache Slipper in kräftigem Orange, ein stilsicherer Kontrast zu der gedeckten Farbe der Kleidung. Sophie staunte darüber, wie gänzlich anders ihre Erscheinung wirkte im Gegensatz zu der von Thekla, obwohl beide sich farblich in ähnlichen Breitengraden bewegten. Aus irgendeiner Ecke ihres Gehirns kam Sophie der Gedanke, dass die beiden sich sicher gut verstehen würden, obwohl sie vermutlich grundverschieden waren. Oder vielleicht genau deshalb.

Sophie setzte sich, und gleich darauf erschien ein Kellner, um ihre Bestellung aufzunehmen: zwei Tassen Kaffee und je ein Stück Käsekuchen. Denn mit Käsekuchen war man immer gut beraten. So lange sie auf ihre Bestellung warteten, plauderten sie, und Sophie fühlte sich zum ersten Mal seit Wochen wieder wie die Business-Sophie, die eloquent durch ein Gespräch führen konnte, aber ohne dabei zu aufdringlich zu sein. Und gleichzeitig fühlte sie sich gar nicht mehr wie die alte Sophie. Der Unterschied war, dass sie an dieser Unterhaltung und der Person ihr gegenüber wirklich Interesse hatte. Sie hörte Ariadne von Udolph aufmerksam zu, obwohl sie in diesem Moment nur von den schönen Sonnentagen schwärmte, die der diesjährige Sommer ihnen bisher geschenkt hatte.

Als der Kellner ein zweites Mal an ihrem Tisch erschien – dieses Mal beladen mit einem großen Tablett mit ihren Getränken und Kuchen –, war dies das unausgesprochene Signal, um zum geschäftlichen Teil ihres Treffens überzugehen. Sophie ließ der Älteren den Vortritt, da sie immer noch etwas unsicher war, was genau sie von diesem Treffen erwartete.

»Sie fragen sich vermutlich immer noch, warum ich Sie um ein Treffen gebeten habe.«

Sophie fragte sich eher, ob die Frau vielleicht Gedanken lesen konnte, und erinnerte sich an die Male zurück, als Metin ihr im Kopf herumgepoltert war. Vielleicht war es Zeit, die

Frage nach dem Wie an den Nagel zu hängen und diesen Fakt einfach zu akzeptieren.

»Ehrlich gesagt, ja. Ich war überrascht, als Sie mich angerufen haben.«

Ariadne von Udolph hielt sich ihre Serviette vor den Mund, als sie lachen musste. Wirklich, wahnsinnig elegant, dachte Sophie und streckte den Rücken durch.

»Das hat man Ihnen auch ein wenig angemerkt. Aber jetzt haben wir ja Zeit, alles in Ruhe zu besprechen. Wie ich Ihnen schon am Telefon sagte, war ich von Ihrer Arbeit für Berglund & Söhne beeindruckt. Leider haben die konkreten Ergebnisse, wie sagt man so schön, das Thema verfehlt. Ich glaube aber dennoch, dass Sie die Richtige sind.«

»Inwiefern haben wir das Thema verfehlt?«, fragte Sophie. Sie stellte ihre Frage sachlich: Sie war nicht gekränkt, ganz im Gegenteil, die Antwort interessierte sie wirklich.

»Die Investitionsziele waren nicht korrekt. Mein Ziel ist es nicht, aus meinem Vermögen noch mehr Vermögen zu machen, das hatte ich ja am Telefon schon angedeutet.«

Sophie verstand. »Nachhaltig anlegen«, murmelte sie, und Ariadne von Udolph nickte.

»Genau. ›Nachhaltig‹ meinte ich nicht im Sinne von ›sicher‹ und ›langfristig‹. Ich meinte es ernst, als ich sagte, dass ich mich für ökologische und soziale Projekte interessiere. Sehen Sie, Frau Uhlmann, ich komme aus einer sehr wohlhabenden Familie. Ich habe keine Kinder und keine weiteren Verwandten, an die unser Vermögen gehen könnte. Ich weiß, was ich zum Leben brauche, sodass es für mich ein gutes Leben ist, und ich bin zufrieden damit. Das ganze restliche

Geld brauche ich nicht. Und ich will auch nicht, dass es auf irgendwelchen Konten schlummert, so lange die Welt so … nun, verbesserungswürdig ist. In dieser Hinsicht hatte ich sehr viel Glück in meinem Leben, und von diesem Glück will ich nun etwas zurückgeben. Ich weiß aber nicht, wie genau. Dafür brauche ich jemanden an meiner Seite, der sich mit dem Thema besser auskennt als ich. Und viel wichtiger noch: dafür ebenso brennt wie ich.«

Sie lehnte sich in ihrem Stuhl zurück und griff zu ihrer Kuchengabel.

»Ich sag es mal so: Zahlenheinis gibt es da draußen viele. Die brauche ich alle nicht. Ich suche jemanden, der versteht, was ich vorhabe. Wirklich versteht. Und ich glaube, das könnten Sie sein.« Dann spießte sie ein Stück Käsekuchen auf und schob es sich genüsslich in den Mund.

»Ich bin kein Zahlenheini!«, rutschte es Sophie raus. »Also irgendwie schon, natürlich. Aber ich bin nicht nur ein Zahlenheini.« In den letzten Wochen war so viel passiert, dass sie den Themenkomplex »Bewerbungen und neuer Job« erst mal hintangestellt hatte. Wenn ihr nun jedoch ein beruflicher Neuanfang buchstäblich auf dem Silberteller präsentiert wurde, wollte sie – auch wenn sie noch so unvorbereitet war – ihre Chance nutzen.

»Ich möchte, dass Sie mir von dem Projekt mit den Rentnern erzählen. Was genau haben Sie da gemacht?«, fragte Ariadne von Udolph nun.

Sophie lachte auf. »Erst mal ganz viel falsch. Und dann hoffentlich ein bisschen was richtig.« Sie schmunzelte, und ihr Gegenüber erwiderte ihr Lächeln. Sophie nahm noch einen

Schluck Kaffee, bevor sie Ariadne von Udolph die ganze Geschichte erzählte.

»… denn der Verein gibt den Leuten einen Ort, an dem sie Freunde treffen und Dinge erleben können, damit sie nicht den ganzen Tag alleine zu Hause sitzen. Altersarmut, Altersisolation – das sind gerade in großen Städten wie Hamburg gesellschaftliche Brennpunkte. Das sieht aber niemand, der nicht selbst direkt damit konfrontiert ist.« Sophie hatte sich in Rage geredet und beendete ihren kleinen Monolog etwas atemlos. »Entschuldigen Sie«, fügte sie eine Spur leiser hinzu und griff wieder nach ihrem Kaffee. »Wenn man sich erst mal mit den Problemen auseinandersetzt …« Sie ließ den Satz offen und trank stattdessen einen Schluck.

»Sehen Sie, Frau Uhlmann, genau das habe ich gesucht. Ich will jemanden, der nicht nur kluge Entscheidungen trifft, sondern sich wirklich einsetzt. Also, ich bin überzeugt. Wenn Sie wollen, haben Sie den Job.«

Jetzt war Sophie wirklich verdutzt. »Das ist, äh, wahnsinnig nett von Ihnen«, stolperte sie los. »Und entschuldigen Sie, wenn ich keine schönere Formulierung finde, aber: Um was für einen Job handelt es sich denn genau?« Sie hielt die Luft an und rechnete damit, dass ihre Gesprächspartnerin sie für ihre Unaufmerksamkeit rügen würde.

Aber die Dame lächelte nur weiter. »Genau das gilt es ja herauszufinden«, sagte sie triumphierend. »Ich stelle Ihnen mein Geld zur Verfügung und habe Ihnen eine Idee davon vermittelt, worum es mir grob geht. Und Sie sagen mir, wie wir das umsetzen.«

»Also es geht darum, Ihr Vermögen sozial und nachhaltig zu

investieren … Lassen Sie mich überlegen.« Sophie stützte das Kinn auf ihre Hand und grübelte. Sofort dachte sie an Social Businesses, denen sie eine Art Starthilfe geben könnten. Vielleicht nicht nur finanziell, sondern auch durch Know-how? Vor Sophies innerem Auge formte sich langsam das Bild eines Stipendiums für soziale Start-ups, die sich bei ihnen bewerben konnten. Ariadne und sie als eine Art Plattform, die Gründerinnen und Gründer, Wissen und monetäre Hilfen zusammenbrachte. Zudem könnten sie auch an reguläre soziale Projekte, die kein Unternehmen waren, spenden. Sophies Augen leuchteten auf – zum ersten Mal in ihrer beruflichen Laufbahn ging es nicht darum, Gewinne zu maximieren, sondern ein Vermögen so sinnvoll und gerecht wie möglich zu verteilen. Ja, dachte sie, das ist doch keine schlechte erste Skizze. Sie blickte auf und ließ Ariadne von Udolph an ihren Gedanken teilhaben.

»Bräuchten wir nur noch eine Idee, wie die Leute uns finden. Fakt ist, wir brauchen eine Website. Meine Freundin Jule ist Grafikerin und baut die tollsten Seiten im Internet. Die würde sich über einen solchen Auftrag freuen, und ich kann garantieren, dass es gut wird, weil ich sie und ihre Arbeit kenne. Man muss natürlich noch im Detail alles ausarbeiten. Aber doch, ich denke, so könnte das funktionieren.«

Damit endete Sophie und blickte in ein sehr erfreutes Gesicht. Ariadne von Udolph hielt sich die Hände vors Gesicht und atmete einmal tief ein und aus.

»Frau Uhlmann, das ist genau das, wonach ich gesucht habe. Ich würde mich sehr freuen, wenn Sie mit mir zusammenarbeiten. Ich denke, gemeinsam können wir viele tolle Sachen umsetzen.«

Jetzt war es Sophie, die sich die Hände vors Gesicht schlug. »Oh, wahnsinnig gerne!«, jubelte sie. Dann fächerte sie sich mit den Händen Luft zu, weil sie merkte, wie sich ihre Tränenkanäle schon wieder regten und sie vor ihrer neuen Chefin eigentlich nicht weinen wollte. »Ist warm hier, nicht?«

Ariadne von Udolph lachte und machte dem Kellner ein Zeichen. »Das möchte ich gerne mit Ihnen mit einem Glas Champagner feiern. Und vielleicht noch einem von diesen kleinen Beerentörtchen, die schon die ganze Zeit so verführerisch in der Auslage auf uns warten?«

Verwegen funkelte sie Sophie an. Sie nickte begeistert und hielt dann mitten in der Bewegung inne. »Frau von Udolph, eine ganz wichtige Sache habe ich noch, die wir klären müssen.« Gespannt traf ihr Gegenüber ihren Blick.

»Ja?«

»Ich habe einen Hund«, sagte Sophie vorsichtig.

»Das freut mich sehr für Sie«, antwortete Ariadne von Udolph lächelnd.

»Also ist das kein Problem für Sie?«

»Aber nein«, winkte sie ab. »Ein Hund ist immer eine gute Entscheidung.«

Sophie seufzte erleichtert. Sie traute sich kaum, diesen Gedanken zuzulassen, aber sie konnte nicht anders: Das war alles gerade ziemlich perfekt. Bis auf Rasmus natürlich, aber für den Moment hatte sie ihn in ihren Gedanken auf die stille Treppe verfrachtet.

Pasta-Abend an einem Montag, hatte es das schon mal gegeben? Jule konnte sich nicht erinnern, denn aus Sicherheitsgründen hatten sie diese Abende immer Richtung Wochenende gelegt. Aber Lina, Sophie und sie hatten sich in den vergangenen Wochen so selten gesehen wie schon lange nicht mehr. Und das, obwohl zumindest Sophie und Jule unter einem Dach lebten. Aber jede war in ihre eigenen Probleme und Alltäglichkeiten abgetaucht, und, schwups, waren mehrere Wochen ins Land gegangen. »Life is what happens while you're busy making plans for another Pasta-Abend«, hatte Lina heute Morgen in die WhatsApp-Gruppe geschrieben. Und weil sie so recht hatte, saßen sie nun an diesem Montagabend mit Pasta und Wein in Jules und Sophies Küche. Weil keine der drei wirklich Lust hatte, lange am Herd zu stehen, hatte sich Jule für ein schnelles Gericht entschieden: Dafür hatte Sophie zur Feier des Tages frische Pasta in der Rindermarkthalle gekauft, dazu kleine Cocktailtomaten, Rucola, Chili und Mandelblättchen. Kombiniert mit Öl, Knoblauch, Parmesan, Salz und Pfeffer war das eine ebenso schnelle wie gute Nummer.

»Wie der One-Night-Stand, den man sich wünscht, der aber nie eintritt«, kommentierte Lina. Jule verdrehte die Augen, aber insgeheim freute sie sich, wie sie hier zu dritt in ihrer Küche saßen und ölige Pasta futterten, jede mit einem vollen Weinglas vor sich.

»Na, wenn es eine wissen muss, dann du«, konterte Sophie, und Lina blieb vor Erstaunen das Essen im Hals stecken. Sie schluckte herunter und schlug mit der flachen Hand auf den Tisch. »Sophie Uhlmann, erstens: Wer sind Sie? Und zweitens: zu doll!«

Sophie tat unschuldig. »Was denn?«, sagte sie mit großen Augen und klimperte mit den Wimpern. Lange konnte sie diese Fassade aber nicht aufrechterhalten und brach wenige Sekunden später in Lachen aus. Jule und Lina stiegen mit ein. Als sie sich endlich wieder beruhigt hatten, erhob Lina ihr Glas. »Und vielleicht ist diese Phase jetzt auch erst mal beendet«, kündigte sie bedeutungsschwanger an.

Jetzt waren es Jule und Sophie, die große Augen machten. Lina fuhr fort.

»Erinnert ihr euch an den Kellner aus dem *Berliner Betrüger*? Ja, der scheint sich als Dauerbrenner zu entpuppen.«

»Oooooohhhhhhhhhhhh …« Jule und Sophie hoben ebenfalls ihre Gläser und stießen mit Lina an. »Vom Ende der Einsamkeit und vom Beginn der Monogamie«, flötete Jule, nachdem sie alle einen Schluck getrunken und ihre Gläser wieder abgesetzt hatten.

»Ja, jetzt wollen wir mal nicht übertreiben«, beschwichtigte Lina sofort. »Bisher habe ich es ohne Exitstrategie ausgehalten, und ich wäre euch sehr dankbar, wenn wir den Erwartungspegel unten halten, damit das auch so bleibt.« Sie grinste schief.

»Klar«, sagt Sophie. »Alles entspannt, wir bauen keinen Druck auf. Unsere tausend Fragen halten wir einfach ganz easy zurück.«

Lina knuffte Sophie in den Oberarm.

»Ich habe keine Ahnung, was mit dir passiert ist in den letzten Wochen, aber ich muss sagen, es gefällt mir!«

»Vielen Dank«, entgegnete Sophie. »Ich kann euch erzählen, was passiert ist. Ich habe einen neuen Job!« Triumphierend sah sie in die Runde, und nun waren es Jule und Lina, die mit einem lang gezogenen »Oooooooh …« ihre Gläser zum zweiten Mal erhoben. Sophie prostete ihnen zu und erzählte dann von ihrem Treffen mit Ariadne von Udolph am Vormittag und den Plänen, die die beiden geschmiedet hatten.

»Sophie, das klingt ja megagut«, freute sich Jule für ihre Freundin und Mitbewohnerin. Sie bemerkte, dass Sophie sie musterte und irgendwie überrascht aussah.

»Was?«, fragte Jule. Aber eigentlich wusste sie, warum Sophie so überrascht reagierte.

Diese zuckte mit den Schultern und ließ die Kuppe ihres Zeigefingers über den Rand ihres Weinglases gleiten. »Nichts, ich freue mich nur, dich so lachen zu sehen. Nimm es mir nicht übel, aber da hing eine gewaltige Wolke über dir in letzter Zeit. Und auch wenn ich verstehe, wieso das so war, bin ich froh, dich jetzt so zu sehen.«

»Wieso war das so?«, schob Lina ein.

Ja, natürlich, dachte Jule, Lina hatte davon ja nichts mitbekommen, denn bei dem Gespräch, das Jule und Sophie geführt hatten, war sie nicht anwesend gewesen.

»Ich hatte nicht so gute Laune in letzter Zeit«, setzte Jule an.

»Ja, das habe ich mitbekommen«, fiel Lina ihr ins Wort und schob ihren »Ich sag's ja nur«-Blick hinterher.

Jule konnte nicht einmal mit einem blöden Spruch kontern, denn ihre Freundin hatte recht. Sie fuhr fort: »Ich habe doch dieses Projekt mit der Plattform für Tierallergiker angefangen. Und, na ja, wie sich mit der Zeit herausgestellt hat, sollte das nicht gerade eine Selbsthilfegruppe für Leute werden, die halt einen Schnupfen bekommen, wenn sie mal eine Katze streicheln. Der Typ ist völlig abgedreht. Er hat schon ständig so komische Andeutungen gemacht, und ich meine, man merkt ja irgendwann, wenn jemand nicht ganz knusper ist. In einer Mail hat er mir dann mal versehentlich eine Anleitung mitgeschickt, wie man möglichst effiziente Giftköder gegen Hunde baut. Kannst mir nicht erzählen, dass er das nicht online stellen wollte, dieses beschissene Arschloch.«

»Oh, Jule, das ist ja furchtbar!« Lina schlug sich die Hand vor den Mund. Sophie nickte.

»Ja, das ist es. Aber das Schlimmste an der ganzen Situation ist eigentlich gewesen, dass ich den Auftrag nicht sofort zurückgegeben habe, als mir klar wurde, dass mit dem Typen ganz eindeutig etwas nicht stimmt. Ich wollte natürlich, aber … na ja, Geld. *Perks of being* selbstständig. Ich hab's mir ziemlich schwer gemacht mit der Entscheidung. Aber gestern habe ich sie getroffen – und ihm eine Mail geschickt, in der ich die Zusammenarbeit für beendet erklärt habe.«

Lina quietschte auf, während Sophie nach Jules Hand griff und sie ganz fest drückte. Jule lachte, erwiderte den Händedruck ihrer besten Freundin und erhob ihr Glas – ein drittes Mal.

»Okay, Leute, beruhigt euch. Wobei: Nein, beruhigt euch nicht. Auf mutige und richtige Entscheidungen!« Sie hob ihr Glas ein Stück höher und fuhr fort: »Wenn es dumm läuft und ich kein anderes Projekt bekomme, dann wohne ich vielleicht bald eher vor dem Haus als darin. Aber immerhin weiß ich, dass ich das Richtige gemacht habe.«

Damit prostete sie ihnen zu, und sie leerten ihre Gläser. Sophie setzte als Erste ab und ergriff das Wort.

»Vielleicht kann ich da Abhilfe schaffen«, sagte sie, und ihre Stimme klang triumphierend. »Da ich jetzt ja dafür bezahlt werde, das Geld meiner Chefin sinnvoll auszugeben, muss natürlich irgendwie die Information über die Stipendien an die entsprechenden Stellen kommen – eine Website könnte da hilfreich sein.« Sie blinzelte Jule über den Tisch hinweg zu. »Und zufälligerweise kenne ich da eine sehr talentierte Designerin.«

Jule sprang, noch bevor Sophie den letzten Satz beendet hatte, von ihrem Stuhl auf und fiel ihrer Freundin in die Arme. Sie spürte, wie ihr Herz vor Freude und Dankbarkeit einen wilden Tanz aufführte. Es fühlte sich gut an, die richtigen Entscheidungen zu treffen. Und es fühlte sich noch besser an, die Unterstützung der besten Freundinnen zu erleben.

»O Mann, Sophie, das hast du nicht wirklich gemacht?«, seufzte sie, irgendwo tief in der Umarmung vergraben.

»Worauf du einen lassen kannst!«, gab Sophie glucksend zurück. Jule spürte plötzlich, wie ihr Körper endgültig in einem Knäuel aus Gliedmaßen begraben wurde, denn auch Lina war von ihrem Platz aufgestanden und schloss sich der Gruppenumarmung an.

»Bin eigentlich nur auf dem Weg zum Kühlschrank, um uns nachzuschenken. Geht so ja nicht mit diesen leeren Gläsern. Und ich sag mal so: Als Freundin eines Gastronomen eignet man sich ganz automatisch gewisse Gastgeberqualitäten an.«

»Ach, Lina«, jubelte Sophie und versuchte auch Lina über Jule hinweg noch zu umarmen. Ein gordischer Knoten der Freundschaft, dachte Jule, und durch den Nebel des Weißweins tauchte unscharf ein Logo in ihren Gedanken auf. Hektisch löste sie sich aus den Umarmungen. »Sorry, Leute, ich muss nur ganz kurz in mein Zimmer, ich habe da gerade eine Idee für ein Logo«, sagte sie, wobei sie spürte, wie das Kribbeln einer guten Idee sie bis in die Fingerspitzen erfüllte. Sie eilte in ihr Zimmer: Wenn es so losging, konnte das Projekt mit Sophie nur gut werden. Jule spürte so was.

# 20

Rasmus seufzte und zog die Tür hinter sich zu. Dann trat er hinaus auf die Treppe, die ihn wieder auf den Boden der Tatsachen führen würde. Heute würden die Renitenten Rentner den Vertrag für das obere Stockwerk unterzeichnen. Er hatte seine Unterschrift schon gestern auf alle drei Ausdrucke gesetzt, aus Angst, er könnte doch noch einen Rückzieher machen. Das Stockwerk über der Werkstatt war jahrelang sein Geheimnis und sein Dämon gewesen: die Erinnerung daran, wie er sein Leben geplant hatte – und wie es letztlich nicht gekommen war. Der steingewordene Hinweis darauf, sich bloß nicht noch mal so ganz und gar auf jemand anderen einzulassen. Aber dann war da vor ein paar Wochen eine unausstehliche Sophie in sein Leben geplatzt, die sich letztlich als überhaupt nicht so unausstehlich entpuppt hatte. Rasmus wollte beim Gedanken an sie lächeln, aber das Lächeln klemmte ihm ein bisschen im Gesicht fest. Seit Tagen ignorierte sie seine Anrufe und Nachrichten, und er hatte keine Ahnung, wieso. Da Sophie als Gründungsmitglied des Vereins den Mietvertrag auch unterzeichnen musste, würde sie später ebenfalls in die Werkstatt kommen. Und Rasmus hatte nicht vor, sie so schnell wieder gehen zu lassen. Er wollte wissen, ob die Funkstille etwas zu bedeuten hatte oder ob sie vielleicht einfach sehr beschäftigt gewesen war. In erster Linie wollte er ihr aber eigentlich endlich sagen, wie gut er sie fand. Oder es ihr zeigen. Beispielsweise indem er sie hochhob, ihre Beine um seine Hüfte schlang und sie gegen den Türrahmen drückte, in dem er gerade stand, und sie so innig küsste, dass sie nie wieder auf die Idee kommen würde, ihn zu ignorieren. Er hing einen Moment in diesem Gedanken, bis er erschauderte und die aufkeimende Erregung abschütteln musste. Okay, reiß dich zusammen, mahnte er sich selbst. Er konnte ja schlecht gleich einen Haufen Rentner begrüßen, während er mit seiner letzten intakten Gehirnzelle an Sophie und ihren Hintern dachte.

Er marschierte zur Kaffeemaschine und zog sich einen extrastarken Espresso. Denn gerade wenn der Körper durchdrehte, war es eine prima Idee, Kaffee draufzuschütten. Da hörte er plötzlich, wie das Tor aufging, und einen Moment später füllten sieben Personen und ein Hund seinen Hof mit Geplauder. Jochen kam direkt auf ihn zugeschossen und führte seinen kleinen Freudentanz auf, bei dem er seinen Kopf gegen Rasmus' Beine drückte, er mit dem Schwanz wedelte und sich der gesamte Rumpf dazwischen asynchron hin- und herbewegte. Rasmus ging in die Hocke und kraulte Jochen zwischen den Ohren. Immer wenn er das machte, presste der kleine Hund den Kopf gegen seine Hand, und sein Gesicht bekam einen Ausdruck, als hätte er vom größten Joint der Welt gezogen.

Rasmus lachte auf. »O Mann, Jochen, du bist echt einzigartig«, brummte er, tätschelte dem Hund noch ein letztes Mal den Kopf und begrüßte dann die restliche Truppe. Mit dem Blick suchte er Sophie, die sich im Hintergrund hielt. Wenn Renate nicht so offenkundig noch winziger als Sophie wäre, hätte man wirklich meinen können, sie würde sich hinter der älteren Frau verstecken.

»Hey, Sophie«, rief Rasmus, und sie blickte tatsächlich auf. Aber nur, um ihm kurz zuzunicken und sich dann wieder ihrem Handy zu widmen. Täuschte er sich, oder herrschte in ihrem Gesicht Eiszeit? Fragend blickte er zu Renate, doch die zuckte auch nur mit den Schultern. In ihrem Gesicht las er dieselbe Ratlosigkeit, die auch ihn erfüllte. Nun gut, er würde schon noch rausfinden, was mit Sophie los war.

»Wollen wir erst noch mal eine Runde durch die Räume drehen?«, fragte Rasmus in die Runde. »Dann könnt ihr immer noch einen Rückzieher machen, falls ihr es euch doch anders überlegt habt.«

Sein Scherz kam an, alle lachten auf und setzten sich in Bewegung. Rasmus bildete das Schlusslicht auf der Treppe, gleich hinter Sophie. Er merkte, wie sie sich verspannte, als er auf die Stufen unter ihr trat, überspielte es aber.

»Ihr könnt einfach reingehen, die Tür ist offen«, rief er in Richtung der Spitze der Reisegruppe, die von Irmgard gebildet wurde. Sie blieb stehen, drehte sich um, winkte Rasmus und flötete: »Alles klärchen.« Doch ihr abruptes Stehenbleiben führte zu einer ungewollten Karambolage: Irene, die direkt hinter ihrer Schwester ging, war einen Moment unaufmerksam und lief in sie hinein, ebenso wie Metin, der hinter Irene stand und so weiter. Wie bei der Flüsterpost ging ein Ruckeln durch die Reihe, zum Glück nur ein sanftes, und niemand stolperte ernsthaft. Dennoch kam ein Gedanke in Rasmus auf: Wenn aber doch mal jemand stolperte? Oder nicht mehr so mobil war wie jetzt? Eine dauerhafte Lösung war diese Treppe nicht, da müsste er sich noch etwas Besseres einfallen lassen. Als Vermieter hatte er ja schließlich Pflichten, und die Unversehrtheit seiner Mieter und Freunde stand da ganz oben auf der Liste.

Als auch er schließlich den Raum betrat, hatten sich die sieben anderen schon über die gesamte Fläche verteilt.

»Für alle, die letztes Mal nicht dabei waren«, was in dem Fall nur Sophie war, »noch mal zur Erläuterung: Hier oben ist alles in der Rohfassung. Das heißt, wir müssen noch einiges an Arbeit reinstecken. Auf der anderen Seite habt ihr natürlich die Möglichkeit, den Raum so zu gestalten, wie ihr es für das Zentrum braucht. So eine Rigipswand ist schnell hochgezogen. Und auch schnell wieder eingerissen«, fügte Rasmus mit Blick auf die zwei Zimmer direkt hinterm Eingang hinzu, die er damals schon eingezogen hatte. Alle nickten eifrig, und Thekla, die neben Rasmus stand, zog einen Hefter aus ihrer Umhängetasche.

»Wir hatten beim letzten Mal ja die Fläche schon ausgemessen, und ich habe mal erste Überlegungen hier aufgezeichnet«, sagte sie und hielt Rasmus ihre Pläne unter die Nase. »Ich bin natürlich keine Architektin, aber ich habe versucht, so wenig wie möglich zu ändern. Klar, die Küche und das Badezimmer gibt es schon, die behalten wir auch in der Form. Wenn wir in eines der beiden anderen Zimmer noch eine Toilette einbauen können, sodass wir ausreichend viele haben, dann könnten wir das andere Zimmer als eine Art Büro verwenden. Für den großen Raum bräuchten wir dann nur so Dinge wie den richtigen Boden, eine Spiegelwand wäre toll und etwas Stauraum. Und sollten wir den großen Raum aus irgendwelchen Gründen einmal unterteilen müssen, können wir ja Trennwände oder Ähnliches aufstellen. Oder was sagt ihr?«, fragte sie in die Runde.

Metin hielt die Hände auf dem Rücken verschränkt und lief den Raum ab. »Ich wüsste auch nicht, was wir noch dringend bräuchten«, sagte er. »Wir können ja auch nachjustieren, sollte uns noch etwas einfallen.«

»Ach, so was klappt doch nie«, schob Renate ein. »Wenn hier erst mal alles steht, dann sind wir die Letzten, die noch mal alles leer räumen, um doch noch ein paar Wände zu streichen.«

Rasmus lachte auf. »Da hat Renate nicht unrecht. Sophie, was sagst du denn?«

Sophie war auf der anderen Seite des Raumes, was sicher kein Zufall war, und schaute aus einem der Fenster. Sie drehte sich um, verschränkte die Arme vor der Brust und zuckte fast schon gleichgültig die Achseln. »Ich denke, dass es mit einem großen Raum getan ist. Wenn wir irgendwo noch klug einen großzügigen Einbauschrank integrieren, beispielsweise direkt an den Flur anschließend, haben wir genug Platz für alles. Ich sehe jetzt nicht, dass der Verein so stark wachsen wird in nächster Zeit, dass wir verschiedene Kurse parallel abhalten. Und wie ihr schon gesagt habt, wenn man den Raum doch mal aufteilen muss, kann man ja auch auf den Hof ausweichen oder notfalls ins Büro vorne oder so.« Sie lächelte die anderen an. Jeden bis auf Rasmus. Er schüttelte unmerklich den Kopf. *Was zur Hölle war bloß los?*

»Prima«, sagte Metin, »wollen wir dann wieder runter und die Verträge fertig machen?«

»Du bist wohl auf den Geschmack mit der Bürokratie gekommen?«, neckte Renate ihn, während sie ihn in die Seite knuffte. Rasmus sah, wie Metin leicht zusammenzuckte und dann liebevoll seinen Arm um Renate legte.

»Ich sehe einfach gerne meine Unterschrift neben deiner«, flötete er, und Renate verdrehte die Augen; Rasmus entging allerdings nicht der Hauch von Röte, der sich dabei über ihre Wangen zog. Alle lachten.

Kurz darauf hatten sie es sich auf dem Hof bequem gemacht. Rasmus hatte wie bei dem Picknick mit Sophie den Tisch aufgestellt und alle Stühle zusammengesucht, die er besaß. Außerdem stellte er den Sonnenschirm auf, den er erst ein paar Tage zuvor gekauft hatte. Seit Leben in seine Bude gekommen war, saß er nämlich öfter auf dem Hof und gönnte sich eine kleine Kaffeepause. In der prallen Sonne wollte er aber nicht sitzen. Gerade stand er an der Kaffeemaschine und ließ einen Kaffee nach dem anderen durch die Siebträger laufen, als Sophie in die Küche kam, um die Tassen zu ihren durstigen Empfängern zu bringen.

Jetzt, dachte Rasmus. »Sophie«, setzte er an, aber da war sie schon wieder aus der Tür geschlüpft. Als sie das nächste Mal in die Küche kam, drehte sich Rasmus, ohne zu zögern, um und baute sich so vor der Tür auf, dass sie nicht ohne Weiteres einfach wieder nach draußen entwischen konnte. Sie war die letzten Tage nicht beschäftigt gewesen. Sie verhielt sich auch heute extrem seltsam, und ganz offensichtlich war *er* der Grund dafür, und er wollte jetzt endlich wissen, was er falsch gemacht hatte oder wovon sie *glaubte*, dass er es falsch gemacht hatte. Er verschränkte die Arme vor der Brust und funkelte Sophie an, die sich mit zwei neuen Tassen in der Hand wieder zum Gehen gewandt hatte und nun erschrocken vor ihm stehen blieb.

»Also, was ist los?«

Für einen kurzen Moment stand ihr der Mund offen, aber sie riss sich schnell wieder zusammen. »Nichts«, antwortete sie kühl und unbeeindruckt. »Was soll schon sein?« Ihre Gleichgültigkeit machte Rasmus auf einen Schlag rasend, und am liebsten hätte er sie gepackt und geschüttelt, ihr Gesicht in seine Hände genommen und – verdammt, er verlor den Faden. Der neue, der sich da gerade auftat, war zwar verheißungsvoll, aber nicht zielführend.

»Sophie, du meidest mich seit Tagen. Ich habe dich unzählige Male angerufen und dir Nachrichten geschickt, und auf nichts hast du reagiert.«

»Sorry, ich war halt beschäftigt.« Sie war *halt* beschäftigt? Diese Flapsigkeit stand ihr nicht.

»Bist du sauer auf mich?«, fragt er nun in einem versöhnlicheren Ton.

»Ich? Wieso sollte ich?«

»Keine Ahnung, sag du es mir.«

Von Sophie kam nur ein weiteres Achselzucken.

»Der Kaffee wird kalt, ich sollte ihn nach draußen bringen«, sagte sie und schob sich einfach an Rasmus vorbei, der automatisch Platz machte.

Das lief doch super, dachte er zynisch. Aber gut, wenn sie nicht wollte, dann konnte er sie schließlich schlecht dazu zwingen. Grimmig nahm er die letzten beiden Tassen auf und trug sie nach draußen. Die anderen saßen verteilt um den Tisch, auf dem die unterschriebenen Dokumente sicher verwahrt in einer Klarsichtfolie lagen, und alle plauderten miteinander.

Sogar Sophie trug ein Lächeln im Gesicht, und wäre Rasmus nicht eben in der Küche dabei gewesen, hätte er im Traum nicht geglaubt, dass sie vor etwa einer Minute noch ein einziger Eisklotz gewesen war. Diese Frau war ihm ein Rätsel. Und das war ihm eigentlich zu anstrengend, so etwas wollte er doch nicht mehr. Aber, verdammt, mehr als alles andere wollte er, dass Sophie ihn mochte. Das konnte er wirklich nicht abstreiten.

Die kommenden zwei Wochen arbeiteten alle, so viel sie konnten, am Umbau des oberen Stockwerks. Rasmus hatte seine anstehenden Projekte so gelegt, dass er sich die meiste Zeit um das zukünftige Zentrum kümmern konnte. Auch Thekla war fast immer zugegen und entpuppte sich als begnadete Handwerkerin. Rasmus war mehr als einmal beeindruckt. Sophie verbrachte ebenfalls so viel Zeit wie möglich im Zentrum, und oft kamen ihre Freundinnen Jule und Lina – Letztere mit ihrem Kerl im Schlepptau –, um ebenfalls zu helfen. Wenn Raffael dabei war, erledigten Rasmus und er die körperlich schweren Arbeiten. Über Schweiß und Feierabendbiere hatten sie schnell einen Zugang zueinander gefunden, und da Raffael als Barmann arbeitete und tagsüber recht viel freie Zeit hatte, stand er mittlerweile häufig genug auch ohne Lina plötzlich im Hof.

Sophie hingegen zeigte Rasmus weiterhin die kalte Schulter und vermied es, mit ihm irgendwo alleine zu sein. Sie war nicht unfreundlich zu ihm. Aber er bekam ganz genau mit, dass sie ihn ignorierte, so gut sie konnte. So sehr Rasmus auch herauszufinden versuchte, wo das Problem war, sie entzog sich ihm jedes Mal, wenn er sie ansprach. Als könnte sie seine Absichten erahnen, hastete sie mittlerweile bereits aus dem Raum, sobald er nur den Gedanken gefasst hatte, auf sie zuzugehen.

Die Rentner waren ebenfalls nicht untätig und versorgten alle mit ausreichend Essen, selbst gemachten Limonaden und viel Backwaren von Metin. Der lief auf seine ganz eigene Art zu Hochtouren auf und sorgte vermutlich bei sämtlichen Anwesenden für allumfassenden Kariesbefall. Rasmus hätte es zu Beginn nicht für möglich gehalten, dass diese Maschinerie so gut funktionieren würde, aber sie waren perfekt im Zeitplan und arbeiteten stetig, aber ohne Stress. Der Umbau war im Groben geschafft, der Boden verlegt, die Wandfarbe trocken und die Spiegelwand installiert. Es fehlten nur noch Kleinigkeiten wie Dekoration, die Musikanlage – und ein paar Umzugskisten aus dem alten Zentrum mussten noch ausgeräumt werden.

Sie hatten entschieden, für heute Schluss zu machen und sich alle eine ordentliche Mütze Schlaf zu gönnen. Die Eröffnungsfeier am nächsten Tag würde erst am Nachmittag beginnen, sodass sie davor noch genug Zeit für die letzten Handgriffe haben würden.

Rasmus schloss gerade das obere Stockwerk ab und stieg die Treppen in den Hof hinunter, als er sah, dass Sophie mit ihrem Fahrrad vom Hof rollte. Jetzt oder einfach gar nicht mehr, dachte er und sprintete ihr hinterher. Als er am Tor angekommen war, hatte sie sich erst ein paar Meter von der Werkstatt entfernt.

»Sophie«, rief er, während er ihr hinterherlief. Abrupt bremste Sophie und drehte sich überrascht um. Er schloss zu ihr auf und bemerkte, wie müde sie aussah. Aber Rasmus konnte darauf jetzt keine Rücksicht nehmen. Oder: Er wollte nicht. »Sagst du mir jetzt endlich, was los ist mit dir?«

Sophie verdrehte die Augen und stöhnte genervt auf. »Lass mich einfach in Ruhe, Rasmus«, sagte sie, während sie wieder aufs Rad stieg und davonfuhr. Es reichte ihm. Rasmus platzte endgültig der Kragen. »Was ist eigentlich dein Scheißproblem?«, brüllte er ihr hinterher, mit ausgebreiteten Armen auf der Straße stehend. Überrascht sah er, wie sie tatsächlich ein zweites Mal anhielt. Dann rollte sie das kurze Stück zu ihm zurück und schaute ihn so zornig an, dass er kurz zusammenzuckte. »Es kann dir doch scheißegal sein, was mein Scheißproblem ist«, fauchte sie. »Vielleicht solltest du dich eher mal um deine tolle Freundin kümmern. Kommt sie morgen zur Eröffnung? Vielleicht lernen wir sie dann ja mal kennen. Beim Umbau hat das ja leider nicht geklappt.«

Rasmus stockte der Atem. Von was sprach Sophie da? Er kramte in seinem Gehirn, ob ihm irgendwas entgangen war, aber nein. Eine Freundin wäre ihm mit Sicherheit aufgefallen.

»Sophie, wovon sprichst du? Welche Freundin?«, fragte er.

Sie seufzte wieder genervt, als wäre Rasmus ein dummer

Schüler, dem sie nun zum zehnten Mal erklären musste, dass es niemanden interessierte, wie viele Birnen Fritzchen hat, wenn die Aufgabe lautete, dass Äpfel zu addieren waren.

»Die Frau, mit der du neulich aus dem oberen Stockwerk gekommen bist. Die Frau, die du sehr innig umarmt hast und auch gekü…« Sophie brach im Satz ab und blickte zu Boden, was jedoch nicht verbergen konnte, dass sie sich angespannt auf die Unterlippe biss.

»Was? Aber …« Rasmus war total verdattert.

»Tu nicht so, als würde ich mich täuschen, Rasmus. Ich habe euch gesehen.«

Rasmus überlegte fieberhaft, welche Frau Sophie meinen könnte. Nicht weil er so viele auf seinem Hof umarmen und küssen würde. Ganz im Gegenteil. Und mit einem Mal fiel es ihm wie Schuppen von den Augen. *Sonya.* Sie war die Einzige, die kürzlich bei ihm in der Werkstatt gewesen war. Sie war die Einzige, mit der er vor langer Zeit einmal intim gewesen war. Und sie war die Einzige, mit der er einen emotionalen Schlussstrich ziehen musste: Frieden schließen mit einer Umarmung. Und ausgerechnet diesen Moment hatte Sophie gesehen? Und das war der Grund dafür, dass sie ihn tagtäglich so abblitzen ließ? Rasmus wurde wütend. Wieso hatte sie ihn nicht einfach gefragt, wer die Frau war? Wieso hatte sie Dinge einfach *angenommen*, anstatt ihn zu fragen?

»So, du hast mich also mit Sonya gesehen«, antwortete er kühl. Blanke Wut stieg in ihm auf. Ausgerechnet Sophie. Wenn jemand wissen musste, dass man mit ihm reden konnte, dann doch wohl sie. »Und du hast gesehen, wie wir uns umarmen. Und da hast du einfach mal angenommen, dass sie meine Freundin ist, die ich die ganze Zeit vor dir und den anderen verheimliche?«

»Ich habe gesehen, wie ihr euch geküsst habt«, gab Sophie scharf zurück. Nun reichte es ihm wirklich. Er wurde laut.

»Sophie, das kannst du gar nicht gesehen haben, denn wir haben uns nicht geküsst! Wenn du es genau wissen willst, habe ich Sonya einen Kuss auf die Stirn gegeben.« Er polterte regelrecht und hatte die Hände zu Fäusten geballt.

»Oh«, sagte Sophie leise.

»Ja, ›oh‹«, raunzte er sie an. »Und überhaupt: Kannst du mir mal erklären, warum du deshalb drei Wochen lang so tust, als sei ich Luft? Nur deshalb!?«

Sophie seufzte.

Rasmus war so frustriert, dass er nicht den Hauch von Geduld aufbringen konnte.

»Verdammt, Sophie, rede jetzt gefälligst mit mir!«

Endlich blickte Sophie auf und traf seinen Blick. »Nein, nicht nur deshalb«, sagte sie kühl, »sondern weil ich verliebt in dich bin.«

Ohne ein weiteres Wort oder seine Antwort abzuwarten, setzte sie sich auf ihr Fahrrad und fuhr davon.

»Oh.« Hatte sie das gerade wirklich gesagt? Seine Hände waren zu Fäusten geballt, seufzend lockerte er sie. Seine Fingernägel hatten sich in seine Handflächen gebohrt, und er massierte die schmerzenden Stellen.

Sophie. Verliebt. In ihn.

Das sind doch mal gute Nachrichten, dachte er einen Moment später, und ein kleines Grinsen umspielte seine Lippen. Die Szene im Türrahmen stahl sich wieder in seine Gedanken, und er war plötzlich sicher, dass sie kein reines Fantasiegebilde bleiben würde. Wenn Sophie sich nicht weiterhin wie ein Trottel aufführen würde. Er holte sein Handy aus der Hosentasche und verfasste eine Nachricht. Als er sie abgeschickt hatte, ließ er das Smartphone wieder in seiner Hosentasche verschwinden und nickte zufrieden. Diese Eröffnung würde ein Knaller werden – in jeglicher Hinsicht.

# 21

»Nee, Leute, ich habe richtig schlimme Kopfschmerzen.«

Lina und Jule lehnten an Sophies Türrahmen und grinsten sich verwegen an.

»Na klar.«

»Echt jetzt«, murmelte Sophie, die mit geschlossenen Augen auf dem Bett lag. Mit ihrer Hand deutete sie an die Stelle über ihrem rechten Auge. »Genau hier, da sticht es rein. Ich kann kaum die Augen öffnen.« Sophie bemühte sich, genauso schlimm zu klingen, wie sie sich fühlte.

Jule löste sich aus dem Rahmen und trat zu Sophie ans Bett. »Liebes, das Einzige, was bei dir gerade sticht, ist das Wissen, dass du heute Rasmus wiedersehen wirst.«

Als Sophie am Abend zuvor nach Hause gekommen war, hatten Jule und Lina in der Küche gesessen und waren über Jules neue Logoentwürfe für Sophie gegangen. Jochen hatte ausgestreckt neben ihnen auf dem Boden geschlummert. Sophie, die auf dem kurzen Weg nach Hause die ganze Zeit darauf gewartet hatte, dass ihr endlich Tränen wie Sturzbäche über die Wangen liefen, ließ sich neben Lina auf den Stuhl sinken. Sie musste so entgeistert ausgesehen haben, dass Jule ihr kommentarlos ein Glas Wein vor die Nase gestellt hatte. Sie hatte es in einem Zug leer getrunken, es abgestellt und hervorgestoßen: »Ich bin verliebt in Rasmus, und ich habe es ihm eben gesagt.« Dann war sie aufgestanden und ins Bad gegangen, um sich die Zähne zu putzen. Jule und Lina waren ihr gefolgt, aber Sophie hatte abgewinkt.

»Es geht mir gut. Und nein, mehr gibt es auch nicht zu erzählen. Ich bin direkt danach aufs Fahrrad und nach Hause gefahren. Eigentlich warte ich die ganze Zeit darauf, dass ich weinen muss. Aber nichts passiert. Seht ihr?« Wie zum Beweis zog sie mit den Fingern ihre unteren Lider Richtung Erdmittelpunkt und musste dabei ziemlich furchteinflößend ausgesehen haben. Als sie fertig mit Putzen war, ließ sie ihre Freundinnen vor der Tür stehen und lief in ihr Zimmer, um sich ins Bett zu legen. Sie hatte erwartet, die ganze Nacht kein Auge zuzubekommen, doch keine Minute später war sie eingeschlafen. Sie merkte nicht mal, wie Jochen gleich darauf ins Zimmer gehuscht kam und sich neben ihr zusammenrollte.

Aber jetzt, am nächsten Morgen, wollte sie nicht. Der Mut, den sie gestern zusammengenommen hatte, um Rasmus ihre Gefühle zu gestehen, reichte nicht aus, um ihm heute direkt wieder unter die Augen zu treten.

Jule griff nach Sophies Hand und hielt sie fest. »Ich werde gleich an dieser Hand ziehen und dich notfalls mit gemäßigter Gewalt aus dem Bett zerren. Denn du wirst die Einweihung des neuen Zentrums nicht verpassen. Es ist nun deine Entscheidung, ob ich dich auf dem Bauch ins Badezimmer schleife oder ob du wie ein erwachsener Mensch auf zwei

Beinen läufst.« Kaum hatte sie es ausgesprochen, machte Jule ernst und zog Sophie aus dem Bett. Die riss erschrocken die Augen auf und landete unsanft auf dem Boden.

»Ist ja in Ordnung«, keifte sie, rappelte sich auf und trottete hinter Jule durch den Flur. Ja, wirklich, ein sehr erwachsenes Bild gab sie da ab, während sie sich trotzig von Jule an der Hand durch die Wohnung ziehen ließ. Ebenso selbstständig fühlte sie sich, als Jule und Lina auch im Badezimmer in der Tür lehnten und Sophie dabei beobachteten, wie sie sich fertig machte.

»Kontrolliert ihr, ob ich auch artig meine Zähne putze?«, fragte diese leicht schnippisch.

»Wir achten nur darauf, dass du vor lauter Aufregung nicht zu doll in die Make-up-Kiste greifst und versehentlich als Ronald McDonald hier rausläufst«, antwortete Lina nonchalant.

Sophie zog ihr im Spiegel eine Grimasse. Ohne dass es eine der beiden mitbekam, ließ sie den neonpinken Lippenstift wieder in ihrer Make-up-Tasche verschwinden.

»Außerdem«, meldete sich Jule zu Wort, »wird Frau von Udolph ja auch kommen. Und ich weiß, du hast den Job schon, aber es ist sicher nicht verkehrt, wenn du sie von deiner Arbeit für den Verein einnehmen kannst. Vielleicht kann der Verein ja eines der ersten Projekte werden, die sie unterstützt.«

Das war natürlich eine Möglichkeit, die auch Sophie schon in Erwägung gezogen hatte. Außerdem war Sophie wahnsinnig neugierig darauf, wie Thekla und Ariadne von Udolph sich wohl verstehen würden. Wie neulich im Café Paris hatte sie auch jetzt noch dieses untrügliche Bauchgefühl.

Als sie schließlich fertig war – dezent geschminkt und ebenso dezent gekleidet in eine weiße Leinenbluse und cognacfarbene Chinos –, rief sie Jochen in den Flur, um ihm die Leine anzulegen, und schnappte sich ihre Tasche.

»Ihr kommt aber nicht allzu spät, ja?« Flehend schaute sie ihre Freundinnen an.

»Wir sind pünktlich um 15 Uhr da. Versprochen!«, sagte Lina und schob Sophie Richtung Wohnungstür.

»Schmeißt du mich gerade aus meiner eigenen Wohnung?«, fragte Sophie.

»Freundinnen tun, was Freundinnen tun müssen«, antwortete Lina unbeeindruckt, und Jule unterstützte das mit einem vehementen Nicken. Sophie stand auf dem Hausflur, schlüpfte in ihre ebenfalls cognacfarbenen Loafer und schüttelte den Kopf.

»Leute, ich liebe euch, aber ich finde euch auch richtig ätzend manchmal.« Dann warf sie ihnen einen Luftkuss zu und verschwand mit Jochen im Schlepptau Richtung Ausgang.

Die kurze Strecke zwischen ihrer Wohnung und der Werkstatt ging Sophie heute zu Fuß. Noch war der Hamburger Himmel etwas verhangen, aber sie war sich sicher, dass er bis zum Mittag aufreißen würde. In Gedanken ging sie noch ihre To-do-Liste durch: die restlichen Kartons auspacken und verstauen, noch mal lüften, da der Geruch der frischen Farbe immer noch nicht in Gänze aus den Räumen verschwunden war. Dann im Hof die Bierbänke aufbauen und eindecken, auf denen später das Büfett aufgebaut werden sollte. Um das Essen wollte sich Rasmus kümmern, er hatte schon vor einer Weile angekündigt, dass er jemanden kannte, der einen Cateringservice betrieb.

Eigentlich hatten die Rentner ursprünglich gedacht, nur im kleinen Kreis ihre Einweihung zu feiern, aber Renate konnte wieder mal den Schnabel nicht halten und hatte ihrem neuen besten Freund, dem Reporter von der *Mopo*, Bescheid gegeben. Nun hatte in der gestrigen Ausgabe eine kleine Meldung auf die Veranstaltung hingewiesen. Es war also unklar, auf wie viele Leute sie sich einstellen durften, und sie waren sich dann relativ schnell einig gewesen, dass es ihnen auch egal war. So ganz konnte Sophie aber nicht loslassen, denn sie war zwar gelassener als früher, aber einmal Perfektionistin, immer Perfektionistin.

Als Jochen und sie durch das Tor in den Hof kamen, herrschte bereits emsiges Treiben: Die Rentner wuselten über den Hof, und auch Rasmus kam eben mit einem Espresso in der Hand aus der Küche.

Sophie schluckte. »Guten Morgen«, sagte sie in die Runde und legte ein tapferes Lächeln auf. Denn bei Rasmus' Anblick bildete sich nun doch der Kloß in ihrem Hals, der die ganze letzte Nacht auf sich hatte warten lassen. Verräter, dachte Sophie in Richtung ihrer Tränendrüsen und klatschte in die Hände. »Also, wo kann ich mitanpacken?«

Die kommenden Stunden bereiteten alle fleißig die letzten Dinge vor. Die vergangenen zwei Wochen waren aus den müden Knochen verflogen, denn die Aufregung hauchte allen ungeahnte Energie ein. Rasmus' Kaffee tat sein Übriges.

Sophie ging ins obere Stockwerk, um die Fenster zu öffnen. Sie legte gerade den Griff am zweiten Fenster um, als sie Schritte hinter sich hörte. Sie brauchte sich nicht umzudrehen. Es gab nur einen Menschen, der bei vorausgesagten 30 Grad im Hochsommer Lederstiefel trug.

»Bist du noch gut nach Hause gekommen gestern?«, fragte Rasmus. Unschlüssig blieb er ein Stück entfernt von ihr stehen.

»Ja, danke. Es ist ja nicht weit.« Sie antwortete, ohne sich umzudrehen, da sie plötzlich sehr fasziniert von dem Fenstergriff in ihrer Hand war.

»Kann ich dir helfen?«

»Klar.« Sie nickte. »Du kannst die Fenster auf der anderen Seite öffnen. Ich will lüften, bevor es nachher losgeht, um hoffentlich noch etwas von dem Farbgestank loszuwerden.« Nun drehte sie sich doch um und lächelte ihn schief an. Es half ja alles nichts, irgendwie mussten sie diesen Tag wuppen, und sie würde es nicht auch noch die kommenden Stunden schaffen, ihm immer den Rücken zuzukehren. Voller Verwunderung registrierte sie, dass Rasmus auf ihr zerknirschtes Gesicht mit dem herzlichsten Lächeln reagierte, das sie je an ihm gesehen hatte.

Einem Impuls folgend machte sie einen Schritt auf ihn zu. »Rasmus, wegen gestern. Es tut mir leid, dass ich einfach angenommen habe, dass –«

»RASMUUUUUUUUUS …«, schallte es plötzlich durch das gesamte Gebäude. Renate. Entschuldigend hob er die Arme und verschwand nach draußen. Natürlich. Zum ungünstigsten Zeitpunkt musste Renate ihr dazwischenfunken. Da hatte sie all ihren wenigen Mut zusammenkratzen können, und dann so was.

Sophie öffnete die verbleibenden Fenster und folgte ihm einen Moment später. Von der Tür zum Obergeschoss aus sah sie, wie er unten neben Renate stand, vor ihnen eine weitere Person, der Renate gerade freundlich die Hand schüttelte. Die Frau trug eine Leinenhose und ein schlichtes weißes Shirt darüber. Ihre braunen Locken hatte sie zu einem lockeren Zopf zusammengebunden.

Sophie schluckte. Sie kannte die Frau. Und seit gestern kannte sie sogar ihren Namen: Sonya. Sie drehte sich abrupt weg, um wieder im Inneren des Hauses zu verschwinden. Sie wollte nicht weiter Zeugin dessen sein, was sich da vor ihren Augen abspielte. Und schon gar nicht wollte sie, dass jemand sie sah. Leider blieb sie während ihres hektischen Rückzugs im Rahmen der Tür hängen und stieß sich die Stirn. »FUCK!«, entfuhr es ihr, während sie sich die Hand gegen die Stirn presste. Es war nicht notwendig, über die Schulter zu schauen, um zu wissen, dass alle Augen auf sie gerichtet waren.

»Liebes, geht's dir gut?«, hörte sie Thekla von unten rufen.

Sophie bedeutete mit einem unbestimmten Winken, dass alles okay war, und verschwand durch die Tür ins Innere. Der stechende Schmerz in ihrem Kopf schien der letzte Stups gewesen zu sein, den ihre Tränen gebraucht hatten. Sie taumelte durch den Flur und hoffte, dass ihr niemand folgen würde. Am wenigsten Rasmus. Aus dem oberen Stockwerk gab es keinen zweiten Ausgang, also verschanzte sie sich im ehemaligen Badezimmer, das nun die offizielle Herrentoilette war. Sie riss ungeduldig einige Papierhandtücher aus dem Spender und betrachtete ihr zerlaufenes Make-up. Lina hatte heute Morgen noch über Ronald McDonald gewitzelt, aber dass sie jetzt wie ein Waschbär aussah, hatte sie nicht antizipiert. Sie tastete vorsichtig ihre Stirn ab. Die Stelle, an der sie Bekanntschaft mit dem Türrahmen gemacht hatte, schmerzte, aber es hatte sich keine Beule gebildet. *Noch nicht.*

Sie zuckte zusammen, als sie ein Geräusch hörte. Offensichtlich war ihr doch jemand nach oben gefolgt. Ohne nachzudenken, versteckte sie sich in einer der Klokabinen. Die Tür zum Waschraum wurde geöffnet, und einen Moment darauf sah Sophie einen Schatten unter dem Spalt der Kabinentür.

»Sophie, bist du da drin?«, fragte Renate.

Sophie seufzte. »Nein«, sagte sie zaghaft. Etwas Besseres fiel ihr einfach nicht ein, und einen Versuch war es ja wert. Sie hörte, wie Renate gluckste.

»Okay. Aber wenn du da drin wärst, würde ich dich fragen, ob es dir gut geht. Hat einen ganz schönen Schlag getan gerade.«

»Jaja, es geht mir gut«, sagt Sophie, doch ihre Stimme klang brüchig. Ein Schluchzen krabbelte ihre Kehle hoch und vermasselte ihr die Tour.

»Kindchen, willst du nicht doch die Tür öffnen und mir erzählen, was los ist?«

Sophie schüttelte den Kopf, aber das konnte Renate natürlich nicht sehen. Sie rollte etwas Toilettenpapier ab und putzte sich geräuschvoll die Nase.

»Es ist Rasmus«, sagte sie zögernd.

»Mh«, sagte Renate. »Was ist mit ihm?«

»Ich kann einfach nicht verstehen, dass er diese Frau heute eingeladen hat. Ich hab ihm gestern gesagt, dass ich verliebt in ihn bin, und er kann keine vierundzwanzig Stunden Rücksicht auf meine Gefühle nehmen?«

»Welche Frau?«, fragte Renate verwirrt. Wieso reagierte jeder immer mit Verwirrung, wenn Sophie auf Sonya zu sprechen kam?

»Na, die gerade angekommen ist. Wegen der du Rasmus nach unten gerufen hast.«

»Ach, du meinst Sonya!« Man konnte den Groschen förmlich fallen hören.

»Ja, genau, die tolle Sonya.«

»Die hat gerade das Catering vorbeigebracht«, ertönte plötzlich eine zweite Stimme.

*Verdammte Axt*, wie hatte sie nicht mitbekommen können, dass Rasmus nach oben gekommen war?

»Ja, gut«, hörte sie nun Renate, »dann lass ich euch zwei mal in Ruhe. Ich denke, es gibt da das ein oder andere Missverständnis, das aus der Welt geräumt werden möchte.«

Sophie hört, wie sie mit kleinen Schritten aus dem Raum trippelte. Wie zum Teufel war sie in der Lage gewesen, diese Schritte zu hören, aber Rasmus' Rumpeln nicht? Regungslos saß sie auf dem Klodeckel und wartete ab.

Rasmus Schatten unter dem Türspalt bewegte sich und verharrte mittig vor der Tür.

»Sophie, mach die Tür auf«, verlangte er.

»Nein?« Ihre Antwort klang eher wie eine Frage, und sie hörte, wie Rasmus genervt aufstöhnte.

*Na, der hat Nerven, jetzt genervt zu sein.*

»Sophie, ich habe wenig Lust, die Kabinentür zu zerstören, die ich erst neu eingebaut habe. Wenn du also die Güte hättest, sie einfach zu öffnen, würdest du die Sache erleichtern.«

Widerwillig streckte sie die Hand nach vorne und drehte den Riegel nach rechts. Einen Moment später drückte Rasmus von außen die Klinke nach unten und öffnete die Tür. Sophie saß auf dem Klodeckel und wischte sich die Tränen aus dem Gesicht. Rasmus kam zu ihr in die Kabine.

»Okay, ich hatte mir das wirklich anders vorgestellt. Aber gut, dann eben in einer Klokabine.«

Mit verheulten Augen sah Sophie ihn fragend an. Er kniete sich vor sie hin und legte seine Arme auf ihren Oberschenkeln ab. Sie zuckte bei der Berührung zusammen.

»Du bist gestern so schnell abgehauen, dass du mir gar keine Möglichkeit gegeben hast, mich zu erklären.«

»Vielleicht, weil ich es nicht hören wollte«, schniefte Sophie.

Rasmus fuhr sich mit einer Hand durch die Haare.

»Die Frau heißt …«, begann er, und Sophie fiel ihm ins Wort.

»Sonya, ich weiß.«

Er schaute sie genervt an. »Ja, aber du weißt nicht, dass sie meine Exfreundin ist. Exverlobte, um genau zu sein.«

Sophies Augen weiteten sich vor Überraschung.

»Ich spreche nicht gern darüber. Nein, eigentlich spreche ich nie darüber, weil sie mir damals sehr wehgetan hat. Wir wollten unser Leben zusammen verbringen. Und zwar hier, über der Werkstatt. Wir hatten uns unsere Traumwohnung ausgemalt, und ich hatte schon mit dem Umbau begonnen, als sie mich verließ. Von jetzt auf gleich, ohne Vorwarnung. Sie hat sich nicht nur von mir getrennt, sondern mir auch meine gesamte Lebensplanung genommen. Ich habe eine Weile gebraucht, um mich wieder zusammenzusetzen. Aber ich habe es nie geschafft, das hier zu Ende zu bringen. Ich habe das obere Stockwerk abgesperrt, und alles, was es für mich bedeutet hat, gleich mit dazu. Bis du mich darauf angesprochen hast. Du wolltest natürlich unbedingt wissen, was sich hinter dieser Tür verbirgt. Ich hab mich in die Ecke gedrängt gefühlt, und gleichzeitig habe ich mich mit dir aber so gut gefühlt wie schon lange nicht mehr. Ehrlich, Sophie, ich hatte dieser ganzen Beziehungskiste abgeschworen, ich hatte mir meine Lektion abgeholt. Und du ja auch.«

Er machte eine kurze Pause und fuhr sich ein weiteres Mal durchs Haar.

Sophie starrte ihn mit offenem Mund an und traute sich kaum zu atmen.

Er fuhr fort. »Neulich stand sie dann einfach da. Wieder ohne Vorankündigung, das kann sie richtig gut. Ich war total überrascht, sie zu sehen, und ich hätte alles erwartet, aber nicht, wie es letztlich gelaufen ist. Sonya heiratet bald, und sie hatte das Bedürfnis, sich mit mir auszusprechen. Das haben wir nämlich nie getan. Nachdem sie abgehauen war, hat sie sich erst gar nicht gemeldet, und als sie es dann getan hat, habe ich jeden Kontakt abgeblockt. Aber bei unserem Gespräch neulich habe ich gemerkt, dass da kein Schmerz mehr in mir ist. Sie bedeutet mir nicht mehr das, was sie mir vor Jahren bedeutet hat. Wir haben uns richtig lange ausgesprochen und festgestellt, dass wir uns menschlich vermutlich besser denn je verstehen. Das war an dem Abend, als du wohl auch hier warst. Ich habe ihr das obere Stockwerk gezeigt, das war irgendwie ein symbolischer Akt. Bisschen kitschig, aber dadurch habe ich der Idee, hier das Zentrum für die Rentner zu machen, eine Chance gegeben.«

In Sophies Ohren rauschte es, und durch den ganzen Lärm konnte sie nicht klar denken.

»Sie … ist also nicht deine Freundin?«, fragte sie hoffnungsvoll.

Rasmus lachte. »Nein, ist sie nicht. Aber da sie mich gewissermaßen auf den Gedanken gebracht hat, die Räume nun doch zu vermieten, dachte ich, es wäre schön, sie mit einzubinden. Und sie hat sich erst vor Kurzem selbstständig gemacht mit einem Cateringservice: Sie arbeitet gemeinsam mit geflüchteten Frauen, sie bieten Speisen aus ihren jeweiligen Heimatländern an. Ein tolles Projekt, das ich gerne unterstützen wollte. Deshalb habe ich ihr den Job für heute besorgt.« Er lächelte sie an. »Hättest du vorhin übrigens einen Moment länger gewartet mit deinem Tür-Stunt, hättest du auch noch ihren zukünftigen Ehemann gesehen, der ist nämlich auch da.«

»O nein«, Sophie stöhnte auf und schlug sich mit der flachen Hand gegen die Stirn. Sie stöhnte gleich ein zweites Mal auf, dieses Mal vor Schmerz.

»Tut es sehr weh?«, fragte Rasmus sanft. Er schob die Hand an ihrer Stirn zur Seite und fuhr vorsichtig mit dem Daumen über die schmerzende Stelle. Sophie schauderte, und das Ziehen ein paar Etagen tiefer in ihrem Körper war mit einem Mal viel stärker als das in ihrem Kopf.

»Nein, es geht schon«, keuchte sie. Das Rauschen in ihren Ohren hatte gerade noch mal den Bass aufgedreht.

»Es gibt noch etwas, das mir durch Sonyas Auftauchen klar geworden ist. Mein Schmerz war schon lange verraucht. Aber ich wollte das nicht wahrhaben. Es hatte auch etwas Bequemes, mich daran festzuhalten, um mich ja nicht auf irgendwas Neues einzulassen. Leider hast du mir diese Taktik vermiest, Sophie. So ätzend ich dich am Anfang fand, so ätzend fand ich es plötzlich, wenn du nicht bei mir warst. Ich finde dich großartig, und aus sicherer Quelle weiß ich, dass es dir mit mir ähnlich geht. Ich freue mich sehr, dass du verliebt in mich bist, denn ich bin auch in dich verliebt.« Er nahm ihr Gesicht zwischen seine Hände und lächelte sie an. Es war ein warmes Lächeln und ein sicheres Lächeln, und Sophie wollte in dieses Lächeln hineinschmelzen – und zog geräuschvoll die Nase hoch. Rasmus schnitt eine überraschte Grimasse und brach dann in Gelächter aus.

»Entschuldige«, sagte sie »aber durch die ganze Heulerei ... Ich hab schon wieder den Moment ruiniert, oder?«, fragte sie zerknirscht.

Rasmus streichelte ihr mit dem Daumen über die Wange. »Den, meine liebe Sophie, hast du ruiniert, als du dich in dieses Klo gesetzt hast. Denn ich werde dich jetzt küssen, weil ich damit wirklich keinen Moment länger warten will. Und so wird für alle Zeit unser erster Kuss in der Kabine einer Herrentoilette stattgefunden haben.«

Mit einem Grinsen im Gesicht lehnte er sich vor und traf ihre Lippen. Sophie schloss die Augen und hielt sich an Rasmus' Handgelenken fest. Das Ziehen in ihrem Unterleib wurde stärker, und sie befürchtete schon, mit einem Ohnmachtsanfall die Stimmung endgültig zu killen. Gekillt wurde jedoch nur ihr Gedankenstrom, der endlich Ruhe gab, als Rasmus den Kuss vertiefte. Sophie schlang ihre Arme um seinen Rücken und schmiegte sich an ihn. Als er den Kuss unterbrach und sich ein Stück zurückzog, stöhnte sie protestierend auf.

»Was hältst du davon, wenn wir es beim ersten Kuss in der Klokabine belassen, aber halt nicht den längsten daraus werden lassen?«, fragte Rasmus, und ein schelmisches Grinsen umspielte seine Lippen.

»Klar«, sagte Sophie atemlos, wobei sie ihren Blick keine Sekunde von seinem Mund löste. »Was schlägst du vor?«

»Dass wir hier verschwinden.«

»Aber die Eröffnung?«

»Glaub mir, dafür brauchen die uns nicht.« Langsam stand Rasmus aus der Hocke auf und zog Sophie hoch. Ohne einen Schritt aus der Kabine zu gehen, legte er die Arme um sie und hielt sie fest.

»Obwohl, wenn ich so drüber nachdenke«, murmelte er, »ist so eine Kabine im Grunde ein ausgezeichneter Ort.« Damit beugte er sich zu Sophie hinunter und küsste sie wieder.

Sophie lächelte zwischen zwei Küssen. Ihr war alles recht. Ihretwegen konnten sie auch die nächsten dreißig Jahre in dieser Kabine stehen. Solange Rasmus sie einfach weiterküsste.

Das war's.

# DANKSAGUNG

… denn manchmal gehört zu den Dingen, die sich ergeben, eben auch, dass jemand einfach ein Buch schreibt. Manchmal auch, dass ich diese Person bin. Aber fest steht, dass das nie möglich wäre ohne die Unterstützung vieler toller Leute.

(Bin mir übrigens nicht sicher, ob es möglich ist, so was hier *nicht* kitschig klingen zu lassen. Ich jedenfalls hab's nicht geschafft.)

Allen voran gebührt Annalena mein Dank. Weil du nicht einfach nur die beste Lektorin bist, sondern auch die Überzeugung an den Tag gelegt hast, die sich bei mir eher schüchtern versteckt hielt. Ich danke dir für den weinlastigen Abend, der einen gewaltigen Stein ins Rollen gebracht hat, und jeden Abend, Tag, jede Stunde oder Minute davor und danach. Ich bin ziemlich dankbar für deine Kreativität und dein Gehirn, weil es sich so wunderbar mit meinem versteht. Wenn ich den Emotionen jetzt doll verfallen wäre, würde hier wohl etwas von einer Lawine der Liebe stehen. Aber, hey, *lucky us!* Stattdessen steht an dieser Stelle auch ein Dank an Marc dafür, dass er uns einander vorgestellt hat (und das auch heute noch manchmal bereut).

Ich danke HarperCollins dafür, dass sie als Verlag wahnsinnig genug gewesen sind, mir einen Buchvertrag zu geben.

Mit einem riesigen Danke überschütte ich meine Mama und Schwester. Weil ihr mit mir die langweiligsten und nichtssagendsten Videocalls hattet, wenn ich müde war, und das immer okay war. Weil ihr für mich da wart, wenn ich nicht anwesend war. Und weil ihr euch so doll für mich freut, dass ihr manchmal parallel heult, und mich das sehr glücklich macht. Außerdem danke ich meiner Familie dafür, dass jeder mindestens eine Ausgabe dieses Buchs kaufen wird. Ich schwör's euch, Leute, ich überprüfe das.

Geschmeidiger Übergang zu meinen Freunden. Die sind nämlich so etwas wie die Familie meines Alltags, mein Rudel und meine Heimat, die ich mir selbst ausgesucht habe und die ungemein wichtig sind. Nicht nur weil sie mich ertragen und tragen. Sondern weil jede Person in meinem Leben mich bereichert, bestärkt und formt und ich über die Grenzen einer Danksagung in einem Buch dankbar für euch alle bin. In diesem speziellen Fall habt *ihr hier* noch viel mehr für mich getan. Denn ich glaube, als Autorin muss man nicht nur kreativ sein, sondern einfach gut klauen können. Deshalb steckt von jeder von euch irgendwas in diesem Buch: Nena, Ceylan, Jule, Luisa, Lexa, Vanessa, Tülay, Lena.

Ein kurzer, aber wichtiger Dank an duden.de und die Leute, die dafür sorgen, dass die Seite jederzeit erreichbar ist. *I owe you guys.*

Okay, und jetzt kommt das, was sich am allerkomischsten anfühlt: Hallo, Leserinnen und Leser. Ich hoffe, ihr wurdet jetzt nicht schon im oberen Teil erwähnt. Denn wenn ihr dieses

Buch in einem Buchladen (lokaler Handel, *yay!*) oder online gekauft habt, es ein Geschenk war oder auf andere Art den Weg zu euch gefunden hat, dann will ich euch so persönlich danken, wie es anonym eben so geht. Denn das bedeutet, ihr helft mir dabei, dass ich nach diesem noch ein Buch schreiben kann. Und vielleicht noch eines. Und so weiter. Ich sag es, wie es ist: Das ist derbe gut und macht mich arg glücklich!